Julie Marsh

Die LADYS von SOMERSET

Ein Lord,
die rebellische Frances
und die Ballsaison

atb aufbau taschenbuch

Julie Marsh

Die LADYS von SOMERSET

Ein Lord,
die rebellische Frances
und die Ballsaison

Roman

atb aufbau taschenbuch

ISBN 978-3-7466-3960-4

Aufbau Taschenbuch ist eine Marke
der Aufbau Verlage GmbH & Co. KG

1. Auflage 2023

Satz Greiner & Reichel, Köln
Druck und Binden CPI books GmbH, Leck, Germany
Printed in Germany

www.aufbau-verlage.de

Für Linnéa & Emmy

Kapitel 1

Eine junge Frau, die anstrebt, einen Lord zu heiraten, hat den Blick zu senken, wenn ein Gentleman sie anspricht, sich ausschließlich mit sittsamen Gedanken zu beschäftigen und die freie Zeit mit dem Verbessern ihres Harfenspiels zu verbringen. Unter keinen Umständen darf sie nachts auf einsamen dunklen Gängen herumschleichen. Noch viel weniger sollte ihre Absicht dabei sein, etwas zu stehlen.

Doch genau das hatte Frances vor.

Ihr Herz klopfte, und ihre Handinnenflächen waren nass von Schweiß, als sie mit den Fingerspitzen einen Schlüssel vom oberen Türrahmen herunterangelte, ins Schloss steckte und ihn kraftvoll umdrehte. Obwohl sie die Tür so vorsichtig wie möglich zu öffnen versuchte, quietschte es viel zu laut. Rasch sah sie sich um. Nachdem sie sich vergewissert hatte, dass sie allein war, schlüpfte sie ins Zimmer. Es gab nur wenige Möglichkeiten, wo das, was sie an sich bringen wollte, versteckt sein könnte. Mit den Händen tastete sie sich an der Wand entlang. Bloß das durch die Fenster fallende Mondlicht half ihr dabei, sich zu orientieren. Ein heftiger Schmerz durchzuckte sie, als ihr Schienbein gegen die Kante einer Truhe stieß. Gerade noch konnte Frances einen Aufschrei unterdrücken. Mit zusammengebissenen Zähnen öffnete sie den Deckel der Truhe. Ein muffiger Geruch stieg auf. Sie fühlte in dem Inneren, außer alten Unterröcken schien nichts weiter darin zu sein. Daher setzte sie ihren Weg bis zum Schreibtisch fort, zog die erste Schublade heraus und tastete sie ab. Viele Papiere, eine Flasche, sonst nichts. Als sie gerade die nächste Lade aufziehen wollte, waren Schritte zu hören, die den Gang entlangkamen. Auf das Zimmer zu, in dem sie sich befand. Sie saß in der Falle. Mit angehaltenem Atem schloss sie die Schublade, ging in die Hocke und kroch zu der Truhe zurück. Keinen Augenblick zu früh, denn schon drang ein Lichtschein ins Zimmer. Sie blinzelte. Eine Öllampe beleuchtete das Gesicht einer Gestalt von unten, so dass diese ein beinahe dämonisches Aussehen bekam. Frances presste sich eng an die Truhe, als die Gestalt an ihr vorbeiging. Außer dem Knarren der Dielen unter den Schritten und dem Ruf einer Eule vor dem Fenster herrschte eine angespannte Ruhe. Frances' Herz schlug so laut, dass sie meinte, die Gestalt müsse es ebenfalls hören. Diese ließ sich in einen Stuhl plumpsen, holte die Flasche aus der Schublade und nahm einen tiefen Schluck daraus. Als sie fertig war, rülpste sie laut.

»Ja, glotz du nur«, rief die Gestalt auf einmal. Und ihre Stimme klang genau wie die von Mrs Worsley, der Leiterin des Mädchenpensionats. Frances musste annehmen, dass die Frau ihre Anwesenheit mittlerweile entdeckt hatte, und suchte nach einer Ausrede für ihren nächtlichen Ausflug ins Arbeitszimmer der Leiterin. Zögerlich fing sie an, sich zu erheben.

»Was hast du aus mir gemacht, du Wurm?«, klagte Mrs Worsley weiter. Frances stutzte. »Alles hast du mir genommen. Alles. Meine Unschuld, meine Jugend, meine Schönheit. Ja, lach nur. Wolltest bloß mein Geld. Bastard.«

Nachdem Frances begriffen hatte, dass die Leiterin nicht mit ihr redete, blickte sie zur Tür. Außer ihnen war jedoch niemand im Zimmer. »Der Ball bei Lord und Lady Witherspoon. Mein Kleid aus Seide. Perlen in den Haaren. So schön. Du hast es mir eingeflüstert. Bei unserem Tanz.« Ihr Lachen klang eher bedrohlich als fröhlich. Frances hockte sich lieber wieder hin. Mrs Worsley nahm noch einen Schluck. »Ich hab an deine Liebe geglaubt. Ha!«

Eine Weile herrschte Stille. In der gekauerten Haltung drohte Frances' rechtes Bein einzuschlafen, und sie versuchte, möglichst unauffällig das Gewicht zu verlagern. Dabei quietschte die Diele unter ihr. Erschrocken blickte sie zur Leiterin, die erneut aus der Flasche trank. Sie schien ihre Umgebung gar nicht wahrzunehmen, sondern starrte auf einen weit entfernten Punkt.

»Du hast mein Herz gebrochen. Und jetzt muss ich Mädchen ausbilden, die ihre Herzen von Männern wie dir brechen lassen.« In diesem Augenblick schmiss die Leiterin die Flasche gegen die Wand, wo sie mit einem lauten Knall zerbarst. Vor Schreck zog Frances den Kopf ein. Zu ihrem Glück traf es nicht die Wand, an der sie kauerte. Mrs Worsley öffnete nun eine weitere Schublade und holte eine neue Flasche hervor. »Warum hast du mir das angetan?«, jaulte sie auf, nachdem sie davon getrunken hatte. »Warum?«

Sie klang mit einem Mal so verwundbar, dass Frances Mitleid bekam. Mrs Worsley stellte die Flasche auf dem Tisch ab, schob den Stuhl zurück, stand auf und ging zur Tür. Das zerbrochene Glas knirschte unter ihren Schuhsohlen. Als sie die Tür hinter sich geschlossen hatte, atmete Frances auf. Ihre Erleichterung währte allerdings nur so lange, bis der Schlüssel im Schloss umgedreht wurde. Wenn sie nicht umgehend um Hilfe rufen und somit die Leiterin auf sich aufmerksam machen würde, was allerdings eine Strafe mit sich zöge, wäre sie dazu verdammt, die Nacht im Arbeitszimmer zu verbringen. Am nächsten Morgen müsste sie auch noch das Dienstmädchen bestechen, damit es sie nicht verriet. Sie saß in der Falle.

»Geschafft!« Triumphierend hielt Frances das Buch hoch, das sie Mrs Worsley gestohlen hatte. Ihre Freundinnen Rose und Prudence, die in ihrem Versteck auf dem Dachboden auf sie gewartet hatten, blickten sie erwartungsvoll an.

»Zeig her«, forderte Rose sie auf, während sie Prudence die Locken mit einem heißen Eisen machte.

Frances ging zu ihnen. »Ihr glaubt nicht, was gerade passiert ist«, erzählte sie dabei. »Beinahe hätte mich die Alte erwischt, und dann hat sie mich im Zimmer eingesperrt und …«

Anstelle ihr zu dem gelungenen Unterfangen zu gratulieren, stieß Prudence einen Schrei aus: »Aua!«

Rose hatte ihr die Kopfhaut versengt. »Das wollte ich nicht«, entschuldigte sie sich und legte das Eisen auf einer Schale mit glühenden Kohlen ab, »es tut mir so leid, Pru.«

Die Luft auf dem Dachboden roch nach verschmorten Haaren. Prudence fasste panisch nach den Strähnen, die auf

Papier gerollt waren. »Sind sie noch dran?« Sie zog fester an den aufgerollten Locken. Als kein einziges Haar zu Boden fiel, atmete sie erleichtert aus. »Wenn die jetzt alle weg wären …«

»Sind sie aber nicht«, versicherte Rose. Unterdessen zauberte Frances die Flasche hervor, die sie zusammen mit dem Buch gestohlen hatte. Sie nahm einen großen Schluck daraus.

»Sherry! Lecker«, lockte sie die Freundinnen.

»Lass uns noch was übrig«, beschwerte sich Prudence und rubbelte über die Farbreste an ihren Fingern, die sie nach ihren Malstunden nie ganz abwaschen konnte. Frances reichte die Flasche derweil an Rose weiter. »Wie bist du eigentlich rausgekommen?«, wunderte sich diese.

»Durchs Fenster.«

»Das liegt im ersten Stock.« Prudence blickte sie ungläubig an.

»Ich hab das Buch und die Flasche auf dem Rücken in mein Nachthemd eingeknotet, mich ans Fensterbrett gehängt und mich abgelassen.«

»Du bist vollkommen überdreht«, bemerkte Prudence, aber ihr Tonfall verriet, dass sie beeindruckt war. Frances grinste zufrieden und ließ sich auf einem der mit Stroh gefüllten Säcke nieder, die sie auf den Dachboden geschmuggelt hatten, um es bei ihren nächtlichen Zusammenkünften bequemer zu haben. Dann schlug sie das gestohlene Buch auf, stellte es auf ihrem Busen ab und hielt es mit einer Hand fest. Mit der anderen Hand streichelte sie über ihren Bauch, dessen zarte Haut bei der Flucht über die raue Fensterbank aus Stein aufgekratzt worden war.

»Ein Dialog zwischen einer verheirateten Lady und einer Jungfrau«, zitierte sie den Titel und feixte. »Ich bin mir sicher, es geht dabei nicht um das Führen eines Haushalts.«

»Bestimmt nicht, wenn Mrs Worsley das Buch konfisziert hat«, erwiderte Rose neugierig, nachdem auch sie einen Schluck getrunken hatte. »Lies vor!«

Frances setzte gerade an, eine Passage aus dem Buch vorzutragen, das die Leiterin des Mädchenpensionats einer neu angekommenen Schülerin abgenommen hatte, als sie die Schachtel mit dem Schokoladenkonfekt sah, die neben Prudence' Stuhl auf dem Boden lag. »Sind das Pralinen?«

»Hat meine Mutter mir geschickt«, antwortete Rose. »Lass es dir schmecken.« Frances streckte sich aus, zog die Schachtel heran und genoss die herbe Süße, während sie kaute.

»Kann ich nicht von deiner Familie adoptiert werden?«, schlug sie scherzhaft vor, während Rose die aufgerollten Papiere aus Prudence' Haaren entfernte. Deren rotblonde Strähnen fielen in schwungvollen Wellen auf die nahezu weißen Schultern. Niemand war so schön wie Pru, dachte Frances bei sich.

»Und? Wie sehe ich aus?« Prudence griff nun ihrerseits nach der Flasche.

»Wie ein Hochlandrind«, zog Frances sie liebevoll auf. »Fehlen nur die Hörner.«

Die Freundin verschluckte sich lachend am Sherry, so dass Rose ihr auf den Rücken klopfen musste. »Es wird Zeit, dass ich hier wegkomme«, keuchte sie dann. »Wenn ich noch ein Jahr länger in der Gesellschaft von Kühen verbringe, fange ich garantiert zu muhen an.«

»So schlecht ist es auch nicht.« Rose nahm ihr die Flasche ab. »Wir haben doch uns.«

»Eben«, sagte Frances, während sie eine weitere Praline in den Mund schob, ihre Freundinnen betrachtete und sich vorstellte, wie schön es wäre, wenigstens noch ein Jahr mit ihnen zusammenzubleiben. Sicher, es gab im Mädchenpensionat nicht sonderlich viel Abwechslung, und manche regenverhangenen Tage wären fürchterlich langweilig, wenn sie Prudence und Rose und ihr Versteck auf dem Dachboden nicht hätte. Hatte sie aber. Selbst wenn nichts Besonderes passierte, fanden sie immer noch etwas zu lachen. Außerdem versprach das brisante Buch ein paar zusätzliche unterhaltsame Stunden.

»Aber könnt ihr euch das vorstellen, endlich auf einem Ball in London zu sein? All die schönen Kleider …«, sagte Prudence.

»Und die Männer, meinst du«, warf Frances ein. Sie kicherten. Nun hielt sie das Buch so, dass die Kerze, die ein wenig Licht in der Dunkelheit spendete, einen Teil der Buchseite erhellte. »›Nachdem er mein Kleid und die Schürze bis über mein Knie geschoben hatte, begann er, meine Oberschenkel zu berühren‹«, las sie vor, dabei fühlte sich ihr Mund ganz trocken an. Prudence schnappte so hörbar nach Luft, dass Frances eine Pause machte und sie angrinste.

»Lies weiter«, forderte Rose sie sichtlich fasziniert auf, wobei sie mit den Zähnen an einem Fingernägel riss.

»›Und wenn du gesehen hättest, wie seine Augen dabei funkelten. Dann fuhr seine Hand höher und nahm Besitz von dem Ort, der uns von den Männern unterscheidet.‹«

»O mein Gott.« Prudence schlug die Hände vor den Mund.

»Da kommt noch mehr«, sagte Frances. »›Dieser Ort, sagte er, wird mich zum glücklichsten Mann auf der Welt machen, Octavia. Während ich noch ganz außer mir war, führte er seinen Finger in den Spalt …‹«

»Du machst dich über uns lustig«, beschwerte sich Prudence, nahm ihr das Buch ab und überflog die Seiten. Anschließend blickte sie mit glühenden Wangen auf. »Das ist …« Sichtlich überfordert rang sie nach Worten.

»Spannend«, sagte Rose und griff ihrerseits nach dem Buch. »Kein Wunder, dass Mrs Worsley es einkassiert hat.« Sie blätterte die Seiten interessiert um. »Jetzt sehen sich die Cousinen gegenseitig ihre … na, ihr wisst schon … an.«

»Das ist vollkommen unmoralisch«, erwiderte Prudence schockiert. »Wir sollten es verbrennen, bevor uns jemand damit erwischt.«

»Auf gar keinen Fall«, insistierte Frances. »Wenn das Buch fehlt, merkt Mrs Worsley doch, dass jemand in ihrem Arbeitszimmer war.«

»Außerdem«, sagte Rose, »stehen hier Sachen drin, von denen wir überhaupt keine Ahnung haben, weil uns niemand davon erzählt. Oder wusstet ihr, dass wir da unten eine …« Sie zögerte, bevor sie weitersprach: »Eine Klitoris haben?«

»Was ist das?«, erkundigte sich Frances.

»So was dürfen wir aber nicht lesen«, mischte sich Prudence entsetzt ein. »Bring das Buch sofort zurück.«

»Dann willst du gar nicht wissen, was zwischen Mann und Frau im Ehebett passiert?«, fragte Frances herausfordernd.

»Nein. Doch. Aber …« Sie war hochrot angelaufen. »Stellt euch vor, wenn unsere Mütter das erfahren …«

»Ich bin mir sicher, die wissen das längst«, zog Frances sie auf.

»Wenn herauskommt, dass wir das Buch gelesen haben, ist das ein Skandal!«, versicherte Prudence vehement. »Ich riskiere garantiert nicht meinen Ruf, jetzt, wo ich so kurz davorstehe, in die Gesellschaft in London eingeführt zu werden und meinen zukünftigen Ehemann kennenzulernen.«

»Glaubst du denn, diese Saison ist es so weit?«, fragte Rose, und Frances meinte, ein leichtes Zittern in ihrer Stimme zu hören.

»Ich bin neunzehn Jahre alt. Da ist es wirklich an der Zeit«, stellte Prudence klar. »Außerdem ist es eine Ehre, als Debütantin in der Ballsaison präsentiert zu werden.«

»Ja, vielleicht«, erwiderte Rose und legte das Buch weg. »Eigentlich wäre ich auch gerne mal bei einem richtigen Ball. Die Musik und die Tänze, das muss so schön sein.« Sie reichte Prudence die Hand. »Darf ich bitten, Mylady?«

»Gewiss, Mylord«, hauchte Prudence affektiert, ließ sich von Rose hochziehen und fing an, mit ihr zu einer imaginären Musik zu tanzen. Obwohl die beiden nur Nachthemden trugen und der Schein der Kerze den Dachboden kaum erhellte, kam es Frances so vor, als würden sie elegant herausgeputzt unter einem Kronleuchter ihre Runden drehen. Prudence war eine Augenweide, und Rose strahlte unnachahmliche Anmut und Leichtigkeit aus, während sie der Freundin ins Gesicht blickte und ihre Hand hielt. Niemand konnte so tanzen wie Rose. So völlig eins mit sich und ihrem Körper. Gedankenverloren griff Frances zu einer weiteren Praline.

»Komm schon, Franny, lass das Konfekt und mach mit«, forderte Prudence sie auf. Sie legte die Schachtel zur Seite und ging zu den beiden Freundinnen. Gerade wollte sie die Arme um sie legen, da wich Prudence einen Schritt zurück. »Hast du etwa Schokolade an den Händen?«

Frances leckte ein paar der Flecken von den Fingern. »Jetzt nicht mehr.«

Die drei umarmten sich und tanzten ohne Musik. Frances wurde ganz warm zumute, so nah war sie den anderen beiden, und so verbunden fühlte sie sich mit ihnen. Sie waren eine Einheit, eine verschworene Gruppe, fast so etwas wie eine Familie. Sie waren echte Freundinnen.

Als sie sich schließlich auf die mit Stroh gefüllten Säcke fallen ließen, seufzte Rose auf und sprach das aus, was Frances dachte: »Ich wünschte, wir könnten für immer zusammenbleiben.«

In ihr verknotete sich etwas, als sie daran dachte, dass sie eines Tages von Rose und Prudence getrennt werden könnte. Sie schluckte den bitteren Geschmack im Mund herunter, der sich auf die Süße der Schokolade gelegt hatte. »Wir heiraten einfach alle denselben Mann«, versuchte sie, ihre Angst mit einem Witz zu vertreiben.

»Dann bekommst du ihn an Montagen und Dienstagen, Rose ihn mittwochs und donnerstags, und ich bin Freitag und Samstag dran. An Sonntagen haben wir frei«, griff Prudence den Scherz auf. »Und er muss ganz schön viel Geld haben, um uns drei zu unterhalten. Ich teile vielleicht den Mann mit euch, aber bestimmt nicht meine Garderobe.«

Sie lachten wieder, bis Rose schlagartig damit aufhörte. »Zwischen uns darf nie ein Mann kommen, versprecht mir das«, bat sie ernst.

»Das verspreche ich«, sagte Frances mit fester Stimme.

Prudence kicherte. »Ihr seid ja dramatisch. Aber gut, versprochen.«

Mrs Worsley ließ ihre Stimme wie Peitschenhiebe auf ihre Schützlinge hinabsausen, während sie zwischen ihnen auf und ab ging und aus einem aufgeschlagenen Buch vorlas: »›Um auf die Art der Bücher zurückzukommen, die so viele der Leserinnen lieben …‹ Miss Darlington, Sie sitzen völlig krumm. Drücken Sie den Rücken durch. Und den Bauch einziehen.«

Frances zuckte zusammen, als sie angesprochen wurde. Übermüdet, wie sie war, hatte sie gar nicht zugehört. Doch der Blick der Leiterin aus rot geäderten Augen registrierte unbarmherzig alles, was ihre Schülerinnen in dem kahlen Schulraum taten, während sie aus James Fordyces »Predigten an junge Frauen« zitierte. Zusammen mit dreizehn anderen Mädchen saß Frances vornübergebeugt da und fuhr mit Nadel und Faden ein Muster nach, das auf einen in einen Stickrahmen gespannten Stoff gezeichnet war. Mrs Worsley warf Frances noch einen strengen Blick zu, dann fuhr sie fort: »›Die Brut der Schriftsteller unserer Zeit, ich meine die, die wir der gewöhnlichen Herde von Theaterautoren zurechnen ...‹« Es kam Frances vor, als zöge die Leiterin des Mädchenpensionats ein Vergnügen daraus, den Schülerinnen die von Moral triefenden und unfassbar langweiligen Abhandlungen des schottischen Geistlichen vorzutragen.

Erst als Mrs Worsley an ihr vorbeigegangen war, wagte sie es, von ihrer Stickarbeit aufzublicken, sich umzudrehen und nach Rose und Prudence zu sehen. Rose gab mit ihrer bleichen Gesichtsfarbe und den bläulichen Augenringen einen kläglichen Anblick ab. Frances nahm an, dass sie selbst kaum einen frischeren Eindruck machte, so sehr zitterte ihre blasse Hand an diesem Morgen. Zudem war ihr übel. Nur Prudence wirkte, als hätte sie die Nacht brav in ihrem Bett im Schlafsaal verbracht, anstatt auf dem Dachboden den Sherry der Leiterin zu trinken und unanständige Passagen aus einem gestohlenen Buch zu lesen. Wie sie das anstellte, war Frances ein Rätsel. Nun fing Prudence ihren Blick auf und grinste sie hinter Mrs Worsleys Rücken an.

»›Diese Bücher führen zu einer falschen Auffassung vom Leben und vom Glück‹«, fuhr die Leiterin mit der langweiligen Lesung fort. »›Sie stellen Laster als bloße Schwächen dar. Und Schwächen als Tugenden. Sie erzeugen derart verdorbene und aufrührerische Ideen von Liebe ...‹ Gerade sitzen, Miss Sholten, den Rücken durchdrücken! Wo war ich ...«

Frances konnte schon im wachen Zustand kaum den drögen Ausführungen folgen. In ihrer jetzigen Verfassung rauschten die Sätze nur so an ihr vorüber. Sie dachte darüber nach, wie sie sich in der Nacht noch zurück ins Arbeitszimmer der Leiterin des Mädchenpensionats geschlichen und das Buch zurückgelegt hatte. Den Sherry hatte sie zudem mit Tee und Zucker aufgefüllt, damit nicht auffiel, dass sie davon getrunken hatten.

»Miss Darlington.« Die Stimme Mrs Worsleys drang zu ihr durch, während der Geruch nach Lavendel, der von ihr ausging, in ihre Nase stach. »Sticken oder schlafen Sie? Wo sind Sie nur mit Ihren Gedanken?«

Bei den unanständigen Passagen aus dem Buch, aber das konnte Frances nicht laut sagen. Ein belustigtes Schnaufen entwich ihr, bevor sie die Hand auf den Mund pressen konnte. Unmittelbar darauf hörte sie ein unterdrücktes Kichern von Rose.

»Miss Oakley«, tadelte Mrs Worsley, wobei sie mit dem Finger auf Rose zeigte, als wolle sie sie aufspießen. »Ermuntern Sie Miss Darlington nicht noch zu diesem Benehmen.«

Frances neigte den Kopf zur Seite und linste zu Rose, die lautlos das Wort »Klitoris« mit dem Mund formte. Frances musste sich in die Hand beißen, um das Lachen zu ersticken. Tränen sammelten sich in ihren Augen.

»Was ist bloß mit Ihnen los? Trennen Sie die Stiche auf, und beginnen Sie von vorn.« Mit der Zunge missbilligend schnalzend ging Mrs Worsley weiter. Der muffige Geruch ihres Parfüms hielt sich noch ein wenig länger in Frances' Gegenwart auf.

Nachdem sie sich wieder beruhigt hatte, senkte sie den Blick und löste die misslungenen Stiche einen nach dem anderen auf. Obwohl ihr etwas flau war, fühlte es sich dennoch gut an, letzte Nacht in aller Heimlichkeit ein Stück Unabhängigkeit ausgelebt zu haben. Sie wünschte nur, sie könnte sich auch tagsüber selbstständig bewegen. Frances rutschte auf ihrem Stuhl herum. Ihre Fußsohlen kribbelten, und sie spürte das Bedürfnis, ihren benommenen Kopf an der Luft durchpusten zu lassen.

Der drängende Wunsch nach Bewegung breitete sich immer stärker in ihr aus, während Mrs Worsley die Ermahnungen unbarmherzig weiter vortrug. Es tat Frances zunehmend körperlich weh, still sitzen zu müssen. Sie blickte zum Fenster, das wie zum Hohn einen hellblauen Märzhimmel präsentierte, auf dem nur der Wind eine einsame Wolke vor sich her scheuchte. Die das Pensionat umgebenden Felder waren noch kahl, nur auf den Wiesen breitete sich allmählich ein grüner Schimmer aus. Weit entfernt hoben sich am Horizont dunkel die Umrisse der Highlands ab.

Frances wollte nicht nur, sie musste nach draußen. Jetzt. Es duldete einfach keinen Aufschub mehr. Sie schob den Stuhl nach hinten, wobei dessen Beine so über den Holzboden schabten, dass alle Köpfe zu ihr herumfuhren. Prudence und Rose blickten sie fragend an. Frances hob als stumme Antwort leicht die Schultern, dann knickste sie vor Mrs Worsley. »Verzeihung.«

»Was ist denn nun schon wieder?«

»Ich fühle mich unpässlich. Sie wissen ja, das Frauenleiden.« Das war zwar eine Lüge, aber bei diesem Thema lief die Leiterin des Mädchenpensionates im Gesicht rot an und fragte nicht weiter nach. Man hätte meinen können, sie wäre es gewöhnt, immerhin durchlebten vierzehn Schülerinnen einmal im Monat diese Zeit. Doch jedes Mal reagierte sie wieder aufs Neue mit Scham.

»Oh. Dann gehen Sie. Los, los.«

Frances drehte ihr den Rücken zu, zog in Richtung ihrer Freundinnen eine Grimasse und verließ so schnell sie konnte den stickigen Raum.

Als sie über den ausgetretenen Pfad durch die Felder lief, die spät im März endlich aus ihrem Winterschlaf erwachten, atmete sie tief und befreit durch. Über ihr kreiste ein Greifvogel auf der Suche nach leichter Beute. Links und rechts grasten Schafe, die sich wie helle Punkte von dem Wiesengrün abhoben. Die feuchte Luft roch nach Erde und Schafsdung und Frances sog den scharfen Geruch so gierig in ihre Lungen auf, als könnte sie damit selbst zum Teil der Landschaft werden. Am liebsten würde sie mit Prudence und Rose zusammen für immer hierbleiben, trotz Mrs Worsley. Sie spürte Sehnsucht nach den Freundinnen in sich aufsteigen und drehte schließlich um. Hoffentlich hatte die Leiterin ihre langweiligen Ausführungen mittlerweile beendet. Es würde noch viele Stunden dauern, bis Frances eine weitere Gelegenheit fand, das brisante Buch abermals zu stehlen und gemeinsam mit den Freundinnen weiter darin zu lesen, aber allein die Vorfreude darauf ließ ihre Schritte größer werden.

Als sie in das Studierzimmer trat, war Prudence dabei, eine Skizze von Rose anzufertigen, die im Unterkleid auf einem Bein stand und die Arme wie zum Tanz erhoben hatte. Auf ihrer hellen rosafarbenen Haut waren die unzähligen Sommersprossen in den langen Wintermonaten weitgehend verblasst. In völliger Konzentration zeichnete Prudence, wobei sie ihre Zungenspitze zwischen den Lippen hervorschob. Frances bewunderte die Fähigkeit der Freundin, mit wenigen Strichen das Gefühl von Dynamik hervorzurufen. Als Rose Frances bemerkte, geriet sie in ihrer Position ins Schwanken. »Halt still«, beschwerte sich Prudence, dann blickte sie auf. Sie sah Frances und strahlte. »Wir haben tolle Neuigkeiten«, verkündete sie. Ein Blick zu Rose sagte Frances jedoch, dass diese die Euphorie der Freundin nicht ganz teilte.

»Es tut mir leid«, erklärte Rose bedrückt und stellte beide Füße auf den Boden. »Unsere Mütter haben geschrieben. Pru und ich gehen nach London zurück.«

Erschrocken sah Frances sie an. »Was?«

»Wir werden in die Gesellschaft eingeführt«, sprudelte Prudence mit geröteten Wangen hervor. »Als Debütantinnen zur Ballsaison, ist das nicht phantastisch?«

»Und ich?«, fragte Frances entsetzt.

»Ich weiß nicht«, erwiderte Rose unglücklich, und in Frances tat sich ein Abgrund auf.

Vor anderthalb Jahren hatte sie zunächst Angst vor der schottischen Einsamkeit gehabt, in die ihre Mutter sie nach dem gesellschaftlichen Skandal um ihre ältere Schwester Anthea verbannt hatte, als diese mit einem Dienstboten davongelaufen war. Sobald sie allerdings Rose und Prudence kennengelernt hatte, war das Mädchenpensionat ihr als großes Glück erschienen. Sie hatte sich noch nie zuvor jemandem so nahe gefühlt wie den beiden, nicht einmal ihrer eigenen Schwester. Und sie wollte sich auf gar keinen Fall von ihnen trennen.

»Ihr müsst bleiben«, entfuhr es ihr.

»Das geht nicht«, sagte Rose bedrückt. »Meine Mutter meint, es wäre an der Zeit, einen geeigneten Heiratskandidaten für mich zu finden.« Sie sah nicht aus, als würde sie darüber in Verzückung geraten, was Frances Hoffnung gab, doch dann sprach sie weiter. »Mein Bruder ist bereits auf dem Weg hierher, um uns abzuholen.«

»Aber …«, setze Frances an und verstummte wieder.

»Es kann ja nicht mehr lange dauern, bis du auch nach London geholt wirst«, versuchte Prudence, sie zu trösten.

Frances schüttelte den Kopf. »Es sind erst zwei Jahre seit dem Skandal vergangen. Ich glaube nicht, dass alles schon vergessen ist. Wahrscheinlich muss ich noch ewig hierbleiben. Ohne euch.«

Sie schwindelte, und sie ließ sich an der Wand zu Boden gleiten.

Zu allem Überfluss musste Frances im Bett liegen bleiben, als sich die anderen Schülerinnen in Zweierreihen aufstellten, um ins nächste Dorf zu spazieren. Mrs Worsley hielt viel von körperlicher Ertüchtigung ihrer Schützlinge und predigte ihnen täglich, wie wichtig eine gute Haltung und die Ausstrahlung einer Lady dafür seien, einen Ehemann zu finden. Niemand war sonderlich erpicht darauf, den ganzen Unterricht lang aufrecht dasitzen zu müssen, aber jeder Grund, um andere Menschen, besonders junge Männer, zu sehen, war den Mädchen recht. Deshalb beeilten sie sich, so dass sich die Schlange bald entfernte. Frances, die ihnen durch das Fenster nachsah, wünschte, sie könnte mit ihnen laufen. Stattdessen war sie zur Untätigkeit verdammt.

Zwischen den Wolken brach die Sonne hervor. In den Strahlen, die durch das Scheibenglas fielen, tanzte Staub. Frances stellte sich vor, wie sie die winzigen, im Licht glitzernden Partikel einatmete, bis diese zu einem Teil von ihr wurden, den sie mit dem nächsten Atemzug wieder hinausblies. Um noch einen Moment länger von diesem Glitzer erfüllt zu sein, hielt sie die Luft an und ließ sie erst wieder ausströmen, als sie gar nicht mehr anders konnte.

Wie sollte es nur werden, wenn die beiden Freundinnen nach London gehen und sie zurücklassen würden? Was sollte sie dann tun? Sie sollte lieber daran denken, dass sie eines Tages wieder mit Prudence und Rose vereint sein würde. Eines sehr weit entfernt liegenden Tages. Ihre Augen fingen zu brennen an. Sie musste Geduld haben, redete sie sich zu.

Geduld. Gelassenheit. Geduld. Frances strengte sich an. Wenn sie doch nur eine Begabung hätte, die sie die Zeit vergessen ließe. Wenn sie malen könnte wie Prudence, dann würden ihr die einsamen Stunden sicher nicht so lang vorkommen. Oder wenn sie eine derartige Begabung für das Tanzen hätte wie Rose. Stattdessen konnte sie einfach nichts richtig. Selbst wenn sie irgendwann einmal in die Londoner Gesellschaft eingeführt werden würde, hätte sie außer einer anstrengenden Mutter wenig vorzuweisen, um einen Lord, Earl oder Viscount dazu zu bringen, ihre Tanzkarte zu füllen oder gar um ihre Hand anzuhalten. Sie besaß keinerlei herausragendes Talent, wenn man von der Begabung zum

Stehlen mal absah. Nur bezweifelte sie, dass dies eine Fähigkeit war, die ihre Chancen auf eine Heirat mit einem Lord erhöhten.

Derartige Gedanken beschäftigten sie, bis Mrs Worsley mit den Schülerinnen endlich zurückkam. Eigentlich sollten sie am Nachmittag jede für sich Predigten lesen, während die Leiterin sich in ihr Arbeitszimmer zurückzog, angeblich um dort zu arbeiten. Stattdessen nutzten die Freundinnen die Zeit, um sich im Schlafsaal an Frances' Bett gedämpft zu unterhalten.

»Ich freue mich so auf die Bälle …«, raunte Prudence. Rose schüttelte den Kopf und warf Frances einen mitfühlenden Blick zu. »Könnt ihr euch das vorstellen?«, sprach Prudence dennoch in schwärmerischen Tonfall weiter. »Lauter neue Kleider, teurer Schmuck, Verehrer en masse …«

»Nein, kann ich nicht«, sagte Frances niedergeschlagen.

»Wenn wir in London sind, reden wir deiner Mutter so lange zu, bis sie dich nachholt«, versuchte Prudence, ihre Stimmung zu heben. »Bis dahin lernen Rose und ich schon mal die interessantesten Leute kennen und stellen dich vor, wenn du nachkommst.«

»Und was ist, wenn wir uns in der Zwischenzeit aus den Augen verlieren?«, überlegte Frances.

»Unsinn«, erwiderte Rose. »Wenn du auch in London bist, werden wir alles zusammen machen und gemeinsam die Nächte durchtanzen!«

Frances versuchte vergeblich, sich ein Lächeln abzuringen. »Ich will nicht hierbleiben«, gab sie zu. »Ich will mit euch zusammen sein.«

»Das wirst du auch«, versicherte Prudence.

»Und wenn ich endlich nach London komme und ihr bereits verheiratet seid?«, warf Frances ein.

»Selbst wenn ich verlobt oder verheiratet bin, werde ich euch trotzdem so oft sehen wie jetzt«, behauptete Prudence. »Vielleicht nicht jeden Tag, aber mindestens jeden zweiten.«

»Wer sagt, dass dein Mann das erlauben wird?«, warf Rose skeptisch ein.

»Ich sage das«, erklärte Prudence überzeugt. »Ich will mindestens eine Viscountess oder besser noch Duchess werden. Mit einem mächtigen Mann kann ich alles tun, was ich will.«

»Du kannst tun, was dein Mann dir erlaubt«, verbesserte Rose. »Nur weil ein Mann Macht hat, heißt das nicht, dass er seiner Frau dieselbe Macht zugesteht. Im Gegenteil. Er erhält mit der Heirat ja auch noch die Macht über dich dazu. Und wenn er vom Stand her weit über dir steht, wird er dich das sicher spüren lassen.«

»Dann werde ich mir eben einen Mann suchen, der mir jeden Wunsch von den Lippen abliest«, beharrte Prudence auf ihrer Vorstellung. So vehement, wie sie diese vortrug, verflog beinahe jeder Zweifel daran, dass ihr die Umsetzung gelingen würde. Es stand für Frances außer Zweifel, dass die selbstbewusste Prudence das Zeug dazu hatte, einen Duke um den Verstand zu bringen.

»Versprich, dass du uns nicht vergessen wirst, wenn du heiratest«, bat Frances, die sich aufgesetzt hatte.

»Natürlich nicht, Dummerchen.« Prudence beugte sich zu ihr und umarmte sie.

»Ihr werdet immer meine besten Freundinnen bleiben«, erklärte Frances und musste schlucken. Sie spürte, wie sich Rose an sie schmiegte und Prudence und sie festhielt, so dass sie sich ein wenig getröstet fühlte. Eng umschlungen saßen sie auf der Matratze. Frances, Rose und Prudence.

»Ich kriege keine Luft mehr«, keuchte Frances nach einer Weile auf und machte sich los.

»Lasst uns noch mal richtig feiern, bevor wir abreisen!«, entschied Prudence.

Sobald die anderen Schülerinnen schliefen und es im Haus still geworden war, stand Frances auf und ging mit nackten Füßen vorsichtig zur Tür, wobei sie die Dielenbretter ausließ, die unter ihrem Gewicht knarren konnten. Wie ein aufbrausendes Meer an leisen und lauten Tönen atmeten die anderen jungen Frauen im Schlaf. In der Dunkelheit vermochte Frances die Umrisse von Prudence und Rose zu erkennen, die sich ebenfalls erhoben und ihr folgten. Da stieß Frances mit dem Fuß gegen etwas, das zu kullern begann. Ein Nachttopf. Sie beugte sich hinunter und hielt ihn fest, bevor der Lärm die anderen aufwecken konnte. Zum Glück war der Topf unbenutzt.

Nachdem sie durch die Tür getreten waren, schloss Rose diese ganz behutsam. »Bis gleich«, wisperte Frances, als sich auf dem Flur ihre Wege trennten und die Freundinnen auf den Dachboden stiegen, während sie die Treppe hinunter in den ersten Stock zum Arbeitszimmer der Leiterin ging. Auch wenn ihr Herz wegen des drohenden Abschieds schwer war, freute sie sich auf diese Nacht, in der sie zusammen mit Prudence und Rose einem großen Rätsel auf die Spur kommen und dank des Buches endlich erfahren würden, was zwischen Mann und Frau in der Hochzeitsnacht geschah und was es mit diesem seltsamen Wort »Klitoris« genau auf sich hatte. Aus dem Studierzimmer hörte sie das Ticken der Standuhr. In der Holzdecke über ihrem Kopf raschelten Mäuse. Ansonsten war es still. Alles schlief – bis auf die drei Freundinnen.

Frances atmete durch und schlich weiter zum Arbeitszimmer. Dort angelangt, stellte sie sich auf die Zehenspitzen und fühlte auf dem Türrahmen nach dem Schlüssel. Die Finger berührten die Wand. Irritiert tastete sie alles ab. Nichts. Da war kein Schlüssel. Sie probierte die Klinke, doch die Tür war verschlossen. Frances fragte sich noch, ob sie von außen durch das Fenster einsteigen könnte, als sie in ihrem Rücken ein Räuspern hörte.

»Suchen Sie das hier?«, fragte eine Stimme. Frances fuhr herum. Vor ihr stand Mrs Worsley mit einer Kerze in der einen Hand. In der anderen hielt sie den Schlüssel hoch.

In Frances' Kopf war alles wie leer gefegt. Sie suchte nach einer Erklärung. »Ich bin … Ich wollte …«

»Sie wollten mich bestehlen«, warf ihr die Leiterin vor.

»Nein, ich wollte zur Toilette und habe mich verlaufen«, fiel ihr ein. Mrs Worsley sah nicht überzeugt aus. Sie schloss die Tür zum Arbeitszimmer auf.

»Rein mit Ihnen«, befahl sie. Frances blieb nichts anderes übrig, als den Raum zu betreten. Im Kamin brannte ein Feuer.

»Setzen Sie sich, Miss Darlington.«

Frances nahm auf dem unbequemen Holzstuhl Platz, auf den Mrs Worsley zeigte. Die ältere Frau blieb stehen und sah auf sie herab.

»Ich dulde nicht, dass meine Schützlinge mich hintergehen«, sagte sie. »Das wird Konsequenzen haben.«

Frances dachte an mögliche Strafen und daran, dass sie die größte Strafe der Welt längst erhalten hatte, weil sie sich von ihren Freundinnen trennen musste. Etwas Schlimmeres konnte die Leiterin ihr gar nicht mehr antun.

»Das Einzige, was die Bestrafung noch abmildern kann, ist die Wahrheit: Mit wem stecken Sie unter einer Decke?«

»Mit niemandem«, behauptete Frances. Unter keinen Umständen würde sie Prudence und Rose mithineinziehen. Mrs Worsley sah sie skeptisch an, deshalb redete sie weiter: »Ich bin ständig aufgewacht und dann auf die Idee gekommen, einen Schluck Alkohol zu trinken, um wieder einzuschlafen, und mir ist eingefallen, dass Sie eine Flasche hier aufbewahren …«

»Und als Sie nach der Flasche gesucht haben, ist Ihnen ein Buch in die Hände gefallen«, vervollständigte Mrs Worsley. Frances sah sie überrascht an. Sie konnte sich gut daran erinnern, wie sorgfältig sie das Buch in die Schublade zurückgelegt hatte. Wie um alles in der Welt hatte Mrs Worsley herausgefunden, dass es von ihnen gelesen worden war?

»Man sollte kein Papier anfassen, wenn man Schokolade gegessen hat«, klärte diese sie auf.

»Ich war nur neugierig«, verteidigte Frances sich. »Niemand erzählt uns von diesen Sachen.«

Die Leiterin beugte sich vor und musterte sie durchdringend. Die Flammen der Kerzen spiegelten sich in ihren Pupillen. Frances rutschte auf dem Stuhl nach hinten, bis die Lehne in ihren Rücken drückte. Sie erinnerte sich an Mrs Worsleys Klage, dass sie auf einen Mann hereingefallen sei, als sie jung war. »Finden Sie es nicht auch ungerecht, dass wir Frauen nichts davon wissen?«, wagte sie sich vor. »So sind wir dazu verdammt, Opfer von Männern zu werden, die unsere Unschuld ausnutzen. Es sei denn, wir könnten lernen, was uns erwartet. So wie wir gutes Benehmen bei Tisch erlernen. Lassen Sie mich bitte das Buch lesen! Es braucht auch keiner zu erfahren.«

Mrs Worsley drehte sich wortlos um, ging zum Schreibtisch und zog die Schublade auf. Frances beobachtete, wie sie das Buch hervorholte.

»Ich habe mir meine Existenz mühsam aufgebaut«, sagte die Frau mit bebender Stimme. »Mir ist nichts geschenkt worden. Und ich werde mir das nicht nehmen lassen. Von niemandem.« Daraufhin warf die Leiterin das Buch, ohne zu zögern, ins Feuer. »Kein Wort. Wenn Sie auch nur einer Menschenseele davon erzählen, Miss Darlington, werden Sie es bitter bereuen.«

Frances nickte stumm. Ihr Blick wanderte zu den Flammen, die sich hungrig durch in Seiten des Buches schlugen. Im Nu war das Papier verkohlt, und ihre einzige Möglichkeit, mehr über das große Mysterium zwischen Frau und Mann zu erfahren, hatte sich in Rauch aufgelöst.

Kapitel 2

Ihre Füße baumelten ein ganzes Stück über dem steinernen Fußboden, während Frances in dem an einem Deckenbalken befestigten Streckungsapparat steckte, einer Konstruktion aus Stahlbändern, die ihren Nacken und ihren Oberkörper hielten, wobei der Rest ihres Körpers einfach herunterhing.

»Denken Sie an Ihre Haltung, Miss Darlington, immer aufrecht. Sie müssen ihre Nackenmuskulatur dringend stärken«, sagte Mrs Worsley, die den Apparat justierte. »Eine Frau aus gutem Haus erkennt man auf den ersten Blick an ihrer aufrechten Haltung. Wenn Ihre Schultern weit nach vorne gebeugt sind, hält man Sie noch für ein leicht zu habendes Dienstmädchen.«

Normalerweise hätte Frances Himmel und Hölle in Bewegung gesetzt, um nicht in diesen Apparat gepresst zu werden. Angesichts der letzten Nacht hielt sie es jedoch für klüger, nicht dagegen zu protestieren. Unter keinen Umständen wollte sie riskieren, dass Mrs Worsley sie zur Bestrafung einsperrte, so dass sie die letzten Tage oder Stunden nicht mehr mit den Freundinnen verbringen konnte. Sie beabsichtigte, jeden Augenblick, der ihr noch mit Rose und Prudence blieb, in sich aufzusaugen.

Unter der Decke hängend dachte Frances ernsthaft darüber nach, ob Prudence nicht recht damit haben könnte, sich einen möglichst machtvollen Mann suchen zu wollen. Mit einem Duke an ihrer Seite würde es niemand wagen, sie in einen solchen Apparat zu stecken. In der Welt des Mädchenpensionats hatte Mrs Worsley ohne Frage einiges an Macht über ihre Schülerinnen, angesichts eines Lords oder Viscounts würde die Leiterin sich aber knicksend dessen Wünschen unterwerfen, da war Frances sicher.

Als hätte die Lehrerin ihre Gedanken gelesen, sagte sie plötzlich in unterwürfigem Ton: »Mein Herr, bitte treten Sie ein. Ich werde Ihnen sofort einen Tee bringen lassen.«

Ihren Worten folgte das Poltern von Stiefelsohlen auf dem Boden, und Frances bemerkte den plötzlichen Luftzug, als die Tür weiter aufging.

Ihr Versuch, sich zu dem Neuankömmling umzudrehen, geriet in ihrer Lage zum hoffnungsvollen Unterfangen und versetzte ihren Körper in unkontrollierte Schwingungen.

»Was tun Sie da?«, fragte eine recht jung klingende Stimme verwundert.

»Ich genieße die Aussicht. Oder wonach sieht das hier aus?« Frances verfluchte stumm Mrs Worsley, sie in diese Situation gebracht zu haben. Der Mann könnte ein Axtmörder sein, und sie hätte keine Möglichkeit, sich zu retten. Wobei nicht völlig auszuschließen war, dass die Leiterin dies mit Absicht in Kauf nahm, um die Mitwisserin um das verruchte Buch endgültig auszuschalten.

Schwere Schritte kamen näher. Kurz darauf erkannte sie das Rot einer Uniformjacke. Ein Soldat. Schon stand er vor ihr und blickte sie an. Sein Gesicht war auf den ersten Blick das eines Mannes, der gerade einmal Anfang zwanzig sein mochte, nur die dunklen Ringe um seine Augen ließen ihn beim zweiten Hinsehen älter erscheinen.

»Schönen guten Tag«, sagte sie mit so viel Würde, wie sie in ihrer Lage aufbringen konnte. Seine Mundwinkel kräuselten sich. Es sah aus, als würde er jeden Moment in Lachen ausbrechen, und er wirkte gleich viel jungenhafter.

»Meine Dame.« Er deutete eine Verbeugung an. »Wie geht es Ihnen?«, erkundigte er sich mit erstaunlicher Selbstbeherrschung. Nur seine blinzelnden Augen und die Zunge, die er in die Backe geschoben hatte, verrieten sein Amüsement über die Situation.

»Danke der Nachfrage. Man erhält hier oben eine ganz andere Perspektive«, erwiderte Frances. Sie bemerkte die vereinzelten Locken, die sich aus seiner gescheitelten Frisur gelöst hatten. Als er ihren Blick auffing, fuhr er mit der Hand über den Kopf, um das Haar zu glätten. Sie fragte sich noch, zu wem der Gast gehörte, da flog die Tür ein weiteres Mal auf.

»Daniel!« Kurz vor dem Soldaten blieb Rose stehen. Sie wippte auf den Zehenspitzen, als würde sie sich nach vorne stürzen wollen. Nahezu forschend sah sie ihn an.

»Schwesterchen«, sagte er mit einem unwiderstehlichen Lächeln und blickte sie voller Freude und Zuneigung an. Frances konnte sich nicht daran erinnern, jemals auf diese Weise angesehen worden zu sein, und sie fühlte einen kleinen Stich. Der Soldat legte die Hände um Rose, die sich an ihn drückte. Die beiden hielten sich eine ganze Weile lang umarmt, in der Frances nicht wusste, wie sie sich verhalten sollte. Sie diskret allein zu lassen, war unmöglich, daher war sie gezwungen, der geschwisterlichen Wiedervereinigung beizuwohnen, auch wenn sie sich völlig fehl am Platz fühlte.

»Du bist so groß geworden«, stellte der Soldat mit belegter Stimme fest.

»Und du, du bist so …« Rose blickte dem Mann ins Gesicht, »so ernst?«

Er lachte. »Lass dich nicht täuschen. Ich kann mir immer noch genug Sachen ausdenken, um meine kleine Schwester zu ärgern.«

»Vergiss es. Ich werde nie wieder auf dich hereinfallen!«

Da kam Prudence herein. Rose löste sich aus der Umarmung, hielt jedoch seine Hand fest. »Pru, darf ich dir meinen Bruder vorstellen?«, sagte sie mit Stolz in der Stimme.

»Sehr erfreut.« Prudence klimperte ein paarmal mit den Wimpern. Er verbeugte sich vor ihr. »Ganz meinerseits.«

»Und Daniel, das ist Frances, ich meine … Miss Darlington.« Rose deutete zu ihr. »Frances, das ist Daniel, also eigentlich Major Oakley, aber daran kann ich mich nicht gewöhnen.«

Betont höflich streckte Frances die Hand aus, wobei die Kette, an der der Streckapparat an einem Balken aufgehängt war, in Bewegung geriet und sie in der Folge heftig hin und her baumelte.

Daniel grinste breit. »Ich fürchte, Ihnen fehlt die Bodenhaftung.«

»Haha«, sagte Frances in Ermangelung einer schlagkräftigen Antwort nur. Es war gar nicht so leicht, in ihrer Lage die Würde zu bewahren. Immerhin holte er einen Schemel, den er unter ihre Füße schob, dann machte er sich hinten an dem

Apparat zu schaffen. Er war ihr so nah, dass sie seinen Duft einatmete. Es roch nach Pferd und Sandelholz. Ihre Nasenflügel weiteten sich.

»So, das hätten wir«, sagte Daniel freundlich, und Frances spürte, wie die Füße ihr Gewicht wieder trugen. Er reichte ihr seine Hand, um ihr vom Hocker zu helfen. »Geht es?«

Sie nickte bloß. Ihre Zunge lag ungewohnt schwer im Mund. Fast tat es ihr leid, als er ihre Hand losließ. Er legte den Kopf in den Nacken und besah sich die Konstruktion genauer. »Was soll das eigentlich? Man hängt Schweinehälften an Haken, aber keine jungen Ladys, die in die Gesellschaft eingeführt werden sollen.«

Für einen kurzen Augenblick bekam Frances eine bildliche Vorstellung davon, wie sie zwischen lauter geschlachteten Schweinen baumelte.

»Ich kann es noch immer nicht glauben, dass du vor mir stehst. Lebendig und ganz heil«, sagte Rose. »Das bist du doch, oder?« Sie beäugte Daniels Beine, und Frances folgte ihrem Blick. Er klopfte mit seiner Faust auf den Oberschenkel.

»Kein Holz, wenn du das meinst«, erwiderte er liebevoll lächelnd. »Meine Glieder sind noch alle dran.«

»Und wo warst du überall?« Rose sprudelte über mit Fragen an ihren Bruder, den sie so lange nicht mehr gesehen hatte.

»Hauptsächlich in Spanien.«

»In deinen Briefen hat nie viel gestanden.«

»Krieg ist nichts, womit man kleine Schwestern behelligt«, erwiderte er ausweichend.

»Ich bin nicht klein«, verteidigte sie sich. »Wenn es nach Mutter geht, soll ich verheiratet werden, vergiss das nicht.«

Er lächelte.

Rose erwiderte sein Lächeln. »Es ist schön, dich wiederzusehen.«

»O ja«, bekräftigte Prudence. »Vor allem weil das bedeutet, dass wir nicht mehr lange hierbleiben müssen. London, ich komme!« Je breiter das glückliche Grinsen auf Prudence' Gesicht wurde, umso stärker traf Frances die Erkenntnis, dass es nun so weit war. Sie würde sich von den Freundinnen trennen müssen.

»Was ist denn?« Rose hatte ihren Blick bemerkt und legte ihr liebevoll die Hand auf den Arm.

»Nichts«, sagte Frances und kämpfte mit den Tränen. »Soll ich euch packen helfen?«

Sie war erleichtert über Mrs Worsleys Erscheinen, die laut ausrief: »Major Oakley! Ich habe Ihnen in meinem Salon ein paar Erfrischungen bereiten lassen. Wollen Sie die Nacht hierbleiben? Sie müssen sich von der langen Reise ausruhen. Und von ihrem ehrenvollen Kampf fürs Vaterland.« Dann stutze sie. »Miss Darlington, wer hat Ihnen erlaubt herunterzukommen?«

»Das war ich«, erklärte Daniel. »Und danke, ein Tässchen Tee wäre sehr nett. Doch wir reisen ab, sobald die Sachen auf der Kutsche verstaut sind. Ich habe mich genug ausgeruht, seit ich zurück in England bin.«

Frances' winzige Hoffnung, wenigstens noch eine Nacht mit Prudence und Rose verbringen zu können, verflüchtigte sich sofort wieder.

»Ein Tee und ein Stück Karottenkuchen zur Stärkung«, schlug Mrs Worsley vor. »Für Sie gibt es auch ein Stückchen zur Feier des Tages«, wandte sie sich an die jungen Frauen.

Normalerweise hätte Frances um diese Tageszeit Hunger gehabt, aber ihr Kummer erfüllte sie dermaßen, dass sie in dem überhitzten Salon, in dem der Tee serviert wurde, keinen Krümel hinunterbekam.

»Möchten Sie ein Schlückchen Sherry? Ich kann Ihnen die Flasche aus meinem Arbeitszimmer holen lassen«, bot Mrs Worsley Daniel an. Rose prustete los. Frances trat ihr gegen das Schienenbein, damit sie sie nicht verriet.

»Ist etwas, Miss Oakley?«, fragte die Leiterin ungehalten.

»Wir sind nur aufgeregt. Wegen London«, warf Prudence rasch ein. Rose nickte heftig.

»Zu einem Sherry sage ich nicht Nein«, erwiderte Daniel, und Mrs Worsley schickte das Dienstmädchen los, um die Flasche aus ihrem Arbeitszimmer zu bringen. Offenbar hatte sie bisher nicht bemerkt, dass Frances den Inhalt mit Tee und Zucker gestreckt hatte. Diese versuchte, Daniel zu signalisieren, dass er den Sherry nicht trinken sollte, allerdings deutete er ihre Geste falsch. »Habe ich was im Gesicht?«

»Nein«, versicherte Frances. Sie wurden von dem Dienstmädchen unterbrochen, das den Sherry servierte. Mrs Worsley goss zwei Gläser voll und schob eines davon ihrem Gast hin. Frances schüttelte erneut unauffällig den Kopf. Offenbar ging sie dabei nicht so diskret vor, wie sie dachte, denn die Leiterin blickte sie streng an. »Möchten Sie etwas sagen, Miss Darlington?«

»Schönes Wetter haben wir heute«, plapperte sie los.

»Das ist gut«, kam Prudence ihr zur Hilfe.

»Für unsere Reise«, ergänzte Rose.

»Ah, ja.« Mrs Worsley wandte ihre Aufmerksamkeit von den Schülerinnen ab. »Trinken Sie, Major Oakley, es ist genug da«, forderte sie ihn auf, wobei sie seinen militärischen Titel besonders betonte, dann nahm sie einen großzügigen Schluck aus ihrem eigenen Glas. Frances beobachtete sie genau. Nachdem sie den Sherry gekostet hatte, wirkte die Leiterin verdutzt und leckte sich nachdenklich mit der Zungenspitze über die Lippen. Daniel hingegen hob sein Glas vorsichtig an und schnupperte daran. Er zog eine Augenbraue hoch und ließ ein kurzes Lächeln aufblitzen. Frances beobachtete, wie er das Glas zu den Lippen führte. Sie war sicher, dass er nur tat, als nippe er davon, denn als er es abstellte, sah es genauso voll aus wie zuvor. Daniel stand nun auf.

»Ich denke, es ist an der Zeit, sich um die Reisevorbereitungen zu kümmern. Ich danke für Ihre Gastfreundschaft, Mrs Worsley. Miss Prudence, Miss Frances, Rose, wenn ihr so weit seid? Oder braucht ihr noch Zeit, euch zu verabschieden?«

Prudence sprang als Erste auf. »Meine Sachen sind längst gepackt. Ich kann hier nicht schnell genug wegkommen.«

Der Satz traf Frances wie ein Schlag in die Magengrube. Rose wirkte weniger enthusiastisch, als sie versicherte, ebenfalls bereit zu sein. Frances schluckte schwer und kämpfte mit den Tränen.

»Und Sie, Miss Frances?«, wandte sich Daniel an sie. »Haben Sie auch gepackt?«

»Ich?« Sie sah ihn verwirrt an.

»Ja, Sie. Ihre Mutter hat mir aufgetragen, Sie mitzunehmen.«

»Und die müssen wirklich mit? Alle?« Daniel blickte erstaunt auf die in Öltücher eingeschlagenen Leinwände, die der Kutscher zusammen mit den Reisetruhen der drei Freundinnen aufs Dach der Kutsche zu stapeln versuchte. Frances hatte so eilig gepackt, wie es nur möglich war, und konnte es noch immer nicht fassen, dass ihre Mutter, als sie von der Reise der Freundinnen hörte, den Entschluss gefasst hatte, die Gelegenheit zu nutzen und ihre Tochter ebenfalls nach London zu holen. Sie hatte nicht einmal gewusst, dass Lady Darlington mit Lady Oakley und Mrs Griffin näher bekannt war. Vor dem Skandal um ihre älteste Tochter hätte sie sich niemals mit den Frauen eines einfachen Baronets und eines gesellschaftlich noch niedriger stehenden Knights abgegeben.

Prudence wies den Diener an, die Staffelei anzureichen. »Vorsicht«, rief Frances, da der Stapel oben auf der Kutsche ins Rutschen geriet. Daniel konnte gerade noch den Kopf einziehen, als ein Bild haarscharf an ihm vorbeisegelte.

»Pass auf«, herrschte Prudence den Kutscher an. Sie nahm das Bild und stieg damit in die Kutsche, ohne sich von Mrs Worsley zu verabschieden. Rose und Frances knicksten vor der Pensionatsleiterin.

»Denkt daran, immer schön gerade halten. Brust raus und den Rücken durchstrecken«, gab diese ihnen auf den Weg mit.

»Danke für alles, was Sie für meine Schwester getan haben«, wandte sich Daniel an Mrs Worsley.

»Nicht doch, Major Oakley, ich habe nur meine Pflicht getan. Ich bin überzeugt davon, dass Miss Rose Ihrer Familie als Debütantin Ehre erweisen und einen angesehenen Ehemann finden wird.«

Rose verzog daraufhin das Gesicht. Als sie in die Kutsche kletterte, konnte sich Frances eine Bemerkung nicht verkneifen: »Denk daran, immer den Rücken durchstrecken. Dann klappt das auch mit dem Ehemann.«

»Umpf«, machte Rose nur. In der Kutsche drängten sie sich etwas beengt zusammen, nachdem auch Daniel eingestiegen war. Er nahm neben seiner Schwester mit dem Rücken zur Fahrtrichtung Platz, Prudence und Frances saßen ihnen gegenüber. Kaum waren sie losgefahren, geriet eines der Räder in ein Loch in der Straße, so dass sie alle durchgerüttelt wurden.

»Dein Bild sticht mich«, beschwerte sich Frances, weil Prudence das Gemälde zu ihren Füßen abgestellt hatte.

»Gib es mir«, forderte Daniel sie auf und verstaute es unter seiner Sitzbank.

»Danke, Major Oakley«, sagte Frances.

»Nennt mich Daniel, bitte. Was soll diese Förmlichkeit zwischen uns? Ihr seid ja so was wie Schwestern für Rose.«

»Aber nur fast«, warf Rose zu Frances' Überraschung ein, die nicht einordnen konnte, woher diese plötzliche Zurückhaltung kam. Vielleicht war Rose auch bloß eifersüchtig auf die Aufmerksamkeit, die ihr Bruder den Freundinnen entgegenbrachte. Immerhin hatte sie ihn über zwei Jahre lang nicht gesehen, weil er als Soldat auf dem Kontinent gegen Napoleons Truppen gekämpft hatte. Wahrscheinlich hätte sie ihn einfach lieber noch für sich gehabt, als ihn sofort nach dem Wiedersehen teilen zu müssen.

»Mutter hat gesagt, du warst bei der Schlacht um La Coruña?«, fragte Rose denn auch.

»Ja«, lautete seine knappe Antwort.

»Und wann wirst du wieder einberufen?«, hakte seine Schwester nach.

»Im April vermutlich. Jetzt werde ich dich erst mal zum Anfang der Ballsaison begleiten und sicherstellen, dass du einen ›angesehenen Ehemann‹ findest«, ahmte er die Worte Mrs Worsleys nach.

»Und du?«, konterte Rose. »Wirst du dir eine angesehene Ehefrau suchen?«

Frances lehnte sich interessiert vor, um seine Antwort mitzubekommen, denn manche Worte der Unterhaltung wurden von den laut rumpelnden Wangenrädern geschluckt.

»Nein«, erklärte er.

»Warum nicht?« Seine Schwester ließ nicht locker.

»Weil ich nicht heiraten will.« Wie um das Thema zu beenden, öffnete er eine Ausgabe der monatlichen Zeitschrift »The Gentleman's Magazine«. Frances musterte ihn kritisch. Sicher meinte er das nicht so entschieden, wie er es gesagt hatte. Wenn ihm nur die richtige Frau begegnen würde …

»Das war's also mit dem Mädchenpensionat«, kommentierte Prudence derweil ungerührt, während sie in einer Kurve aus dem Fenster blickte. Frances versuchte, über ihren Kopf hinweg zum Pensionat zu sehen. Das aus grauen Steinen gebaute Haus war nichts Besonderes, und Mrs Worsley war nun wirklich keine liebenswerte Person, aber etwas in ihr zog sich zusammen, als sie beobachtete, wie das Gebäude kleiner und kleiner wurde, je weiter sie sich davon entfernten. Bald war es nur mehr ein winziges Etwas in einer unendlichen Landschaft. Frances konnte noch immer nicht glauben, dass sie zusammen mit Rose und Prudence in ein ganz neues Leben aufbrach.

»Tut es euch leid, das Pensionat hinter euch zu lassen?«, fragte Rose, die offensichtlich ähnlich gedacht hatte.

»Kein bisschen«, erwiderte Prudence ungerührt.

»Mir schon«, sagte Frances. »Aber nicht, weil ich unbedingt bleiben möchte. Ich möchte nur nicht, dass alles anders wird zwischen uns.«

»Hoffentlich wird alles anders«, erwiderte Prudence. »Wir werden endlich eine Menge Spaß haben und Verehrer bekommen.«

Rose runzelte nur die Stirn. »Was liest du da?«, fragte sie ihren Bruder.

»Einen Reisebericht.«

»Von wem?«

»Von einem Lord Fudge.«

»Lord Ambrose Fudge?«, mischte sich Frances überrascht ein. »Der hätte beinahe meine Schwester geheiratet.«

Die drei anderen sahen sie an. »Na ja, den Rest kennt ihr«, führte sie aus. »Sie hatte kein Interesse an ihm und ist mit ihrer großen Liebe weggelaufen.«

»Dem Dienstboten«, ergänzte Prudence. Frances nickte.

»Wie romantisch«, erklärte Rose.

»Wie naiv«, widersprach Prudence. »Sie könnte jetzt reich sein.«

Überrascht sah Daniel von seiner Lektüre auf. Frances nahm an, dass er schockiert über den Skandal war, und befürchtete schon, deshalb in seiner Gunst zu sinken. »Ist sie denn glücklich?«, fragte er dann.

Sie schluckte, bevor sie antwortete. »Das weiß ich nicht. Ich habe meine Schwester seit zwei Jahren nicht mehr gesehen.«

Eine Schwere legte sich auf sie.

Die Eintönigkeit der Reise wurde nur ab und an durch ein heftiges Rumpeln unterbrochen, wenn die Räder der Kutsche in unregelmäßig verteilte Löcher in der schlecht ausgebauten Straße fuhren. Jedes Mal wurden sie im Inneren ordentlich durchgeschüttelt, doch Frances störte das nicht besonders. Ihre Aufmerksamkeit war auf Daniel gerichtet. Sie beobachtete, wie er mit konzentriertem Blick die Zeitschrift las, wobei er die Augenbrauen über der Nasenwurzel zusammenzog, und wie seine langen, schmalen Finger, deren Nägel sorgsam gefeilt waren, die Seiten umschlugen. Seine Augenpartie erinnerte sie an Rose. Er hatte die gleichen grün gesprenkelte Farbe der Iris, auch wenn ihre Wimpern und Brauen dichter waren. Am rechten Wangenknochen hatte er ein größeres Muttermal. Obwohl seine Kinnpartie durchaus markant war, wirkte er glatt rasiert ausgesprochen jungenhaft. Frances konnte sich gar nicht vorstellen, dass er bis vor wenigen Wochen im Krieg gewesen war. Vor Jahren hatte sie in London einmal eine Horde Soldaten gesehen, die von einem Schiff gekommen waren, nachdem sie auf dem Kontinent gekämpft hatten. Bärtig und verdreckt waren sie gewesen. Ihre Uniformen wiesen obskure dunkle Flecken auf, und alle hatten blutige Verbände getragen. Manch einer war gehumpelt oder hatte gestützt werden müssen.

Da bemerkte sie, wie Daniel sie nun seinerseits musterte. Verlegen wandte sie den Blick ab und fragte sich, was er denken mochte, während er sie betrachtete. Etwas in ihr hoffte, dass er kurvige Frauen mochte. Als sie nach einer Weile verstohlen zu ihm hin linste, war er wieder in seine Lektüre vertieft. Vielleicht hätte sie ihn anlächeln und eine Konversation mit ihm anstrengen sollen. Nur fühlte sie sich seltsam befangen. Gleichzeitig konnte sie nicht verhindern, dass nicht nur ihre Augen, sondern auch ihre Gedanken immer wieder zu ihm wanderten. Es musste daran liegen, dass sie in der Zeit im Mädchenpensionat keinen Kontakt zu Gentlemen gehabt hatte.

Erneut beobachtete sie ihn heimlich. Offenbar ging sie dabei nicht ganz so vorsichtig vor, wie sie glaubte, denn Prudence musterte sie nun mit einem durchdringenden Blick. Ihre Pupillen wanderten von Frances zu Daniel und wieder zurück, woraufhin ein amüsiertes Lächeln ihren Mund umspielte.

»Was interessiert dich denn so sehr, Frances, dass du deine Augen gar nicht davon abwenden kannst?«, stichelte sie. Erschrocken sah Frances sie an und schüttelte unwillkürlich den Kopf, um die Freundin davon abzuhalten, weiter zu reden. Rose richtete ihre Aufmerksamkeit jetzt auf sie, und auch Daniel blickte kurz von seiner Lektüre auf.

»Ich starre nur so vor mich hin«, verteidigte sich Frances etwas zu heftig.

»Ach, und ich dachte schon, der Major hätte einen Fleck im Gesicht«, erwiderte Prudence, woraufhin sich Daniel mit dem Handrücken über die linke Wange wischte.

»Da ist nichts«, versicherte ihm Frances, der das Blut in den Kopf gestiegen war. »Pru bildet sich was ein.« Sie warf der Freundin einen finsteren Blick zu.

»Magst du nicht mit uns teilen, was dich so fasziniert?«, ließ Prudence nicht locker. Frances hätte ihr am liebsten den Hals umgedreht, zumal Daniel nun die Zeitschrift zusammenfaltete.

»Es gibt hier nichts Faszinierendes«, wehrte sie ab.

»Ah«, sagte Prudence gedehnt. »Dann muss ich es mir eingebildet haben.« Alles in Frances spannte sich an. »Ich hatte tatsächlich den Eindruck, du könntest …«

Weiter kam sie nicht, denn es krachte. Kurz darauf kam die Kutsche zum Stehen. Rose sah aus dem Fenster. »Deine Bilder, Pru!«

Prudence stieß einen Schrei aus. Daniel hatte schon die Tür geöffnet und kletterte auf die Straße. Frances, Rose und Prudence folgten ihm. Gemeinsam mit dem Kutscher sammelten sie die herabgefallenen Bilder ein, die verstreut auf dem matschigen Weg lagen.

»O nein.« Frances hatte zwei Aquarelle aufgehoben, deren Farben nun auf dem Papier ineinander verschwammen. Auch die Ölbilder waren nicht verschont geblieben. Was der Sturz nicht zerstört hatte, hatte der Schlamm geschafft. Teilweise waren die Tücher von den Leinwänden gerutscht, so dass

Dreck die gemalten Motive besudelte. Je stärker Rose versuchte, ihn mit ihrem Taschentuch abzuwischen, desto fester setzte sich der Schlamm in die Rillen der getrockneten Farbe. Die Bilder waren nicht mehr zu retten. Bei den anderen, die Daniel zusammengetragen hatte, sah es nicht viel besser aus.

»Lasst sie hier«, sagte Prudence. »Es lohnt sich nicht, sie mitzunehmen.« Ihrer Stimme hatte sie einen gleichmütigen Klang verliehen, aber Frances sah den Schmerz in ihren Augen.

»Es tut mir leid, Pru«, sagte sie.

»Das ist nicht so schlimm. Was soll ich auch damit anfangen? Mein zukünftiger Ehemann hat sicher eine ganze Sammlung an Gemälden berühmter Meister, da wird er sich wohl kaum meine dilettantischen Versuche an die Wand hängen.«

»Deine Bilder sind sehr gut«, warf Daniel ein, während er ihnen zurück in die Kutsche half. Prudence lächelte. Traurig zwar, doch sie lächelte.

»Du solltest sie erst mal ohne den Schlamm sehen.«

»Das würde ich gerne«, sagte Daniel. Frances fand seine Art ausgesprochen angenehm, mit der er Prudence aufzubauen versuchte. Er besah sich nun das Bild, das sie im Inneren der Kutsche transportiert hatten, ein Gemälde vom Mädchenpensionat und der Landschaft, und befragte sie zu ihren Lieblingsmalern. Er war überrascht darüber, dass sie kaum Meister im Original gesehen hatte. »Woher kannst du dann so gut malen?«

»Übung. Ich hatte in Schottland ja sonst nicht viel zu tun.« Sie klang deutlich heiterer als kurz zuvor.

»Das ist mein absolutes Lieblingsbild von dir«, meldete sich Frances zu Wort.

Prudence zuckte mit den Schultern. »Wenn du willst, kannst du es haben.«

»Wirklich?« Frances strahlte sie an. »Es wird mich für immer an unsere gemeinsame Zeit hier erinnern.«

Kapitel 3

An der nächsten Zwischenetappe ihrer Reise verhandelte Major Oakley eine Schiffspassage nach England für sie, da die Fahrt auf dem Meer mit dem nötigen Wind schneller ging als mit der Kutsche. Derweil warteten Rose, Prudence und Frances in dem Seitenzimmer eines Gasthauses auf ihn. Daniel war ausgesprochen fürsorglich und hatte reichlich Essen für sie geordert. Frances, die in ein Sandwich biss, fragte sich, wie ihr Leben verlaufen wäre, hätte sie einen Bruder wie ihn gehabt. Womöglich hätte sie sich als Kind dann nicht immer so alleine gefühlt. Gegebenenfalls hätte er sie sogar beschützt, wenn ihre Mutter sie runtergemacht hatte. Aber vielleicht wäre er auch für Jahre in den Krieg geschickt worden, und sie wäre trotzdem allein gewesen.

»Willst du dein Sandwich nicht mehr?«, fragte sie Prudence, deren Sandwich unberührt auf dem Teller lag. Die winkte nur ab. Frances biss hinein.

»Ich habe eine Idee«, platzte es aus ihr heraus. Die Freundinnen sahen sie neugierig an. »Wie wäre es, wenn eine von uns den Major heiraten würde, und dann könnten wir drei zusammenleben? Er würde das sicher erlauben, und wir müssten uns nicht trennen und dürften alles weiterhin gemeinsam machen, und …« Sie hielt in ihrem Redefluss inne, als sie die skeptischen Gesichter der Freundinnen sah.

»Wer sagt, dass ich Roses Bruder heiraten will?« Prudence lachte auf. »Wenn ich wollte, könnte er mir sicher nicht widerstehen, aber er ist nicht mal ein Lord.«

»Er stammt aus einer angesehenen Familie und ist bereits zum Major aufgestiegen«, verteidigte Frances ihn. »Außerdem sieht er sehr gut aus, findest du nicht?«

»Wenn du so viel von ihm hältst, dann heirate du ihn doch«, gab Prudence nur zurück.

»Ihr zwei scheint vergessen zu haben, dass mein Bruder nicht heiraten will«, beendete Rose das Gespräch entschieden.

In der Nacht im Gasthaus träumte Frances von Bällen, auf denen sie abwechselnd mit Daniel und ihrer Mutter tanzte. Verwirrt stand sie am nächsten Morgen auf, ohne Prudence und Rose zu wecken, und zog sich leise an.

Als sie in das Frühstückszimmer trat, saß Daniel bereits bei einer Tasse Kaffee am Tisch. Er las in einer Zeitung, so dass er sie nicht sofort bemerkte, was ihr abermals die Gelegenheit gab, ihn genau zu betrachten. Auch an diesem Morgen wirkte er, wenn nicht zwingend wunderschön, in seiner Uniform mit den polierten Goldknöpfen dennoch enorm attraktiv auf sie. Seine Haut war sehr gebräunt für diese Jahreszeit, was vermutlich daran lag, dass er bis vor Kurzem noch in Spanien gewesen war. Eine kleine Narbe über seiner linken Augenbraue, die ihr gestern gar nicht aufgefallen war, gab seinem Gesicht zusätzlich etwas Verwegenes. Frances fühlte, dass der Gedanke, sie könnte zu Daniel Oakleys Ehefrau werden, in ihr keine allzu großen Widerstände hervorrief.

»Guten Morgen.« Er schaute von der Zeitung auf. Sie hoffte nur, er hatte nicht bemerkt, wie lange sie schon dort stand.

»Major! Haben Sie gut geschlafen?«

Für einen kurzen Augenblick schien es ihr, als verfinstere sich sein Gesicht, dann setzte er wieder sein Lächeln auf. »Wunderbar. Aber mir wäre es lieber, wir könnten die Förmlichkeiten sein lassen, und du würdest mich ganz einfach bei meinem Vornamen ansprechen.«

»Sehr gerne, Daniel.« Sie lächelte ihn an. Der Gastwirt kam herein.

»Ist alles zu Ihrer Zufriedenheit, Major, kann ich Ihnen noch etwas bringen lassen?«

»Alles bestens«, wehrte er ab. »Oder fehlt dir was, Frances?«

Mit einem Blick auf den reich gedeckten Tisch schüttelte sie den Kopf.

»Wenn Sie einen Wunsch haben, Major ...« Der Wirt verbeugte sich mehrmals, während er sich rückwärtsgehend zurückzog. Frances war von dem Respekt, den Daniels Titel bei den Mitmenschen auslöste, unweigerlich beeindruckt. Er hatte es geschafft, von einem einfachen Mister zu einem angesehenen Major aufzusteigen. Als Frau konnte sie hingegen nie aus eigener Kraft an einen Titel gelangen, sondern nur durch eine Heirat.

»Ich wollte dich etwas fragen ...«, setzte Daniel an. Für einen Moment durchzuckte sie die wahnwitzige Idee, er könne um ihre Hand anhalten, und sie würde als Mrs Major Oakley durchs Leben gehen. »Hast du ein Buch dabei, das du mir für die weitere Reise leihen kannst?«, erkundigte er sich stattdessen. »Ich habe meine Zeitschriften alle gelesen.«

»Was? Ja.« Sie spürte, wie ihr aus Scham über ihre Phantasie das Blut in den Kopf stieg.

»Setz dich«, forderte er sie auf und zeigte auf den freien Platz neben ihm. »Was willst du? Getoastetes Brot mit Butter und Honig? Räucherfisch? Speck?« Dabei goss er ihr Tee in die Tasse. Von der Seite her blickte sie ihn verstohlen an. Es gefiel ihr, ihm so nah zu sein, allein mit ihm. In London wäre es undenkbar, mit einem Gentleman, mit dem sie kaum bekannt war, in einem Gasthaus ohne Begleitung zu frühstücken. Auf der Reise sorgte Daniel hingegen dafür, dass ihre Reputation erhalten blieb.

Trotz des kalten Windes, der an ihren Kleidern und Haaren riss, standen die Freundinnen zusammen mit Daniel an Bord des Schiffes. Die Hände auf die Hüte gepresst, damit diese nicht von einer scharfen Brise vom Kopf geweht wurden, sahen sie zu, wie sie sich immer weiter vom schottischen Festland entfernten, bis der Hafen von Largs nicht mehr zu sehen war. Dabei stachen die Spitzen ihrer Haarsträhnen, die der Wind aus ihren Frisuren löste, in ihre Gesichter.

»Mir ist kalt!«, rief Pru aus. »Kommt ihr mit nach drinnen?«

»Ich bin auch ganz durchgefroren«, erklärte Rose, die sich ihr anschloss. »Was ist mir dir, Frances?«

»Gleich«, antwortete sie. Sie wollte noch einen Augenblick hier draußen bleiben. Das, was sie in Schottland zurückließ, konnte sie nicht so ohne Weiteres abstreifen, wie die anderen beiden es taten. Die anderthalb Jahre mit Rose und Prudence war die beste Zeit ihres Lebens gewesen. Sie spürte eine diffuse Angst, was aus ihnen und ihrer Freundschaft werden würde, wenn sie erst einmal in London waren. Vor allem, wenn sie wieder auf ihre Mutter treffen würde.

»An was denkst du?« Daniel war zu ihr getreten. Der Wind zerzauste sein Haar, den Hut hatte er unter den Arm geklemmt.

»An meine Mutter«, erwiderte sie.

»Du musst sie sehr vermissen«, vermutete er.

»Nein.«

Er blickte verwundert. »Jede Tochter hängt an ihrer Mutter, oder?«

»Du kennst sie nicht.«

Daniel lachte, was ihn unglaublich anziehend aussehen ließ. »So schlimm wird es sicher nicht sein.«

Sie ließ ihm in dem Glauben. Vor allem weil sie nicht über ihre Mutter reden wollte. Nicht hier, nicht in diesem Augenblick, nicht mit ihm. Etwas in ihrem Inneren zog so sehr, dass sie fast glaubte, sie könnte krank werden. Gleichzeitig wusste sie, dass dieses Gefühl mit Daniel zu tun hatte. Frances drehte sich zu ihm um und sah ihm unmittelbar in die Augen. Er erwiderte ihren Blick. Hinter ihm türmten sich dunkle Wolken dramatisch übereinander. Dazwischen brachen einzelne Sonnenstrahlen hindurch, und ihr schien es, als würden die Strahlen auf ihn zeigen. Obwohl der Wind weiterhin beißend kalt war, wurde ihr ganz warm. Sie musste etwas sagen oder tun, sonst würde er sich jeden Moment wieder wegdrehen. Aber was? Sie erinnerte sich an Prudence' Augenaufschlag, dem noch kein Mann hatte widerstehen können, und imitierte ihn. Daniel beugte seinen Kopf tiefer zu ihr, und mit klopfendem Herzen fragte sie sich, was sie tun sollte, wenn sich seine Lippen den ihren näherten.

»Hast du was im Auge?«

Der Zauber war dahin. Ein eiskalter Windstoß fuhr ihr unter den Kleidersaum. Sie presste eine Hand auf den Rock, um ihn daran zu hindern, sich nach oben zu stülpen. »Ich gehe besser zu Rose und Pru.« Damit Daniel ihr enttäuschtes Gesicht nicht sehen konnte, drehte sie sich weg. Über dem Schiff kreischten die Möwen, während er ihr zur Treppe folgte, die nach unten führte. Im Inneren des Schiffes bemerkte Frances, wie erschöpft sie war. Sie gähnte und fröstelte zugleich.

»Was meinst du, wie lange wir für die Fahrt brauchen?«, fragte Rose ihren Bruder, als sie sich zu ihnen auf die Bänke in der Kabine des Kapitäns setzten, die ihnen für die Dauer der Reise zur Verfügung stand.

»Das kann man nie so genau sagen«, erwiderte Daniel. »Kommt auf den Wind und das Wetter an.«

Frances, die ihren Hut abgenommen hatte, versuchte, ihre Haare mit der Hand zu glätten.

»Wind haben wir mehr als genug«, befand Prudence, die ihre Frisur längst gerichtet hatte. Rose packte aus einem Korb den Imbiss aus dem Gasthaus aus und schob Frances einen gefüllten Pie hin. Sie schüttelte nur den Kopf. Mit den Händen hielt sie sich den Bauch, weil sie Magenschmerzen hatte.

»Ich muss was Schlechtes gegessen haben«, sagte sie matt. Womöglich war das Zerren, das sie vorhin gespürt hatte, doch nicht von Daniel ausgelöst worden.

»Wenn du nicht willst, bleibt mehr für uns«, kommentierte Prudence ungerührt. »Was meint ihr, ist das dahinten schon die Isle of Man?«

Rose und Daniel blickten aus dem kleinen runden Fenster, nur Frances fühlte sich zu schlapp, um ebenfalls Ausschau nach der Insel zu halten. Die Unterhaltung der anderen fing an, an ihr vorbeizurauschen. Sie bekam kaum mit, was gesagt wurde, dämmerte stattdessen weg, und als sie die Augen aufschlug, hatte sie das Gefühl, sich jeden Moment übergeben zu müssen. Sie sprang auf und taumelte nach draußen, stützte sich links und rechts mit den Händen ab, so sehr schwankte sie. Sie schaffte es gerade noch die schmale Treppe hoch bis zur Reling, dann erbrach sie sich. Am liebsten hätte sie sich in die tosenden Wellen hinterhergeworfen, so elend fühlte sie sich. Mit den Fingern umklammerte sie das Geländer dermaßen fest, dass ihre Knöchel weiß hervortraten. Ganz schwach bekam sie mit, wie Daniel ihr eine Hand auf den Rücken legte. Wenige Stunden zuvor wäre sie vermutlich glücklich darüber gewesen, jetzt war ihr alles egal. Sie wollte nur, dass diese Übelkeit endlich aufhörte.

»Mir ist schlecht«, wandte sie sich an ihn.

»Was hast du, Frances?« Rose und Prudence, die nachgekommen waren, blickten besorgt. »Du siehst ganz grün im Gesicht aus.«

»Das ist die Seekrankheit. Auf der Rückfahrt von Spanien

ging es mir nicht viel besser«, erklärte Daniel. »Könnt ihr Decken und meinen Mantel holen? Und einen Eimer.«

Rose und Prudence verschwanden unter Deck, während er Frances half, sich auf den Boden neben ein zusammengerolltes Tau zu setzen. Vorsichtig bettete er ihren Kopf auf dem Seil. Der kalte Schweiß auf ihrer Haut brachte sie zum Zittern. Als Rose und Prudence zurückkamen, wickelte Daniel Frances in die Decken ein. »Versuch zu schlafen, wenn es geht.«

Er setzte sich neben sie und breitete seinen Mantel über sie beide aus. Als sie wieder zu würgen begann, hielt er ihr den Eimer hin.

»Was können wir tun?«, fragte Rose ihren Bruder.

»Hoffen, dass der Wind anhält und wir schnell an Wales vorbeisegeln. Geht rein. Ich kümmere mich um Frances.«

»Komm, das Meerwasser spritzt mir ins Gesicht«, forderte Prudence Rose auf. Frances blieb mit Daniel an Deck zurück. Um sie herum verrichteten die Matrosen so ungerührt ihre Arbeit, als würde das Schiff nicht beständig auf und ab schwanken.

Die Nacht verlief fürchterlich, da sie sich immer wieder übergeben musste, obwohl ihr Magen längst leer war. Weil es auf Dauer an Deck viel zu kalt war, hatte Daniel sie in die Kabine zurückgebracht. Dann und wann versuchte er, ihr einen Schluck Wasser einzuflößen. Doch auch wenn die Feuchtigkeit ihren Lippen und ihrem Mund guttat, revoltierte alles in ihr dagegen. Wenigstens schlief sie zwischendurch ein.

Als sie am nächsten Morgen auf einer Holzbank aufwachte, lehnte sie an Daniels Schulter. Er hatte einen Arm um sie gelegt. Aus Angst ihn zu wecken, wagte sie nicht, sich zu bewegen. Es ging ihr zwar nicht gut, aber wenigstens war ihr nicht mehr so übel wie in den Stunden zuvor. Noch immer war es windig, doch der Wellengang hatte aufgehört, das Schiff durchzuschütteln. Trotzdem hoffte sie, so schnell wie möglich festen Boden unter die Füße zu bekommen. Neben ihr regte sich Daniel. Er blinzelte verschlafen. »Guten Morgen.«

»Morgen«, brachte sie schwach hervor.

»Wie geht es dir?« Er sah sie forschend an. Der Blick aus seinen Augen mit den dichten Wimpern war nahezu zärtlich. Wenn sie nicht einen widerwärtigen Pelz auf der Zunge liegen hätte, Frances war sich nicht sicher, ob sie sich davon hätte abhalten können, ihn zu küssen.

»Ich weiß nicht.«

»Meinst du, du kannst einen Schluck Tee riskieren?«

»Ja. Und … danke.« Sie lächelte ihn an. »Für die Nacht.«

Er grinste. »Gerne. Immer wieder.«

Gequält verzog sie das Gesicht. »Lieber nicht.«

Lachend nahm er seinen Arm weg, was sie sofort bedauerte, schlug den Mantel zur Seite und richtete sich auf. Ihr fehlte seine Körperwärme jetzt schon.

»Tee mit Zucker und Milch oder schwarz?«

»Schwarz.« Alles andere mochte sie ihrem Magen nicht zumuten. Doch zu dem Gefühl der Übelkeit, die sie nicht ganz losgeworden war, gesellte sich das der heimlichen Freude darüber, dass Daniel sich so um sie sorgte. Als ihr Blick allerdings auf seine Stiefel fiel, entdeckte sie Spritzer, die unglücklicherweise so aussahen, als könnte sie diese verbrochen haben. »O nein. Ich putze das weg.«

Sie griff in ihre Tasche, um ein Tuch hervorzuholen, mit dem sie die Stiefel polieren könnte, aber Daniel wehrte ab. »Lass mal, bleibt mir eine Erinnerung an dieses denkwürdige Ereignis.

»Es tut mir so leid.« Im Rückblick war es ihr fürchterlich unangenehm, dass er sie in ihrem elendsten Zustand gesehen hatte.

»Ach, was. Du bist jetzt in den Kreis der Über-die-Reling-Spucker aufgenommen. Und wir lassen nicht jeden rein.« Er lachte sie offen an, und sie konnte nicht anders, als sein Lachen zu erwidern. Als er den Tee holen ging, sah sie ihm nach, bis er verschwunden war. Wenn ihr nicht immer noch übel gewesen wäre, hätte sie fast meinen können, sich ein wenig in ihn verliebt zu haben.

Mit wackeligen Schritten verließ Frances das Schiff. Über ihnen kreischten die Möwen höhnisch. Leider hörte die Übelkeit nicht schlagartig auf, sobald sie wieder festen Boden unter den Füßen hatte, daher hielt sie sich an Rose fest. Der Hafen von Bristol war voller Menschen, die Kisten und Säcke von Schiffen abluden oder hinauftrugen. Fischer schleppten Körbe mit Fang an ihnen vorbei, so dass Frances die Luft anhalten musste, da ihr der fischige Geruch aufstieß. Dazwischen flitzten barfüßige Kinder vorbei, die versuchten, etwas zu stibitzen. Prudence wurde von einer Gruppe von ihnen umringt. »Miss, Miss, einen Penny, Miss … Ich habe Hunger, Miss.«

Daniel griff unter dem Mantel in die Tasche seines Jacketts und holte eine Handvoll Münzen hervor, die er verteilte. Das zog noch mehr Menschen an, so dass sie kurz darauf nicht nur von Kindern, sondern auch von alten Frauen und Männern in abgerissenen Uniformjacken mit fehlenden Gliedmaßen umzingelt wurden. Während Daniel weitere Münzen verschenkte, bahnte er ihnen einen Weg. Schwankend von der Seekrankheit und überfordert von der schieren Menge an Menschen, folgte Frances an Roses Arm. Prudence kam hinterher.

»Du gehst, als wärst du betrunken«, kommentierte sie.

»Ich fühle mich auch, als hätte ich die Nacht durchgetrunken«, gab Frances zu. »Ich bin so erschöpft.«

»Ich kann es gar nicht erwarten, Bristol anzusehen«, wechselte Prudence das Thema abrupt.

»Erst suchen wir ein Gasthaus«, bestimmte Rose. »Damit Frances sich ausruhen kann.«

Sie verbrachte den größten Teil des Tages schlafend im Zimmer, nur unterbrochen von den Gelegenheiten, in denen die Freundinnen nach ihr sahen. Daher war sie am Abend keineswegs müde, als Rose und Prudence von ihrer Stadtbesichtigung ermattet zu Bett gingen. Sie teilten sich im Gasthaus ein Zimmer, während Daniel nebenan schlief. Weil Prudence und Rose kein Wort mehr sagten und das Licht längst gelöscht hatten, war Frances mit ihren Gedanken allein. Sie ließ sie wandern und stellte sich vor, wie Daniel sich nebenan auszog. Wie er erst das Jackett, dann das Halstuch und schließlich das Hemd abstreifte. Wie ein nackter Oberkörper darunter zum Vorschein kam, mit rosafarbener Haut, dort, wo die Sonne sie nicht gebräunt hatte. Frances erschrak über den Weg, den ihre Phantasie eingeschlagen hatte. Im Dunkeln lauschte sie auf die gleichmäßigen Atemzüge ihrer Freundinnen. Zum Glück schienen sie nichts von dem zu ahnen, was in ihrem Kopf vor sich ging. Sie musste ihre Gedanken in den Griff bekommen. In der Hoffnung auf Schlaf drehte sie sich auf die andere Seite. Und wieder zurück.

Sie fand einfach keine Ruhe. Obwohl sie damit kämpfte, es nicht zu tun, malte sie sich dennoch aus, wie Daniel nur durch eine dünne Lehmwand getrennt im Bett lag. Die Erinnerung an seine Körperwärme und an seinen Geruch stieg in ihr auf. Sehnsucht breitete sich derart in ihrem Brustkorb aus, dass sie das Gefühl hatte, platzen zu müssen. Da ertönte ein Schrei. Augenblicklich setzte sie sich auf und tastete nach der Kerze und der Zunderbüchse auf dem Nachtschränkchen. In der Dunkelheit hörte sie, wie sich jemand im Bett neben ihr regte. Mit zitternden Fingern entzündete sie eine Flamme. Ein weiterer Schrei ließ sie entsetzt ausatmen, so dass sie die kleine Flamme wieder ausblies.

»Was war das?«, fragte Rose schlaftrunken.

»Ich glaube, das kam aus Daniels Zimmer«, erwiderte sie alarmiert. Diesmal gelang es ihr tatsächlich, den Docht der Kerze zum Brennen zu bekommen. Mit dem Leuchter in der Hand erhob sie sich aus dem Bett.

»Was tust du da?«, fragte Prudence.

»Nachsehen, wie es Daniel geht«, erklärte sie auf dem Weg zur Tür.

»Warte.« Rose kam ihr nach, Prudence hingegen blieb im Bett zurück.

»Das ist viel zu gefährlich«, warnte sie die Freundinnen. »Was ist, wenn dort jemand lauert?«

Aber Frances hörte ihr nicht zu. Sie eilte auf den Gang und riss die Tür zu Daniels Zimmer auf. Er stand in der Mitte des Raums. Schweißgebadet, wie sie an seinem im Kerzenlicht glänzenden Oberkörper erkennen konnte. Seine Augen waren vor Schreck geweitet.

»Was ist passiert?«, wollte sie wissen. Er sah sie an, als müsse er sich erst daran erinnern, wer sie eigentlich war.

»Nichts. Ich … Nichts. Gar nichts.« Seine Stimme klang gehetzt, und seine Brust hob und senkte sich in einem fort.

»Du hast geschrien. Zweimal«, mischte sich Rose besorgt ein.

»Das war ein schlechter Traum. Lag bestimmt am Essen«, behauptete er. »Geht wieder ins Bett.« Seinen Worten zum Trotz machte er einen viel zu aufgewühlten Eindruck, daher wollte Frances ihn unter keinen Umständen allein lassen.

»Wir warten hier, bis du eingeschlafen ist«, schlug sie vor. Rose nickte.

»Genau.« Die Freundin setzte sich in einen Sessel am Fenster. »Wir warten so lange.«

»Das ist Unsinn«, wehrte er matt ab, »unverheiratete Frauen können nicht mit einem Gentleman allein im Zimmer bleiben. Das würde dich kompromittieren, wenn es rauskommt, Frances.«

»Rose ist deine Schwester, und wir bleiben ja sowieso nur ganz kurz. Das kriegt schon niemand raus.« Bevor er noch einmal protestieren konnte; ging sie bereits los, um einen Stuhl aus ihrem Zimmer zu holen. Im Zimmer wartete Prudence im Bett, die Decke bis zum Kinn hochgezogen.

»Ist alles in Ordnung?«, fragte sie ängstlich.

»Ja, wir bleiben nur noch bei Daniel, bis er eingeschlafen ist«, sagte Frances.

»In seinem Zimmer?« Prudence klang schockiert.

»Das wird nie jemand erfahren«, beruhigte Frances sie und griff sich den Stuhl. Damit kehrte sie zurück zu Daniel. Er hatte sich ins Bett gelegt, hielt die Augen aber offen. Rose hatte sich auf dem Sessel eingerollt und schien wieder weggedämmert zu sein. Frances setzte sich auf den Stuhl neben das Bett. »Versuch zu schlafen«, sagte sie.

»Ich bin schon fast eingeschlafen. Ihr geht besser auch wieder ins Bett.«

»Hast du mich auf dem Schiff allein gelassen?«

»Nein.«

»Na also«, beharrte sie hartnäckig darauf. Er wirkte zu erschöpft, um noch länger zu protestieren. Doch auch wenn er die Augen schloss, kam er lange nicht zur Ruhe und warf sich hin und her, während Rose mit offenem Mund leise schnarchte. Frances ließ Daniel derweil nicht aus den Augen. Die Kerze hatte sie auf das nahe gelegene Fensterbrett gestellt, damit es im Raum nicht völlig dunkel war. Der Stummel war bereits ein ganzes Stück heruntergebrannt, als sein Atem endlich langsamer und gleichmäßiger wurde. Sie stand auf und beugte sich über ihn. Nachdenklich beobachtete sie seine entspannten Gesichtszüge und erinnerte sich an die Nähe, die sie in der letzten Nacht zu ihm gefühlt hatte. An seinen Körpergeruch, der sich mit der salzigen Seeluft verbunden hatte. Sie fragte sich, wie er wohl an Land riechen mochte, und näherte sich ihm ein Stückchen mehr. So dicht über ihm überkam sie das Bedürfnis, seine Lippen zu berühren.

Das konnte sie nicht tun. Niemals. Aber er schlief. Und Rose auch. Sie würde seine Lippen nur sanft streifen. Ganz sacht. Bloß für einen winzigen Augenblick. Frances spürte seinen warmen Atem auf ihrer Haut. Ihre Brust schnürte sich zusammen. Sie wollte ihn küssen. Sie musste es einfach tun. Als ihre Lippen auf die seinen trafen, hielt sie den Atem an. Es schien ihr, als müsste die Welt stehen bleiben. Seine Haut war so weich, und er roch so gut. Da schlug Daniel die Augen auf und fuhr hoch. »Frances?«

Mit dem Kopf stieß er so hart gegen den ihren, dass ihre Lippe aufplatzte. Sie presste die Hand dagegen.

»Was? Was ist los?« Rose war wach geworden. Irritiert blickte sie von ihrem Bruder zur Freundin.

»Hast du mich geküsst?« Daniel sah Frances verwirrt an.

»Nein«, behauptete sie und leckte mit der Zunge über ihre brennende Lippe. Es schmeckte metallisch nach Blut. »Ich habe nur geguckt, ob du eingeschlafen bist.«

Daniel wirkte verstört.

»Ich muss ausgerutscht sein«, fügte sie eilig hinzu.

Nach dieser Eskapade traute sich Frances beim Frühstück nicht, in Daniels Richtung zu blicken. Was sie getan hatte, war auf vielen Ebenen falsch gewesen. Sie hätte weder ihrem Verlangen nachgeben noch ihn heimlich ohne sein Einverständnis küssen dürfen. Und selbst mit seiner Einwilligung wäre es skandalös. Während Prudence ein Ei pellte und Rose sich von dem gesüßten Haferbrei nahm, versteckte sie sich daher hinter einer aufgeschlagenen Zeitung. Daniel hatte die Ereignisse der letzten Nacht bislang mit keinem Wort erwähnt.

»Ich muss in London unbedingt alle Kunstausstellungen besuchen«, erklärte Prudence.

»Und ich freue mich auf die Tänze«, warf Rose ein. »Wirst du uns die Saison über begleiten, Daniel?«

»Am Anfang sicherlich.«

»Und danach? Brichst du dann zu deiner Garnison auf?« Rose klang beunruhigt.

»So sieht es aus. Frances, was liest du da eigentlich so Interessantes?«

Sie erstarrte. Langsam ließ sie die Zeitung sinken, dabei wanderten ihre Augen suchend über die Artikel. In Wahrheit hatte sie lediglich getan, als würde sie lesen und war stattdessen jedem Wort der Unterhaltung gefolgt. »Ich … über Bath … über das Theater in Bath.«

»Könnt ihr euch das vorstellen, bald ins Theater zu gehen?«, warf Prudence schwärmerisch ein. »Schöne neue Kleider tragen und …«

»Anthea!«, entfuhr es Frances mit einem Mal.

»Was?« Die anderen sahen sich überrascht an.

»Hier. Da steht ihr Name. Anthea Freeman.« Sie deutete aufgeregt auf die gedruckten Buchstaben auf dem Zeitungspapier. »Meine Schwester.«

»Zeig mal.« Prudence nahm ihr die Zeitung aus der Hand

und überflog den Artikel. »Sie ist auf Tournee und tritt gerade in Bath auf. Deine Schwester ist Schauspielerin geworden, Franny, das ist ja aufregend.«

»Ich wünschte, ich könnte sie sehen«, sagte Frances.

»Bath ist eigentlich gar nicht so weit weg von hier, Daniel«, kam ihr Rose zu Hilfe.

»Nein, aber ich habe unserer Mutter versprochen, gut auf euch aufzupassen. Von einem Umweg war nie die Rede.«

»Das muss sie ja nicht erfahren«, versuchte Rose, ihn zu überzeugen.

»Wir behaupten einfach, die Schiffsreise hätte länger gedauert, da kein Wind ging«, sprang Frances ihr bei.

»Bitte!« Rose sah ihren Bruder an.

»Ich weiß nicht.« Er wirkte unsicher.

»Bitte, bitte«, insistierte Rose und blickte auffordernd zu Prudence.

»Mich brauchst du nicht anzusehen. Ich will lieber sofort nach London«, wehrte diese ab. Rose ließ ihren Blick auf die Freundin gerichtet.

»Na gut, bitte, Daniel«, sagte nun auch Prudence, wenn nicht mit dem gleichen Enthusiasmus wie die Freundinnen.

Daniel hob die Hände und lachte. »Hört auf! Ihr habt mich überzeugt. Wir machen halt in Bath und besuchen Frances' Schwester«, willigte er ein. Frances blickte ihn ungläubig an. Sie konnte nicht fassen, dass sie nach zwei Jahren Anthea wiedersehen würde. Während Prudence mit Rose und Daniel über Bath redete, spürte Frances gleichermaßen, wie der Druck auf ihrer Brust nachließ und sich ein neuer langsam darauf senkte. So merkte sie nicht, dass die anderen längst ihr Frühstück beendet hatten. Verwundert sah sie auf, als Daniel und die Freundinnen aufstanden.

»Was ist los? Ich dachte, du willst unbedingt nach Bath«, fragte Daniel.

»Aber ich habe meine Schwester zwei Jahre nicht mehr gesehen«, warf sie ein. »Wir haben überhaupt keinen Kontakt mehr. Ich weiß gar nicht, wie es ihr geht. Und …«

»Es ist deine Schwester«, erwiderte er. »Sie wird sich freuen, dich zu sehen.« Frances nickte.

»Wir werden unseren Müttern in London einfach nichts davon verraten«, versprach Prudence, »das wird unser kleines Geheimnis. Ist das aufregend!«

Aufregend war es in der Tat. Je näher sie Bath in der Kutsche kamen, desto nervöser wurde Frances. Angespannt betrachtete sie die liebliche Landschaft Somersets, durch die sie fuhren. Unendlich viele Hecken säumten die vielen Felder. Dann und wann erspähte sie die Spitze eines grauen Kirchturms, oder sie kamen an einem windschiefen Cottage vorbei, in dessen Garten Winterlauch und müder Rotkohl mit zerrupften Blättern darauf warteten, geerntet zu werden. Eine Schar Sperlinge zankte sich in einem Busch, dessen Äste das Kutschenfenster streiften. Noch war es März und daher nicht besonders grün, so dass die Kühe auf den Feldern die jungen Grasspitzen kräftig abrupfen mussten, aber der kommende Frühling ließ sich bereits in den Knospen erahnen, die sich an den Bäumen und Sträuchern gebildet hatten, um bei wärmeren Temperaturen aufzuplatzen und ihre Blüten und Blätter hervorzuspreizen.

»Wie entzückend«, sagte Prudence, als sie durch ein kleines Dorf fuhren, dessen Häuser sich unter dichten Strohdächern duckten. Eine Schar Hühner nahm vor den Rädern der Kutsche gackernd Reißaus. »Ich würde die Gegend hier gerne malen. Eine Ruine wäre als Motiv auch sehr pittoresk.«

Das erinnerte Frances an die Ruine, die ihre Mutter hatte erbauen lassen, um im Sommer in deren Schatten zu picknicken. Zur Fertigstellung war es nicht mehr gekommen, denn Lady Darlington hatte den Landsitz verpachtet. Wenn Frances an ihr früheres Zuhause dachte, dann mit einem merkwürdigen Gefühl von Zerrissenheit, genauso wie sie sich auch bei dem Gedanken an Anthea fühlte. Sie hatten sich lange nicht mehr gesehen, daher fragte sie sich, wie ihre Schwester reagieren würde, wenn sie ihr ohne jede Vorwarnung auf einmal gegenüberstand. Ihr Verhältnis war immer etwas angespannt gewesen, was zugegebenermaßen an ihrer Mutter gelegen hatte. Wenn Frances ganz ehrlich mit sich war, erkannte sie jetzt, wie eifersüchtig sie auf die schönere und begabtere Anthea gewesen war, weil Lady Darlington ihre ältere Tochter immer vorgezogen hatte. Das war nicht Antheas Schuld gewesen, dennoch waren sie sich dadurch nie richtig nahegekommen. Es schmerzte Frances, als sie darüber nachgrübelte, wie viel sie all die Jahre über verpasst hatte.

»Wir müssen dringend anhalten«, erklärte Rose auf einmal.

»Unbedingt«, bestätigte Prudence. »Ich habe viel zu viel Tee getrunken.«

Daniel hämmerte an die Wand, die den Innenraum vom Kutschbock trennte. Bald darauf brachte der Kutscher die

Pferde zum Stehen. Sie hörten, wie er absprang und um die Kutsche herumging, um die Tür zu öffnen. Daniel war er seiner Schwester und Prudence beim Aussteigen behilflich. Kaum hatten sie die Kutsche verlassen, wandte sich Prudence noch mal zu Frances um. »Können wir dich wirklich mit Daniel allein lassen, oder fällst du wieder über ihn her?«

Bevor sie reagieren konnte, lief die Freundin schon kichernd mit Rose hinter eine Hecke. Daniel kehrte zurück und setzte sich hin. Sie traute sich nicht, ihm ins Gesicht zu sehen, und fasste sich unwillkürlich an den Mund.

»Tut es sehr weh?«, fragte er. Die Lippe war tatsächlich noch etwas angeschwollen.

»Gar nicht … Ich muss mich entschuldigen, ich …«

»Vergessen wir's«, winkte er zu ihrer Erleichterung ab. »Wir sind ja wie Bruder und Schwester.«

Das war nicht das, was sie hören wollte. Aber es war das, was er bestimmt dachte. Auffordernd blickte er sie an.

»Selbstverständlich«, presste sie hervor. »Was sonst?« Ihr lautes Auflachen klang in ihren Ohren gekünstelt. Frances nahm sich fest vor, ab nun nichts anderes mehr für Daniel zu fühlen als reine Freundschaft.

Bath war eine wunderschöne und lebendige Stadt. Vor allem wenn man anderthalb Jahre in der Einsamkeit Schottlands verbracht hatte. Frances kam nicht umhin, mit weit offenen Augen durch die Straßen zu gehen, deren moderne Architektur sich neben den römischen Bauten einfügte. Rose spazierte ebenso verwundert umher, und Prudence sog den Trubel in sich auf.

»Ist das nicht beeindruckend?«, begeisterte sich Rose. Sie hatten sich alle drei untergehakt. Daniel ging hinter ihnen her.

»Diese vielen Menschen. Und wie schön sie gekleidet sind«, kommentierte Frances.

»Sie müssen uns für die letzten Hinterwäldler halten«, bemerkte Prudence und zupfte an ihrem Baumwollkleid, das sie unter einem Wollmantel trug. »Sobald wir in London sind, werde ich mich bei der besten Damenschneiderin der Stadt komplett neu einkleiden.«

Frances sagte nichts dazu. Die Freundin hatte sich jeden Monat eine Zeitschrift schicken lassen, um die aktuellen Modezeichnungen zu studieren und ihre Garderobe dementsprechend anzupassen. Mit den meisten Frauen in Bath konnte sie allemal mithalten, was ihre modische Erscheinung anbelangte. Und das wusste sie wohl auch, denn Prudence lächelte jeden der Gentlemen an, die an ihnen vorbeikamen und grüßend an ihre Hüte tippten. »Wir müssen alles sehen«, erklärte Prudence mit weit aufgerissenen Augen, als fertigte sie in Gedanken lauter Skizzen an. »Es ist so beeindruckend.«

»Auch der Gestank?«, fragte Frances, da sie an einer penetrant nach Ammoniak riechenden Häuserecke in der Nähe einer Kneipe vorbeikamen.

»Auch der«, beharrte Prudence auf ihrer Begeisterung, als sie die Kurve des Royal Crescents entlangflanierten. »Wenigstens ist es ein Stadtgestank und somit viel besser als der von Schafställen und Misthaufen.«

Ausgerechnet an diesem Abend hatte das Theater geschlossen, daher mussten sie bis zum nächsten Tag warten, um Anthea zu besuchen. Das gab ihnen Zeit, ganz Bath zu erlaufen.

»Oh, wer könnte jemals von dieser Stadt gelangweilt sein«, seufzte Prudence und legte den Kopf in den Nacken, um die mit reichlich Säulen ausgestattete Fassade des hellen Gebäudekomplexes zu betrachten, den sie entlangschlenderten.

»Doch, für ein paar Wochen ist es hier sehr interessant«, stimmte ihr Daniel zu. »Nur länger sollte man nicht hierbleiben. Irgendwann hast du jeden Stein gesehen.«

Aber noch konnten sie nicht genug bekommen. Sie besichtigten die Assembly Rooms und die römischen Bäder, tranken das berühmte Wasser, aßen Sally Lunns Buns und schlenderten an dem mit noch kahlen Bäumen bewachsenen Ufer des Flusses Avon entlang. Nach der immergleichen Landschaft der letzten Jahre waren sie wie ausgedürstet nach Stadtleben. So idyllisch Felder mit Schafen auch sein mochten, Bath hingegen war für alle Sinne stimulierend. Ein Mann spielte so talentiert auf einer Geige, als sie auf der Pulteney Bridge an ihm vorbeigingen, dass Rose ein paar Tanzschritte hinlegte. Daniel warf eine Münze in den Hut, den ein Kind den Passanten hinhielt. Prudence' Aufmerksamkeit war längst vom Schaufenster eines der vielen Läden auf der Brücke abgelenkt, in dem Handschuhe zum Kauf angeboten wurden. Sie drückte die Klinke hinunter und betrat das Geschäft, die anderen folgten ihr.

»Seht euch das an«, schwärmte Prudence und probierte ein paar Handschuhe an. Rose ließ sich ebenfalls welche zeigen. Frances stand unschlüssig herum, denn ihre Mutter hatte ihr kein Geld geschickt. Dennoch war sie von dem weichen Leder, aus dem ein paar lange Handschuhe gefertigt waren, sehr beeindruckt. Rose und Prudence kauften jeweils ein Paar. Daniel bezahlte derweil für sie. Die drei Freundinnen gingen schon einmal nach draußen. Frances warf noch einen letzten bedauernden Blick ins Schaufenster. Unmittelbar darauf hörten sie die Glocke der Ladentür, und Daniel trat zu ihnen. Während Prudence Rose unterhakte und mit ihr voranging, überreichte er Frances ein kleines Päckchen. »Für dich.« Sie fühlte durch das knisternde Papier, dass Handschuhe darin sein mussten.

»Das kann ich nicht annehmen«, sagte sie verlegen.

»Warum nicht? Ich habe für Rose und Prudence auch ein Paar gekauft.«

Sie bedankte sich, doch es fühlte sich merkwürdig an. Obwohl er die Handschuhe der anderen bezahlt hatte, so hatte er dieses Paar extra für sie ausgewählt. Sie war entschlossen, besonders gut darauf aufzupassen. Es war, als wären sie ein kleines Teil von ihm, das sie nun besaß.

Mit Roses Hilfe kleidete sich Frances am Abend aus und legte sich zu Prudence ins Bett. Kurz danach schlüpfte Rose zu ihnen.

»Lass das Licht noch an«, bat Prudence, die etwas mit einem Kohlestift auf Papier zeichnete.

»Was machst du da?«, fragte Rose, während sie das Laken um sich herum zurechtzupfte.

»Du ziehst mir die Decke weg«, beschwerte sich Prudence. »Ich hab versucht, das Stadtleben einzufangen.« Sie zeigte ihnen die Skizze einer Straße, auf der zwei Gentlemen dem Betrachter entgegenkamen und den Hut lüfteten.

»Es sieht genauso aus wie die Brücke, auf der wir den Laden mit den schönen Handschuhen entdeckt haben«, fand Rose. Frances' Blick wanderte sofort zu dem Päckchen, das auf ihrer Reisetruhe lag. Ein Geschenk von Daniel.

»Habt ihr auf der Straße die gut aussehenden Gentlemen bemerkt, die ihre Hüte vor uns gezogen haben?«, fragte Prudence.

»Wahrscheinlich wollten sie Daniel Respekt zollen«, warf Rose ein.

»Blödsinn. Sie haben uns dabei angesehen«, insistierte Prudence.

»Du meinst, sie haben dich angesehen«, vermutete Frances, die sich selber an diese Begegnung überhaupt nicht erinnern konnte. Stattdessen dachte sie an Daniel, der so nah neben ihr gelaufen war, dass sich ihre Arme des Öfteren berührt hatten. Aber an ihn wollte sie nicht mehr denken. Nicht so. Sie musste ihre Gedanken auf etwas anderes richten. Frances blickte zu Rose, die die Augen geschlossen hatte und einzuschlafen schien. Dabei öffnete sie den Mund. Lächelnd sah Frances daraufhin zu Prudence, die Rose in schnellen Strichen zeichnete. Als sie das Bild umdrehte, um es ihr zu zeigen, musste Frances sich davon abhalten, laut loszulachen. Rose war einschließlich des winzigen Spuckfadens, der auf das Kissen rann, perfekt getroffen worden. Nun legte Prudence ihre Zeichenutensilien auf den Boden und blies die Kerze aus. Es dauerte in der Dunkelheit nicht lange, bis Frances ihre regelmäßigen Atemzüge hörte. Alle schliefen. Nur sie nicht.

Als ihr Daniel wieder in den Sinn kam, zwang sie sich, sich auf Anthea zu fokussieren. Leider hatte dies keine beruhigende Wirkung auf sie. Ängste stiegen in ihr auf. Was wäre, wenn sie sich gar nichts mehr zu sagen hätten? Schließlich führte Anthea seit ihrer Flucht ein ganz anderes Leben, eines, das mit Frances nichts mehr zu tun hatte. Möglicherweise waren sie bei ihrem Widersehen nicht mehr als Fremde füreinander. Und außerdem stellte sich ihr die Frage, ob sie ihre Schwester jemals wirklich gekannt hatte. Sie hätte es niemals für denkbar gehalten, dass ausgerechnet die begabte und angepasste Anthea die Auslöserin eines Skandals werden konnte, der die feine Gesellschaft erschütterte. Sie selbst war ja sogar dabei gewesen, als sich ihre Schwester in den Kammerdiener von Lord Fudge verliebt hatte, und sie hatte nichts davon mitbekommen. Sie wollte so viele Fragen danach stellen, was genau damals passiert war und warum Anthea unvorstellbarerweise für einen Dienstboten Gefühle entwickelt hatte, dessen Hautfarbe braun war, was die Affäre zusätzlich schockierend gemacht hatte. Frances selber hatte den Kammerdiener bei den Gelegenheiten, die sie mit ihm zu tun hatte, immer sympathisch gefunden. Hinter Antheas schöner Fassade hatte jedenfalls mehr gesteckt, als ihr devotes Verhalten der Mutter gegenüber erwarten ließ. Verborgene Träume, dank derer es der Schwester gelungen war, Lady Darlingtons einzwängendem Regiment zu entkommen. Leider würde dies für Frances nach anderthalb Jahren relativer Freiheit in Schottland gewiss bedeuten, dass ihre Mutter sie umso stärker maßregeln würde, wenn sie erst einmal in London angekommen war. Verständlicherweise hatte sie es daher nicht so eilig, wieder mit Lady Darlington vereint zu sein. Stattdessen wollte Frances jeden Moment, der ihr noch mit Rose und Prudence blieb, in vollen Zügen genießen. Und mit Daniel, den sie tief entschlossen nur mehr als brüderlichen Freund betrachtete.

Als sie diesen kurz darauf durch die Wand des Gasthofes gedämpft schreien hörte, war sie drauf und dran, zu ihm zu laufen. An der Tür blieb sie jedoch stehen, ging zum Bett zurück und legte sich wieder neben die schlafenden Freundinnen. Beim nächsten Schrei zog sie sich ein Kissen über den Kopf. Von was für schrecklichen Träumen Daniel auch immer gepeinigt wurde, es ging sie nichts an.

Kapitel 4

Während die anderen drei miteinander scherzten, wurde Frances zunehmend schweigsamer, je näher sie dem Theatre Royal kamen. Vom nüchtern bebauten Beaufort Square aus ragte das Gebäude vor einem verhangenen Himmel mit all seinen Bögen und Pilastern vor ihnen auf. Nur wenige Meter, dann war es so weit. Dann würde sie Anthea wiedersehen. Ob sie sich wohl sehr verändert hatte? Rose fasste nach ihrer Hand und drückte sie. Frances lächelte ihr tapfer zu.

Da das Theater so früh am Tag noch nicht für das Publikum geöffnet hatte, gingen sie zum Hintereingang. Frances nahm ihren ganzen Mut zusammen und klopfte. Ein alter Mann linste kurz darauf durch einen Türspalt. »Ja?«

»Wir möchten zu Anthea Freeman.« Ihre Stimme zitterte.

»Wer sind Sie?«

»Ihre Schwester. Und Freunde.«

»Kommen Sie.« Er drückte die Tür weiter auf, damit sie hindurchschlüpfen konnten. Anschließend führte er sie durch dunkle Gänge, die komplett aus Holz gebaut waren, immer tiefer ins Innere des Gebäudes. »Da vorne probt sie.« Der Mann deutete auf die Bühne. Zwischen hängenden Kulissenleinwänden blickten sie zu dem von Öllampen erhellten Bühnenrand. Der Zuschauersaal dahinter war schwarz. Frances spürte die Wärme des Atems von Prudence und

Rose, so nah standen die beiden hinter ihr. Sie nahm an, dass auch Daniel nicht weit entfernt war, und Härchen stellten sich bei dem Gedanken daran in ihrem Nacken auf.

»Nein, nein und nein«, deklamierte Anthea auf der Bühne in Richtung des in Schatten getauchten leeren Zuschauerraums. Ihre Stimme war klar, laut und hatte einen ungewohnt tiefen Klang. Frances hatte die Schwester noch nie zuvor so bestimmt reden gehört.

»Ich verabscheue dich«, erklärte Anthea dem Mann, der neben ihr stand und wenig beeindruckt gähnte. »Niemals werde ich einwilligen, deine Frau zu werden. Eher würde ich sterben.«

»Dann stirb«, sagte der Schauspieler ebenfalls mit Nachdruck, wobei er sich zunächst ein paar Schuppen von den Schultern wischte, bevor er einen Dolch zückte. Er gab vor, diesen in Antheas Herz zu stechen. Dabei war ihr gewölbter Bauch im Weg, so dass sie erst zur Seite treten musste. Anschließend fasste sie sich an ihre Brust und sank langsam auf die Knie, zumindest soweit ihr Bauch dies zuließ.

»Auch im Tod wirst du mich niemals besitzen«, stöhnte sie auf, dann schloss sie die Lider.

Frances hörte, wie Rose ausatmete. Prudence begann zu klatschen, woraufhin sich Anthea erstaunt zu ihnen umblickte. Mit einer Handbewegung winkte sie den Schauspieler herbei, der sie am Arm packte und ihr half, sich umständlich wieder vom Boden zu erheben. »Lange schaffe ich das Hinfallen nicht mehr. Beim nächsten Mal musst du sterben«, schlug sie dem Mann vor. Nun blinzelte sie in Richtung der Bühnenseite. »Wer ist da?«

Frances trat vor, so dass sie im Licht stand. Anthea starrte sie einen Moment lang nur an. »Du?«

Weil sie kein Wort über die Lippen brachte, nickte sie bloß. Anthea lief auf sie zu. Kaum war sie bei ihrer Schwester angelangt, schloss sie sie in die Arme.

»Franny!« Sie hielt sie ganz fest. »Oh, Franny! Was machst du hier?«, fragte sie dann. »Ist Mutter bei dir?« In ihrer Stimme schwang zu gleichen Teilen Hoffnung und Panik mit.

»Mutter ist in London. Ich bin mit Freundinnen in Bath.« Frances trat zur Seite. »Und mit Major Oakley.«

»Sehr erfreut.« Daniel deutete eine Verbeugung an. Prudence und Rose knicksten und musterten Anthea derweil interessiert.

»Schon gut«, lachte diese. »Ich bin nur eine ganz normale Mrs. Vor mir hat schon lange niemand mehr einen Knicks gemacht.« Sie legte dabei eine Hand auf ihren Bauch.

Frances blickte auf die gewölbte Körpermitte. »Bist du etwa …?«

Anthea lächelte. »Ja.« Dann fiel ihr etwas ein. »Ach je, du kennst Lillias ja gar nicht.« Sie nahm Frances an die Hand. »Du musst sie unbedingt treffen. Und Warwick auch. Er wird Augen machen, wenn er dich sieht.« Sie zog sie mit sich. Frances blickte sich zu den anderen um.

»Bin gleich wieder da«, rief sie noch, dann ließ sie sich von ihrer Schwester durch einen Gang bis zu einer Tür führen, die sie aufstieß. »Warwick!«

Er stand mit dem Rücken zu ihnen, richtete sich auf und drehte sich um. »Was ist passiert, Liebes?«

»Frances ist da.« Anthea schob sie vor sich. Frances starrte ihn überfordert an, da sie nicht wusste, wie sie ihn begrüßen sollte. Bei ihren letzten Zusammenkünften war er ein Kammerdiener gewesen, der Kostüme für ein Theaterstück genäht hatte. Mit einem Mal war er ihr Schwager. Warwick reagierte seinerseits sichtlich überrascht auf ihre Anwesenheit. »Deine Schwester?«

Frances knickste verlegen, dann fiel ihr ein, dass diese Begrüßung seiner gesellschaftlichen Stellung gar nicht angemessen war.

»Ist das nicht unglaublich?« Anthea nahm ihn am Arm und zog ihn zwei Schritte auf Frances zu. »Lillias muss ihr guten Tag sagen.« Während sich Frances fragte, von wem die Rede war, kam hinter Warwicks Beinen ein kleiner Kopf mit dunklen Locken hervor. Sie starrte das Kind an, das sich an der Hose des Vaters festkrallte. Sofort verbarg es das Gesicht in den Falten. Anthea ging umständlich in die Knie. »Lillias, das ist deine Tante. Sie will dich begrüßen. Komm, sag Hallo.«

Das Mädchen blickte aus großen, dunklen Augen skeptisch auf den Besuch. »Sie ist schüchtern«, erklärte Warwick.

Frances nickte bloß. Sie konnte kaum glauben, dass Anthea die Mutter dieses kleinen Menschen war – und sie damit eine Tante. Sie sah zu ihrer Schwester, die sich mit einem glücklichen Lächeln an ihren Mann schmiegte, der in einer für Frances ungewohnt zärtlichen Geste den Arm um seine Frau legte.

»Und wie geht es Ihnen, Mister Freeman?«, fragte sie höflich, wenn auch etwas steif.

»Lass doch diese Förmlichkeit«, mischte sich Anthea ein. »Er ist jetzt dein Bruder.«

Das Wort »Bruder« klang merkwürdig in Frances' Ohren, vor allem, da sie nun gleich zwei neue Brüder bekommen hatte. Anders als bei Daniel gefiel ihr diese Bezeichnung für Warwick sofort. Und als sie daran denken musste, wie ihre Mutter darauf reagieren würde, fing sie an zu lachen. Warwick lächelte zurück, dann gab er seiner Frau einen Kuss auf die Stirn. »Setz dich besser hin, Liebes.« Er nahm Lillias auf den Arm und schob Anthea einen Stuhl hin. Mit sichtlicher Erleichterung ließ sie sich darauf nieder.

»Das Baby macht mir ganz schön Rückenschmerzen«, erklärte sie an Frances gewandt. »So war das bei Lillias nicht.« Das Mädchen streckte nun die Arme nach der Mutter aus, die es auf den Schoß nahm. Das Kind musterte Frances durchdringend. Sie winkte ihm zu, woraufhin es die Stirn in Falten legte.

»Was machst du denn in Bath?«, verlangte Anthea zu wissen.

»Ich bin auf der Reise nach London, um als Debütantin eingeführt zu werden«, erklärte Frances. »Und du? Warum bist du hier?« Sie hatte so viele Fragen und wusste gar nicht, wo sie anfangen sollte. Innerhalb der zwei Jahre, die sie ihre Schwester nicht gesehen hatte, hatte diese nicht nur geheiratet und ein Kind bekommen, sondern würde bald sogar ein weiteres Mal Mutter werden.

»Ich werde nicht mehr allzu viele Wochen vor Publikum auftreten können, deshalb haben Warwick und ich uns entschieden, die Kasse ein letztes Mal ordentlich aufzufüllen.

Auf einer Tournee durch die Provinz verdiene ich deutlich mehr.«

»Und wenn das zweite Kind da ist?«

»Werde ich hoffentlich nach ein paar Wochen wieder auf der Bühne stehen.«

Frances war überrascht. Sie hätte sich niemals vorstellen können, dass ihre Schwester einmal arbeiten würde. Noch dazu als Schauspielerin, ein Beruf der im Ansehen nur knapp über käuflichen Frauen rangierte. Anthea schien über den gesellschaftlichen Absturz zudem keineswegs unglücklich zu sein. Eher im Gegenteil.

»Aber wie stellst du das an?«, fragte Frances. »Habt ihr eine Amme?«

»Die brauchen wir nicht«, erwiderte Warwick, der Lillias wieder auf den Arm nahm, die an einer Haarsträhne von ihm zu ziehen begann. »Wenn Anthea auf der Bühne steht, passe ich auf die Kinder auf. Tagsüber ist sie zuständig, während ich Kostüme nähe.«

Frances wusste gar nicht, was sie sagen sollte. Eltern, die ihre eigenen Kinder erzogen, das gab es bei den Armen, aber nicht bei den Reichen. Anthea und sie waren von einer Kinderfrau beaufsichtigt und einmal am Tag für eine Stunde den Eltern sauber gewaschen vorgeführt worden.

»Wir wollen die Kinder nicht einer Nanny überlassen, so wie das bei uns früher war«, erklärte die Schwester. »Unsere Kinder sollen Mutter und Vater sehen, so oft sie wollen.«

»Eine Stunde mit unserer Mutter hat aber auch völlig gereicht«, warf Frances ein.

Anthea lächelte. »Sie hat sich wohl nicht groß verändert?«

Sie sahen sich mit wehmütigem Lächeln an. Frances schluckte. »Es muss schön für Lillias sein, so viel Zeit mit ihren Eltern zu verbringen.«

»Sie soll sich nie verlassen fühlen«, sagte Warwick entschieden. »Wir werden unseren Kindern all das geben, was wir selbst nie hatten. Es ist anstrengend, aber wir kriegen das hin.« Dabei blickte er Anthea in die Augen.

»Dada«, brabbelte Lillias und streckte eine Hand nach Frances aus.

»Hier, halte sie mal.« Warwick übergab ihr das Mädchen. Frances war unsicher, was sie mit dem Kind machen sollte.

»Hallo«, sagte sie nur. Lillias streckte ihr die Zunge heraus.

»Sie mag dich«, sagte Anthea bewegt.

»Sie kennt mich ja auch nicht«, wiegelte Frances scherzend ab, wenngleich ihr innerlich ganz warm wurde. In Lillias' Gesicht erkannte sie Züge ihrer Schwester wieder, wie die kleinen Ohren und den weichen Mund. Von Warwick stammten hingegen die Löckchen und die Nase. Und mit Lady Darlington teilte sich das Kind die Grübchen an den Mundwinkeln. Die großen Augen mit den ausdrucksvollen Brauen hatte Lillias wiederum mit ihrer Tante gemeinsam, und dies rührte Frances stärker, als sie es für möglich gehalten hätte. Sie biss sich auf die Lippen. Es herrschte einen Moment lang ein angespanntes Schweigen, bis Anthea sich räusperte. Ihr Mann reagierte sofort. »Ich werde Lillias was zu essen machen«, sagte er.

»Danke, mein Lieber.« Sie sahen Vater und Tochter nach, bis sie die Tür hinter sich geschlossen hatten.

»Warum hast du mir nicht erzählt, dass du mit Warwick fliehen würdest?«, platzte es aus Frances heraus. Sie war verwundert über den Schmerz, den sie deshalb noch immer fühlte.

»O Franny.« Anthea nahm ihre Hände und drückte sie. »Es tut mir so leid, dass ich mich nicht von dir verabschiedet habe, aber ich konnte nicht riskieren, dass jemand von Warwicks und meinen Plänen erfuhr.«

»Denkst du wirklich, ich hätte dich verraten?«, fragte Frances verletzt.

»Nicht absichtlich, nein«, versicherte Anthea. »Nur versteh doch … Wenn etwas davon zu unserer Mutter durchgesickert wäre, hätte sie mich weit weggebracht und verhindert, dass Warwick und ich uns jemals wiedergesehen hätten. Ich konnte das Risiko nicht eingehen. Dafür liebe ich Warwick viel zu sehr.«

»Wie ist das überhaupt passiert?«, erkundigte sich Frances. »Ich war dabei und habe trotzdem überhaupt nichts davon mitbekommen.«

Anthea lächelte, als sie sich an die Zeit zurückerinnerte. »Und ich habe immer gedacht, jeder müsse mir ansehen können, wie stark mein Herz schlägt, wenn Warwick in meiner Nähe ist. Dass es ihm genauso ging, habe ich schnell gemerkt, weil meine Augen jedes Mal die seinen getroffen haben, wenn ich in seine Richtung geblickt habe. Aber alle um uns herum waren so mit sich selbst beschäftigt, dass sie es wohl einfach nicht für möglich gehalten haben. Eine Liebe zwischen einem Kammerdiener und einer jungen Lady kommt schließlich nicht so häufig vor.«

»Ich will wissen, wie eure Hochzeit war und ...«, Frances brach ab und wurde rot, weil sie an die Hochzeitsnacht denken musste. Sie wollte unbedingt mehr davon erfahren.

Ausgerechnet in diesem Augenblick klopfte es an der Tür. Unmittelbar darauf ging diese auf, und Daniel steckte den Kopf herein. Frances hätte nie gedacht, dass sie auf sein Erscheinen jemals genervt reagieren könnte. »Was ist?«, fuhr sie ihn etwas unfreundlich an.

»Entschuldigung«, sagte er, »wir warten auf dich.«

»Kommen Sie herein«, bat Anthea. »Wir reden später weiter«, raunte sie Frances zu. Hinter Daniel betraten die beiden Freundinnen die Garderobe. »Schön, einmal Freunde von Frances kennenzulernen.«

»Möchten Sie einen Tee?«, offerierte Warwick, der mit Lillias hereingekommen war und abermals den Arm um seine Frau legte. Rose und Prudence sahen staunend von ihm zu Anthea.

»Sehr gerne«, willigte Daniel ein. Er winkte Lillias zu.

»Hier ist es für uns alle zu eng«, befand Anthea. »Wir sollten in den Salon gehen.«

Und so machten sie sich, nachdem Frances ihren Schwager und die Freunde einander vorgestellt hatte, auf den Weg in einen Raum, in dem zahlreiche Sofas und Sessel herumstanden. »Du hast uns gar nicht erzählt, dass der Mann deiner Schwester ganz braune Haut hat«, raunte Prudence Frances derweil zu. Die zuckte mit den Schultern.

»Hätte das etwas geändert?«, fragte sie. Prudence stutzte kurz, dann schüttelte sie den Kopf. Warwick setzte Lillias in der Zwischenzeit auf dem Boden ab und verschwand wieder. Die Kleine krabbelte auf dem Teppich herum.

»Ist das aufregend«, befand Prudence, die sich neugierig umsah. »Wenn ich erst mal einen reichen Mann habe, leiste ich mir mein eigenes Theater. Dann kann deine Schwester die Hauptrolle spielen.«

»Solange sie dir nicht die Show stiehlt«, kommentierte Frances trocken. Daniel lachte auf. Anthea blickte freundlich.

»Das ist sehr nett von Ihnen, Miss Griffin. Dann wünsche ich Ihnen viel Glück dabei, einen reichen Verehrer zu treffen.«

»Mit Glück hat das nichts zu tun«, versicherte Prudence. Nachdem sie ihren Hut abgenommen hatte, richtete sie selbstbewusst die hochgesteckte Frisur. Warwick kam zurück und servierte ein Tablett mit einer Kanne heißem Wasser und Tassen. Es dauerte einen Augenblick, bis Anthea den Tee aufgebrüht und alle mit dem Getränk versorgt hatte. Frances hielt Lillias derweil davon ab, sich an der dampfenden Flüssigkeit zu verbrennen. Das Mädchen schrie vor Wut darüber, nicht an die Tassen zu dürfen, spitz auf. Warwick, der sich mit einer Näharbeit hingesetzt hatte, legte diese zur Seite und nahm seine Tochter in den Arm.

»Ist gut, Lillichen«, tröstete er sie. »Tante Frances wollte nur, dass du dir nicht wehtust.«

Erstaunt über sein Verhalten blickten sich Frances, Prudence und Rose an. Keine von ihnen hatte einen Vater jemals so mit seinen Kindern umgehen sehen. Es war völlig unerhört – und gleichzeitig berührend.

»Wie komisch, dass du eine Tante bist«, kicherte Rose.

»Es ist noch viel komischer, dass meine Schwester Mutter ist«, sagte Frances mit einem Blick in Antheas Richtung.

»Nun, das bleibt meist nicht aus, wenn man verheiratet ist«, erwiderte diese lächelnd. »Aber ja, ich finde es selbst immer noch sehr verwunderlich, so ein perfektes Wesen zustande gebracht zu haben. Und bald sogar ein zweites.« Sie rieb über ihren Bauch. Mit einem Mal wurde sie ernst. »Meinst du, Mutter würde Lillias sehen wollen?«

Sie sah dermaßen hoffnungsvoll aus, dass es Frances leidtat, ihr die Wahrheit zu sagen. »Du weißt doch, wie sie ist«, erwiderte sie zögerlich. Antheas Hoffnung verschwand so schnell aus ihrem Gesicht, wie sie gekommen war.

»Du hast recht.« Sie winkte niedergeschlagen ab, dann hellte sich ihr Gesicht auf. »Aber wenigstens hat Lillias jetzt ihre Tante kennengelernt. Bleibt ihr länger in Bath? Dann müssen wir uns noch mal treffen.«

»Leider nein«, mischte sich Daniel ein. »Die Postkutsche nach London fährt bald ab.«

»Du bist doch gerade erst gekommen.« Anthea griff bedauernd nach Frances' Hand und hielt sie in der ihren. »Es ist so schön, dich wiederzusehen, Franny.«

»Das finde ich auch.« Frances' Stimme brach. Sie räusperte sich. »Ich verspreche, wir treffen uns wieder, ganz bestimmt.«

»Wenn Mutter dich lässt«, erwiderte Anthea nüchtern.

»Also nie«, seufzte Frances. »Aber ich bin sicher, ich finde trotzdem einen Weg.«

»Lady Darlingtons Meinung ist ja völlig irrelevant«, mischte sich Prudence ein. »Wenn du erst mal verheiratet bist.«

Anthea lachte wieder auf. »Dann sieh zu, dass du dich in einen Mann verliebst, der dich machen lässt, was dir wichtig ist, Franny.« Dabei blickte sie voller Zuneigung Warwick an, der in sich hineinschmunzelte.

Frances lächelte schief. »Als ob es so einen Mann noch einmal auf der Welt gibt.«

Daniel erhob sich nun. »Es war mir ein Vergnügen, Sie kennengelernt zu haben, Mrs Freeman, Mr Freeman.« Er reichte Warwick die Hand. Zu sehen, wie selbstverständlich Daniel, ein Gentleman, einem ehemaligen Dienstboten die Hand schüttelte, gefiel Frances. Sie ging nun ihrerseits auf ihre Schwester zu und schloss sie fest in die Arme.

»Bis ganz bald«, flüsterte sie heiser. »Ich wünsche euch alles Gute.«

»Schreib mir«, bat Anthea. »Ich kann dir ja nicht schreiben, Mutter würde das sicher nicht zulassen.«

»Das kannst du«, fiel es Frances ein, »wenn du an Rose oder Prudence schreibst.« Rose nannte daraufhin die Adresse ihrer Familie in London, die Warwick notierte.

»Schön, dann schreibe ich dir. Pass gut auf dich auf.« Anthea klang dumpf. Frances spürte etwas Feuchtes an ihrer Wange.

»Weinst du?«

»Nein.« Als ihre große Schwester sich von ihr löste, war deren Blick allerdings ganz von Tränen verschleiert.

»Dada.« Lillias wollte auf den Arm genommen werden. Ihre Mutter nahm sie hoch. Dann richtete sie sich auf. »Warte, Frances, ich will dir noch was geben.« Sie schien zu überlegen. »Warwick, wo ist das Kleid, das du für Marie Antoinette genäht hast?«

»Für die Königin?« Prudence machte große Augen.

»Für die Rolle der Königin«, korrigierte Warwick. »Ich hole es.«

Nachdem sich Anthea und Frances abermals gedrückt und Rose, Prudence und Daniel sich verabschiedet hatten, kam Warwick zurück. In der Hand trug er ein rosafarbenes, mit lauter Schleifen und Borten besetztes Kleid.

»Da passe ich nicht mehr rein«, erklärte Anthea. »Und es wäre schade, wenn es keine Verwendung findet. Außerdem habe ich sonst nichts, was ich dir geben kann.«

Frances nahm das Kleid gerührt an sich. Es war ein Theaterkostüm, das zu einer französischen Königin gehörte, und damit nichts, was sie auf Bällen tragen konnte, wenn sie als fashionable gelten wollte. Dies sah sie auch in Prudence' Miene gespiegelt, die das Kleid mit einer Mischung aus Verwunderung und Missbilligung betrachtete. Trotzdem war es etwas, das Frances direkt ans Herz wuchs, immerhin würde es sie für immer an Anthea, Warwick und Lillias erinnern.

Auf dem Weg nach London war Frances schweigsam. Antheas gefaltetes Kleid auf dem Schoß haltend, dachte sie an die Begegnung mit ihrer Schwester und deren kleinen Familie.

»Könnt ihr euch vorstellen, wie Anthea und Warwick zu leben?«, fragte Frances mit einem Mal.

»Du meinst arm?«, entgegnete Prudence. »Bestimmt nicht.«

»Kein Geld der Welt ist so wichtig wie Liebe«, platzte es aus Rose heraus. Die anderen sahen sie überrascht an.

»Mag sein«, bemerkte Prudence. »Aber für Liebe alles aufs Spiel zu setzen? Den guten Ruf zu verlieren, ausgestoßen zu werden? Sogar von der eigenen Familie, wie es Frances' Schwester passiert ist? Es geht nicht nur ums Geld, sondern auch um die Stellung.«

»Dafür ist Mrs Freeman mit Ihrem Mann glücklich«, warf Rose ein.

»Ha. Wartet mal ein paar Jahre und ein paar weitere Kinder ab, wer weiß, wie glücklich sie dann noch sind«, prophezeite Prudence.

»Das werden sie sein«, versicherte Frances energisch, bevor sie Daniel fragte: »Und was denkst du?«

Er zögerte erst. »Ich verstehe, dass eine solche Liebe reizvoll klingt. Und im Fall von Mr und Mrs Freeman ist es das Risiko, das deine Schwester eingegangen ist, ja offensichtlich wert«, sagte er dann. »Aber …«

»Was aber?«

»Prudence hat schon recht. Für Liebe den Bruch mit der Familie zu riskieren, das ist ein hoher Preis.«

»Könntest du es denn gar nicht verstehen«, mischte sich Rose aufgewühlt ein, »wenn jemand aus unserer Familie so sehr liebt, dass er nichts gegen die Gefühle unternehmen kann?«

Ihre Worte kamen tief aus ihrem Inneren, so dass Frances ganz gerührt war. Rose hatte noch nie erwähnt, verliebt zu sein, und doch hörte es sich an, als wüsste sie, was Liebe ist.

Daniels Lippen umspielten ein Lächeln. »Möchtest du uns etwas sagen, Rose? Hat vielleicht ein Gentleman in Schottland dein Herz erobert?« Das fragte sich Frances auch, obgleich sie wusste, dass es in Schottland keinen Mann gab, für den sich Rose nur ansatzweise interessiert hätte.

»Blödsinn«, wehrte diese dann auch entschieden ab. »Es geht nur darum, ob man selber Entscheidungen für das eigene Leben treffen darf, ohne gleich von der ganzen Familie verstoßen zu werden.«

»Eben«, stimmte ihr Frances aus vollem Herzen zu. »Wie kann man glücklich leben, wenn man sich ständig dem Willen von anderen unterordnen muss? Anthea wird in allem von ihrem Mann unterstützt, sogar in ihrer Schauspielerei. Das ist phantastisch.«

»Du sagst es selber: Phantastisch. Und damit kein bisschen realistisch«, entgegnete Prudence.

»Würdest du denn einen Mann heiraten, der dir verbietet, zu malen?«, fragte Frances.

»Wenn er mir genug andere Zerstreuung bietet, sicherlich«, antwortete die Freundin unbekümmert.

»Das glaube ich nicht«, erwiderte Frances überzeugt, die spürte, wie sich Daniels Augen auf sie richteten. »Das ist das, was du liebst. Ständig zeichnest du, und wenn du ein Motiv für ein Bild ausgesucht hast, malst du tage-, wenn nicht wochenlang daran herum. Ich wünschte, ich hätte so ein Talent wie du.«

»Aber was bringt mir das? Wenn es dabei hilft, einen passenden Ehemann zu finden, wunderbar. Mehr nutzt es mir nicht. Ich kann überhaupt nichts damit anfangen.«

»Und die vielen Stunden, in denen du ganz darin aufgegangen bist, zu malen?«, erwiderte Frances ungläubig. »Haben die dir gar nichts gebracht?«

»Schon. Sie waren eine willkommene Ablenkung, weil wir in Schottland ohnehin nichts anderes zu tun hatten. In London werde ich dafür keine Zeit mehr haben, weil wir viel zu beschäftigt damit sein werden, Ehemänner zu finden.«

Daniel schien der Unterhaltung interessiert gefolgt zu sein, sagte aber nichts dazu.

»Ich dachte, wir wollten vor allem zusammen Spaß haben.« Roses Stimme klang belegt. Frances nahm ihre Hand und drückte sie.

»Das werden wir auch«, versprach sie ihrer Freundin. »Und wenn wir in dieser Saison nicht heiraten, werden wir noch viel länger zusammenbleiben können.«

»Sprich für dich, nicht für mich.« Prudence klang bestimmt. »Ich will so schnell wie möglich heiraten. Außerdem werden eure Mütter da auch ein Wörtchen mitzureden haben.«

Rose und Frances tauschten einen verletzten Blick aus, sagten jedoch nichts mehr, denn die Erwähnung der Mütter gab dem Ganzen etwas Drohendes. Daniel lächelte nur undurchdringlich. Als sein Blick dem von Frances begegnete, sah sie schnell weg.

Während sie aus dem Fenster starrte, registrierte sie, dass ihr die Landschaft bekannt vorkam und dass dies nicht nur an der typischen Vegetation Somersets lag. Von hier aus war es nicht mehr weit bis zum Landsitz ihrer Familie. An der alten knorrigen Eiche zu ihrer Rechten musste man die Abfahrt nehmen, um nach einer Fahrt über weitere Landstraßen und einer Allee zum Park zu gelangen.

»Hier geht's nach Darlington Mews«, informierte sie die anderen leise.

»Zu eurem Familiensitz?«, fragte Prudence interessiert.

»Er ist mittlerweile verpachtet«, erklärte Frances.

»Möchtest du, dass wir einen kleinen Abstecher dahin machen?«, schlug Rose vor. »Das wäre sicher kein Problem, Daniel?«

»Wenn Frances will …«, antwortete er. Sie schüttelte den Kopf, da sie keinerlei Verlangen spürte, ihr Elternhaus zu sehen. Wenn sie ehrlich war, musste sie zugeben, dass sie sich in den langen Fluren mit den unzähligen Türen und den Räumen mit den hohen Decken immer verloren gefühlt hatte. Frances schluckte, da ihr Hals eng geworden war. Sie wünschte, sie hätte eine andere Kindheit gehabt. Sie wünschte es wirklich. Am Rand der Straße lag ein Cottage umringt von einem großen Garten. Ob sie in einem kleineren Haus glücklicher geworden wäre? Dort hätte sie auf die moosbedeckten Apfelbäume klettern, sich im Sommer im langen Gras verstecken und im Herbst Brombeeren essen können, bis der Mund und die Finger vor Saft trieften.

»Alles in Ordnung, Frances?« Daniel sah sie musternd an. Sie bekam kein Wort heraus, daher nickte sie.

Kapitel 5

»O mein Gott. Seht euch das an!« Prudence blickte mit weit aufgerissenen Augen nach draußen. Nach den Strapazen der zweitägigen Reise über schlecht ausgebaute Wege fuhren sie endlich über eine gepflasterte Straße.

»Was denn?« Frances beugte sich vor. »Ich sehe bloß Häuser.«

»Eben. Keine Felder. Keine Schafe. Dafür überall … Leben.« Prudence sprach das letzte Wort mit besonderer Betonung aus.

Tatsächlich brodelte London nur so von Leben. Pferdefuhrwerke, beladene Schubkarren und vorübereilende Menschen verstopften die Straße. Hunde bellten, Händler priesen lautstark ihre Waren an, und Kinder schrien beim Fangenspielen. Musiker präsentierten im Austausch für ein paar Münzen ihre Künste, während Paare stritten und junge Männer sich Anzüglichkeiten zuriefen. Aufgrund des hohen Verkehrs musste die Kutsche langsamer fahren, was Frances Gelegenheit gab, sich alles genau anzusehen, vor allem aber die modisch geschnittenen Kleider der vornehmeren Ladys, die vor Geschäften aus offenen Kutschen stiegen.

»Da, der rosafarbene Hut! So einen will ich mir auch machen lassen«, erklärte Prudence begeistert. »Am liebsten würde ich sofort bei einer Hutmacherin vorbeifahren.«

»Nichts da«, mischte sich Daniel ein. »Ich werde euch auf geradem Weg bei meiner Mutter abliefern, so wie sie es mir aufgetragen hat. Danach könnt ihr so viel einkaufen gehen, wie ihr wollt.«

»Er kann uns nicht schnell genug loswerden«, spöttelte Rose. Daniel schüttelte grinsend den Kopf.

»Wahrscheinlich braucht er nach so viel Zeit in weiblicher Gesellschaft dringend Männer um sich herum«, machte Frances mit.

»Vielleicht hat er auch einfach genug von anstrengenden Schwestern und ihren Freundinnen«, konterte Daniel. In diesem Augenblick hielt die Kutsche vor dem Haus der Oakleys. Daniel öffnete die Tür und half ihnen beim Aussteigen. Als Frances seine Hand ergriff, dachte sie bei sich, dass sie ihm nie wieder so nah kommen würde wie auf dieser Reise. Sie würde ihn auf Bällen oder bei Abendeinladungen wiedersehen, allerdings würde das unter den aufmerksamen Augen und steifen Regeln der Gesellschaft stattfinden und einfach nicht mehr so ungezwungen sein wie zuvor.

»Danke noch mal. Für alles. Und für … den Eimer«, stammelte sie, weil ihr eingefallen war, wie er ihren Kopf gehalten hatte, während sie sich erbrochen hatte. Auch er schien offenbar von dieser Erinnerung eingeholt zu werden, denn er lächelte etwas schief.

»Falls du noch mal jemanden brauchst, der dir einen Eimer hält …«, bot er amüsiert an.

Sie lächelte. Er lächelte. Dann musste sie sich abwenden. Mit tiefem Bedauern ging sie an Roses und Prudence' Seite auf das Haus der Oakleys zu. Unterdessen beauftragte Daniel einen Dienstboten, das Abladen des Gepäcks zu überwachen.

»Wir trinken erst mal einen Tee zusammen«, schlug Rose vor. Frances nahm das Angebot bereitwillig an. Je länger sie es herauszögern konnte, auf ihre Mutter zu treffen, umso besser. Kaum waren sie an der Tür angelangt, wurde diese geöffnet, und eine füllige Frau kam herausgelaufen. Da sie laut »Rose!« rief, brachte dies Frances zu der Annahme, es müsse sich bei ihr um Lady Oakley handeln. Sie drückte ihre Tochter in einer für die Öffentlichkeit ungewöhnlich herzlichen Geste an sich. »Ich bin so froh, dass ihr heil wieder hier seid.«

»Was sollte uns denn schon passieren?«, fragte Rose beinahe schroff, doch die Art, wie sie ihre Mutter umarmte, verriet, dass sie sich ebenfalls freute, sie wiederzusehen. Lady Oakley drehte sich nun zu den Freundinnen um.

»Und ihr müsst Frances und Prudence sein. Willkommen. Ich habe schon so viel von euch gehört. Und ich habe hervorragende Nachrichten für euch.« Strahlend sah sie sie an. »Daniel hat einen Boten mit eurer ungefähren Ankunftszeit vorausgeschickt. Deshalb sind eure Mütter auch da.«

Wie aufs Stichwort trat eine hagere Frau aus dem Haus, die ihnen höflich zunickte, bevor sie sich an Prudence wandte. »Du bist ja eine richtige Lady geworden, mein Kind.«

»Danke, Mutter.« Prudence knickste. Mrs Griffin wollte ihr noch eine weitere Frage stellen, wurde aber von einer lauten Stimme übertönt.

»Sind sie da? Sind sie endlich da? Frances, mein Kind, ich habe dich so vermisst.« Es war Lady Darlington, die mit weit ausgestreckten Armen auf ihre Tochter zukam, während ihr Mops kläffend neben ihren Beinen herlief. Frances wich unwillkürlich einen Schritt zurück und prallte dabei gegen Daniel, der mittlerweile zu ihnen gestoßen war, um seine Mutter zu begrüßen. Er hielt Frances am Ellbogen fest, damit sie nicht die Treppenstufen, die zum Haus führten, hinunterfiel. An der Stelle, wo er sie festhielt, pochte es. Rasch machte sich Frances von ihm los.

»Guten Tag, Mutter!«, begrüßte sie Lady Darlington verhalten. Muzzle, der Mops, sprang an ihr hoch.

»Ich freue mich so sehr, dich endlich wiederzusehen, mein Liebling. Nach dieser langen Zeit der quälenden Trennung.« Die Lady holte ein Taschentuch aus ihrem Beutel und betupfte ihre Augenwinkel. Frances war verblüfft. Sie hätte nie gedacht, dass ihre Mutter so empfinden würde, da sie ihr nur gelegentlich äußerst nichtssagende Briefe geschrieben hatte. Aber vielleicht hatte sie sich in den letzten anderthalb Jahren auch verändert. Vielleicht würde Frances ihr in einer ruhigen Stunde sogar von Anthea und Warwick erzählen können.

»Lasst uns erst mal ins Haus gehen«, schlug Lady Oakley vor. »Tee und Kuchen stehen parat. Ihr habt sicher Hunger nach der Reise.« Den hatte Frances in der Tat. Dementsprechend bereitwillig folgte sie der Gastgeberin ins Innere des Townhouses. Nach der Schlichtheit ihrer Unterkünfte im Mädchenpensionat und in den Gasthöfen kam ihr der Dekor besonders prächtig vor. Es gab kaum einen Platz im Haus, der nicht von Teppichen, Statuen, Polstermöbeln, Tapeten, Stuck oder Deckenmalerei bedeckt zu sein schien, dazu roch es durchdringend nach Rosen. Angesichts der Jahreszeit vermutete Frances, dass der Duft nicht von frischen Blumen, sondern von Parfüm stammte, das in den Räumlichkeiten großzügig versprüht worden war. Sie blickte hoch zur hellgelb gestrichenen Decke des Salons, in den sie geführt wurden, auf der reichlich nackte Putten, gekreuzte Schwerter und Wappen aus Gips prangten. Was auch immer Sir William Oakley tat, um das Familienvermögen zu vermehren, er war offensichtlich sehr erfolgreich darin und hatte kein Problem damit, seinen Wohlstand zur Schau zu stellen. Der Tisch mit dem Tee war dementsprechend üppig gedeckt.

»Lasst es euch schmecken«, forderte Lady Oakley sie auf. Frances griff nach einem appetitlich aussehenden Törtchen und war dabei, es auf einen kleinen Teller mit einem grüngoldenen Rand zu legen, da beugte sich Lady Horatia Darlington zu ihr, wobei ihre langen Ohrringe mit den Diamanten durch die abrupte Bewegung ins Schaukeln gerieten.

»Du solltest dich beim Kuchen besser zurückhalten«, raunte sie so laut, dass die anderen es hören konnten. Während Lady Oakley und Mrs Griffin taten, als hätten sie nichts mitbekommen, blickten Rose und Prudence erschrocken zu ihrer Freundin. Daniel betrachtete Lady Darlington derweil mit gerunzelter Stirn.

»Das Wetter war auf unserer Fahrt ganz hervorragend«, lenkte er ab. Aber er hatte die Rechnung ohne die Lady gemacht, die seinen Konversationsversuch einfach überging.

»Was für ein unvorteilhaftes Kleid du trägst, Frances. Wir müssen heute noch zur Damenschneiderin. Die wird deine Figur sicher kaschieren können.«

Frances blickte ihre Mutter missmutig an. In der Zeit ihrer Trennung hatte sie verdrängt, wie dominant Lady Darlington für gewöhnlich war und dass sie nie ein gutes Haar an ihrer jüngsten Tochter ließ.

»Muss das heute sein?«, fragte sie ungehalten. Nach der Reise hätte sie sich lieber ausgeruht.

»Es muss«, erwiderte Lady Darlington. »Wir haben nicht viel Zeit vor deiner ersten Präsentation bei der Königin, und bis dahin müssen etliche Kleider fertig werden. Außerdem ist die Damenschneiderin bestimmt längst ausgebucht. Wir sollten uns beeilen, um uns noch dazwischenschieben zu lassen.«

Unzufrieden sah Frances vor sich hin. »Wenn du lächeln würdest, wärst du gleich viel ansehnlicher. Hast du denn in Schottland gar kein damenhaftes Benehmen gelernt?«, seufzte Lady Darlington auf. »Man fragt sich, was sie unseren Töchtern dort beigebracht haben«, wandte sie sich an die anderen Mütter. Derweil zollte sie ihrem Hund keinerlei Beachtung, der am Tischchen mit den Leckereien hochsprang. Frances verscheuchte ihn mit dem Fuß.

»Ich weiß gar nicht, was Sie wollen«, entgegnete Mrs Griffin reichlich spitz und pikste mit der Gabel eine Rosine auf. »Meine Prudence benimmt sich ganz vortrefflich.« Diese lächelte gequält. Was auch an Muzzle liegen mochte, der seinen Kopf unter ihren Kleidersaum schob und an ihren Beinen schnupperte. Frances zog ihn von der Freundin weg. Auf einmal war lautes Fauchen zu hören. Ein silbriger Kater, das Fell auf dem Rücken aufgestellt, kam hinter einer Tür hervorgeschossen und versteckte sich unter dem Sofa, auf dem Lady Darlington saß. Muzzle begann sofort aufgeregt das Sofa anzubellen, während von dort ein weiteres Fauchen ertönte.

»Der Kaiser mag keine Hunde«, erklärte Lady Oakley über den Lärm hinweg. Frances, die vermutete, dass der Kater nach der deutschen Majestät benannt worden war, nahm den Mops hoch, hielt ihm die Schnauze zu, um das Bellen zu stoppen, und trug ihn in eine Ecke des Salons.

»Sitz!«, forderte sie ihn auf. Muzzle legte nur den Kopf schief, bellte erneut und machte Anstalten, auf sie zuzulaufen. »Nein, bleib sitzen.« Ihr Befehl hatte nicht viel Erfolg. Sobald sie sich einen Schritt von dem Tier entfernte, kam es ihr nach.

»Versuch es mal hiermit.« Daniel reichte ihr einen Keks. Als sie ihn nahm, berührten sich ihre Fingerspitzen für einen ganz kurzen Moment. Da sie beide im Haus keine Handschuhe trugen, hielt Frances unweigerlich die Luft an.

»Du willst den Keks doch wohl nicht essen«, ertönte die Stimme ihrer Mutter. Statt einer Antwort biss Frances hinein.

In der Kutsche saß Frances mit ihren Freundinnen den Müttern gegenüber.

»Meine Rose ist in Schottland richtig erblüht«, schwärmte Lady Oakley über ihre Tochter. »Ich habe noch zu Sir William gesagt, wie gespannt ich auf die junge Dame bin, die zu uns zurückkehrt. Wir sind gesegnet, habe ich zu Sir William gesagt. Unser Ältester kümmert sich um die Investitionen in Übersee, unser jüngerer Sohn ist ein Major, und unsere Tochter wird bald heiraten …«

Während Lady Oakley redete, blickte Frances zu Rose, die mit zusammengepresstem Mund aus dem Fenster sah. Offensichtlich gefiel es ihr nicht, wie ihre Mutter über sie sprach. Aber sie waren ja unter sich, da konnte man der Lady das Verhalten nachsehen. Und Frances wünschte sich, ihre eigene Mutter würde einmal so von ihr schwärmen. Als ob. Das würde nie geschehen.

»Ich hoffe, dass die Schneiderin neue Ballen Seide reinbekommen hat«, merkte Lady Darlington völlig zusammenhanglos an und ließ sich von Muzzle, der auf ihrem Schoß saß, ein Küsschen geben.

Prudence blickte derweil äußerst zufrieden drein und konnte es am Ziel angelangt kaum abwarten, aus der Kutsche zu klettern. Zunächst drängte sich jedoch Lady Darlington vor. Erst als Frances ihrer Mutter den Mops angereicht hatte, konnten die anderen aussteigen.

Eine Glocke über der Eingangstür klingelte, als sie in das Geschäft der Damenschneiderin traten. An den Wänden des Ladens standen Regale, in denen Stoffe in allen möglichen Farben und aus allen möglichen Materialien zur Schau gestellt waren. Zahlreiche Gehilfinnen zogen Ballen heraus und rollten sie vor den prüfenden Augen der Kundinnen aus. Kostbar schimmernde Seiden wurden in Faltenwurf drapiert an Frauenkörper gehalten, um die zahlreichen Möglichkeiten, die in ihnen steckten, zu demonstrieren. Zudem roch die warme Luft blumig nach den schweren Parfüms der Kundinnen. Das Geschäft war eine reine Überforderung von Frances' Sinnen. Trotzdem streckte sie die Hand aus, um über einen besonders zarten Stoff zu streicheln. Er war so dünn gewebt, dass sie ihre Fingerspitzen durch ihn hindurchsehen konnte.

»Baumwoll-Voile«, sagte die Damenschneiderin, die zu ihnen getreten war. »Eine feinere Variante werden Sie in ganz England nirgendwo finden.« Um den Hals hatte sie ein Maßband hängen, so wie andere Frauen Perlenketten trugen. Mit professionellem Blick musterte sie Frances' Figur. »Fällt sehr schmeichelnd«, informierte sie. »Der Stoff ist gerade bei Debütantinnen ausgesprochen beliebt.«

»Bringen Sie für unsere Töchter das Beste, was Sie haben«, kommandierte Lady Darlington.

»Alles, was Sie hier sehen, Mylady, ist von allerbester Qualität, sorgsam von mir ausgewählt«, versicherte die Schneiderin. »Wenn Sie einen Termin zum Ausmessen vereinbaren wollen?«

»Können wir denn nicht gleich unsere Maße nehmen lassen?«, meldete sich Prudence zu Wort.

»Bedaure. Wir stehen am Anfang der Saison. Da wollen alle eine neue Garderobe haben.« Die Schneiderin schlug ein großes Buch auf, in dem sie mit dem Finger eine Liste mit Daten und Namen nachfuhr. »Der nächste freie Termin ist am Mittwoch in zwei Wochen.«

Frances blickte zu Prudence, die angesichts der niederschmetternden Nachricht ganz blass geworden war.

»Das dauert viel zu lang«, erklärte Mrs Griffin. »Bis dahin verpassen wir wichtige Bälle. Was kostet es, früher dranzukommen?« Sie öffnete den Taschenbeutel, den sie mitgebracht hatte, und suchte nach ihrem Portemonnaie.

»Das ist keine Frage des Geldes«, versicherte die Schneiderin, wobei Frances auffiel, wie sie schluckte, als sie das Portemonnaie sah. Wenn Prudence' Mutter diskreter vorgegangen wäre, hätte sie womöglich Erfolg damit gehabt. Angesichts der anderen Kundinnen im Laden konnte die Schneiderin allerdings nicht offen zugeben, dass sie käuflich war.

»Natürlich nicht«, mischte sich Lady Darlington zu Frances' Verwunderung verständnisvoll ein. »Ein so vorzügliches Haus wie das Ihre ist viel zu gefragt. Ich habe neulich noch mit Lady Constanzia Mershon darüber geredet, dass Sie die elegantesten Kleider ganz Londons schneidern. Ich bin übrigens Lady Horatia Darlington, sehr erfreut.« Nachdem Frances' Mutter ihren Titel hatte fallen lassen, drückte sie der Schneiderin eine Visitenkarte mit ihrem Namen in die Hand. »Es ist äußerst bedauerlich, dass wir zu einer weniger talentierten Damenschneiderin gehen müssen, weil wir nicht warten können. Dann werde ich Lady Constanzia und Countess Willmington sagen, dass sie erst gar nicht hier anfragen brauchen. Ich wünsche noch einen schönen guten Tag.« Nachdem sie wie beiläufig die in der Gesellschaft äußerst angesehenen Namen fallen gelassen hatte, steuerte Lady Darlington auf die Tür zu. Mrs Griffin und Lady Oakley blickten einander verwundert an, schickten sich aber an, ihr zu folgen. Bevor Frances und ihre Freundinnen sich ebenfalls zum Gehen abwendeten, rief die Schneiderin sie zurück.

»Einen Moment bitte, Lady Darlington! Ich habe noch mal

im Buch nachgesehen und merke gerade, es gibt für heute eine Absage. Ich werde eine Ausnahme machen und Sie dazwischenschieben. Wenn Sie sich umsehen möchten, können meine Frauen bei Ihren Töchtern Maß nehmen.« Frances sah ein kurzes triumphierendes Lächeln über das Gesicht ihrer Mutter huschen, bevor sie sich mit einem huldvollen Ausdruck der Schneiderin zuwandte.

»Deine Mutter ist sensationell«, flüsterte Prudence begeistert. Frances gab sich unbeeindruckt, musste aber zugeben, dass Lady Darlingtons Dreistigkeit in diesem Fall wirklich von Nutzen war.

»Ich will diese Seide, die rote.« Die Lady streckte den Finger aus und zeigte auf einen Ballen, der gerade von zwei anderen Kundinnen geprüft wurde.

»Sehr wohl, Mylady«, versicherte die Schneiderin und schnipste mit den Fingern. Die Gehilfin, die den Kundinnen die Seide gezeigt hatte, rollte den Ballen ein und brachte ihn zu ihnen hinüber. Die Frauen blickten ungehalten, was Lady Darlington ignorierte, die verlangte, die neusten Schnitte zu sehen.

»Diesen Reitanzug in einem feinen Leinen-Wolltuch-Gemisch. Und in einer auffallenden Farbe«, diktierte die Lady der Schneiderin, während sie sich mit Lady Oakley und Mrs Griffin über Modeabbildungen beugte.

»Bekommt deine Mutter immer, was sie will?«, wunderte sich Rose, nachdem sie von den Gehilfinnen in einen Hinterraum geführt worden waren, um ihre Größen sorgfältig auszumessen und zu notieren.

»Für gewöhnlich schon«, antwortete Frances.

»Ich habe euch doch gesagt, dass ein Titel alles ausmacht«, sagte Prudence, die aus ihrem Kleid schlüpfte und sich von einer Gehilfin beim Ausziehen des Mieders helfen ließ. »Sobald deine Mutter die Countess erwähnt hat, war die Sache geritzt. Von ihr kann man ganz schön viel lernen.«

»Fragt ihr euch auch manchmal, ob eure Mütter immer schon so waren oder mit der Zeit erst so geworden sind?«, erkundigte sich Frances gedankenvoll.

»Ich kann mir kaum vorstellen, dass unsere Mütter mal Debütantinnen waren«, erwiderte Rose. Frances dachte an Miss Horatia, die, gerade einmal sechzehn Jahre alt, die Hand des enorm viel älteren Lord Darlingtons akzeptiert hatte. Zwei Jahre jünger als ihre Tochter war sie damals gewesen. Sie wunderte sich, ob ihre Mutter wirklich Gefühle für den Lord empfunden hatte oder ob sie ihn für ihre beste Chance gehalten hatte, eine gute Partie zu machen, so wie Prudence es erstrebte. Reich war sie durch die Heirat tatsächlich geworden, aber ob ihre Mutter jemals glücklich gewesen war?

Als die drei Freundinnen wieder aus dem Hinterzimmer in das Geschäft zurückkehrten, waren die Mütter damit beschäftigt, zahlreiche Bestellungen aufzugeben.

»Wir brauchen drei Ballkleider, zwei Kleider für Abendeinladungen, zwei Mäntel …«, zählte Mrs Griffin auf.

»Ich will alles ganz modisch, nach neustem Schnitt«, mischte sich Prudence ein. »Und so ein Militärjäckchen mit Troddeln und Litzen. Und dazu ein Kleid aus Batist.«

»Genau, das bekommt meine Tochter auch«, tönte Lady Darlington und scheuchte eine Gehilfin mit einer Handbewegung zu Frances, damit diese ein Stück Stoff an ihr drapierte. Der Ausschnitt, den die Frau zu imitieren versuchte, ging fast bis zu den Brustwarzen.

»Höher«, bat Frances, »das ist viel zu tief.«

»Wer so viel Busen hat wie du, sollte ihn präsentieren«, insistierte ihre Mutter. »Das lenkt vom Bauch ab. Außerdem kommen alle jungen Frauen zu ihrem ersten Ball in Weiß. Wie willst du aus der Menge hervorstechen, wenn dein Ausschnitt zu hoch sitzt?« Bevor Frances etwas sagen konnte, hatte Lady Darlington sich schon an die Schneiderin gewandt. »Das Debütantinnenkleid muss aus der zartesten Baumwolle genäht werden, und ich will ganz viel Stickerei darauf. Mit Perlen, damit es schimmert, wenn Licht darauf fällt.«

Frances verdrehte die Augen und stellte sich neben Rose und Prudence, die Stoffe befühlten.

»Wie findet ihr die?« Rose hielt sich lindgrüne Seide an.

»Die ist wunderschön«, erwiderte Frances. Der Grünton schmeichelte den kastanienbraunen Haaren und dem rosigen Teint der Freundin.

»Es gibt genug davon, da können wir bestimmt beide ein Kleid daraus fertigen lassen«, versicherte Rose. Lady Darlington hatte jedoch andere Vorstellungen, was die Ausstattung ihrer Tochter anging.

»Du läufst auf gar keinen Fall in der gleichen Farbe herum wie deine Freundinnen«, erklärte sie. »Wer soll denn dann auf dich aufmerksam werden? Hier, dieses Lila ist etwas für dich.«

Entgeistert blickte Frances auf den Stoff. »Die Farbe gefällt mir nicht.«

»Wenn du sie nicht nimmst«, mischte sich Prudence ein,

»will ich sie. Daraus kann ein Kleid mit Mantel für Spazierfahrten werden.« Ihre Mutter stimmte ihr zu.

»Bei deiner bleichen Gesichtsfarbe?«, merkte Lady Darlington an, woraufhin Prudence sich erschrocken an die Wange fasste. Die Schneiderin beeilte sich, weitere Stoffe vorzuschlagen. Während sich Lady Oakley und Mrs Griffin auch für die Kosten interessierten, verlangte Lady Darlington ohne mit der Wimper zu zucken nur das Beste. Als eine Gehilfin einen Ballen aus dem Lager hereintrug, zog dieser Frances' Aufmerksamkeit auf sich. Der Stoff war von himmelblauer Farbe und schimmerte leicht. Er war gleichzeitig purer Luxus, und doch haftete ihm etwas zurückhaltend Elegantes an. Sie spürte, wie gerne sie ein Kleid daraus tragen würde.

»Den nehme ich«, erklärte Prudence entschieden. »Der passt zu meinen Haaren.«

»Der ist wirklich schön«, bestätigte Rose. Frances fühlte Enttäuschung in sich aufsteigen.

»Ich kaufe den ganzen Ballen«, stellte Lady Darlington klar. »So sichern wir ab, dass keine andere Debütantin ein Kleid wie deins haben wird«, wandte sie sich an ihre Tochter. Und obwohl Frances nichts lieber hätte, als ein Kleid aus eben diesem Stoff, tat es ihr nun leid, die Enttäuschung auf Prudence' Gesicht zu sehen. Auch Rose blickte leicht sehnsüchtig dem Ballen nach, der auf den stattlichen Haufen gelegt wurde, den die Lady reserviert hatte.

Nachdem die Mütter die üppigen Bestellungen aufgegeben hatten, ließ Lady Darlington ihre Käufe auf die Rechnung setzen. Unterdessen pinkelte Muzzle mitten in den Laden.

»Mutter«, machte Frances sie darauf aufmerksam.

»Wofür gibt es Personal?« Lady Darlington blieb ganz gelassen. Frances hingegen war dies fürchterlich unangenehm.

»Entschuldigen Sie bitte«, sagte sie zu der Gehilfin, die sich hinunterbeugte, um die Lache wegzuwischen.

»Frances!«, wurde sie von ihrer Mutter streng ermahnt. »Nimm Muzzle, wir gehen.«

Sie griff sich den Hund und klemmte ihn sich unter den Arm, dann folgte sie Lady Darlington, den Freundinnen und deren Müttern auf die Straße. Draußen kam ihr auf einmal eine Idee. »Halt mal«, bat sie Rose und drückte ihr den Mops entgegen. »Ich bin gleich wieder da.« Damit ging sie zurück in das Geschäft.

»Haben Sie was vergessen, Miss Darlington?«, wurde sie von der Schneiderin begrüßt.

»Nein, aber meine Mutter. Sie hat sich das mit dem himmelblauen Ballen anders überlegt. Aus dem Stoff soll auch noch ein Kleid für Miss Prudence und eines für Miss Rose genäht werden.« Danach kehrte sie zu den anderen zurück.

»Was trödelst du denn so lange?«, wurde sie von ihrer Mutter getadelt. Muzzle bellte, als ob er ihre Worte unterstreichen wollte. »Jetzt brauche ich dringend eine Erfrischung.«

Im voll besetzten Teehaus bekamen sie nur noch einen Tisch, der weit vom Eingang entfernt lag.

»So sieht uns ja keiner«, bemerkte Lady Darlington unzufrieden und ließ sich reichlich Zeit, mit Muzzle auf dem Arm den Saal zu durchqueren. Die anderen waren gezwungen, sich ihrem langsamen Tempo anzupassen. Zahlreiche

Damen vertrieben sich bei Tee und Gebäck mit ihren Töchtern die Zeit, indem sie die anderen Gäste einer genauen Betrachtung unterzogen. Frances spürte die durchdringenden Blicke derer, die sie von oben bis unten taxierten und sich sicherlich neugierig fragten, ob sie ebenso skandalträchtig war wie ihre Schwester.

»Lächeln«, raunte Lady Darlington ihr zu, doch sie presste die ihre Lippen stur zusammen. »Nicht wenige der Ladys hier haben Söhne, die sie zu verheiraten suchen.« Frances nahm wahr, wie einige der Damen hinter vorgehaltener Hand mit der Sitznachbarin tuschelten. Lady Darlington zog es vor, mit einem falschen Lächeln darauf zu reagieren. Sie grüßte in die Menge. »Lady Bertram. Lady Winter.« Die beiden Angesprochenen drehten sich nicht einmal zu ihr um. Frances sah, wie sich die Schultern ihrer Mutter anspannten. Dennoch setzte Lady Darlington den Weg mit erhobenem Kopf und unermüdlichem Lächeln fort. Sie selbst streckte ebenfalls den Nacken. Sollten die feinen Damen sich doch den Mund zerreißen, Hauptsache Anthea war glücklich mit ihrer Wahl.

»Lady Russell, wie geht es Ihnen?«, fragte ihre Mutter höflich. Die Lady zog nur eine Augenbraue hoch. Lady Darlington tat derweil so, als hätte sie es nicht bemerkt. »Ach, da drüben ist Lady Hussen. Ich muss ihr unbedingt guten Tag sagen.«

Frances meinte, dass die Augen ihrer Mutter feucht schimmerten. Für einen winzigen Augenblick bekam sie Mitleid mit ihr. In ihrem Exil in Schottland hatte sie nichts von dem Gerede der Gesellschaft über Antheas Flucht mitbekommen, aber Lady Darlington war ihm die ganze Zeit über ausgesetzt gewesen.

An einem der Tische blieb diese stehen und hielt damit auch die anderen auf.

»Lady Hussen, schönen guten Tag«, flötete sie. Die Angesprochene blickte nahezu erschrocken von ihrem Teller mit dem Kuchen auf. »Wie wunderbar, Sie hier wiederzutreffen«, fuhr Lady Darlington fort. »Wissen Sie noch, der Ball bei Lord Weltham, als ich Ihnen Ihren zukünftigen Gatten vorgestellt habe?« Lady Hussen senkte daraufhin kaum sichtbar anerkennend den Kopf. Die Geste reichte, um Lady Darlington zu ermutigen. »Das ist meine Tochter, Miss Frances Darlington. Sie ist Debütantin, und ich rechne mit einer sehr erfolgreichen Saison. Frances, sag guten Tag.« Sie knickste vor der Lady, die ein weiteres Mal den Kopf neigte. »Ich bin ganz gespannt darauf, meinen lieben Lord Hussen wieder zu treffen«, redete die Mutter nun etwas lauter weiter, so dass die Umhersitzenden sie hören konnten. »Es ist immer wieder schön, alte Bekanntschaften aufzufrischen. Wir sehen uns bei Ihrem nächsten Ball.«

Damit ging sie weiter. An dem ihnen zugewiesenen Tisch suchte sie sich den Platz aus, von dem man die Gäste im Saal gut im Blick hatte. »Frances, du sitzt neben mir.«

Den anderen blieb nichts anderes übrig, als die schlechteren Plätze zu nehmen, doch sie protestierten nicht. Nur Prudence rollte in Frances' Richtung mit den Augen, was diese zum Kichern brachte. Ein strenger Blick ihrer Mutter führte dazu, dass sie nur noch mehr lachen musste. Hastig verbarg sie ihr Gesicht hinter dem Fächer.

»Reiß dich zusammen«, tadelte Lady Darlington scharf. »Eine Debütantin lächelt, doch sie lacht nie laut.« Dabei lächelte sie selbst dünn, aber huldvoll in den Saal hinein. Rose dagegen starrte auf das Tischtuch, so als sei sie entweder zu schüchtern, um der unbekannten Menge in die Augen zu blicken, oder als interessiere sie sich gar nicht für sie. Frances merkte, wie wenig sie von den Freundinnen außerhalb ihrer kleinen schottischen Welt wusste, und nahm sich vor, Rose danach zu fragen. Sie selbst konnte ihre Neugier nicht länger unterdrücken und sah sich die anderen Gäste genauer an. Viele waren Frauen von etwa sechzehn bis neunzehn Jahren, nicht wenige enorm attraktiv. Alle trugen ein konstantes Lächeln auf den Lippen, dennoch kam es Frances vor, als wabere ein Nebel von Neid und Missgunst durch den Saal. Die anwesenden Frauen schienen sich gegenseitig zu belauern, so als überlegten sie, mit welcher Art von Waffe man der Konkurrentin am besten den Garaus machen könnte. Was wahrscheinlich daran lag, dass sie alle auf dasselbe aus waren, nämlich Ehemänner zu finden. Eine Londoner Ballsaison stellte nun mal ein Schlachtfeld der Liebe und der Eitelkeiten dar.

Nur Rose wirkte von allen und allem um sie herum völlig unbeeindruckt, als sie bei der Bedienung Tee und Früchtekuchen bestellte.

»Für mich auch«, orderte Frances.

»Auf gar keinen Fall«, wehrte Lady Darlington ab.

»Ich habe aber Hunger«, insistierte Frances. »Bitte den Kuchen«, diktierte sie der Bedienung erneut.« Diese blickte eingeschüchtert zur Lady.

»Kein Kuchen für meine Tochter«, zischte Lady Darlington. Bevor Frances noch etwas sagen konnte, machte sich die Bedienung eilig davon.

»Dann wird eben alle Welt meinen rumorenden Magen hören«, warf Frances ihrer Mutter unzufrieden vor.

»Sehen Sie die drei Frauen da vorne am Tisch?«, flüsterte Lady Darlington und überging Frances' Einwand. »Die waren die letzten vier Jahre bereits zur Saison in London. Bisher ohne Erfolg.« Dabei konnte sie sich ein etwas gehässiges Lächeln nicht verkneifen.

»Die armen Dinger. So ein Misserfolg«, kommentierte Mrs Griffin mit nur schlecht verhohlener Schadenfreude. Frances konnte nicht anders, als verstohlen zu den Frauen zu blicken, die vermutlich Anfang zwanzig waren, dabei aber so ausgelaugt wirkten, als würde es ihnen keinerlei Spaß bereiten, hier zu sitzen.

»Die Älteste müsste längst verheiratet sein«, wusste Lady Darlington zu erzählen. »Wer will dieses Pferdegesicht bitte schön zur Frau nehmen?«

Prudence, Mrs Griffin und Lady Oakley verzogen amüsiert die Gesichter. Rose starrte derweil auf die Tischdecke.

»Ich finde sie sehr apart«, warf Frances ein. »Wichtiger als alle Schönheit ist doch sowieso, ob sie ein netter Mensch ist oder nicht.«

Ihre Mutter lachte gekünstelt auf. »Meine liebe Tochter, wenn sie euch das im Pensionat beigebracht haben, so lass mich dir von der realen Welt erzählen. Damenhaftes Benehmen und Talente allein bringen noch keinen einzigen Antrag ein.« Sie wurden von der Bedienung unterbrochen, die

Tee und Kuchen servierte. Frances sah zu, wie Rose ihre Gabel in das Stück Früchtekuchen stach. Wasser lief ihr im Mund zusammen, und sie musste schlucken. Da bot Rose ihrer Freundin die Gabel an. Frances aß den Happen mit großem Genuss.

Lady Darlington räusperte sich und verzog pikiert das Gesicht. »Was sollen die Leute von dir denken, wenn du so verfressen bist?«

Frances spürte einen Stich, doch sie schüttelte das Gefühl ab. Sie kannte schließlich ihre Mutter, die noch nie besonders freundliche Worte für sie übriggehabt hatte.

»Sie werden denken, dass diese junge Frau es versteht, ihr Leben zu genießen«, konterte sie und hielt die Bedienung am Schürzenzipfel fest. »Kann ich bitte zwei Stück Früchtekuchen bekommen?«

Es gab teurere Wohngegenden in London und wesentlich größere und schmuckere Häuser. Die verhältnismäßig schlichte Unterkunft, die ihre Mutter für die Saison gemietet hatte, überraschte Frances, als sie ihr in einen spärlich eingerichteten Salon folgte, von dessen Decke abgeblätterte Farbe zu Boden rieselte. Sie nahm auf einem verschlissenen Sofa Platz und sah sich um. Der Gegensatz zu Darlington Mews war so augenfällig, dass Frances nicht verstand, weshalb Lady Darlington ausgerechnet dieses bescheidene Quartier bezogen hatte. Es war vollkommen untypisch für ihre Mutter, die generell nur das Beste für sich beanspruchte.

»Aua, pass doch auf«, fuhr die Lady das Dienstmädchen mit Pockennarben auf den Wangen an, das hereingekommen war und ungeschickt versuchte, die Nadeln aus dem Hut zu ziehen, mit dem dieser auf die aufgetürmten Haare der Lady gesteckt war.

»Wo ist denn Ihre Zofe?«, wollte Frances neugierig wissen. Ihre Mutter überging die Frage, riss sich den Hut selbst vom Kopf, warf ihn genervt zu Boden und schickte das Mädchen hinaus, um Tee zu bringen.

»Und vergiss nicht wieder den Wein dazu«, rief sie ihr hinterher, dann seufzte sie auf. »Nichts als Ärger hat man mit diesen ungebildeten Frauenzimmern. Auf Darlington Mews hätte sie höchstens die Töpfe in der Küche schrubben dürfen, so unansehnlich, wie sie ist.« Frances öffnete den Mund, um etwas zur Verteidigung des Dienstmädchens zu sagen, doch ihre Mutter, die sich im fleckigen Spiegel, der an der Wand hing, erblickt hatte, übertönte sie: »Ich bin ja ganz zerzaust.« Mit den Fingern versuchte Lady Darlington, die aus ihrer Frisur herausgelösten Strähnen wieder hineinzustopfen. Aus den Augenwinkeln sah Frances, wie Muzzle damit beschäftigt war, die künstlichen Früchte des Huts zu zerkauen. Sie fragte sich, was Rose, Prudence und Daniel gerade taten. Wenn sie nur bei ihnen sein könnte.

»Lies mir etwas vor«, kommandierte Lady Darlington. Frances schlug eine der Zeitschriften auf, die auf dem Sofa lagen, und fing an, aus einem Artikel zu lesen.

»›Die weibliche Hauptrolle in der neuen Liebeskomödie ›Wie man sein gebrochenes Herz kittet‹ wird von Sarah Wittner recht überzeugend gespielt, der jedoch die Leichtigkeit von Anth…‹« Frances brach hastig ab, als sie in der Zeitschrift den Namen ihrer Schwester entdeckte, und setzte an einer späteren Stelle wieder ein. »Wieder eine meisterlich geschriebene Komödie mit exzellenten Irrungen und Wirrungen aus der Feder von Lady Fudge.« Erstaunt blickte sie auf. »Wollen wir uns das Stück ansehen?«

»Auf gar keinen Fall«, lehnte Lady Darlington entschieden ab. »Diese Frau hat uns um Mister Fudges Vermögen gebracht.«

»Anthea hat sich nie für Lord Fudge interessiert«, warf Frances ein. »Und er sich auch nicht wirklich für sie.«

»Was verstehst denn du davon? Wenn Lady Fudge nicht von Anfang an versucht hätte, sich ihn zu angeln, dann würde deine Schwester jetzt Lady Fudge heißen, und ich müsste mich nicht mit diesem Schatten auf dem Ruf unserer Familie herumschlagen.«

Frances sagte nichts dazu. Es brachte sowieso nichts, mit ihrer Mutter darüber diskutieren zu wollen, die niemals ihre Ansicht änderte, wenn es ihr keinen unmittelbaren Nutzen einbrachte. Sie zählte die Stunden, die sie mit ihr verbringen musste, und überlegte, ob sie vorgeben sollte, unpässlich zu sein, um früher ins Bett gehen zu können.

»Wenn du wüsstest, was ich in den letzten Jahren alles ertragen musste.« Lady Darlington legte eine Hand an ihre Stirn und blickte leidvoll zur Decke hinauf, aber vielleicht wollte sie auch nur überprüfen, ob ihr von dort nichts auf den Kopf fiel. »Hinter vorgehaltener Hand haben sie ihre Mäuler zerrissen.«

Es lag Frances auf der Zunge, zu entgegnen, dass Lady Darlington selbst über alle lästerte, stattdessen biss sie sich auf die Wange und nahm sich fest vor, sich nicht mehr wie früher als Kind immerzu mit ihrer Mutter zu zanken. Erwachsen zu werden, bedeutete auch, manches gelassener hinzunehmen.

»Wenn ich daran denke, welches Potential Anth…« Lady Darlington brach ab, bevor sie den Namen ihrer ältesten Tochter aussprechen konnte. »Wenn bestimmte Menschen nicht so unglaublich egoistisch gewesen wären, dann hätte ich nicht so viel Leid erfahren.«

»Aber dann würde Anthea leiden, weil sie mit einem Mann verheiratet wäre, den sie nicht liebt«, verteidigte Frances ihre Schwester vehement. Im nächsten Augenblick fiel ihr ein, dass sie sich eigentlich nicht mehr hatte zanken wollen.

»Davon verstehst du nichts«, wehrte ihre Mutter ab.

»Ich bin auf dem Weg nach London an Darlington Mews vorbeigekommen«, lenkte Frances vom Thema ab.

»Ah.«

Mehr kam nicht als Antwort, deshalb setzte sie erneut an: »Was ist denn eigentlich aus Mister Livingston geworden?« Sie erinnerte sich daran, dass der Nachbar in der Vergangenheit die Rechnungen ihrer Mutter sowie die Kosten für das schottische Mädchenpensionat übernommen hatte.

Schmallippig sah sich Lady Darlington im Raum um. »Muzzle, lass den Hut, komm zu Frauchen.«

Frances ahnte, dass zwischen ihrer Mutter und dem Nachbarn etwas vorgefallen sein musste. Und sie brannte darauf, mehr darüber zu erfahren. »Ich dachte nur, es müsse einen Grund haben, warum Sie das Haus der Familie verpachtet haben. Mister Livingston war doch so ein enger Freund«, fügte sie ein wenig mehrdeutig hinzu.

»Charles, ich meine … Mister Livingston hat überhaupt keinen Schneid. Seine Frau hat gedroht, seine Zuchthündin zu kastrieren, wenn er nicht den Kontakt zu mir abbricht. Und was hat er getan?« Die Lady sah nicht aus, als erwarte sie eine Antwort von ihrer Tochter. »Er weigert sich, mir weiter Geld zu leihen, dieser rückgratlose Wurm!«

Es war nun klar, warum ihre Mutter in dieser bescheidenen Unterkunft hauste anstatt in einem prunkvolleren Haus.

»Heißt das, Sie sind finanziell ruiniert?«, fragte Frances geradeheraus.

»So gut wie«, gab Lady Darlington zu. »Ich muss überall anschreiben lassen. Die Schuldner fangen schon an, mir aufzulauern. Und es dauert nicht mehr lange, dann wird es auch die Gesellschaft erfahren. Davon wird sich unser Ruf nie wieder erholen. Es sei denn, du machst vorher eine lukrative Partie.«

Frances wurde schlagartig klar, warum ihre Mutter sie so kurzfristig aus Schottland zur Londoner Saison geholt hatte. Sie sollte einen reichen Mann heiraten, um den Lebensstandard von Lady Darlington aufrechtzuerhalten.

Kapitel 6

Es war eigentlich zu kalt dafür, aber da man in einer offenen Kutsche besser gesehen wurde, hatten Frances, Rose und Prudence die Anweisungen erhalten, sich in ihre Schals einzuwickeln. Die frostige Märzluft kümmerte ihre Mütter nicht, die in einer geschlossenen Kutsche vor ihnen durch den Park fuhren.

»Es ist ihnen vollkommen egal«, sagte Frances missmutig, »dass wir uns den Hintern abfrieren. Ich weiß nicht, was an Debütantinnen mit Frostbeulen so attraktiv sein soll.« Sie zögerte damit, die Neuigkeiten, die sie gestern erhalten hatte, den Freundinnen mitzuteilen. Sie wollte sich unbedingt jemandem anvertrauen, aber wenn auch nur ein Wort über die finanzielle Notlage zur Gesellschaft durchdrang, war der nächste Skandal garantiert. Und das, wo sie sich noch nicht mal ganz von dem Wirbel um Antheas Hochzeit erholt hatten.

»Meine Mutter will, dass ich so bald wie möglich heirate«, erzählte sie deshalb nur einen Teil der Wahrheit.

»Willst du das denn auch?«, fragte Rose.

»Ich denke schon. Wenn ich einen Mann treffe, in den ich mich verlieben kann.« Sie zwang sich, in diesem Augenblick nicht an Daniel zu denken. »Aber das Problem ist eher, wie ich es schaffe, dass sich so ein Mann in mich verliebt. Wenn ich ihn nicht mit meiner blendenden Schönheit um den Verstand bringen kann, sollte ich ihn wenigstens mit meinen besonderen Künsten betören. Und ihr wisst, dass mein Harfenspiel Zuhörer eher vergrault als in Verzückung versetzt.«

»O ja, das ist mir noch gut in Erinnerung«, merkte Prudence spöttisch an, woraufhin Rose ihr den Ellenbogen in die Seite rammte.

»Ich finde dich schön. Und talentiert«, sagte sie.

»Na ja, danke, ich fürchte nur, du siehst mich als Freundin in einem anderen Licht«, tat Frances dies mit mehr Gleichgültigkeit ab, als sie tatsächlich empfand. »Bei uns in der Familie ist das alles nicht gerecht verteilt worden. Anthea hat die ganze Schönheit und das Talent abbekommen.«

»Und nichts daraus gemacht«, meldete sich Prudence zu Wort, die damit beschäftigt war, sich beständig umzusehen. »Sie ist mit einem Dienstboten getürmt und Schauspielerin geworden wie eine ganz gewöhnliche Frau.«

»Wenn es einen Dienstboten gäbe, in den ich mich verlieben könnte, würde ich auch mit ihm davonlaufen«, erklärte Frances.

Rose musterte sie. »Das meinst du ernst, oder?« Frances hob die Schultern. Bisher war sie noch nie verliebt gewesen.

»Es zählt nur, dass du einen Mann davon überzeugen kannst, dass du wunderschön und faszinierend bist«, erklärte Prudence. »Wenn du einem Mann erst einmal den Kopf verdreht hast, sind Talente völlig uninteressant. Und jetzt lächelt! Da kommt endlich ein Reiter.«

Ein Gentleman zu Pferd überholte sie, lüftete zur Begrüßung den Hut und ritt weiter. Als er an der Kutsche der

Mütter vorbeikam, hörte man ein Bellen. Es war Muzzle, der nicht wollte, dass ein Mann seinem Frauchen zu nahe kam.

»Wie fandet ihr ihn?«, fragte Prudence.

»Wen?« Rose sah sie verwirrt an.

»Na, den Gentleman. Wer weiß, einer von denen, die uns heute begegnen, könnte unser zukünftiger Ehemann sein«, erklärte Prudence. Anders als die Freundin sah Rose nicht gerade begeistert bei dieser Vorstellung aus. Und auch Frances fand den Gedanken eher befremdlich. »Das ist nicht unwahrscheinlich«, beharrte Prudence darauf und setzte ein Lächeln auf, während sie sich erneut umsah.

»Tut dir das nicht weh?«, stichelte Frances. »Nachher bleibt das noch so und du wirst für immer mit einem dämlichen Grinsen im Gesicht bestraft sein.«

»Sei still«, zischte Prudence. »Da ist wieder einer.«

»Guten Tag, die Damen«, grüßte der Reiter beim Näherkommen.

»O nein, es ist Daniel.« Das künstliche Lächeln wich von ihrem Gesicht.

»Es ist auch ganz wundervoll, dich wiederzusehen, Prudence«, erwiderte dieser amüsiert. »Rose, Frances.« Er nickte ihnen mit einem verschmitzten Lächeln zu. Seine Wangen waren von der kalten Luft gerötet, und seine Augen leuchteten. Frances spürte bei seinem Anblick Freude in sich aufsteigen.

»Wie lange wollt ihr eigentlich noch im Kreis fahren?«, erkundigte er sich. »Bis es zu schneien beginnt?« Ganz abwegig war seine Frage nicht, fand Frances, da die Kälte unbarmherzig ihre Beine hochkroch. Dennoch machten ihre

Mütter keine Anstalt die Spazierfahrt bald abzubrechen, sondern drehten eine weitere Runde im Park.

»Wenn wir erfrieren, dann haben wir wenigstens alles dafür getan, Ehemänner zu finden«, meldete sich Rose zu Wort. Ihr Bruder lachte auf.

»Das ist eine schöne Inschrift für einen Grabstein: Hier ruht Miss Rose Oakley, die alles dafür getan hat, geheiratet zu werden. Leider ohne Erfolg.«

»Es wird Zeit, dass du weiterreitest.« Rose wedelte mit der Hand, wie um ihn zu verscheuchen, was Daniel dazu brachte, zu Frances zu blicken und mit den Augen zu rollen. Sie lächelte.

»Och, ich habe es nicht eilig.« Er blickte nach vorne und begrüßte zwei Reiter, die ihnen entgegenkamen, machte aber keine Anstalten, der Kutsche von der Seite zu weichen. Sehr zum Leidwesen von Prudence.

»Verstehst du nicht, Daniel? Du sollst uns alleine lassen«, drängelte diese.

»Warum?« Er sah sie mit übertrieben fragendem Gesicht an. Frances ging davon aus, dass er im Grunde sehr genau wusste, weshalb Prudence ihn unbedingt loswerden wollte.

»Weil dann kein anderer Gentleman mehr neben uns her reiten kann«, erwiderte die Freundin gereizt.

»Reicht euch denn meine Gesellschaft nicht?« Er konnte sein Lachen kaum mehr verbergen. »Ich bin auch ein Gentleman.«

»Du bist aber kein Lord, sondern nur der jüngste Sohn eines Baronets«, entgegnete Prudence voller Widerwillen. »Nun mach schon, dass du wegkommst.« Erschrocken blickte

Frances zu Daniel, dessen Gesicht einen ungewohnt distanzierten Ausdruck annahm. Im nächsten Augenblick hatte er die Augen auf die Zügel in seinen Händen gesenkt, drückte die Hacken seiner Stiefel in die Seiten des Pferdes und ritt davon. Frances sah ihm bedauernd nach.

»Das war unhöflich«, fuhr sie dann Prudence an.

»Ich habe doch nur die Wahrheit gesagt«, gab diese unbekümmert zurück.

Am Abend hatte Frances in Gesellschaft ihrer Mutter kaum das Stadthaus der Oakleys betreten, als Rose am Fuß der Treppe auf sie zugeschossen kam und ihre Hände ergriff.

»Es ist etwas Wundervolles passiert«, rief sie aufgeregt und zog sie mit sich.

»Du hast eine Einladung zu deinem ersten Ball«, vermutete Frances.

Rose lachte auf. »Es ist viel, viel besser.«

»Du hast einen Verehrer?«

»Ach, Franny.« Rose verzog das Gesicht.

Jetzt wurde Frances aufgeregt. »Hat meine Schwester an deine Adresse geschrieben?«

»Nein, du kannst bei uns einziehen!«

»Wie?« Sie verstand nicht ganz.

»Ich habe so lange auf unsere Mutter eingeredet, bis sie zugestimmt hat«, erklärte Rose. »Und Daniel hat dabei geholfen. Vater ist es ohnehin egal. Ist das nicht wunderbar?«

»Ja, ich meine, es wäre toll, wenn ich bei euch wohnen könnte. Aber …« Sie blickte ihrer Mutter nach, die hinter der Tür verschwunden war, die zum Salon führte.

»Lady Darlington kriegen wir auch überzeugt.« Rose war voller Zuversicht. »Das wird fast wieder wie in Schottland.« Sie hakte sich bei Frances unter. Gemeinsam betraten sie den Salon, in dem Mrs Griffin und Prudence sowie Sir William, Lady Oakley und ihr Sohn anwesend waren. Außerdem ein Mann, der als Lord Spinner vorgestellt wurde. Frances beachtete den ältlichen Lord gar nicht richtig, der ihr kaum bis zur Stirn reichte, als er aufstand, um sie zu begrüßen, da Muzzle, der mit der Schnauze unter dem Sofa steckte, zu bellen anfing.

»Der Kaiser wird fürchterliche Angst haben«, sorgte sich Lady Oakley um ihren Kater. Lady Darlington kümmerte sich hingegen gar nicht um das, was ihr Mops tat, sondern blickte etwas missmutig auf ihr Glas, das der Diener mit Wein aufgefüllt hatte.

»Der Krieg mit Napoleon muss endlich aufhören«, sagte sie entschieden. »Es wurden genug Opfer erbracht. Ich habe viel zu lange keinen richtigen Champagner mehr getrunken.«

Daniel grinste Frances an, die über ihre Mutter den Kopf schüttelte.

»Der Krieg wird erst vorbei sein, wenn dieser Bastard von Napoleon ausradiert worden ist«, prophezeite der Hausherr.

»Ihre Ausdrucksweise«, korrigierte Lady Oakley pikiert. Ihr Mann beachtete sie gar nicht.

»Dieser Sohn von einer …«

»Sir William.« Lady Oakley umfasste seinen Oberarm, um ihn am Weiterreden zu hindern.

»Ist doch wahr. Glücklicherweise gibt es Engländer wie unseren Sohn, die dafür sorgen werden, dass dieser Hundsfott…«, echauffierte er sich weiter.

»Hören Sie bitte nicht auf das, was Sir William sagt. Haben Sie unser neues Gemälde von Turner gesehen? Ein Professor an der Royal Academy«, versuchte seine Ehefrau abzulenken, die sichtlich darum bemüht war, die ordinäre Ausdrucksweise ihres Mannes durch besonders vornehmes Benehmen auszugleichen. So viel Lady Oakley auch über Kunst redete, wobei Prudence an ihren Lippen hing, sie konnte trotzdem nicht verhindern, dass ihr Mann wieder vom Krieg anfing. Währenddessen war Daniel verstummt. Frances fiel auf, dass er nie von seinen Erlebnissen im Krieg erzählte. Wann immer das Gespräch darauf kam, schwieg er, dabei hätte er am meisten zu berichten gehabt. Sie wünschte sich, sie würde mehr darüber erfahren.

»Das Essen ist gerichtet«, verkündete der Butler. Sir William bot daraufhin Lady Darlington den Arm an, die längst besitzergreifend den Arm von Lord Spinner ergriffen hatte.

Im Speisezimmer strahlte der brennende Kamin eine angenehme Wärme ab. Der lange Tisch war mit weißem Damast, Porzellan und Kristallgläsern eingedeckt, und Kerzenleuchter erhellten den Raum. Auf den Wänden prangten exquisite indische Tapeten. In einer ausgesparten Nische stand eine halb nackte Frauenstatue aus Marmor, die ein Tuch vor ihren Körper hielt, so dass die interessanten Stellen verhüllt blieben. Frances wurde Daniel gegenüber platziert. Zu ihrer Rechten saß Lord Spinner, zu ihrer Linken nahm Mrs Griffin Platz. Prudence und Rose waren zu weit entfernt, um mit ihnen reden zu können, daher befürchtete Frances ein langweiliges Essen. Angesichts der Aussicht, wieder mit Rose zusammenzuwohnen, machte es ihr jedoch nicht so viel aus. Wenn nur Lord Spinner nicht so auffällig versuchen würde, in ihr Dekolleté zu spähen. Sie setzte sich so hin, dass ihre linke Schulter ihm den Blick etwas verstellte.

Auf den Tisch wurden Suppe und gebratenes Geflügel aufgetragen, während Sir William Oakley über die letzten Schlachten von Napoleon zu sprechen begann. Frances nahm sich vor, sich seine Schimpfwörter unbedingt zu merken.

»Wenn nicht echte englische Männer wie der Major …«, damit lächelte Sir William seinem Sohn stolz zu, »sich Napoleon in den Weg stellen würden, hätte der Mistkerl längst die ganze Welt besetzt. Der Major hat in La Coruña wahre Heldentaten vollbracht. Er hat …«

Weiter kam er nicht, denn Lady Darlington mischte sich ein: »Napoleon ist so ein kleiner Mann. Kleine Männer neigen immer zur Selbstüberschätzung. Nicht wahr, Lord Spinner?« Dabei blickte sie von oben auf den Angesprochenen herab. Frances verschluckte sich an dem Stück Brot, das sie gerade aß. Sie hustete in ihre Serviette.

Lord Spinner stammelte: »Das kann ich so nicht sagen, nein, ich …«

Frances konnte sich nicht vorstellen, dass ihre Mutter absichtlich einen Lord beleidigte, eher hatte diese mal wieder nur an sich gedacht, als sie ausgerechnet von dem kleinsten Mann unter den Anwesenden Bestätigung für ihre vorurteilsbehaftete Ansicht suchte. Außerdem interessierte sich Lady Darlington schon nicht mehr für das, was er zu sagen hatte. »Ich denke, die Weltgeschicke sollten nur von groß gewachsenen Männern bestimmt werden«, versicherte sie mit Nachdruck. »Wie von Louis le Grand.«

»Sollen wir deiner Mutter verraten, dass sich ›Grand‹ nicht auf seine Körpergröße bezieht?«, wisperte Daniel Frances über den Tisch hinweg zu und brachte sie damit zum Schmunzeln, allerdings nur so lange, bis sie merkte, dass ihr ein Krümel in ihren Ausschnitt gefallen war, der nun an der Haut zwischen ihren Brüsten unangenehm kratzte. Sie versuchte, ihren Oberkörper möglichst unauffällig zu schütteln, damit das Kratzen aufhörte.

»Und wie Sir John Moore«, mischte sich Sir William in das Gespräch ein. »Ein großer Lieutenant-General. Er hätte den Bastard von Napoleon aus Spanien gejagt, wenn er nicht von einer Kanonenkugel getroffen worden wäre. Sie hat ihm den Arm, die Schulter und die Rippen gebrochen, nicht wahr, Daniel?«

Sein Sohn, der gerade einen Entenflügel zerlegte, platzierte seine Gabel auf dem Teller. »Ja, Sir.« Es sah für Frances kurz so aus, als wolle er noch etwas hinzufügen, doch er tat es nicht. Sie selbst versuchte, nicht an das Kratzen zwischen ihren Brüsten zu denken. Leider ohne Erfolg.

»Ist Moore nicht vor Napoleons Truppen aus Spanien geflüchtet?«, fragte Lady Darlington. Sir Williams Gesichtsfarbe wechselte ins Purpurfarbene.

»Sir Moore ist als Sieger aus der Schlacht um La Coruña hervorgegangen«, presste er sichtlich erregt hervor. »Er hat noch so lange gelebt, bis man ihm die Nachricht überbracht hat, dass er siegreich war.«

»Ja, ja, er mag sicher geglaubt haben, siegreich gewesen zu sein, aber die englische Armee musste sich trotzdem aus Spanien zurückziehen«, stellte Lady Darlington unbekümmert fest. »Mit hohen Verlusten, wie ich gehört habe. Weiß jemand, wie groß Sir Moore eigentlich war? Major, Sie haben ja in La Coruña gekämpft, wissen Sie es?«

Daniel schüttelte den Kopf. Er schien nicht sonderlich erpicht darauf zu sein, seine Version der Geschehnisse zum Besten zu geben. Auch seine Mutter war alles andere als erfreut. »Wenn ich mir vorstelle, dass unsere Rose dieses Jahr womöglich schon heiraten wird«, fing sie quer über den Tisch eine neue Unterhaltung an. »Und unser Daniel auch.«

Erstaunt blickte Frances zu ihm. Er führte ein Stück Ente zum Mund und kaute scheinbar unbekümmert darauf herum, doch er hielt seinen Körper zu aufrecht, um wirklich so gelassen zu sein.

»Ich wusste gar nicht, dass Sie auf Brautschau sind«, bemerkte Lady Darlington interessiert.

»Seine Ehefrau sollte zu unserer Familie passen«, fuhr seine Mutter anstelle ihres Sohnes fort. »Immerhin wird sie bei uns leben, wenn der Major wieder in den Krieg zieht.«

Nun legte Daniel das Besteck zur Seite und tupfte sich mit der Serviette den Mund ab. »Ich bedaure, Sie enttäuschen zu müssen«, sagte er langsam und mit Nachdruck. »Aber ich werde keine Frau zur Witwe machen.«

Verwundert sah Lady Oakley ihn an. »Wie meinst du das?«

»Ich meine, dass ich nicht heiraten werde. Die Chance ist viel zu groß, dass meine Frau die Nachricht erhält, dass ich gefallen bin. Das werde ich niemandem antun.«

»Wovon redest du?«, mischte sich Sir William ein. »Du wirst aus der nächsten Schlacht ebenso ruhmreich zurückkehren wie zuvor.«

»Da verfügen Sie über mehr Zuversicht als ich, Vater.«

Seine Eltern waren sichtlich unzufrieden über seine Haltung. Frances war von Daniels Worten schockiert. Die Vorstellung, er könnte sterben, traf sie hart. Der Appetit war ihr gründlich vergangen. Die Stimmung beim Abendessen blieb ebenfalls getrübt, bis sich Lady Oakley nach dem Dessert erhob und mit den anderen Frauen zurückzog, damit die Männer rauchen konnten.

Im Salon nutzte Frances einen unbeobachteten Moment, um den Krümel aus ihrem Dekolleté zu fischen, dann ließ sie sich neben Rose auf ein Sofa fallen und lehnte den Kopf an die Schulter der Freundin.

»Deine Haltung«, ermahnte ihre Mutter sie. Frances tat, als habe sie nichts gehört. Prudence zwängte sich nun zwischen Rose und sie. »Macht mal Platz.« Frances blickte über ihren Kopf hinweg zu Rose, die ihr auffordernd zunickte. Nun war der Zeitpunkt gekommen.

»Mutter«, begann sie und zupfte an den Fransen eines Sofakissens. »Ich möchte zu Rose ziehen.«

»Wie?« Lady Darlington sah überrascht aus.

»Das wäre sehr praktisch. Dann können wir uns gemeinsam auf die Bälle vorbereiten. Lady Oakleys Zofe hilft uns auch beim Frisieren und wir bräuchten niemanden dafür einzustellen«, warf sie in der Hoffnung ein, die Aussicht auf finanzielle Ersparnisse würden die Mutter überzeugen.

»Frances ist uns wirklich herzlich willkommen«, kam ihr

Rose zu Hilfe, die es in der Zwischenzeit als Tochter des Hauses übernommen hatte, Tee in Tassen zu gießen und diese zu verteilen. Lady Oakley nickte unbeteiligt, während sie klirrend ein Löffelchen Zucker in ihren Tee rührte. Angespannt beobachtete Frances ihre Mutter. Diese schien nachzudenken.

»Das ist wirklich aufmerksam von Ihnen, Lady Oakley«, sagte sie in Richtung der Gastgeberin. Frances atmete auf und lächelte Rose zu, die ihr eine Tasse anreichte. »Und es ist ja auch verständlich, dass die Mädchen weiterhin zusammen sein wollen. Wir nehmen Ihre Einladung dankend an.«

Lady Oakley sah nicht unbedingt über alle Maßen erfreut aus, aber sie lächelte höflich. Rose hingegen strahlte Frances an.

»Das haben Sie falsch verstanden«, versicherte Frances ihrer Mutter zum wiederholten Male, als diese am nächsten Morgen das Dienstmädchen nicht nur die Sachen ihrer Tochter, sondern auch ihre eigenen packen ließ.

»Ich kann mich unmöglich von meinem Kind trennen. Und ich bin mir sicher, dass Lady Oakley mich nur zu gerne als Gast in ihrem Haus sieht«, erwiderte Lady Darlington ruhig. »Immerhin wertet meine Anwesenheit als Hausgast einen einfachen Baronet wie Sir William gehörig auf.« Ihre Mutter schien willens zu sein, die eigene Unterkunft gegen das deutlich komfortablere Haus der Oakleys zu tauschen. Frances konnte nur hoffen, dass die Gastgeberin sie nicht umgehend beide hinauswarf.

Als sie im Townhouse ankamen, wendete sich Lady Darlington an Lady Oakley und ergriff ihre Hände. »Meine Gute, ich danke Ihnen von Herzen. Meine Frances hält es unmöglich länger ohne ihre liebe Freundin Rose aus.«

Die Lady, die mit ihrem Mann, ihrer Tochter und Daniel im Salon saß, lächelte dünn. »Das macht keine Umstände.«

»Ich wusste, dass eine Frau von Welt wie Sie das sagen würden«, sagte Lady Darlington. »Ich hoffe nur, dass Sie die edle Geste Ihrer Gattin unterstützen?«, wandte sie sich nun an den Ehemann.

»Gewiss«, antwortete er desinteressiert.

»Wie erleichternd zu hören«, erklärte die Lady. »Das wird mich trösten, wenn ich heute Abend alleine zu Hause sitze. Dann werde ich wissen, dass wenigstens meine Tochter in guter Gesellschaft ist.« Frances runzelte die Stirn. Sie wusste genau, was ihre Mutter bezweckte, aber sie befürchtete, dass sie es übertreiben und somit Frances' Einladung in Gefahr bringen würde.

»Wir wollen Sie keineswegs der Gesellschaft Ihrer Tochter berauben«, sagte Lady Oakley auch sogleich. Frances hätte ihre Mutter umbringen können.

»Wirklich nicht? Oh, Sie sind zu gut zu uns. Wir werden für immer in Ihrer Schuld stehen«, versicherte die Lady. »Wie soll ich Ihnen nur danken? Eine Frau mit ihrer Tochter allein in London, so ganz ohne männlichen Schutz«, damit blickte sie mit einem gekonnten Augenaufschlag Sir William an und verlieh ihrer Stimme ein leichtes Zittern. »Das hat mich sehr geängstigt. Wir sind überglücklich, dass wir uns in Ihrem Haus sicher fühlen können. Die Anwesenheit von Gentlemen ist so überaus beruhigend.«

Frances beobachtete dabei die Reaktionen von Sir William und seiner Frau. Lady Oakley blinzelte mehrmals und blickte überfordert zu ihrem Mann, der mit dem beiläufigen Nicken aufgehört hatte. Rose und Daniel sahen ebenfalls überrascht aus. »Dann werde ich die Dienstmädchen mal anweisen, wie sie meine Sachen auszupacken haben«, erklärte die Lady. »Wenn mir umgehend ein Zimmer hergerichtet werden könnte«, wandte sie sich an den Butler. Der ließ sich mit keiner Miene anmerken, ob er erstaunt war, sondern drehte sich zu seinem Dienstherrn um. Nach kurzem Zögern nickte Sir William. Zufrieden nahm Lady Darlington Muzzle an sich und folgte dem Butler die Treppe hoch, um ihr Zimmer in Augenschein zu nehmen. Daniel und Rose sahen Frances fragend an. Die zuckte mit den Schultern. »So ist meine Mutter eben.«

Daniel lachte leise. »Das kann ja heiter werden.«

Seine Eltern hatten mittlerweile begriffen, was für eine Naturgewalt soeben über sie hereingebrochen war, und tauschten über Frances' Kopf vielsagende Blicke hinweg. »Rose, zeig deiner Freundin ihr Zimmer«, forderte Lady Oakley ihre Tochter auf.

»Ich danke Ihnen.« Frances knickste vor ihrer Gastgeberin, die etwas müde abwinkte.

»Das Zimmer ist mir zu klein«, ertönte Lady Darlingtons Stimme von oben herunter. »Ich nehme das von Frances. Und ich brauche dringend ein heißes Bad nach dieser ganzen Anstrengung.«

Zum Auspacken hatte Frances nicht lange gebraucht. Als sie auf der Suche nach Rose das Zimmer verließ, kamen ihr die Dienstmädchen mit Eimern heißen Wassers und einer Zinkbadewanne entgegen. Bisher war Frances nur in den unteren Räumen des Hauses gewesen, so dass sie auf dem Flur nicht wusste, in welche Richtung sie sich wenden sollte. Sie fragte einen der Dienstboten, der Kerzen an einem Leuchter erneuerte und sie nach links wies.

Als sie die Türklinke herunterdrückte, nahm sie Gesang wahr. Rose hatte eine angenehme Singstimme, doch sie ließ sie nicht oft hören. Um die Freundin nicht zu stören, die in der Mitte des Raumes ganz auf sich konzentriert tanzte, trat Frances leise ein. Rose schwang die Arme herum, senkte den Oberkörper, drehte sich im Kreis, beugte sich mit dem Rücken und dem Hals ganz weit zurück, bevor sie nach vorne schnellte und in die Luft sprang. Als sie wieder auf dem Boden aufkam, bewegte sie die Arme und Hände anmutig wie Flügel, danach strich sie mit den Fingern zärtlich von den Wangen über ihre Brust und den Bauch bis hin zu den Waden, um sich am Ende auf den Boden zu legen und sich dort ganz klein wie in einem Kokon zusammenzurollen.

Frances atmete flach, während sie die Freundin beobachtete. Deren Tanz hatte etwas derart Intimes, dass sie sich wie ein Eindringling fühlte, gleichzeitig konnte sie voller Bewunderung die Augen nicht von ihr abwenden. Roses Haare waren zerzaust, ihre sonst so blassen Wangen glühten, und der Blick war in sich gekehrt. Wenn Frances in diesem Moment mit jemandem den Körper hätte tauschen können, sie hätte sich die Freundin ausgesucht. Das zu empfinden, was diese spürte, und so tief versunken in sich selbst zu sein, erschien ihr wie eine ganz besondere Gabe. Rose war die Stillste der drei Freundinnen, machte mehr mit sich selbst aus und teilte ihre Gedanken nicht immer mit, aber sie schien auch diejenige von ihnen zu sein, die am stärksten in sich ruhte.

Nun blickte Rose in ihrer kauernden Schlusspose auf und entdeckte Frances. »Wie lange stehst du schon da?«

»Es tut mir leid, ich wollte dich nicht stören …«

»Kein Problem.« Rose machte Anstalten, sich zu erheben. Frances reichte ihr die Hand und zog sie hoch.

»Ich wünschte, ich könnte so tanzen wie du«, entfuhr es ihr. Rose lächelte. »Komm, ich zeig es dir.«

»Das kann ich nicht«, wehrte sie ab.

»Unsinn. Jeder kann tanzen. Du darfst nur nicht darüber nachdenken, wie du aussiehst, sondern musst es einfach machen.«

»Aber das ändert trotzdem nichts daran, dass ich dabei ungelenk aussehe.«

»Was spielt es denn für eine Rolle, was andere von dir denken?«, widersprach Rose. »Wichtig ist nur, dass es dir Freude macht.«

»Weißt du, was mir Freude machen würde?«, lenkte Frances ab. »Ich würde London gerne mal so richtig sehen. Nicht nur die Orte, die für Ladys geeignet sind.«

»Vergiss es«, erwiderte Rose, die sich den Schweiß, der sich beim Tanzen auf ihrer Stirn und zwischen ihren Brüsten gebildet hatte, mit einem Tuch abwischte. »Das werden unsere Mütter niemals erlauben.«

»Dann werden wir wohl heute wieder auf Bräutigamsuche gehen müssen«, vermutete Frances gelangweilt. »In einem Park oder so.«

»Ach, komm, Pru, du und ich, wir werden trotzdem unseren Spaß haben«, tröstete Rose.

»Es ist ja auch nicht so, dass ich per se etwas gegen das Heiraten hätte«, erwiderte Frances. »Mir kommt es nur seltsam vor, auf und ab zu paradieren, um mit unseren Schirmchen und Hüten einen Gentleman auf uns aufmerksam zu machen. So wie alle anderen Debütantinnen auch. Könnten wir die Herren nicht anders kennenlernen? Durch Gespräche vielleicht?«

»Gegen Schirmchen und Hüte habe ich persönlich nichts«, sagte Rose mit einem Lachen, »und willst du wirklich mit unzähligen potentiellen Verehrern über die Jagd oder Kricket reden müssen?«

»Es muss doch einen darunter geben, der zu mir passt«, erwiderte Frances. »Der nett ist und klug und witzig. Und nicht allzu übel anzusehen …«

»Du hast ›reich‹ vergessen«, sagte Rose. »Das wichtigste Kriterium bei der Wahl eines Ehemanns. Zumindest wenn du Prudence fragst.«

Frances lachte, bis ihr einfiel, was ihre Mutter gesagt hatte. Sie fühlte den Drang, sich Rose anzuvertrauen. »Bitte erzähl Pru nichts davon«, setzte sie an.

»Was darf Prudence nicht erfahren?« Überraschend stand Daniel in der offenen Tür. Frances errötete leicht.

»Dass Franny einen netten und klugen Mann einem reichen vorziehen würde«, kam Rose ihr zu Hilfe.

»Wie schockierend«, sagte Daniel und lachte. »Übrigens muss ich euch mitteilen, dass sich eure Mütter unpässlich fühlen.« Frances atmete enttäuscht aus. Sie hatte keine Lust, den ganzen Tag drinnen zu verbringen. »Ich soll euch stattdessen beim Spazierengehen begleiten.«

Rose und Frances wechselten einen zufriedenen Blick.

Auf einer Baustelle schleppten mehrere Arbeiter sichtlich angestrengt einen schweren Balken. »Das ist das Covent Garden Theatre«, erzählte Daniel. »Nach dem verheerenden Brand im letzten Jahr wird es wieder aufgebaut.«

»Wie ist das passiert?«, fragte Frances erschrocken.

»Es geschah bei einer Aufführung, als ein Schuss aus einer Pistole abgegeben wurde.«

»Ein Schuss hat das Feuer ausgelöst?« Frances sah ihn fassungslos an.

»Das ist nicht so ungewöhnlich, wie es klingt«, erwiderte Daniel. »Damit es sich anhört, als würde ein echter Schuss abgefeuert, steckt auf der Patrone ein Stück Filz, so dass das Schießpulver keinen Schaden anrichten kann. Normalerweise geht das auch gut. Nur in diesem Fall hat sich der Filz, der die Schauspieler eigentlich schützen soll, entzündet. Und weil das Theater fast ganz aus Holz erbaut war, ist es in kürzester Zeit in Flammen aufgegangen. Über zwanzig Menschen sind an diesem Abend gestorben.«

Frances schluckte, da sie an Anthea denken musste. »Geschieht das oft?«, fragte sie mit rauer Stimme.

»Viel zu oft. In den letzten Jahren sind allein hier in London sieben Theater abgebrannt. Die Holzbauten und die vielen unbeaufsichtigten Lichter, das ist keine gute Kombination.«

Frances konnte nur hoffen, dass bei dem Neubau die Brandsicherheit mitbedacht wurde. Allein die Möglichkeit, dass Anthea und ihrer Familie ein Unglück zustieß, versetzte sie in Unruhe. Ihr fiel ein, dass noch kein Brief von ihrer Schwester gekommen war, und sie fragte sich, ob etwas passiert sein mochte. Vielleicht hatte Anthea früher als gedacht Wehen bekommen und war bei der Geburt verstorben? Aus Angst malte Frances sich die schlimmsten Dinge aus.

»Mach dir keine Sorgen«, sagte Daniel, als ob er ihre Gedanken gelesen hätte. »Ich bin sicher, dass dein Schwager gut auf seine Familie aufpasst.« Frances war zwar nicht davon überzeugt, dass Warwick im Fall eines Brandes viel ausrichten konnte, doch weil auch Daniel an Anthea gedacht hatte, freute sie sich.

»Das wird er«, redete sie sich ein und bemühte sich um ein Lächeln. Als sie zur Seite blickte, merkte sie, dass sie nicht die Einzige war, die Daniel anlächelte. In seiner Uniform erregte er einiges an Aufsehen. Junge Männer blickten ihm fast neidvoll nach, Frauen hingegen schenkten ihm ihr breitestes Lächeln und ihren verlockendsten Augenaufschlag. Wenn er es mitbekam – und Frances war sicher, dass er es mitbekommen musste –, so ignorierte er diese Aufmerksamkeit. Er ergriff ihren Arm, als sie über einen breiten Rinnstein mit stinkendem Abwasser stiegen. Sie verschwieg ihm lieber, wie oft sie in Schottland ohne männliche Hilfe über mit Kuhfladen bestückte Wiesen gelaufen und an Misthaufen vorbeigekommen waren.

Endlich an ihrem Ziel, den luxuriösen Läden der Oxford Street, angekommen, beanspruchten die Waren in den Schaufenstern die ganze Aufmerksamkeit der Freundinnen. Frances konnte sich an den kostbar bemalten Seidenfächern, den exotischen Früchten und Glaswaren gar nicht sattsehen. Voller Staunen beobachtete sie einen Fensterputzer, der Spuren des mit Asche getränkten Regens von der Scheibe wischte, bis die Sicht auf glänzenden Schmuck frei wurde. Nach einer Weile fühlte sie allerdings Übermüdung in sich aufsteigen. Sie wollte gerne mal etwas ganz anderes von London sehen, nicht nur das, was Debütantinnen erlaubt war. Etwas vom echten Leben.

Als sie deshalb einer Gruppe Gentlemen folgen wollte, die vor ihnen den Weg in eine Seitenstraße einschlugen, wiegelte Daniel ab. »Lasst uns hierbleiben.«

»Warum?«, fragte Frances und spähte interessiert den Männern nach.

»Das ist keine Gegend für Ladys.«

»Das erklärt immer noch nicht warum?«, hakte Frances nach und beobachtete, wie Daniel sich wand, um eine befriedigende Antwort zu geben.

»Dort treiben sich viele Taschendiebe herum«, sagte er rasch. Frances sah, wie die Gruppe Männer in ein Haus eintrat, vor dem eine Frau gestanden hatte. Die Dame schloss sich ihnen an.

»Und was ist das da hinten?«, wollte sie wissen. »Ein Gasthaus? Können wir da was essen und trinken?«

»Herrje«, entfuhr es ihm. »Wir gehen nicht in diese Straße, klar?«

Frances blickte ihn erstaunt an und sah dann umso interessierter die Seitenstraße hinunter, in der ein paar Jungen mit Eisenstangen Jagd auf Ratten machten. Es klirrte laut, wann immer die Stangen auf das Pflaster trafen, da die schlauen Tiere den Jungen geschickt auswichen.

»Ich will jetzt auch erfahren, warum nicht«, hakte Rose nach. Ihr Bruder schob seinen Hut aus der Stirn.

»Wenn ihr es unbedingt wissen müsst«, stöhnte er auf. »In der Straße gibt es gewisse Etablissements, in denen Männer Frauen aufsuchen und sich mit ihnen auf eine bestimmte … ähm … Art und Weise vergnügen.«

Endlich verstand Frances und tauschte einen Blick mit Rose und Prudence. Es war abstoßend und aufregend zugleich.

»Auf was für eine Weise vergnügen sie sich denn? Spielen sie Karten?« Frances' Augen glänzten ein wenig boshaft, als sie Daniel die Fragen stellte. »Oder Charaden?«

Prudence tat, als schnaufe sie in ihr Taschentuch, um ihr Lachen zu verbergen. Rose grinste breit. Frances biss sich auf die Zunge, um nicht laut loszuprusten. Daniel atmete tief ein und wieder aus. »Fragt eure Mütter, wenn ihr es unbedingt wissen wollt.«

»War meine Mutter schon oft dort zu Besuch?«, erkundigte sich Frances betont unschuldig. Rose hielt nicht länger an sich und lachte, Prudence kicherte los, und Daniel begriff jetzt, dass er aufgezogen wurde. Er schüttelte erst den Kopf, dann konnte er es nicht verhindern, mit ihnen zu lachen.

»Ihr seid unmöglich, wisst ihr das? Was haben sie euch in Schottland eigentlich beigebracht?«

»Nun«, erwiderte Frances, »es gibt dort viele Schafe und viele, viele Lämmer.«

»Im Ernst, Daniel, für wie naiv hältst du uns eigentlich?«, echauffierte sich Rose. »Wir wissen mehr vom Leben, als unsere Eltern denken. Und woher weißt du überhaupt so viel von den Etablissements. Warst du auch mal dort?«

Frances blickte zu Daniel und hoffte inständig, er würde es verneinen.

»Das ist kein Thema für junge Frauen. Auf keinen Fall mitten auf der Straße«, wimmelte er seine Schwester ab, packte Frances' Arm und zog sie mit sich von der berüchtigten Seitenstraße fort. Er wartete nicht ab, ob Rose und Prudence ihm folgten, sondern schritt weit aus. Frances blickte über ihre Schulter zurück und sah, dass Rose und Prudence rennen mussten, um mit ihnen mitzuhalten. Erst an der nächsten Straßenecke wurden Daniels Schritte langsamer.

»Guten Tag, Major Oakley«, wurde er vor einem Teehaus von ein paar ausgesprochen modisch gekleideten Gentlemen begrüßt.

»Die Herren!« Daniel tippte an seinen Hut und ging weiter. Prudence holte auf.

»Wer war das?«, wollte sie wissen.

»Lord Felton und seine Freunde.«

»*Der* Lord Felton?« Prudence wurde ganz aufgeregt. »Warum hast du uns nicht vorgestellt? Nehmen wir noch eine Erfrischung zu uns? Daniel, kannst du uns die Tür aufhalten?«

Prudence betrat das Teehaus als Erste. Während sie den Saal durchschritten, blickte sie sich zu allen Seiten um.

Frances war klar, nach wem sie Ausschau hielt, und wunderte sich auch nicht darüber, dass Prudence einen Tisch in der Nähe der Gentlemen wählte.

»Wer ist denn dieser Lord?«, erkundigte sie sich bei Rose, die nur die Schultern hob. Nachdem sie sich gesetzt hatte – selbstverständlich so, dass Prudence den Lord im Blick behielt –, beugte die sich zu ihren Freundinnen. »Lord Felton soll der Catch der Saison sein«, wisperte sie.

»Welcher ist es denn?«, wollte Frances wissen. Als sie zu der Gruppe blickte, wurde ihr sofort klar, wie überflüssig die Frage war. Bei dem Lord konnte es sich nur um den Mann handeln, zu dem die anderen aufblickten, als warteten sie darauf, was er zu einem Thema zu sagen hatte. Wenn er etwas zur Kommunikation beitrug, nickten die Männer zustimmend.

»Er soll enorm reich und kultiviert sein. Sein jährlicher Maskenball auf seinem riesigen Anwesen in Somerset ist legendär. Wer dort eingeladen ist, darf sich glücklich schätzen, zu den Ausgewählten der Gesellschaft zu gehören. Starr da nicht so auffällig hin«, warnte Prudence, und Frances senkte den Blick.

Während sie ihre Bestellungen aufgaben, wagte sie nicht, noch einmal dorthin zu sehen. Erst als sie ihre Tasse Tee zu den Lippen führte, linste sie über den Rand hinweg wieder zum Lord. Aus der Entfernung konnte sie ausmachen, dass er mit seinen glänzenden schwarzen Haaren und den breiten Schultern enorm attraktiv war. Gleichzeitig haftete ihm etwas Schwermütiges und Tiefgründiges an. Eine aufreizende Mischung.

»… klingt sehr interessant. Was meinst du, Franny?«, wandte sich Rose an sie.

»Was? Ja.«

»Hast du mir überhaupt zugehört?«

Das hatte sie nicht, denn sie war so fasziniert von dem Lord, dass sie dem Gespräch der anderen kaum gefolgt war. »Ich war etwas zerstreut.«

»Ach«, warf Prudence ein, »was könnte deine Aufmerksamkeit wohl gefesselt haben? Lass mich raten …« Sie sah sich gespielt ahnungslos im Saal um. Daniel schmunzelte, während Rose eine Augenbraue hob.

»Ich habe mich bloß gefragt«, behauptete Frances, »wer … diesen Hut da angefertigt hat.« Einer Eingebung folgend zeigte sie auf eine Dame am Nachbartisch, die einen kunstvoll mit Bändern und Federn verzierten Kopfschmuck trug.

Frances vermied es anschließend, auch nur den Kopf in Richtung der Gentlemen zu drehen. Als sie jedoch die stillen Örtlichkeiten des Teehauses aufsuchen musste, riskierte sie einen weiteren Blick. Mit weit ausholenden Gesten unterstrich der Lord eine Geschichte, die er zum Besten gab. Ein Mann mit rötlichbrauner Haut und einem gestochen scharfen Profil nickte bestätigend dazu.

Auf dem Weg zurück zu ihrem Tisch stieß Frances gegen jemanden. »Verzeihung«, sagte sie ungehalten und wollte weiter. Da realisierte sie, dass Lord Felton vor ihr stand.

»Nein, verzeihen Sie, meine Dame«, erwiderte er mit einem Lächeln, das perfekte Zähne zeigte, wie Perlen an einer Schnur aufgereiht. Dazu blitzten seine hellblauen Augen auf, um die sich kleine Fältchen im sonst so makellos glatten Gesicht kräuselten. Er war einfach so schön, dass sie den Atem anhielt. Prudence hatte recht, er war der Catch der Saison, und Frances war gefangen von seiner Ausstrahlung. Sein ganzer Körper drückte Selbstbewusstsein aus – von der Art, wie er die Füße lässig stellte, bis hin zu der Geste, mit der er eine Strähne zurückstrich, die ihm ins Gesicht fiel.

Als Frances zu den anderen zurückkehrte, rauschten deren Gespräche an ihr vorüber, da sie beständig an den Lord denken musste. Nachdem dieser ebenfalls zurück zu seinem Tisch kam, stand seine Gruppe auf. Die Männer verabschiedeten sich mit einer leichten Verbeugung in Richtung Daniel. Frances nutzte die Gelegenheit, um Lord Felton noch einmal zu betrachten, dabei traf sein Blick ihren und seine Mundwinkel zuckten leicht. Sie sah rasch weg und bemerkte, wie Daniel sie beobachtete. Ihr Puls beschleunigte sich. Als die Gentlemen den Salon verlassen hatten, beugte sich Prudence über den Tisch zu Daniel und senkte ihre Stimme zu einem Wispern: »Ich würde Lord Felton zu gern kennenlernen. Kannst du uns nicht auf dem nächsten Ball miteinander bekannt machen?«

»Sag bloß, du findest ihn anziehend?«, zog dieser sie auf. »Dann brauchst du dich nur in die lange Reihe von unverheirateten Frauen zu stellen, die es darauf abgesehen haben, Lady Felton zu werden.« Frances fühlte sich insgeheim ertappt, bemühte sich aber um ein unbekümmertes Lächeln.

»Oh, das werde ich bestimmt nicht tun«, insistierte Prudence. »Ich stelle mich ganz vorne hin. Und natürlich finde ich ihn anziehend. Er ist ein Lord.« Sie trank einen Schluck Tee, dann fügte sie hinzu: »Und er ist reich.«

Als Rose in Lachen ausbrach, dachte Frances an das, was ihre Mutter gesagt hatte. Dass sie eine gute Partie machen sollte. Dann wäre es sicher nicht falsch, zu versuchen, die Bekanntschaft eines attraktiven und wohlhabenden Lords zu machen.

Kapitel 7

»Wir haben noch zwei Tage Zeit, dich aufzupolieren«, teilte Lady Darlington ihrer Tochter mit, als diese nach ihrem Ausflug nach Hause kam.

»Wofür?«

»Für deine Präsentation vor Queen Charlotte.«

Lady Oakley wandte sich an Rose. »Du wirst auch präsentiert. Und Daniel wird uns begleiten.«

Rose und Frances sahen sich an. Der Königin vorgestellt zu werden, war das Höchste, was sie an gesellschaftlicher Auszeichnung zu erwarten hatten. Gleichzeitig war damit ihr Einstand als Debütantinnen offiziell. Alles, was sich gerade noch verspielt angefühlt hatte, wurde nun schlagartig Ernst. Vor allem der Aspekt des Heiratens. Bei dem Gedanken daran fühlte sich Frances mulmig.

»Ich hoffe nur, die Schneiderin hat bis dahin das Kleid fertig«, deklamierte Lady Darlington aufgeregt. Sie wandte sich an den Butler: »Schicken Sie sofort jemanden los, danach zu fragen.« Dieser blickte zu Lady Oakley, die unauffällig nickte. Er verbeugte sich vor den Damen, bevor er den Salon verließ, um den Auftrag weiterzuleiten.

Rose nahm sich derweil ein Sandwich von der Platte auf dem Tisch vor den Sofas. Als Frances ebenfalls zugreifen wollte, hieb ihr die Mutter auf die Finger. »Lass das! Für dich gibt es die nächsten zwei Tage nur Suppe, damit du ins Kleid passt.«

»Unter dem Reifrock ist sowieso nicht zu erkennen, ob ich was gegessen habe«, verteidigte sich Frances. Sie hätte nicht gedacht, dass die antiquierte Kleidersitte am Hof zu etwas gut sein könnte. Aber ihre Mutter ließ sich nicht erweichen.

»Wenn du erst einmal verheiratet bist, kannst du so viel essen, wie du willst. Bis dahin hältst du dich an das, was ich sage. Und jetzt üben wir den Knicks.«

Kurz darauf trugen Frances und Rose jeweils ein völlig altmodisches Reifrockgestell über ihren normalen Kleidern und mussten aufpassen, nicht den Beistelltisch mit der Teekanne umzustoßen, so viel größer war ihr Umfang in dem unhandlichen Gestell, über das später das exklusiv für die Präsentation am Hof gefertigte Kleid drapiert werden würde.

»Ich bin die Königin«, rief Lady Darlington aus. »Ihr schreitet auf mich zu und verbeugt euch.«

Rose trat vor. Mit viel Anmut schritt sie zur Lady und verneigte sich vor ihr, während sie für den Knicks in die Knie ging.

»Gar nicht so schlecht. Nur wird der rechte Fuß hinter den linken gestellt«, kommentierte Lady Darlington. »Auf den Ballen stehen, den Rücken durchgestreckt. Sehr gut. Den Kopf absenken und die Knie einknicken. Und tiefer gehen, immer tiefer. Die Hand der Königin nehmen, ja, gut, die Stirn ehrerbietig hinabsenken. Und nicht die Position verlassen. Jetzt langsam wieder hochkommen. Nun zu dir Frances.«

Sie schritt so anmutig, wie sie konnte, auf ihre Mutter zu. Aus den Augenwinkeln sah sie, wie Daniel sie musterte, und geriet ins Straucheln.

»Du hast eine Anmut wie ein Ackergaul«, tadelte Lady Darlington ungeduldig, »noch mal von vorne. Jetzt knicksen. Warum machst du denn so einen Buckel? Den Rücken durchstrecken. Das kann doch nicht so schwer sein.«

»Ist es aber«, gab Frances zurück. »Warum machen Sie es mir nicht vor, und ich bin zur Abwechslung mal die Königin?«

»Weil ich kein Trampel bin«, erwiderte Lady Darlington kalt. Frances hörte, wie Rose nach Luft schnappte. Auch Lady Oakley blickte erstaunt drein. Daniels Reaktion konnte sie von ihrem Platz nicht ausmachen.

»Ich denke, Franny und ich sollten den Knicks erst mal in Ruhe üben«, mischte sich Rose ein.

»Das ist eine gute Idee«, versicherte Lady Darlington und ließ sich auf das Sofa sinken, unter dem der Mops hervorgeschossen kam, der auf den Schoß seines Frauchens sprang. Die Lady schloss die Augen und scheuchte ihre Tochter mit einer Handbewegung fort. Frances und Rose machten, dass sie davonkamen. An der Tür wurden sie aufgehalten.

»Wartet!« Daniel kam ihnen nach. Mit einem Blick zu Lady Darlington, die noch immer die Augen geschlossen hielt, drückte er Frances zwei in eine Serviette gewickelte Sandwiches in die Hand. »Keine Sorge, deine Mutter hat nichts mitbekommen«, wisperte er. Als ob Frances sich Sorgen darüber machen würde, was ihre Mutter über sie dachte.

»Sie kann mich damit nicht verletzen«, versicherte sie der besorgten Rose, als die Freundinnen allein in deren Zimmer waren.

»Aber wie kann deine Mutter nur so etwas zu dir sagen?«, empörte sich Rose.

Frances zuckte mit den Schultern und gab sich gleichgültiger, als sie sich fühlte. »Sie hat schon ganz andere Sachen zu mir gesagt. Ich bin einfach froh, dass ich bald nicht mehr mit ihr zusammenleben muss. Also, wie war das mit dem durchgestreckten Rücken bei der Verbeugung?«

Während Rose und sie die Bewegungen einstudierten, sagte sie unvermittelt: »Ich muss ganz bald heiraten.«

Rose, die gerade ihre Hand ergriffen hatte, um den tiefen Knicks zu üben, blickte zu ihr hoch. »Ich dachte, du würdest nach der großen Liebe suchen?«

»Tja, was heißt das schon. Eigentlich hätte ich gerne einen Mann, der Frauen nicht nur als schmückendes Beiwerk sieht, sondern gleichberechtigt behandelt. So wie Warwick meine Schwester.«

»Ich glaube nicht, dass du so jemanden unter den Lords finden wirst«, warf Rose ein.

»Wahrscheinlich nicht, nein, deshalb werde ich den nehmen, der mich am weitesten wegbringt«, erwiderte Frances spöttisch, obwohl es ihr bitterernst war. »Vielleicht kann ich ja Napoleon heiraten, dann muss ich meine Mutter nie mehr wiedersehen.«

Das lange Warten darauf, mit der Kutsche vor dem Eingang zum St. James's Palace vorfahren zu können, war noch der entspanntere Teil der Vorstellungszeremonie, wie Frances bald feststellte, als sie im Tross der Kutschen durch den Park vorrückten, der das aus roten Ziegelsteinen im Tudorstil gebaute Schloss umgab. Das Aussteigen sorgte bereits für die nächste Herausforderung. Da die Kleider viel zu weit ausgestellt waren, versuchte Frances, sich seitlich durch die Tür zu quetschen.

»Wenn ich stecken bleibe, muss die Königin zu mir kommen, damit ich ihr vorgestellt werden kann«, scherzte sie dabei. Lady Darlington schob derweil energisch von hinten, bis ihre Tochter ausgestiegen war. Frances blickte sich um, ob Rose und Prudence ebenfalls angekommen waren. Aufgrund der Kleider hatten sie getrennte Kutschen nehmen müssen.

»Pass auf, dass die Federn nicht abknicken«, warnte Lady Darlington. Auf Frances' Kopf waren weiße Straußenfedern befestigt, und von der hochgesteckten Frisur hingen lange Spitzenbänder den Rücken hinab. Sie kam sich wie ein bauschiges Huhn vor, als sie sich mit ihrer Mutter in die Schlange von Debütantinnen einreihte, die sich in der Eingangshalle des Palastes drängten, weil das Aprilwetter draußen mit einem Hagelschauer überraschte. Prudence, die mit ihrer Mutter hinter ihr stand, sah nicht viel anders aus.

»Pock, pock, pooock«, gackerte Frances in Richtung der Freundin, die losprustete.

»Hör auf«, bat Prudence, »ich muss sonst …«

Sie beendete den Satz nicht, denn Lady Darlington zischte ihrer Tochter zu, dass sie den Mund halten sollte. Frances verdrehte die Augen und fing Roses Lächeln auf, die sich mit Lady Oakley in die Schlange stellte. In ihrem zart hellgelben Kleid war Frances wenigstens dezenter gekleidet als ihre Mutter, deren Straußenfedern am unteren Ende pink eingefärbt waren, passend zu dem oberen Teil ihres Kleides, an dem von ihrem Busen her goldene Troddeln und Verzierungen drapiert waren, die sich von dem himmelblauen Unterrock schimmernd abhoben. Auch der violette Saum des Rocks war mit goldenen Ornamenten geschmückt. Wenn Frances ein Huhn war, so war ihre Mutter ein Papagei. Wobei die anderen Damen, die die Debütantinnen begleiteten, nicht minder auffällig gekleidet waren. Eine Frau, die gerade mit ihrer Tochter aus einer Kutsche ausstieg, trug ein leuchtend rotes Kleid mit orangefarbenem Überkleid und sonnengelben Troddeln.

»Wenn das so weitergeht, fangen meine Augen zu bluten an«, kommentierte Frances, um Prudence abzulenken, die ganz bleich war und nervös auf ihrer Unterlippe herumkaute.

»Wie kannst du nur so ruhig bleiben?«, fragte sie. Frances zuckte mit den Schultern.

»Wir verbeugen uns und sind in die Gesellschaft eingeführt, so einfach ist das«, antwortete sie.

»Ein falscher Fußtritt, und wir werden zum Gespött der Gesellschaft«, ermahnte Prudence sie. »Dann können wir eine erfolgreiche Heirat ein für alle Mal vergessen.«

»Pscht!«, rief Lady Darlington sie zur Ordnung. Frances drehte den Freundinnen wieder den Rücken zu. Ihre Hände begannen unter den langen Handschuhen aus dünnem Leder, die Daniel ihr geschenkt hatte, zu schwitzen, und ihr Mund fühlte sich trocken an. Vielleicht war sie doch aufgeregter vor der Begegnung mit der Königin, als sie angenommen hatte. Je länger sie warten mussten, um die Treppe hinaufzusteigen, desto unruhiger wurde auch sie. Noch waren sie dem Salon, in dem sie von ihrer Majestät empfangen werden würden, nicht einmal nahe gekommen.

Frances versuchte, sich alles genau einzuprägen: die Säulen, die Deckenbemalung, die überbordenden Kostüme der Frauen, den glitzernden Schmuck und die mit Federn geschmückten Frisuren, den Geruch nach den verschiedensten Parfüms, die sich mit der angstgeschwängerten Luft vermengten. Nach einer Weile wurde dies allerdings im gleichen Maße langweilig, in dem ihre Beine vom Stehen schwerer wurden. Wenigstens konnte sich Frances unter dem weiten Reifrock unbemerkt mit dem einen Fuß an der Wade des anderen Beins kratzen. Während sie eine weitere Stufe der Treppe nahm, fiel ihr ein, dass sie sich nicht mehr genau an den Ablauf des Knicks erinnern konnte. »War das der rechte oder der linke Fuß, der nach vorne gestellt wird?«, raunte sie den Freundinnen zu.

»Der linke. Nein, der rechte. Oder links?«, gab Prudence zurück. »Jetzt hast du mich völlig durcheinandergebracht.«

»Der linke. Der rechte Fuß kommt dahinter«, zischte Lady Darlington ihrer Tochter zu. »Sieh zu, dass du mich nicht vor der Königin blamierst.«

»Treffen wir etwa auf die Königin? Warum sagt mir das denn keiner«, gab Frances zurück. Ihre Mutter wurde für einen Augenblick ganz blass unter dem Rouge und dem Puder, dann schüttelte sie ungläubig den Kopf. »Du bringst mich noch ins Grab.« Frances verkniff sich, ihre Hoffnung diesbezüglich laut auszusprechen.

Mittlerweile konnten sie Lord Chamberlains Stimme deutlich hören, der die Namen der Debütantinnen und ihrer Familien nannte, die sich endlich aus der Schlange der Wartenden lösen konnten, um auf die Königin zuzuschreiten und sich vor ihr zu verbeugen.

»Zieh den Bauch ein und streck die Brust raus«, trug Lady Darlington ihr auf, als nur noch drei Paare vor ihnen in der Schlange standen.

»Soll ich etwa die ganze Zeit die Luft anhalten?«, konterte Frances und versuchte, ein lautes Knurren ihres Magens zu unterdrücken, allerdings vergeblich. Hinter ihr kicherte Prudence nervös. Frances war etwas flau im Magen. Was garantiert an der dünnen Suppe lag, die ihre Mutter ihr zum Mittagessen verordnet hatte. Sie malte sich gerade aus, wie sie vom Hunger geschwächt zu Füßen der Königin ohnmächtig werden würde, da ertönte erneut die Stimme von Lord Chamberlain: »Lady Darlington und ihre Tochter, Miss Darlington.« Ihre Mutter setzte ein strahlendes Lächeln auf.

»Viel Glück«, rief Rose ihr noch zu. Dann war es so weit. Frances trat an der Seite ihrer Mutter in den Saal. Und der ganze Saal blickte zu ihnen. Sämtliche Augenpaare hefteten sich auf sie, musterten sie durchdringend und registrierten jedes Detail ihrer Aufmachung. Damit hatte Frances nicht gerechnet. Es war, als lauerte die Meute blutdürstig darauf, dass sie einen Fehler machte, um über sie herzufallen und sie in Stücke zu reißen. Frances meinte, sie wie Rudelhunde bei der Treibjagd hecheln zu hören. Ihr Herz fing heftig an zu schlagen, als sie langsam auf die Königin zuschritt. Neben sich hörte sie die Mutter laut atmen.

Noch zwei Schritte. Frances war sich ihres Körpers überbewusst. Hinter der Königin saßen die Prinzessinnen und Hofdamen, die zu einer undefinierbaren feindseligen Masse verschwammen. Ein Schritt. Nun stand sie unmittelbar vor Queen Charlotte, deren langer Hals mit Reihen von Perlen behangen war. Auf ihrem Kopf prangte eine hohe, graue Perücke, die ebenfalls mit Perlenketten verziert war. Der Ausschnitt und die Ärmel ihres Kleides waren zudem über und über mit Spitzen geschmückt.

»Linker Fuß vor dem rechten«, flüsterte Lady Darlington, die ein wenig zurückblieb. Frances streckte den Rücken durch und drückte die Schulterblätter nach hinten, was ihre üppige Brust noch betonte. In dieser geraden Haltung versuchte sie, sich so elegant wie möglich nach vorne zu beugen, während sie gleichzeitig in die Knie ging. Sie geriet dabei nur kurz ins Schwanken, bevor sie auf dem rechten Knie landete und sich stabilisieren konnte. Dann nahm sie die Hand der Königin, an deren Fingern etliche Ringe steckten, und senkte den Kopf. Beinahe berührte ihre Stirn den Handrücken ihrer Majestät, genau so weit, wie es ihr aufgetragen worden war. Als sie aufblickte, sah sie, wie die Königin hinter dem Fächer, den sie sich halb vor das Gesicht hielt, gähnte. Die Augen waren von schweren Lidern halb bedeckt, so als stünde sie kurz davor einzuschlafen. Frances bekam Mitleid mit der Monarchin, die gezwungen war, sich mehrmals wöchentlich die mehr oder weniger eleganten Verbeugungen von aufgeregten jungen Frauen anzusehen. Sie selbst hätte sich lieber freiwillig in Mrs Worsleys Streckapparat stecken lassen, als diesem Spektakel öfter beizuwohnen. Es kam ihr wie eine Theateraufführung vor, in der alle versuchten, ihre Rollen so glaubwürdig wie nur möglich zu spielen. Beäugt von einem unbarmherzigen Publikum. Nur Queen Charlotte legte es nicht darauf an, andere zu beeindrucken.

»Deine erste Saison. Findest du viel Vergnügen daran?«, fragte die sie mit einer monotonen Stimme, die ihre Langeweile offenbarte.

»Ja, Ihre Majestät«, gab Frances die auswendig gelernten Worte zum Besten.

»Und du hast viele Talente, nehme ich an.« Es hörte sich an, als wollte die Königin mit ihrem Part so schnell wie möglich fertig werden. Das Einzige, was Frances sagen musste, wäre erneut: »Ja, Ihre Majestät«, anschließend könnte sie sich erheben und zurückziehen, und alles wäre überstanden.

»Leider nein, Ihre Majestät«, entfuhr es ihr. Im ersten Moment sah es so aus, als hätte die Königin sie nicht richtig gehört, dann öffnete sie die Augen, senkte den Fächer und sah Frances zum ersten Mal richtig an. Wie auf ein unsichtbares Zeichen hin richteten auch die Hofdamen ihre Aufmerksamkeit auf sie. In ihrem Rücken hörte sie ihre Mutter aufstöhnen.

»Keine Talente?«, fragte die Königin mit hochgezogener Augenbraue. Frances schüttelte den Kopf.

Lady Darlington tat, als müsse sie lachen, ehe sie mit hysterischer Stimme sagte: »Meine Tochter hat viele Talente. Das Harfenspiel. Gesang. Sie hat eine reizende Singstimme. Aquarellmalerei.« Ihre Mutter log unverfroren.

»Humor ist offensichtlich auch dabei«, erwiderte die Königin, und Frances meinte ein winziges Lächeln auf ihren Lippen zu erkennen. Im selben Atemzug entzog ihr Queen Charlotte die Hand und blickte über ihren Kopf hinweg zur nächsten Debütantin, was das Signal für Frances war, sich zurückzuziehen.

»Beug dich tiefer«, zischte Lady Darlington ihr zu.

»Wozu? Die Königin sieht nicht mal mehr zu mir hin«, flüsterte Frances zurück.

»Mrs Griffin und Miss Griffin«, kündigte der Lord Chamberlain die nächste Debütantin an.

Abgelenkt trat Frances auf ihren hinteren Rocksaum, strauchelte dabei und rempelte mit ihrem Reifrock Prudence an. Als sie sich umwandte, sah sie, wie Tränen in den Augen der Freundin standen. Mit einem schlechten Gewissen folgte Frances ihrer Mutter aus dem Salon. Dann war das, worauf sie Stunden gewartet hatten, schon wieder vorbei. Die Profanität des Ganzen erstaunte sie.

Als sie später mit den Freundinnen darüber reden wollte, sprach Prudence nicht mehr mit ihr. Obwohl sich Frances bei ihr für die Verlegenheit, in die sie sie gebracht hatte, entschuldigte, blieb diese sauer auf sie.

»Wo ist das heiße Eisen? Ich brauche vorne an der Stirn ganz viele Locken«, rief Prudence hektisch. Sie war nur mit einem Unterhemd und dem Mieder darüber bekleidet.

»Gleich.« Rose zog sich gerade einen Seidenstrumpf an,

den sie am Oberschenkel festband. »Hoffentlich rutschen die Strümpfe nicht runter, wenn ich tanze.«

»Hoffentlich rutsche ich nicht aus, wenn ich tanze«, feixte Frances. Sie waren in Roses Schlafzimmer und halfen sich gegenseitig beim Ankleiden für ihren ersten Ball. Lady Hussen hatte sie tatsächlich alle eingeladen.

»Es wäre nett, wenn du diesmal jemand anderen anrempeln könntest«, stichelte Prudence, die ihr den gestrigen Fauxpas noch nicht ganz verziehen hatte. Immerhin redete sie wieder mit ihr.

»Keine Sorge, ich werde voller Absicht in den begehrtesten Junggesellen auf dem ganzen Ball hineinlaufen«, konterte Frances und drehte Prudence den Rücken zu, damit diese ihr das Mieder zuschnüren konnte. »Und dann werde ich mit geweiteten Augen zu ihm aufblicken: ›Oh, Verzeihung mein Herr, aber wo ich schon mal an Ihrer Brust liege, möchten Sie mich nicht zur Frau nehmen?‹« Während die Freundinnen darüber kicherten, fiel Frances ein, dass sie nicht so schlagfertig reagiert hatte, als sie mit Lord Felton zusammengestoßen war.

Rose entkorkte eine Flasche. »Möchte jemand Rum in den Tee?«

Frances hielt ihr ihre Tasse hin. »Gib mir einen ordentlichen Schuss. Ich glaube, den kann ich heute gebrauchen, falls sich schon herumgesprochen hat, was ich zur Königin gesagt habe.«

»Du musst dir überlegen, was du sagst, bevor du es laut aussprichst. Auch etwas Rum für dich, Pru?«

»Erst wenn ich fertig angezogen bin.«

»Schön, Rose, du hast recht«, erwiderte Frances. »Was haltet ihr davon, wenn wir uns Fragen überlegen, die wir den Männern stellen?«, schlug sie vor, während sie einen Schluck vom gestreckten Tee nahm. Die Flüssigkeit wärmte ihren Hals und kurz darauf ihren Magen. »Was würdet ihr wissen wollen?«

Prudence setzte zu einer Antwort an, doch Rose kam ihr zuvor und fragte mit künstlich heller Stimme: »Wie hoch ist Ihr Vermögen, Sir?«

Frances verschluckte sich am Tee, als sie loslachen musste.

»Sehr komisch«, sagte Prudence, grinste aber.

»Ich dachte eher an: ›Wie viel Zeit beabsichtigen Sie nach Ihrer Eheschließung mit Ihrer Frau zu verbringen?‹«, sagte Frances.

»Und wenn er antwortet: ›Keine‹, dann ist er der Richtige für mich«, ergänzte Rose trocken und nahm einen Schluck Rum direkt aus der Flasche.

Frances wischte sich Lachtränen aus den Augen. »Ich meine das ernst. Wir sollten herausfinden, ob wir mit den Gentlemen gemeinsame Interessen teilen. Bei dir ist das einfach, Pru, du kannst fragen, ob er Malerei liebt. Vielleicht malt er selbst, dann hättet ihr immer was zu bereden und könntet sogar zusammen malen. Wäre das nicht romantisch?« Sie wünschte sich abermals, sie hätte ein Talent, das sie auch noch mit einem anderen Menschen teilen konnte.

»Ja, vielleicht«, antwortete Prudence. »Wenn wir genug Dienstboten haben, die uns bedienen.«

Rose schüttelte den Kopf. »Wie kann man nur so auf Geld fixiert sein?«

Prudence rollte sich die Haare auf Papier auf. »Ihr solltet auch an Geld interessiert sein. Ein Gentleman kann alles versprechen, wenn er um euch wirbt. Seine ewige Treue und Liebe. Aber nichts davon ist sicher. Außer sein Vermögen. Machst du mir die Haare?« Rose nahm das glühende Eisen aus dem Feuer und steckte es so vorsichtig wie möglich in eines der Papiere auf Prudence' Kopf, um sich weder die Finger zu verbrennen noch die Haare der Freundin.

»Wie stellt ihr euch denn den Lord vor, den ihr heiraten wollt?«, fragte Prudence. Frances überlegte.

»Er sollte jung sein«, erwiderte sie. »Und nett und lustig. Er muss mir zuhören können, und sein Äußeres sollte gepflegt und gefällig sein, damit ich ihn auch küssen mag.« Ihr kam wieder Lord Felton in den Sinn, aber dann schob sich auf einmal die Erinnerung an Daniel in ihre Vorstellung. Er war allerdings kein Lord und damit nicht die Partie, die ihre Mutter erwartete, und außerdem wollte er gar nicht heiraten. Daher war sie entschlossen, sich von dem Gedanken an ihn nicht länger beeindrucken zu lassen. Der Lord hingegen …

»Wollen wir so einen Mann nicht alle?«, unkte Prudence. »Und du, Rose?«

»Ich mag mich da nicht so festlegen«, wich diese aus.

Frances schraubte derweil einen Tiegel auf. »Möchtet ihr auch Rouge?«

»Wo hast du das denn her?«, fragte Prudence staunend.

»Von meiner Mutter. Sie meinte, ich solle meinem Teint etwas nachhelfen.« Damit tauchte Frances einen Finger in den Puder und tupfte mit der roten Fingerspitze auf ihre Wange.

»Das ist zu viel«, warnte Prudence. »Du siehst aus, als hättest du die Pocken.« Erschrocken nahm Frances einen Zipfel ihres Unterkleids und wischte das Rot damit weg. »Jetzt hast du Scharlach. Nimm lieber einen Pinsel und fahr damit ganz leicht über die Haut«, erklärte die Freundin. »Hier, du kannst einen von meinen haben. Die habe ich neulich bei Rose liegen lassen.« Sie reichte Frances einen Pinsel, während diese sich nachdenklich im Spiegel betrachtete.

»Wenn ich so malen könnte wie du, Prudence, dann würde ich einen Mann wollen, der diese Leidenschaft mit mir teilt«, platzte sie heraus.

»Ach komm, gib's zu, es gibt nur eine Leidenschaft, die du mit einem Mann teilen willst«, zog Prudence sie auf, schürzte die Lippen und küsste damit in die Luft. Frances nahm ein Kissen von Roses Bett und warf es nach ihr. Das Kissen verfehlte den Kopf der Freundin und brachte auf der Kommode eine Parfümflasche zu Fall, die auf dem Boden zerbrach. Der Geruch von Flieder verbreitete sich derart penetrant im Raum, dass Rose zum Fenster lief und es aufriss. »Hoffentlich riechen gleich wir nicht nach dem Zeug …«

Mit der Luft, die den schlimmsten Gestank mit sich nahm, kam die Kälte. Frances wickelte sich in einen Schal, während sie die Scherben auflas. »Was meint ihr, wie das wohl ist?«, sagte sie unvermittelt.

»Was?«, fragte Rose, die das Eisen weggelegt hatte und ein Handtuch nahm, um das Parfüm aufzuwischen.

»Na, mit einem Mann ein Bett zu teilen und … ihr wisst schon. Wie in Mrs Worsleys Buch und wie das, was in dem Haus in der Seitenstraße passiert.«

»Kommt auf den Mann an«, erwiderte Prudence sachlich. Für einen kurzen Augenblick sah Frances das Bild vor sich, wie Daniel im Bett lag. Dann wechselte er sich mit Lord Felton ab. Sie ging zum offenen Fenster, um ihre glühenden Wangen zu kühlen. »Es ist am Anfang sicher seltsam«, fuhr die Freundin fort, während sie das Papier aus ihren Haaren zog, so dass die vorderen Strähnen gelockt hinunterfielen, »und es macht bestimmt einen Unterschied, ob der Mann attraktiv ist oder nicht.«

»Aber was ist, wenn dich der Mann körperlich keineswegs anspricht?«, fragte Rose, die dabei war, ihr Kleid überzuziehen. »Dann bist du trotzdem gezwungen, mit ihm intim zu sein, einfach weil er dein Ehemann ist.«

Frances verzog das Gesicht, denn es war in der Tat eine sehr unangenehme Vorstellung. Sie musste unbedingt einen Mann finden, der sie nicht abstieß. So wie Lord Felton.

»Ich habe Angst«, gab Rose leise zu.

»Vor der Hochzeitsnacht?«, fragte Frances.

»Davor, dass das mit uns bald zu Ende geht.«

»Das tut es ja gar nicht«, versicherte Frances. »Es beginnt nur was Neues.« Sie nahm Rose in den Arm, woraufhin diese die Hand nach Prudence ausstreckte, die sich in die Umarmung ziehen ließ. Sie hielten sich ganz fest. Eine Ernsthaftigkeit packte sie, und Frances spürte, dass sich an diesem Abend etwas verändern würde.

»Wir schaffen das. Zusammen«, sagte Rose mit bittendem Unterton.

»Wir schaffen alles«, bestärkte Prudence.

»Auf in den Kampf«, fügte Frances hinzu.

Da schallte aus dem Haus lautes Gezeter und Gekreische zu ihnen hoch. Rose lief zur Tür und riss sie auf. Frances und Prudence schlüpften in ihre Morgenmäntel, bevor sie ihr die Treppe hinunter folgten. Unten erwartete sie ein Spektakel. Muzzle verfolgte den Kater bellend und in Zick-Zack-Linien durch die Halle, während Lady Darlington und Lady Oakley hinterherliefen und dabei die hilflosen Dienstboten anschrien: »Tut etwas. So tut etwas!«

Als Frances und die Freundinnen herbeieilten, sprang der Kater auf einen Beistelltisch und schmiss schwungvoll eine Porzellanvase um. Muzzle wich dem Geschoss im letzten Moment aus und versuchte nun, mit der Schnauze auf den Tisch zu gelangen, weshalb der Kater einen großen Satz machte und an einen Vorhang sprang. Seine Krallen verhakten sich im schweren Samtstoff, so dass er in dieser Haltung gefangen war. Kein Fauchen half. Der Mops nutzte die Gunst der Stunde und hüpfte auf seinen kurzen Hinterbeinen nach oben. Der erste Vorstoß misslang. Nach wiederholtem Bemühen schnappte er nach dem Schwanz des Katers. In diesem Augenblick gelang es dem Tier, die Krallen einer Pfote aus dem Stoff zu befreien, mit denen er dem Hund einen Schlag auf die breite Schnauze gab. Dessen Jaulen war nur halb so laut wie der gellende Schrei von Lady Darlington: »Frances!«

Ohne groß nachzudenken, griff diese daraufhin in Muzzles Nacken und zog ihn weg. Dabei versetzte ihr der rachsüchtige Kater zwei Hiebe gegen den Arm und das Gesicht. Frances durchzuckte ein brennender Schmerz, als die Krallen ihre Haut aufrissen. Bevor sie noch übler zugerichtet wurde, tauchte Daniel neben ihr auf und packte das Tier. Zwar versuchte es, die Hand zu beißen, doch seiner dicken Lederhandschuhe wegen konnten ihm die Attacken nichts anhaben. Unbeeindruckt brachte er den Kater fort. Frances blickte auf ihren Arm. Aus den Kratzern quoll Blut. Währenddessen nahm Lady Darlington den Mops hoch und hielt ihn an ihren Busen. »Muzzlebuzzle, mein armes Muzzlebuzzle.«

»Du blutest ja«, sagte Rose besorgt.

»Geht schon«, wiegelte Frances ab, der auffiel, dass ihr Morgenmantel während des kurzen Kampfes mit dem Kaiser aufgegangen war und das Unterkleid entblößte. Rasch wickelte sie sich wieder in den Mantel, bevor Daniel zurückkam.

»Hier, ich helfe dir«, sagte er und tupfte mit seinem Taschentuch sanft auf ihre Wunden im Gesicht. Schmerz durchzuckte Frances, trotzdem spürte sie, wie sein Atem über ihre Haut strich. Er war ihr so nah, dass sie die kleine Narbe über seiner linken Augenbraue deutlich sehen konnte. Wenn sie alleine gewesen wären, hätte Frances ihn wieder geküsst.

»Der Kater muss sich entschuldigen!«, unterbrach Lady Darlington den Moment. »Mein armer Muzzle ist ganz verstört.«

»Du hältst heute besser mal den Mund«, befahl die Mutter Frances, als sie den Ballsaal betraten. Zum Glück verbargen die langen Handschuhe, die Daniel ihr geschenkt hatte, die

Verletzungen auf dem Arm, doch den dicken Kratzer auf Frances' Wange hatte Prudence nur unzureichend mit etwas Schminke abdecken können. Trotzdem fühlte sie sich ungewöhnlich schön in ihrem neuen weißen Seidenkleid mit den aufgestickten Perlen und den hochgesteckten Haaren, in die Prudence künstlerisch Federn eingewoben hatte. Nun ging ein Raunen durch die Menge. Frances konnte die hinter vorgehaltener Hand getuschelten Worte »Dienstbote« und »Theater« ausmachen. Lady Darlington reagierte mit einem starren Lächeln darauf. Frances spürte, wie sie von oben bis unten kritisch gemustert wurde, und ihr Hochgefühl löste sich auf. Zum Glück dauerte es nicht lange, da wurden die Namen der nächsten Ankömmlinge ausgerufen. Aufatmend folgte Frances Rose und Prudence, die sich einen Weg durch die Menge bahnten. Die geschliffenen Glasornamente der Kronleuchter über ihren Köpfen warfen glänzende Lichter hinunter, so dass alles noch feierlicher erschien, als es ohnehin schon war. Anhand der Länge der befestigten Kerzen, die sechs Stunden brennen würden, ließ sich feststellen, wie lange der Ball dauerte. Die Gastgeber hatten an nichts gespart.

Sichtlich irritiert drückte sich Prudence vor Frances durch die Gäste. »Was meint ihr, was für Junggesellen hier sind?« Ihre Stimme klang ungewohnt zitterig.

»Daniel ist auf jeden Fall da. Und zwei unserer Cousins«, erzählte Rose.

»Hoffentlich ist Lord Felton auch hier«, entfuhr es Frances. Prudence und Rose sahen sie erstaunt an. »Ansonsten können wir ja mit Lord Spinner tanzen«, fügte sie witzelnd hinzu. Die anderen beiden lachten, und ihre Laune hob sich. Allerdings nicht allzu lange, denn entgegen ihren Erwartungen wurden sie in der ersten halben Stunde von keinem Gentleman zum Tanzen aufgefordert, obwohl sie ihre Tanzkarten und kleinen Bleistifte griffbereit hielten. Reichlich verloren standen die drei Freundinnen in der Menge.

»Holen wir uns erst mal etwas zu trinken«, schlug Prudence vor. Sie drängten sich erneut an den Ballbesuchern vorbei zu einem Tisch, an dem ein Diener Bowle in geschliffene Gläser schüttete. Sie nahmen sich jede ein Glas und begannen einen Rundgang durch den Saal. Zum Glück war der Boden gekalkt, so dass sie mit den glatten Sohlen ihrer dünnen Tanzschuhe nicht ins Rutschen gerieten. Als sie an einer Frau in einem mit Silber bestickten dunkelblauen Kleid vorbeikamen, hielt Prudence an und starrte auf das mit Diamanten besetzte Diadem der Frau.

»Stellt euch vor, ihr könntet das tragen«, flüsterte sie beinahe ehrfürchtig.

»Lasst mich mal durch.« Sie wurden von Lady Darlington zur Seite geschoben, die auf die Frau zuging. »Viscountess, was für eine Ehre, Sie hier zu sehen! Wie geht es Ihnen?« Die Angesprochene drehte der Lady als Antwort den Rücken zu.

»Was für ein eingebildetes Frauenzimmer«, schimpfte Lady Darlington, als sie sich neben die Freundinnen stellte, allerdings so leise, dass andere sie nicht hören konnten. »Vor zwei Jahren war sie noch eine einfache Miss Brown. Was auch immer der Viscount in ihr gesehen hat … Warum bist du nicht auf der Tanzfläche, Frances?«

»Weil mich niemand aufgefordert hat.«

»Dann drück dich nicht hier herum, wo dich keiner sehen kann.« Die Lady packte ihre Tochter am Arm und zog sie mit sich. Frances blickte sich unglücklich zu Prudence und Rose um. In der Nähe des Orchesters hielt Lady Darlington an. Zwölf Musiker spielten auf ihren Instrumenten, während sich Paare auf der Tanzfläche umeinanderdrehten. Unter den Tanzenden konnte Frances Daniel ausmachen, dessen rotes Uniformjackett herausstach. Er tanzte mit einer weiß gekleideten jungen Frau mit Federschmuck. Frances folgte ihnen mit den Augen. Angesichts von Daniels Lächeln verklumpte sich etwas in Frances' Magen. Als Prudence und Rose zu ihr traten, deutete sie zu Daniel hinüber. »Wer ist denn seine Tanzpartnerin?«

»Keine Ahnung«, erwiderte Rose.

»Vermutlich ist sie furchtbar langweilig. Die beiden haben noch kein Wort miteinander geredet«, sagte Frances. Dann bemerkte sie den Blick, den die beiden Freundinnen wechselten. »Was ist?«

»Kann es sein, dass du eifersüchtig bist?«, erkundigte sich Prudence lauernd.

»Nein, natürlich nicht.«

Prudence' Finger krallten sich in Frances' Arm. »O mein Gott, er ist da!«

Im Eingang zum Ballsaal war Lord Felton inmitten einer Gruppe an Freunden aufgetaucht. Die Menschen wichen unwillkürlich zurück und machten ihm Platz. Bevor er den Saal betrat, warf er sein Haar zurück. Es war deutlich zu erkennen, wie sehr er sich der Aufmerksamkeit bewusst war. In seinem auf Taille geschnittenen schwarzen Samtjackett und der eng anliegenden Hose aus cremefarbenem Wildleder, die seine schmalen Hüften, die muskulösen Oberschenkel und die Wölbung zwischen seinen Beinen betonte, sah er ausgesprochen gut aus. Seine Füße steckten in Samtschuhen, die mit einer diamantbesetzten Schnalle geschmückt waren. Mehr Eleganz war kaum noch möglich, gleichzeitig haftete seinem Auftreten etwas Nonchalantes an. Sein Blick durch gesenkte Lider war schläfrig und hatte dennoch eine aufregende Wirkung auf die Debütantinnen, die sich mit Fächern hektisch Luft zufächerten, wenn er sie aus den Augenwinkeln streifte. Auf wen auch immer Lord Feltons Wahl als Tanzpartnerin fallen würde, diejenige würde im Ansehen der Gesellschaft sofort ein paar Ränge aufsteigen.

Frances versuchte, sich in sein Blickfeld zu stellen, und hoffte, er würde sie aus dem Teehaus wieder erkennen. Als er in ihre Richtung sah, hob sie unwillkürlich grüßend die Hand. Er blickte geradewegs an ihr vorbei. Schnell ließ sie die Hand sinken, um Rose und Prudence nichts merken zu lassen.

»Hast du jemanden gesehen, den du kennst?«, fragte Prudence neugierig, die die Handbewegung registriert hatte.

»Ich muss mich geirrt haben«, erwiderte Frances nur. Sie war beinahe froh, die Stimme ihrer Mutter zu hören, die jemandem verkündete, dass ihre Tochter selbstverständlich liebend gerne mit ihm den nächsten Tanz absolvieren würde. Als Frances sich zu dem Gentleman umdrehte, zuckte sie zusammen. Es war Lord Spinner, der langweilige Gast, den sie vom Abendessen bei den Oakleys kannte.

»Sehr erfreut«, begrüßte er sie. »Ich nehme an, Sie haben eine famose Zeit auf Ihrem ersten Ball«, versuchte er, Konversation zu betreiben. Frances nickte bloß. Da beendete das Orchester das Lied. Die Tanzenden blieben stehen und klatschten. Daniel verabschiedete sich von seiner Partnerin mit einer Verbeugung und richtete seine Augen nun auf Frances. Sie erwiderte sein Lächeln in der Hoffnung, dass er sie auffordern und von dem alten Lord erlösen würde. Bevor er jedoch bei ihr angekommen war, streckte Lord Spinner seine Hand aus. »Darf ich bitten!«

Ihr erster Impuls war es, seine Hand auszuschlagen, nur wäre das nicht bloß in den Augen ihrer Mutter unverzeihlich. Zudem hatte sie sich bei der Königin schon genug geleistet. Ihr blieb daher nichts anderes übrig, als mit dem Lord an Daniel vorbei zur Tanzfläche zu gehen. Zu ihrer großen Erleichterung stellte sich Lord Felton mit einer Partnerin unmittelbar neben Frances und Lord Spinner auf, so dass sie bei einem von der Choreographie vorgesehenen Wechsel den begehrten Junggesellen immerhin kurzweilig als Partner bekam. Sie nahm ihren ganzen Mut zusammen und strahlte ihn an, während er ihre Hände griff, um eine Art Bogen zu formen, unter dem die anderen Tanzenden hindurchtauchen konnten. Sein Blick heftete sich auf sie. Er hatte etwas derart Forschendes, dass ihr der Atem stockte. Erst glaubte sie, sie müsse es sich eingebildet haben. Nachdem sie an seiner Seite durch den Bogen der weiteren Tanzenden getaucht war und sich wieder ihm gegenüber aufstellte, war sie sicher, dass er sie intensiv musterte. Sie öffnete den Mund, um zu sagen, dass sie ihn bereits getroffen hatte, da begann Lord

Felton seinerseits zu sprechen: »Entschuldigung, Sie haben einen Fleck.«

Er zeigte mit dem behandschuhten Finger auf ihre Wange. Weil sie sich wieder bewegten, kam er ihr zu nah und berührte sie dabei. Schmerz durchfuhr sie.

»Aua.« Sie zuckte vor ihm zurück. Er hatte auf den kaum verheilten Kratzer in ihrem Gesicht gefasst, so dass dieser erneut zu bluten anfing. Auf dem weißen Leder seines Handschuhs war ein Fleck zu erkennen. Irritiert blickte er darauf. »Verzeihung, ich dachte …«

Aus reiner Verlegenheit platzte Frances mit der Wahrheit heraus: »Der Kaiser hat mich gekratzt.«

Als sie in Lord Feltons ungläubiges Gesicht blickte, fügte sie rasch hinzu: »Nicht der deutsche natürlich. Der hat ja schon vor drei Jahren abgedankt …«

Da der Ablauf des Tanzes sie in diesem Augenblick voneinander trennte, musste sie befürchten, dass er es nicht mehr gehört hatte.

»Ich kann mich keinen Augenblick länger auf den Beinen halten.« Prudence ließ sich rückwärts auf das Bett fallen, während Rose ihre Schuhe durch ihr Schlafzimmer kickte.

»Meine Füße tun so weh«, stöhnte sie.

»Ich bin froh, dass es vorbei ist«, gab Frances zu. Ihr erster Ball fühlte sich nicht sehr erfolgreich an. Sie zog vorsichtig die Handschuhe aus. Die Wunden leuchteten noch immer blutig rot und erinnerten sie daran, sich ihre Wange im Spiegel anzusehen. Dort wo Lord Felton sie berührt hatte, war der Puder verschmiert. Es sah eher dreckig als blutig aus. Sie tauchte den Zipfel eines Handtuchs in das Wasser der Waschtischschüssel und tupfte auf den Wunden herum.

»Für dich war der Ball doch ein voller Erfolg. Du hast mit Lord Felton getanzt«, merkte Prudence spitz an.

»Aber nur weil ich zufällig neben ihm stand. Den Rest des Tanzes habe ich damit zugebracht, den Atem anzuhalten, weil der alte Lord durchdringend nach Kampfer gerochen hat. Und außerdem ...« Sie schlug bei der Erinnerung an den Tanz die Hände peinlich berührt vors Gesicht und berichtete von ihrer unglücklichen Bemerkung mit dem Kaiser.

»Das hast du nicht gesagt«, lachte Rose auf.

»Immerhin wird Lord Felton dich dadurch in Erinnerung behalten«, warf Prudence ein.

»Ja, als die spinnende Debütantin«, entgegnete Frances trocken.

»Und du, Rose? Wie fandst du den Ball«, fragte Prudence, als die Freundin zu ihr kam, um Perlen, Federn und Haarklammern aus der aufgesteckten Frisur zu ziehen. Rose gähnte zunächst ausgiebig, bevor sie antwortete. »Ach, das waren alles langweilige Männer ohne jedes Taktgefühl. Ich hätte lieber alleine getanzt.«

»War denn gar kein Mann dabei, der dich interessiert hat? Ich habe mit zwei Lords getanzt, und ein anderer meiner Partner ist der zukünftige Erbe eines Lordtitels«, erzählte Prudence ganz aufgeregt.

»Waren sie auch nett?«, fragte Rose.

»Ja, nein, weiß nicht. Wir haben Konversation betrieben. Wie prunkvoll die Räumlichkeiten des Balls sind. Was man nun mal zueinander sagt.«

»Klingt ungefähr so aufregend wie bei mir«, erwiderte Rose. »Ich habe mir die Zeit vertrieben, indem ich mir die Frauen und ihre Kleider angesehen habe. So viele elegante Ladys und herausgeputzte Debütantinnen auf einmal.«

»Habt ihr eine besonders schöne Debütantin bemerkt?«, fragte Prudence, nachdem sie sich aufgerichtet hatte. Ihr Haar fiel ihr auf die Schultern. »Also eine, die schöner war als andere?«

»Für mich warst du die Schönste von allen«, erwiderte Rose und drehte eine von Prudence' Locken um ihren Zeigefinger, dann begann sie das herunterfallende Haar der Freundin ausgiebig zu bürsten.

»Ja, für dich. Aber was haben die Herren wohl gedacht?«, verlangte Prudence zu wissen. »Ob einer der Gentlemen heute Nacht von uns träumt?«

»Vielleicht Lord Spinner«, schlug Frances vor. Prudence wollte sie auf den Oberarm knuffen, erwischte dabei jedoch eine der vom Kater lädierten Stellen. »Pass auf!«, schrie Frances auf.

»Tut mir leid.« Prudence lächelte entschuldigend.

Nachdem die Freundinnen sich ausgezogen hatten, schlüpfte Rose unter ihre Decke. Prudence legte sich zu ihr. Die beiden sahen so geborgen aus in ihrem Nest aus Decken, dass Frances nicht allein in ihr Zimmer gehen mochte. »Macht mal Platz«, forderte sie sie auf und kroch zu ihnen.

»Willst du etwa hier schlafen?«, fragte Rose. Für einen Moment bekam Frances den Eindruck, als wollte sie das nicht. Doch dann blies Rose die Kerzen neben dem Bett aus, und das Zimmer wurde in Dunkelheit gehüllt.

Frances starrte vor sich hin, während sie den gleichmäßigen Atemzügen ihrer Freundinnen lauschte. Sie fragte sich, warum es Prudence eigentlich so wichtig war, schöner und begehrter zu sein als alle anderen. Bisher hatte sie sich nie so verhalten. Allerdings war Prudence auch immer die Schönste im Mädchenpensionat gewesen, und in London war sie auf einmal eine unter vielen attraktiven Debütantinnen.

»Pru, bist du noch wach?«, fragte sie dann.

»Ja«, kam die zögerliche Antwort.

Frances verstellte ihre Stimme, so dass sie einen tiefen Klang bekam. »Ich bin ein Lord und denke an dich. Du warst die Schönste auf dem ganzen Ball.«

»Du bist so albern«, war die Antwort, doch Frances konnte das Lachen aus ihrer Stimme heraushören.

Kapitel 8

Marmorne Säulen hoben sich hell von den dunklen Wänden der Eingangshalle des Hauses ab, in dem sie zum Ball von Lord und Lady Arbuthnot geladen waren. Zwischen zwei ausladenden Treppen führte eine Tür in den Ballsaal. Auch hier gab es wieder Gedränge, bis der Zeremonienmeister die ankommenden Gäste ausgerufen hatte. Vor Frances stand eine Gruppe ältlicher Herren in Militäruniformen, ihre weiblichen Begleitungen trugen Straußenfedern in den Frisuren. Im Ballsaal selbst roch es durchdringend nach weißen Lilien, die auf Beistelltischchen in Porzellanvasen an den Wänden verteilt standen. Jemand musste sie in einem Gewächshaus auf dem Land frühzeitig zum Blühen gebracht und auf dem schnellsten Weg in die Stadt geschickt haben. Ein enormer Aufwand für einen einzigen Abend, vor allem da die wenigsten Menschen den Blüten mehr als einen Blick schenkten, sondern viel zu sehr damit beschäftigt waren, die Gäste zu taxieren und Ausschau nach bekannten Gesichtern zu halten. Auch Frances, Rose und Prudence beobachteten die Ankommenden. So wie es unter den Männern angesagt war, Uniformen zu tragen, hatten es sich etliche Frauen nicht nehmen lassen, die ein oder andere Anspielung auf das Militär in ihre Abendgarderobe zu integrieren. Über ihren Kleidern trugen sie von Reitersoldaten inspirierte kurze Husarenjäcken, allerdings aus feinster Seide gefertigt.

Zwischendurch legte Frances den Kopf in den Nacken und betrachtete die vergoldete Decke des Saals, der von zahlreichen Kronleuchtern erleuchtet war. Das Gold reflektierte das Licht, so dass alles in einen warmen Schimmer getaucht war.

»Rose!« Daniel kam auf sie zu, einen groß gewachsenen Mann im Schlepptau, an dem ansonsten nicht viel Bemerkenswertes war. Rose streifte ihn daher nur mit einem gleichgültigen Blick. »Darf ich dir Lord Bannerman vorstellen? Lord, das ist meine Schwester, Miss Oakley.« Bei der Erwähnung des Titels leuchteten Prudence' Augen auf.

»Sehr erfreut«, erwiderte Rose knapp, als der Lord sich verbeugte. Ihr war deutlich anzusehen, dass sie keinerlei Interesse daran hatte, mit ihm auch nur die nötigste Konversation zu betreiben. Prudence hingegen ließ sich die Gelegenheit nicht entgehen.

»Major Oakley hat wohl seine guten Manieren vergessen«, mischte sie sich ein. Daniel blinzelte erstaunt, bevor er sich mit einem Lächeln verneigte.

»Verzeihung, Lord Bannerman, das sind Miss Griffin und Miss Darlington.« Der Lord verbeugte sich abermals.

»Wie gefällt Ihnen der Ball, Mylord?« Prudence machte einen Schritt auf ihn zu, so dass sie jetzt halb vor den Freundinnen zu stehen kam. Frances konnte zwar ihr Gesicht nicht sehen, dennoch war sie sicher, dass sie ihren berühmten Augenaufschlag ausprobierte. Der Lord erwiderte etwas gänzlich Belangloses, was Prudence nicht davon abhielt, laut aufzulachen und ihn sofort mit der nächsten Frage zu bedrängen. Mittlerweile stand sie unmittelbar neben dem Lord, der daher genötigt war, dem Rest der Gruppe den Rücken zuzukehren, während er mit ihr redete. Daniel beobachtete dies stirnrunzelnd, dann wandte er sich mit entschuldigendem Gesichtsausdruck an seine Schwester. »Ich dachte, ich stelle dir einen Tanzpartner vor«, raunte er ihr zu.

»Schon gut«, wiegelte diese ab.

»Ich guck mal, was ich sonst für dich tun kann«, sagte Daniel und verschwand in der Menge.

Die beiden Freundinnen beobachteten, wie Lord Bannerman Prudence seinen Arm anbot und sie sich von ihm zur Tanzfläche führen ließ. »Da geht dein Partner«, kommentierte Frances. »Ist ja fast Wilderei, was Pru hier treibt.«

Rose winkte ab. »Von mir aus kann sie ihn gerne haben. Ich bin ganz froh darüber, nur Zuschauerin zu sein.«

»Wieso? Du tanzt doch so gerne.«

»Mit dir und Pru. Nicht mit Männern, mit denen ich gerade erst bekannt gemacht wurde.«

Frances hingegen fand es wesentlich unangenehmer, ohne jede Art von Bekanntschaften im Saal herumzustehen. Sie sah sich um, ob Lord Felton auch auf dem Ball war. Es waren zu viele Gäste anwesend, um ihn in der Menge ausmachen zu können. Obwohl es erst ihr zweiter Ball war, spürte Frances Enttäuschung. Sie hatte sich das Ganze definitiv anders vorgestellt, hatte sich mehr im Mittelpunkt des Geschehens gewähnt, umrundet von potentiellen Verehrern, aus denen sie denjenigen wählen könnte, der ihr am ehesten zusagte. Stattdessen stand sie am Rand, untätig darauf wartend, dass endlich ein Gast auf sie aufmerksam wurde. Nun bemerkte sie einen Gentleman, der auf sie zusteuerte. Er sah ganz annehmbar aus, und sie blickte ihm erwartungsvoll entgegen. Leider wandte er sich an die Debütantin hinter ihnen und bat diese zum Tanz.

»Was tust du da, Frances?« Lady Darlington kam zu ihrer Tochter.

»Nichts, Mutter.«

»Genau da liegt das Problem. Du musst lächeln. So wie ich.« Lady Darlington setzte ein strahlendes Lachen auf und sah sich im Saal um. Ein paar Männer nickten ihr zu. Rose warf Frances einen amüsierten Seitenblick zu. »Ich werde neben dir stehen bleiben, bis du einen Tanzpartner abbekommen hast«, erklärte die Lady. »Und wehe, du hörst auf zu lächeln.«

Frances wurde klar, dass der Ball für sie gelaufen war, wenn ihre Mutter tatsächlich die ganze Zeit an ihrer Seite bleiben würde. Sie musste sie loswerden, unbedingt, und das ging nur mit einem Tanzpartner. Daher tat sie ungewohnterweise, was Lady Darlington ihr aufgetragen hatte, und lächelte, bis sie Krämpfe davon bekam.

»Wenn ich um diesen Tanz bitten dürfte?« Eine Männerstimme ließ Frances herumfahren. Es war Lord Spinner, der sich vor ihr verneigte, nicht ohne auffällig in ihr tief ausgeschnittenes Dekolleté zu starren. Sie wollte eine Ausrede bemühen.

»Meine Tochter fühlt sich sehr geehrt«, kam ihre Mutter ihr zuvor. Unter dem mitleidigen Blick von Rose ließ Frances sich von Lord Spinner auf die Tanzfläche führen.

Sie sagte nichts, während er belangloses Zeug redete, wobei seine Augen auf der Höhe ihrer Brüste verweilten.

»Es war ein reichlich milder März dieses Jahr, möchte ich meinen. Wobei, wenn ich mich recht erinnere, war der März letztes Jahr auch nicht so kalt. Ich hoffe, dieser April wird warm und schön.«

In der leisen Hoffnung, ihn durch Unfreundlichkeit abzuschrecken, antwortete sie nicht. Wenn sie sich nur stumpf genug gab, würde er sicher das Interesse an ihr verlieren und seine Aufmerksamkeit auf eine der vielen anderen Debütantinnen richten, die ebenfalls weit ausgeschnittene Kleider trugen. Nur wenn sie an ihrer Mutter vorbeitanzte, setzte sie ein falsches Lächeln auf, um diese nicht merken zu lassen, was sie vorhatte. Endlich war der Tanz vorbei, und der Lord führte sie zurück zu dem Platz, an dem ihre Mutter auf sie wartete. »Warum hast du keine Konversation mit dem Lord betrieben?«, fuhr Lady Darlington sie an.

»Weil ich ihm nichts zu sagen habe.« Frances wappnete sich für eine Strafpredigt, da drängte Daniel sich zwischen sie.

»Lady Darlington, wenn ich Ihre Tochter um den nächsten Tanz bitten dürfte?«

»Sehr gerne.« Frances legte ihre Hand auf seinen Arm, bevor ihre Mutter etwas antworten konnte. »Danke«, raunte sie ihm auf dem Weg zur Tanzfläche zu. »Du hast mich gerettet.«

»Immer zu Diensten.« Er grinste, als sie sich einander gegenüber aufstellten. Aus den Augenwinkeln sah Frances Lord Felton mit ein paar Debütantinnen scherzen.

»Was meinst du?«, fragte sie Daniel, während der Tanz damit begann, dass sie sich umeinanderdrehten. »Wie stark darf eine Frau zeigen, dass sie an einem Gentleman interessiert ist? Es schickt sich eigentlich nicht, aber wenn sie ihn gar nicht ermutigt, schenkt er ihr womöglich keinerlei Aufmerksamkeit. Und sollten sich Frauen am Anfang einer Bekanntschaft eher zurückhalten und still sein und die Männer reden lassen, oder sollten sie weiter darauf drängen, mehr von dem Mann zu erfahren?«, sprudelte es aus ihr hervor.

»Wenn du mir Zeit lassen würdest, könnte ich auf deine erste Frage antworten«, zog Daniel sie auf. In diesem Augenblick sah der Tanz es vor, dass sie seine Hand loslassen musste, um mit den anderen Frauen Händchen haltend im Kreis zu hüpfen. Als sie mit Daniel erneut vereint wurde, hakte sie nach: »Findest du denn, dass ich zu viel rede?«

Er schüttelte lachend den Kopf, und bevor sie erneut die Partner wechselten, fügte er noch hinzu: »Du bist jedenfalls nicht langweilig, Frances.«

Sie konnte es kaum erwarten, endlich wieder bei ihm zu landen, als sie abwechselnd mit etlichen anderen Gentlemen tanzte. Kaum war sie bei Daniel angelangt, platzte sie mit ihrer Frage heraus: »War das eben als Kritik oder als Kompliment gemeint?«

Er lachte, während er ihre Hand hielt. »Das kannst du dir aussuchen.«

Als der Tanz zu Ende ging, verbeugte er sich vor ihr und ging. Sie sah ihm nach, bevor sie zu ihrem Platz an der Seite der Freundinnen zurückkehrte, die sich an eine Wand zurückgezogen hatten.

»Was grinst du denn so?«, wollte Prudence wissen.

»Tue ich das?« Erstaunt fasste sie sich ins Gesicht. Es stimmte. Sie lächelte und konnte nicht mehr damit aufhören.

»Jetzt lächelst du? Hier, wo dich kein Gentleman sieht? Wir suchen jetzt Lord Spinner.« Lady Darlington blickte ihre Tochter fassungslos an, packte sie am Arm und zog sie mit sich. Als Frances dabei unerwartet an Lord Felton vorbeikam, blieb sie abrupt stehen und hielt dem Zug ihrer Mutter stand, die nun ebenfalls stehen blieb.

»Lord Felton!«, rief Frances laut aus. Er sah sie erst erstaunt an, dann schien er sich an ihre unglückliche Bemerkung mit dem Kaiser zu erinnern und lächelte. »Mit wem habe ich die Ehre?«

»Miss Darlington. Und das ist meine Mutter, Lady Horatia Darlington. Ich wollte nur sagen, dass ich beim Tanz nicht den deutschen Kaiser meinte, sondern einen Kater.«

Erneut huschte ein Lächeln über sein Gesicht.

»Ich tanze so gerne«, platzte es aus ihr heraus. »Sie nicht auch, mein Lord?« Lady Darlington blickte ihre Tochter verwundert an.

»Doch.« Er musterte sie überrascht.

»Mit dem größten Vergnügen lasse ich mich von ihnen zur Tanzfläche führen«, versuchte sie, ihm auf die Sprünge zu helfen und hob ihre Hand, um ihn dadurch dazu zu veranlassen, ihr seinen Arm anzubieten. Er wirkte völlig überrollt, und für einen Moment befürchte sie, er würde ablehnen.

»Na schön«, sagte er stattdessen. Sie ließ sich von ihm an ihrer verblüfften Mutter vorbei zur Tanzfläche führen. Als sie sich gegenüberstanden und mit den ersten Tanzschritten begannen, lächelte sie ihn so strahlend an, wie sie konnte. Die Haut spannte über ihren Wangenknochen.

»Und wie finden Sie Ihre erste Saison?«, fragte er höflich. Seltsamerweise störte es sie gar nicht, dass er diesen reichlich überbeanspruchten Gesprächsbeginn wählte. Es musste an seinen nach oben gekräuselten Mundwinkeln liegen, die alles, was aus seinem Mund kam, charmant wirken ließen. Ihr lag es auf der Zunge, etwas Unverbindliches zu antworten. Etwas in ihr raunte ihr jedoch zu, dass sie nicht durch vornehme Zurückhaltung so weit gekommen war, mit dem Lord zu tanzen.

»Bisher war sie vor allem anstrengend«, antwortete sie daher offen heraus. »Ich habe mir vor der Aufwartung bei Queen Charlotte die Beine in den Bauch gestanden, bin bei Eiseskälte in einer offenen Kutsche gefahren, und außerdem muss ich jeden Tag viele Stunden mit der Vorbereitung auf einen Ball zubringen, anstatt London richtig kennenzulernen.«

Er lachte auf. »Ich dachte, für jede Debütantin wäre es eine große Ehre, der Königin und der Gesellschaft vorgestellt zu werden.«

»Das ist es ja auch, aber …« Sie wusste nicht, wie sie ihm erklären sollte, wie groß ihre Hoffnungen für die Saison gewesen waren und wie ernüchtert sie bereits war.

»Aber Sie haben gedacht, es wäre ein ganz besonderes, aufregendes Erlebnis. Stattdessen ist es ein Markt, in dem jedes Jahr Hunderte von Müttern ihre Töchter auf und ab paradieren lassen«, ergänzte er.

»Genau.« Interessiert sah sie ihn an, dann bemerkte sie die Debütantinnen, die am Rand standen und den Lord und sie neidvoll beobachteten.

»Was meinen Sie, wie ermüdend das erst für einen Junggesellen ist?« Sie wusste nicht, was sie von seiner selbstbewussten, wenn auch leicht eingebildeten Art, mit der er sie anlächelte, halten sollte. Der Tanz sah es vor, dass sie ihre rechte Hand an seine legte und sie sich zu drehen begannen. Dass sie ihm dabei so nah kam, dass sie den Bartschatten auf seinen Wangen erkannte, ließ Frances scharf einatmen. Er hatte ein Rasierwasser aufgetragen, das leicht nach Orange duftete. Darunter lag noch eine andere, vertrautere Note. Ein Geruch von Leder drang ihr in die Nase. Sie schloss die Augen.

»Geht es Ihnen nicht gut?«, fragte Lord Felton mit einem Hauch von Besorgnis in der Stimme.

»Bestens«, gab sie zurück.

Als Frances weit nach Mitternacht im Bett lag, hörte sie in ihrer Vorstellung noch immer die Musik des Orchesters. Ihre Füße zuckten im Takt. Sie schloss die Augen und stellte sich vor, sie wäre wieder auf dem Ball und würde abermals mit Lord Felton tanzen. In ihrer Phantasie fragte er sie, ob er sie an die frische Luft begleiten dürfe. Willig ließ sie sich von ihm auf eine Terrasse führen, die von Laternen erleuchtet war. An der Brüstung blieben sie stehen und sahen sich tief in die Augen. Als seine weichen Lippen die ihren berührten, drängte sie sich eng an ihn. Zwischen ihren Beinen pulsierte es.

Auf einmal war Frances sich des Stoffes ihres Nachthemds

auf der Haut überbewusst. Sie warf die Decke zur Seite, spannte ihren Körper an und zog das Leinen des Hemdes so hoch, dass es an ihrem Bauch Falten warf. Langsam fuhr sie mit der Hand hinunter zu der warmen Stelle zwischen ihren Beinen. Haare kitzelten ihre Finger, als sie anfing, die zarte Haut dort zu streicheln. Das Wort »Klitoris« aus dem Buch von Mrs Worsley fiel ihr ein, doch sie wusste nicht, was genau es beschrieb. Außerdem war mit dem Wort die Erinnerung an die Leiterin des Mädchenpensionats verbunden. Und an die wollte sie nicht denken. Nicht in ihrem Bett. Nicht mit den Gefühlen, die ihre Finger in ihr auslösten. Sie rieb fester über die Haut, während sie sich vorstellte, wie Lord Felton sie in ein Schlafzimmer führte und sie derart leidenschaftlich umarmte, dass sie auf sein Bett sank. In ihrer Phantasie zog sie die Enden seines Hemdes aus seiner Hose und schob den Stoff hoch, bis sein Bauch entblößt wurde, dessen Bauchdecke sich sichtbar auf und ab bewegte. Der Lord atmete erregt aus. Als sein Atem ihren Hals streifte, war es auf einmal Daniel, der sich über sie beugte und sie küsste, während er seinen Körper schwer auf sie legte. Frances saugte scharf die Luft ein.

Ein lautes Klopfen brachte die Vorstellung zum Zerplatzen. Für einen kurzen Augenblick glaubte sie, es könnte Daniel sein, der vor ihrer Tür stand. Ihr Körper reagierte darauf mit einem unbändigen Verlangen, das sie überraschte. Schon hörte sie, wie die Klinke heruntergedruckt würde. Rasch zog sie an ihrem Nachthemd, um ihren nackten Unterleib zu bedecken. Die Tür öffnete sich, und jemand schlüpfte ins Zimmer. »Franny?«

Es war Rose, die einen Kerzenhalter in der Hand hielt. Frances wusste nicht, ob sie enttäuscht oder erleichtert sein sollte.

»Du bist ja noch wach. Ich habe Hunger«, sagte Rose. »Kommst du mit, etwas essen?«

Frances war froh, dass der Schein der Kerze nicht hell genug war, um ihren derangierten Zustand zu offenbaren. Hastig wischte sie sich die Schweißtropfen von der Stirn, die sich dort gebildet hatten, und stand auf. Die Kühle des Raumes ließ sie frösteln.

Gemeinsam mit der Freundin schlich sie durch das Haus in die Küche. Dort suchte Rose in den Schränken ein Brot, ein Messer und einen Topf mit Marmelade zusammen, während Frances Milch und ein Stück Käse fand. Sie schmierte großzügig von der Orangenmarmelade auf die Scheibe Brot, die Rose abschnitt.

»Was macht ihr denn hier?«

Unbemerkt war Daniel hereingekommen. Er trug kein Halstuch und hatte die oberen Knöpfe seines Hemdes geöffnet. An der Stelle, wo der gestärkte Kragen normalerweise die Wangen berührte, erkannte Frances deutlich eine Rötung wie von zu viel Reibung. Daniel schnappte sich das Brot seiner Schwester und biss hinein.

»Hey!«, beschwerte diese sich lachend. Er holte drei Becher und schenkte ihnen Milch ein, dann zog er einen Stuhl vom Tisch weg und setzte sich. Als er trank, beobachtete Frances, wie sich sein Adamsapfel hob und senkte. Bis auf die Nacht im Gasthof, als sie ihn geküsst hatte – die sie aus ihrem Gedächtnis lieber verdrängen wollte –, hatte sie ihn noch nie so ungezwungen gesehen. Nachdem er einen kräftigen Schluck getrunken hatte, blieb auf seiner Oberlippe ein kleiner Milchbart zurück. Frances starrte darauf. Derweil begann Rose vor sich hinzusingen: »But the standing toast that pleased the most was …«

Daniel fiel ein: »The wind that blows, the ship that goes and the lass that loves a sailor …«

Er hatte eine so wunderschöne Singstimme, dass sich die Härchen auf Frances' Armen aufstellten.

»Mach mit«, rief er ihr zu. Sie konnte nicht besonders gut singen, daher stimmte sie nur leise ein: »The wind that blows, the ship that goes …«

Daniel klapperte mit Löffeln auf der Tischplatte und bewegte die Schultern rhythmisch im Takt dazu. Unterdessen wurde auch Frances lauter und fing schließlich an, mit den anderen beiden ausgelassen zur Melodie um den Küchentisch herumzutanzen. »… and the lass that loves a sailor …«

Bis Daniel über einen Stuhl stolperte und sich gerade noch an der Tischplatte abfangen konnte, weil ein verschlafenes Dienstmädchen in der Küche stand und sie erstaunt anblickte. Rose und Frances lachten so sehr, dass ihnen Tränen in die Augen traten und sie sich die Bäuche halten mussten. Auch Daniel lachte mit. Das Dienstmädchen zog sich rasch wieder zurück. Nachdem sie sich ein wenig beruhigt hatte, erklärte Frances: »Wenn ich mal verheiratet bin, dann wird bei mir jede Nacht in der Küche getanzt.«

»In dem Fall ziehe ich zu dir«, versprach Rose witzelnd.

»Und ich auch«, stimmte Daniel lachend mit ein. Frances

warf ihnen ein Lächeln zu, und ein warmes Gefühl breitete sich in ihr aus, als sie daran dachte, wie gerne sie mit den beiden zusammenwohnen würde.

Die Saison in London war eine merkwürdige Zeit. In aller Herrgottsfrühe wurde man aus den Betten gescheucht, obwohl man bis tief in die Nacht auf Bällen getanzt hatte und viel lieber bis mittags geschlafen hätte. Aber weder Lady Oakley noch Lady Darlington ließen zu, dass sich ihre Töchter diesen Luxus gönnten. Sie wurden von den Dienstmädchen geweckt, um sich sorgfältig anzukleiden und der Öffentlichkeit präsentiert zu werden. Immerhin galt es, auf der Suche nach Ehemännern keine Zeit zu verlieren. Völlig übermüdet saßen Rose und Frances daher mit Daniel beim Frühstück. Nach der ausgelassenen Feierei in der Küche sagte niemand ein Wort, sondern sie versuchten, mit Kaffee oder Tee einen halbwegs klaren Kopf zu bekommen.

»Meine Mutter sagt, wir sollen heute im Hydepark ausreiten«, erzählte Rose matt.

Frances, die über ihre Tasse gebeugt saß, richtete sich steif auf. »Auf einem Pferd?«

»Worauf sonst?«, fragte Daniel. Die Aussicht darauf löste Entsetzen in Frances aus. »Kann ich nicht lieber ein Pony bekommen?«

»Du bist kein Kind mehr«, tadelte Lady Darlington sie, die den Speisesaal betrat. Der Mops lief hinter ihr her. »Außerdem wäre das ein uneleganter Anblick.«

»Auf einem Pferd biete ich erst recht einen uneleganten Anblick«, versicherte Frances.

»Wenn du einen Ehemann haben möchtest, kommst du ums Reiten nicht herum«, stellte ihre Mutter nüchtern klar. »Ist die Butter noch frisch?«, wandte sich dann an den Butler.

»Alles, was aus unserer Küche kommt, ist frisch«, erwiderte er stoisch, aber sichtlich pikiert.

»Ich finde die Butter ranzig«, beschwerte sich die Lady. »Riechen Sie mal.«

Der Butler nahm den Teller mit der Butter und schnüffelte daran. »Absolut frisch«, erklärte er.

»Sind Sie sicher?«

»Ich habe die Butter eben gegessen und nichts daran auszusetzen«, mischte sich Daniel ein.

»Du bist ja sonst nicht so ängstlich«, sagte Rose zu Frances. »Ich kann mir nicht vorstellen, dass es so viel gefährlicher ist, als aus dem ersten Stock zu klettern«, fügte sie flüsternd hinzu, so dass Lady Darlington sie nicht hören konnte, die ein Stückchen von der Butter abschnitt und Muzzle damit fütterte, der es gierig verschlang und sich anschließend mehrmals mit der kleinen rosa Zunge über die platte Schnauze leckte.

»Aber beim Klettern bin ich von keinem anderen abhängig und kann mich ganz auf mich selbst verlassen«, gab Frances ebenso leise zurück. »Als ich zum ersten Mal auf einem richtigen Pferd saß, da kam meine Mutter an, um meine Fortschritte zu begutachten. Mit ihrem Hut, an dem ein Draht herausragte, ist sie dem Pferd so nahegekommen, dass sie es in die Seite gestochen hat. Das Tier ist mit mir durchgegangen, und ich kann froh sein, den Ritt überlebt zu haben.«

»Ich verspreche dir, ich werde vorsichtig sein, wenn ich dir das Reiten auf Thane beibringe«, versicherte Daniel und sah sie derart aufmunternd an, dass sie zögerlich nickte, um ihn nicht zu enttäuschen.

»Aber ich habe kein Reitkleid«, fiel ihr im letzten Moment als rettende Ausrede ein.

»Natürlich hast du eins. Ich habe drei verschiedene Reitkostüme bei der Damenschneiderin für dich anfertigen lassen«, erklärte Lady Darlington ungerührt.

Auf dem Weg in ihr Zimmer, um sich für den Ausritt umzuziehen, kam Frances an dem Tisch vorbei, auf dem die eingetroffene Korrespondenz lag. Die ganze Woche hatte sie vergeblich auf einen Brief von ihrer Schwester gehofft. Als sie nun einen vorfand, hatte sie gar nicht mehr richtig damit gerechnet. Sie lief in ihr Zimmer, öffnete den Brief und las:

Bath, der 12te April 1809

Die Schwester hatte den Brief vor drei Tagen geschrieben.

Meine liebe Franny,
es hat mein Herz so gefreut, Dich nach dieser langen Trennung endlich wiederzusehen. Auch wenn ich mit Warwick eine Familie gegründet habe, kommt meiner kleinen Schwester immer ein wichtiger Platz in meinem Herzen zu. Vergiss das nie. Leider war die Zeit, die wir zusammen hatten, viel zu kurz, und ich

kam nicht dazu, über all das mit Dir sprechen, was mir auf der Seele brennt. Ich hoffe darauf, dass wir uns bald wiedersehen. Lillias hat seit Deinem Besuch ein neues Wort gelernt. Sie sagt immer wieder »Funny«, weil sie kein R aussprechen kann.
Warwick lässt Dich grüßen und wünscht Dir, dass Dir die Saison in London gefällt. Ich hoffe, dass Mutter Dich gut behandelt. Sie hat jetzt ja nur noch Dich.
Du hast mich gefragt, was nach Warwicks und meiner Flucht passiert ist. Ich will es Dir schildern. Nachdem Mutter von unserer Flucht erfahren hat, hat sie mich zusammen mit einigen Männern verfolgt. Noch bevor wir Schottland erreichen konnten, haben sie uns gestellt und mich aus Warwicks Armen gerissen. Mutter hat mich an den Haaren in die Kutsche gezerrt, während die Männer auf meinen Liebsten eingeschlagen haben. Oh, Franny, es war so fürchterlich. Wenn ich die Augen schließe, kann ich jetzt noch das Klatschen der Fäuste und Warwicks Aufschrei hören. Ich habe gebettelt und gefleht, sie mögen aufhören, doch Mutter hat sich nicht erweichen lassen. Ich dachte schon, dass ich Warwick nie mehr sehen würde, selbst wenn er die Prügel überlebte, und ich war so abgrundtief verzweifelt wie noch nie in meinem Leben. Mutter gab gerade den Befehl, dass die Kutsche nach Darlington Mews zurückkehren sollte, da fiel mir glücklicherweise etwas ein. Ich habe ihr gesagt, dass ich ein Kind von Warwick unter dem Herzen tragen würde. In Wirklichkeit hatten wir uns kaum geküsst. Er war immer ein wahrer Gentleman zu mir. Mutter hat es trotzdem geglaubt. Als ihr klar wurde, dass das Kind womöglich dieselbe braune Hautfarbe wie sein Vater haben würde und sie mich daher nicht so einfach verheiraten und es einem anderen Mann unterschieben könnte, hat sie die Tür

der Kutsche aufgestoßen und mich hinausgeworfen. Mit welchen Namen sie mich dabei bezeichnet hat, das kannst Du Dir nicht vorstellen!

Frances verzog das Gesicht vor Abscheu darüber, was Lady Darlington getan hatte. Tränen standen in ihren Augen, obwohl sie wusste, dass die Liebesgeschichte zwischen Anthea und Warwick gut ausgegangen war. Aufgewühlt las sie weiter.

Ich bin zu Boden gefallen und zu Warwick gekrochen, der noch immer mit Tritten malträtiert wurde. Erst als ich mich zum Schutz auf ihn warf, haben die Männer endlich von ihm abgelassen, haben ausgespuckt und sind davongeritten. Warwick war über und über mit Blut beschmiert, aber wir waren noch zusammen, das war die Hauptsache. Wir sind trotz seiner großen Schmerzen weiter nach Gretna Green gefahren, wo wir verheiratet wurden.
Du hast nach der Hochzeit gefragt. Ich hatte mir immer vorgestellt, im Beisein meiner Familie und der meines Mannes zu heiraten. Stattdessen waren wir ganz allein. In der Nacht, die auf die Eheschließung folgte …

Ganz gespannt las Frances weiter.

… haben wir uns fest an den Händen gehalten und waren einfach nur glücklich, zusammen zu sein. Warwick hatte überall Prellungen, und ich vermute, dass er auch gebrochene Rippen hatte. Es dauerte ein paar Tage, bis er mich küssen konnte, ohne

das Gesicht zu verziehen. Und dann, ich weiß gar nicht, wie ich es beschreiben oder was für Worte ich dafür finden soll … Es tut mir leid, Lillias ruft nach ihrer Mutter, ich muss aufhören, aber ich schreibe Dir ganz bald wieder. Schreib Du mir auch, ja? Ich drücke Dich.

Viele Grüße von Deinem Dich liebenden Schwesterherz

Damit endete der Brief, und Frances war kein Stück klüger als zuvor, was die Sache zwischen Mann und Frau anging.

Kapitel 9

»Ist der groß.«

Unwohl legte Frances den Kopf in den Nacken und blickte zu Daniels Hengst auf, der seit ihrer Ankunft die Ohren zurückgelegt hatte und die Zähne bleckte. »Ich glaub nicht, dass er Frauen mag«, bemerkte sie an Rose und Prudence gewandt, die mit ihr in den Stall gekommen waren.

»Du bist doch sonst nicht so ängstlich«, versuchte Rose, sie aufzumuntern, während sie ihr eigenes Pferd, das bereits einen Damensattel aufgesetzt bekommen hatte, mit einem runzligen Apfel fütterte. Als Thane aus seiner Box herausführt wurde, machte sich der Hengst sofort daran, Roses Stute zu besteigen.

»Bist du dir sicher, dass er keine Frauen mag?«, zog Prudence Frances auf. Diese wunderte sich, ob die Vereinigung zwischen Frau und Mann ähnlich verlief wie zwischen den Pferden, und sah dem Spektakel fasziniert zu, bis es von den Stallknechten unterbunden wurde.

»Es ist nicht fair, dass wir völlig ahnungslos in die Ehe geschickt werden, wo das da …« Frances gestikulierte in Richtung der Tiere. »… dazugehört, um Kinder zu bekommen. Wenn wir nur das Buch von Mrs Worsley weiterlesen könnten.«

»Pscht«, ermahnte sie Rose, bevor sie das Thema vertiefen konnten, denn Daniel hatte den Stall betreten.

»Ist etwas?«, wunderte er sich. Als Reaktion auf seine Frage folgte gemeinschaftliches Kopfschütteln.

»Ich sehe, du hast dich schon mit Thane vertraut gemacht«, sagte er zu Frances.

»Nicht wirklich, nein.« Sie verschränkte die Arme vor der Brust.

Er packte das Zaumzeug des Hengstes und zog ihn näher. »Thane, das ist Frances. Streichle ihn mal.« Da sie sich keinen Zentimeter näher herantraute, nahm Daniel ihre Hand und führte sie zum Kiefer des Tieres. Vorsichtig ertasteten ihre Finger das weiche Fell. Die dichten Wimpern um die Augen gaben dem Hengst einen traurigen Ausdruck. Behutsam fing Frances an, ihn zu streicheln. In diesem Augenblick blähte Thane seine Nüstern auf und schnaubte. Erschrocken wich sie zurück. Daniel hielt sie am Arm fest. »Du darfst keine Angst zeigen. Er reagiert nur auf deine Emotionen. Je ruhiger du bist, umso ruhiger bleibt auch er.« Er fütterte das Pferd mit einer Karotte und sprach besänftigend auf den Hengst ein. Angesichts der kräftigen Zähne, die das Gemüse zermalmten, fiel es Frances nicht gerade leicht, gelassen zu sein.

»Bist du so weit?«, fragte Daniel nun.

Sie atmete tief durch und nickte. Der Stallbursche war ihr beim Aufsteigen in den Damensitz behilflich. Erst hatte sie Probleme damit, den Oberschenkel so zu dehnen, dass er sich um das für die Stabilität vorgesehene Horn am Sattel legte. Als sie endlich richtig saß, wobei der linke Fuß im Steigbügel steckte, bemerkte sie, dass Rose und Prudence hoch zu Pferd bereits aus dem Stall geführt wurden. Ihr rechter Oberschenkel verkrampfte sich, und sie starrte auf die Ohren des Pferdes, die das Tier erneut anlegte. Das war kein gutes Zeichen. Daniel strich sanft über die Ganaschen des Hengstes.

»Du musst den Rücken durchstrecken und das Becken nach vorne schieben«, riet er ihr.

»Weißt du, dass du dich wie meine Mutter anhörst«, entgegnete Frances, die es gar nicht so leicht fand, eine aufrechte Haltung anzunehmen. Er lachte auf.

»O je.« Immer noch lachend stieg er auf das Pferd, das für ihn gesattelt worden war.

Es machte Frances nicht gerade glücklich, wie ein Sack Kartoffeln auf dem stolzen Hengst zu hängen, während Rose und Prudence in ihren Damensätteln aufrecht vor ihr her trabten. Immerhin schaffte sie es bis in den Hydepark. Der Kies auf den Wegen knirschte unter den Hufen der Tiere. Sie wollten bis zum Serpentine River reiten, um bei der Hütte des Parkwächters Syllabub zu kaufen, bevor sie umkehrten. So sehr sich Frances auch auf die Weincreme freute, konnte sie nur hoffen, dass sie überhaupt so weit kam. Da es zu nieseln angefangen hatte, waren glücklicherweise nur wenige Menschen unterwegs, die Zeugen ihrer ungelenken Haltung wurden. Auf den Wiesen füllten sich die Spuren, die die Stiefel von exerzierenden Soldaten hinterlassen hatten, allmählich mit Wasser.

»Wir drehen besser um«, rief Daniel Rose und Prudence zu und half Frances dabei, das Pferd zu wenden. Erleichtert machte sie sich auf den Heimweg.

»Hallo Oakley!« Auf einer mit Bäumen gesäumten Allee kam ihnen ein Reiter entgegen, der Daniel angrinste.

»Hallo!« Frances fiel auf, wie kühl sein Gruß ausfiel. Der Mann schien dies zu ignorieren und zog seinen Hut, von dem Tropfen fielen.

»Miss Oakley, habe die Ehre«, sagte er. Frances setzte sich aufrechter hin. Bevor sie seinen Irrtum berichtigen konnte, kam Daniel ihr zuvor: »Das ist Miss Darlington.«

»Ah.« Der Mann zog eine Augenbraue hoch. »So. Habe die Ehre, Miss Darlington.«

Sein süffisantes Lächeln schien zu implizieren, dass Daniel an ihr Interesse haben könnte. Auch wenn Frances dies keineswegs unangenehm war, wusste sie nicht, ob sie es nicht besser richtigstellen sollte.

»Miss Darlington ist die Freundin meiner Schwester, die dort vorne reitet.« Daniel wies auf den Weg, wo Rose und Prudence wieder mit einigem Vorsprung trabten.

»Ach, wenn das so ist.« Der Gentleman wendete sein Pferd. »Ist das Ihre erste Saison in London, Miss Darlington?«

»Ja.« Sie beäugte ihn neugierig.

»Werde ich die Ehre haben, Sie auf dem Ball von Lord und Lady Saltsmouth zu treffen?«

»Das werden Sie«, gab sie zurück.

»Dann freue ich mich auf den heutigen Abend. Miss Darlington. Oakley.« Er tippte an seinen Hut und ritt davon. Daniel sah ihm mit gerunzelter Stirn nach.

»Dein Freund scheint sehr nett zu sein«, bemerkte Frances.

»Ich würde nicht gerade sagen, dass wir Freunde sind. Wir waren zusammen in Eton.«

»Und wie lautet sein Name?«

»Greenham.«

»Hat er auch einen Titel?«

»Lord Greenham«, entgegnete Daniel knapp.

Der Ball der Salmouths war noch prunkvoller als die letzten Einladungen, falls das überhaupt möglich war. Wo Lilien in Glasvasen den Tanzsaal mit ihrem intensiven Geruch durchdrungen hatten, war hier gleich eine ganze Landschaft aus Hyazinthen, leuchtenden Tulpen, Farngewächsen, Primeln und Hornveilchen errichtet worden, in deren Mitte neben einer künstlichen Wasserkaskade ein lebendiger, blau und grünlich schimmernder Pfau so laute Töne von sich gab, als würde jemand in eine Trompete blasen.

»So etwas habe ich noch nie gesehen«, staunte Rose.

»Wenn ich heirate, will ich auf dem Fest auch Pfaue haben. Weiße«, erklärte Prudence.

»Dann sieh zu, dass du dort keine Spiegel hängen hast«, warnte Frances. »Auf Darlington Mews hat ein Pfauenmännchen sein Spiegelbild in einer Fensterscheibe für einen Rivalen gehalten. Mit dem Schnabel hat er so wütend auf das Glas eingehackt, dass es zerbrochen ist.« Daraufhin beäugten die Freundinnen das Federvieh äußerst misstrauisch, während sie sich an der Landschaft vorbeidrückten. »Ich hoffe nur, meine Mutter kommt hier nicht auf seltsame Ideen für unseren Ball«, merkte Rose an.

»Habt ihr jemanden von unseren Bekannten gesehen?«, fragte Prudence, die sich auf die Zehenspitzen stellte, um eine bessere Sicht auf die Menschen im Saal zu erhalten.

Frances tat es ihr nach, weil sie sehen wollte, ob Lord Felton ebenfalls zu Gast war.

»Lasst uns erst mal etwas zu trinken holen«, schlug Rose vor, gerade als Frances ihn entdeckte.

»Das ist er.« Aufgeregt hielt sie die Freundin am Arm fest.

»Wer?«, fragte Rose.

»Lord Felton natürlich.« Sie drückte sich durch die Menge der Ballgäste, um in seine Nähe zu gelangen. Prudence und Rose folgten ihr. Dabei kamen sie an Lord Spinner vorbei, der mit seinem Gehstock den Pfau anstieß, damit dieser ein Rad schlug. Frances drängte sich rasch an ihm vorbei. Als sie nicht mehr weit von Lord Felton entfernt war, blieb sie stehen und tat, als würde sie sich mit den Freundinnen unterhalten, dabei blickte sie immer wieder zu ihm hinüber. Der Lord scherzte mit seinen Freunden. Als er lachend den Kopf in den Nacken warf, legte er eine Hand auf den Rücken des Mannes mit dem gestochenen Profil und glänzend schwarzen Haaren. Diesen gut aussehenden Gentleman hatte Frances bisher jedes Mal in der Entourage des Lords gesehen.

Sie setzte ein starres Lächeln auf und hoffte darauf, dass sich ihre und die Augen des Lords endlich treffen würden, doch er machte nicht einmal Anstalten, in ihre Richtung zu blicken. Dafür war er zu sehr in das Gespräch mit seinen Freunden vertieft. Enttäuscht vermutete sie schon, dass es ein langweiliger Ball werden würde, als sie ihre neue Bekanntschaft aus dem Hydepark entdeckte. Der Gentleman verneigte sich in ihre Richtung und steuerte sogar auf sie zu.

»Wer ist das?«, fragte Prudence erstaunt.

»Lord Greenham.«

»Ein Lord? Hat er ein großes Vermögen?«

»Glaubst du, das frage ich, sobald mir ein Gentleman vorgestellt wird?«, lachte Frances. Bevor er sie jedoch erreicht hatte, trat Daniel in seinen Weg, beugte sich vor und raunte Lord Greenham etwas ins Ohr, woraufhin dieser sich umdrehte und aus Frances' Blickfeld verschwand. Irritiert sah sie zu, wie Daniel ebenfalls in der Menge abtauchte. Sie verstand nicht, was das zu bedeuten hatte, und fühlte Wut in sich aufsteigen. Sie wollte unbedingt wissen, warum Daniel das getan hatte.

»Ich muss austreten«, behauptete sie und ging ihm eilig nach.

»Was hast du vorhin zu Lord Greenham gesagt?«, fuhr sie ihn an, nachdem sie ihn eingeholt hatte.

Daniel reagierte ertappt. »Nichts Besonderes.«

»Es sah aus, als wollte er mich begrüßen. Dann hast du mit ihm geredet, und danach ist er verschwunden.«

»Keine Ahnung, vielleicht hat er eine Verabredung vergessen?«, erwiderte er. Es war offensichtlich, dass er log, so wie er ihrem Blick auswich.

»Ich glaube, er wollte mich zum Tanzen auffordern, und du hast das verhindert«, insistierte sie.

»Das war nur zu deinem Besten.«

»Das entscheide immer noch ich«, funkelte sie ihn an.

»Er hat sechs Kinder mit fünf Geliebten«, entfuhr es Daniel.

Frances reagierte verblüfft. Die Vorstellung fand sie abstoßend, aber das wollte sie nicht zugeben: »Das gibt dir nicht das Recht, dich in mein Leben zu drängen«, fuhr sie ihn an. »Du hast wohl vergessen, dass du nicht wirklich mein Bruder bist.«

Er sah aus, als wolle er noch etwas sagen, entschied sich dann anders und ließ sie einfach stehen. Sie blickte ihm aufgebracht nach.

»Hier bist du!« Rose kam mit Prudence zu Frances und drückte ihr ein Glas Bowle in die Hand. Sie trank durstig davon.

»Wenn das so weitergeht, ist diese Saison ein einziger Reinfall«, prophezeite sie düster. »Ich werde nie einen Mann finden, den ich heiraten will, und ewig mit meiner Mutter zusammenleben müssen. Ach, warum kann ich nicht einfach machen, was mir gefällt?«

»Und was wäre das?«, fragte Rose.

Erstaunt sah Frances sie an. Darüber hatte sie noch nie richtig nachgedacht. »Ich hätte gerne ein Haus«, platzte sie spontan heraus. »Ein Haus für Frauen und Mädchen, die nicht zwingend heiraten wollen oder können. Ein Ort, wo sie erst mal lernen, wer sie überhaupt sind.«

»Also ein Mädchenpensionat«, zog Prudence sie spöttelnd auf.

Bevor Frances etwas erwidern konnte, wurde sie von Lord Spinner mit einer Verbeugung begrüßt. »Miss Darlington! Erweisen Sie mir die Ehre des nächsten Tanzes.«

Es war keine Frage, es war nahezu eine Anweisung, denn er bot ihr bereits den Arm an, ohne auf ihre Antwort zu warten. Aus den Augenwinkeln bemerkte sie, wie Daniel sie beobachtete, und wandte demonstrativ den Kopf ab. Er sollte nicht glauben, dass sie ihm seine Einmischung so rasch verzeihen würde.

»Ich bedaure, der nächste Tanz ist längst reserviert«, log sie, wobei sie ihr Handgelenk, an dem die Karte hing, auf die die Namen der Tanzpartner geschrieben wurden, so drehte, dass Lord Spinner nicht erkennen konnte, wie leer diese war.

»Sind Sie sicher?«, fragte er.

»Ja.« Frances lief nun doch widerwillig auf Daniel zu, der sich mit ein paar Herren unterhielt. Eigentlich war sie noch über sein Verhalten verärgert, aber sie brauchte dringend Hilfe. Zur Not auch seine. »Du musst mich retten«, platzte sie heraus. Erst in diesem Augenblick bemerkte sie, dass es Lord Feltons Entourage war, mit der Daniel geredet hatte.

»Was ist denn?«, fragte er besorgt.

»Ich will nicht mit Lord Spinner tanzen, deshalb habe ich behauptet, ich wäre für die nächsten Tänze versprochen.«

»Du hast ihn angelogen?« Daniel sah erstaunt aus.

»Was hätte ich denn sonst tun sollen?«, rechtfertigte sie sich. »Wenn ich nicht Nein sagen kann, weil das als Affront gelten würde, und ich ihn aber partout nicht will. Also was ist, hilfst du mir?«

Daniel zögerte. »Ich würde ja gerne, aber ich habe den Tanz schon jemandem versprochen.« Enttäuscht sah Frances ihn an.

»Wenn ich in diesem Fall um den nächsten Tanz bitten dürfte«, mischte sich Lord Felton ein. Er hielt ihr auffordernd den Arm hin. Erleichtert legte sie ihre Hand auf seinen Arm und ließ sich von ihm zur Tanzfläche führen. Dabei machte er einen großen Bogen durch den Saal und sorgte dafür, dass sie an Lord Spinner vorbeikamen, der sie mit zusammengekniffenen Augen beobachtete. Auf der Tanzfläche stellte er sich ihr gegenüber auf.

»Danke für die Rettung«, sagte sie. Sie knickste zusammen mit den anderen Frauen, als das Orchester zu spielen anfing. Er grinste. »So bin ich. Immer zu Diensten, wenn eine Jungfrau in Nöten mich braucht. Außerdem kann ich Lord Spinner nicht ausstehen, weil er mir eine Zuchtstute vor der Nase weggekauft hat.«

»Die Abneigung gegen den Lord haben wir schon mal gemeinsam«, entgegnete sie. Ihr Partner lachte auf.

»Sie sind wie immer sehr geradeheraus, Miss Darlington.«

»Und das finden Sie gut oder schlecht?«, fragte sie nicht minder direkt.

Er lächelte undurchdringlich. »Von allen Frauen bevorzuge ich die selbstbewussten.«

Sie war sicher, dass er mit ihr flirtete, und hätte dies gerne noch etwas ausgereizt, doch der Tanz sah bedauerlicherweise vor, dass sie beständig hüpfend die Partner wechseln mussten, so dass Frances ganz atemlos wurde. Als die Musik aufhörte und sie sich in die Schlussposition stellte, war sie endlich wieder mit dem Lord vereint. Er nahm ihre Hand und deutete einen Kuss an. Schon erwartete sie, dass er sie um einen nächsten Tanz bitten oder ihr anbieten würde, eine Erfrischung zu besorgen, stattdessen verbeugte er sich und verschwand. Sie wurde aus seinem Verhalten einfach nicht schlau.

»Ich bin so froh, dass es heute mal keinen Ball gibt«, gab Rose am nächsten Morgen beim Frühstück zu, als Frances, Daniel und Rose unter sich waren.

»Schwächelst du schon? Da dachte ich, ihr Debütantinnen könnt gar nicht genug davon kriegen, eure Locken mit dem heißen Eisen zu versengen und euch von alten Lords beim Tanzen auf die Füße treten zu lassen«, zog ihr Bruder sie liebevoll auf.

»Haha«, machte Rose nur. Frances, die ihre heiße Schokolade schlürfte, dachte daran, dass ihr ein weiterer Ball gar nicht ungelegen käme. Sie würde gerne Lord Felton wiedertreffen. Gedankenverloren kratzte sie an dem Schorf, der sich auf ihrer Wange gebildet hatte.

»Nicht, sonst blutet es.« Daniel hielt ihre Hand fest. Sie konnte die winzigen Stoppeln über seiner Oberlippe erkennen, so nah war er ihr.

»Und was machen wir heute?« Mit diesen Worten platzte Prudence herein. »Wollen wir einkaufen gehen?«

Rose stöhnte auf. »Schon wieder? Ernsthaft? Wir machen gar nichts anderes als einkaufen, uns umziehen, spazieren gehen, uns wieder umziehen, Essenseinladungen oder Bälle ... Die Tage vergehen, ohne dass ich das Gefühl habe, auch nur eine einzige Stunde davon sinnvoll verbracht zu haben.«

Erstaunt sah Prudence sie an. »Wie meinst du das? Das ist doch alles sinnvoll, weil es uns dabei hilft, einen Ehemann zu finden. Was willst du denn sonst tun?«

»Ich weiß nicht, aber sag mal, Pru, geht es dir denn gar nicht auf die Nerven, schon wieder eine Kutschfahrt durch den Hydepark zu machen?«

»Willst du lieber zu Hause sitzen und darauf hoffen, dass sich durch Zufall ein Duke oder Lord zu dir verirrt?«

»Franny, sag wenigstens du, dass du verstehst, was ich meine«, bat Rose.

Zögerlich nickte sie. »Ja, aber da der ganze Sinn der Debütantinnensaison darin besteht, einen Ehemann zu finden, hat Pru auch wieder recht.«

Unzufrieden nahm Rose ihre Teetasse in die Hände. »Ich wünschte nur, ich wäre nie Debütantin geworden.«

»Wie wäre es mit einem Ausritt?«, lenkte Daniel seine Schwester ab. Rose war einverstanden, während Frances mit gemischten Gefühlen an das Pferd dachte.

»Muss das sein?«, fragte sie. Da wurden sie von dem Gebell unterbrochen, mit dem Muzzle in den Speisesaal stürmte. Lady Darlington folgte kurz darauf. Sie strahlte derart zufrieden, dass Frances eine ungute Vorahnung beschlich.

»Es gibt exzellente Neuigkeiten, mein Kind«, verriet die Lady. »Lord Spinner will dir seine Aufwartung machen.« Prudence' Augen weiteten sich interessiert.

»Ich habe keine Zeit, ich reite mit Rose, Pru und Daniel aus«, erwiderte Frances hastig.

»Selbstverständlich hast du Zeit«, entschied ihre Mutter und wandte sich an die anderen: »Wenn ihr bitte gehen könntet.«

»Nein«, entfuhr es Frances.

»O doch«, insistierte Lady Darlington und winkte die anderen nach draußen. Daniel wirkte, als ob er noch etwas sagen wollte. Angesichts von Lord Spinner, der mit einem Strauß Blumen im Raum auftauchte, schwieg er und ging.

»Warte!«, rief Frances und wollte ihm nach, aber ihre Mutter versperrte ihr den Weg.

»Du wirst dich schön mit Lord Spinner alleine unterhalten. Rose, nach dir«, kommandierte Lady Darlington. Die Freundin verzog entschuldigend das Gesicht, bevor sie ging.

»Aber …« Frances konnte nicht verhindern, dass sie mit dem Lord allein zurückblieb. Sie wünschte sich weit weg und drehte ihm den Rücken zu, damit er nicht wieder in ihren Ausschnitt starrte.

»Der Himmel sieht ganz hell aus.« Nervös blickte sie aus dem Fenster. »Immerhin regnet es nicht. Das ist das beste Wetter, um spazieren zu gehen, finden Sie nicht auch? Waren Sie schon in Kensington Gardens? Da möchte ich dringend einmal hin …« Vor lauter Angst vor einer Gesprächspause vergaß sie Luft zu holen. Sie hörte, wie ihre Stimme immer schneller und schriller wurde, während sie über Kutschenrennen und andere Nichtigkeiten redete, um zu verhindern, dass der Lord das Wort ergriff. Kaum musste sie Luft holen, trat er zu ihr heran und räusperte sich: »Ich habe mich entschieden, Sie zur Frau zu nehmen.«

»Warum?« Entsetzt wich sie vor ihm zurück.

Er wirkte befremdet über ihre Reaktion. »Nun, ich möchte einen Erben zeugen. Sie sind jung, stammen aus einem guten Stall, bringen die für mich wichtigen Attribute einer Frau mit …« Dabei linste er unverhohlen in ihr Dekolleté. »Und Ihre Mutter hat mir versichert, dass mein Antrag willkommen ist.«

»Was?« Frances konnte es einfach nicht glauben.

»Ich denke, wir legen den Hochzeitstermin auf Anfang Mai und reisen danach aus London ab.«

»Ich will nicht«, entfuhr es ihr.

»Das Land ist um diese Jahreszeit viel angenehmer«, erwiderte er. »Ich bleibe im Frühling und Sommer nie länger als unbedingt nötig in der Stadt.«

»Das meine ich nicht. Ihr Antrag ehrt mich. Sicherlich. Aber ich möchte Sie nicht heiraten.«

Er lächelte dünn. »Es besteht keine Veranlassung zur falschen Bescheidenheit, Miss Darlington.«

»Ich meine das ernst.« Sie sprang auf, ging zur Tür und öffnete diese. Ihre Mutter stand davor. Muzzle, der zu ihren Füßen kauerte, bellte den sichtlich irritierten Lord an.

»Gratulation.« Strahlend ging Lady Darlington auf Lord Spinner zu. »Ich freue mich, Sie als Teil der Familie zu begrüßen.«

»Du irrst dich, Mutter«, sagte Frances zitternd. »Ich habe den Antrag des Lords abgelehnt.«

»Unfug!« Ihre Mutter sah zunächst ungehalten aus, dann setzte sie ein falsches Lächeln auf. »Das sind nur die Nerven. Liebster Lord, Sie wissen ja, wie junge Mädchen sind, scheu wie Rehe, leicht zu verunsichern. Natürlich wird meine Tochter Sie heiraten.«

»Das werde ich nicht«, versicherte Frances und stürmte aus dem Raum, bevor ihre Mutter weiter darauf beharren konnte.

»Du bleibst hier«, kommandierte Lady Darlington vergeblich, denn sie lief, so schnell sie konnte, die Treppe hinauf in ihr Zimmer und schloss die Tür hinter sich. Um zu verhindern, dass jemand hereinkam, schob sie eine Truhe davor und setzte sich darauf. Ihr Blick fiel auf das Bild, das Prudence gemalt hatte und das über dem Waschtisch hing: die drei Freundinnen als winzige Gestalten vor dem Mädchenpensionat. Wie glücklich sie wäre, wenn sie für immer mit Rose und Prudence zusammenbleiben könnte, anstatt einen abstoßenden Mann zu heiraten, nur weil dieser ein reicher Lord war.

Kurz darauf wurde die Türklinke mehrmals heruntergedrückt. »Frances, mach sofort die Tür auf.« Die Lady klopfte. Und klopfte immer stärker. »Frances!«

»Ich will den alten Lord nicht zum Mann«, schrie sie. »Lieber sterbe ich.«

Kapitel 10

Frances war bewusst, dass die Weigerung, Lord Spinner zu heiraten, einer Kriegserklärung an ihre Mutter gleichkam. Als sie viele Stunden später ihr Zimmer wieder verließ, um am Tee teilzunehmen, wappnete sie sich für eine Strafpredigt, bevor sie den Salon betrat. Womit sie nicht gerechnet hatte, war der Gleichmut, mit der ihre Mutter ihr begegnete. Lady Darlington nippte ungerührt an ihrer Porzellantasse. Als Muzzle zu Frances lief, um sie zu begrüßen, und ihre Finger leckte, rief die Lady ihn nicht einmal zurück. Erstaunt setzte Frances sich neben Rose auf eines der ziselierten Sofas, dabei behielt sie den Rücken durchgedrückt und wartete auf Konsequenzen. Aber so sehr sie auch wartete, es kam nichts. Die Mutter erwähnte den Antrag mit keinem einzigen Wort. Sie sagte nicht einmal etwas, als ihre Tochter sich ein zweites Stück Kuchen nahm. Überrascht blickte Frances zu ihr, dann brach sie eine Ecke vom Früchtekuchen ab und fütterte den schwanzwedelnden Mops damit. Vielleicht hatte die Lady in den letzten anderthalb Jahren erlebt, wie einsam sie ohne ihre Töchter war, vielleicht war sie dadurch milder geworden. Ihr Erstaunen drückte sie in einen Brief an Anthea aus, den sie am Abend schrieb:

Es besteht noch Hoffnung, dass, auch wenn ich so bald keinen Heiratskandidaten finde, die Zeit zusammen mit Mutter nicht ganz so schrecklich wird, wie ich befürchtet habe.
Übermittle bitte meine liebsten Wünsche an Warwick und Lillias.
Ich küsse Dich. Deine Schwester Frances
London, 17ter April 1809
PS: Schreib mir, sobald Du Dein Baby geboren hast! Ich bin schon so gespannt, ob ich eine weitere Nichte oder einen Neffen bekommen werde.

»Wie kann Lady Darlington nur davon ausgehen, dass Lord Spinner der geeignete Mann für dich wäre? Ihr kennt euch ja gar nicht«, wunderte sich Daniel, während er ihr nach dem Frühstück am nächsten Tag wieder auf sein Pferd half.

»Sie will unbedingt, dass ich einen Lord heirate«, gab Frances zurück. Daniel kniff die Lippen zusammen.

»Diese Fixierung auf einen Titel ist doch längst überholt. Mittlerweile sind etliche Kaufleute und Fabrikbesitzer reicher als manche Lords«, erwiderte er nach einem kurzen Augenblick.

»Mag sein, nur ändert das nichts daran, dass ein Lord in der Gesellschaft wesentlich mehr zählt als ein Kaufmann«, mischte sich Prudence ein, die bereits auf ihr Pferd gestiegen war. »Wenn du clever genug bist, kannst du viel Geld verdienen. Aber an einen Titel kommst du nur, wenn ihn dir der König verleiht. Das wird immer etwas Besonderes bleiben. Selbst in zweihundert Jahren.«

»Das haben die Franzosen sicher auch gedacht. Vor der Revolution«, konterte Daniel und prüfte, ob Frances richtig im Damensattel saß. Sie zuckte zurück, als sich seine Hand ihrem unteren Rücken näherte.

»Die Franzosen sind eben barbarisch«, setzte Prudence hinzu und zupfte die Schleife an ihrem Hut zurecht. »Es kann nicht mit rechten Dingen zugehen, wenn sich ein Mann wie Napoleon einfach selbst zum Kaiser ernennt, wo kommt man denn da hin? Dann bin ich jetzt die Queen?«

»Queen Prudence die Erste«, witzelte Rose. »Und ich bin der König. Von da an lebten sie glücklich bis ans Ende ihrer Tage.«

Frances beobachtete, wie Daniel darüber lächelte. Als jüngster Sohn eines Baronets gehörte er zum untersten Adel und wäre immer nur ein einfacher Mister geblieben, wenn er nicht zum Militär gegangen wäre. Kein Wunder, dass er vererbten Titeln kritisch gegenüberstand.

Als sie zu viert durch den Hydepark ritten, fiel Frances etwas zurück, da Thane stehen blieb und an den Frühlingsblumen zu knabbern begann. Sie musste sich derweil darauf konzentrieren, Knie und Unterschenkel fest an sich heranzudrücken, um nicht herunterzurutschen. Daniel schnalzte mit der Zunge und trieb seinen Hengst wieder an, so dass sie zu den Freundinnen aufschließen konnte. Mit halbem Ohr hörte sie zu, wie Daniel den Zweck für das kleine am Serpentine River errichtete Haus erklärte: »Hier werden die Menschen wiederbelebt, die ertrinken oder bei Eis einbrechen. Falls sie überhaupt von den Toten auferweckt werden können.«

»Beruhigend zu wissen«, warf Frances ein. »Dann bringt mich da bitte hin, wenn ich vom Pferd stürze.« Bereits auf der Hälfte des Weges spürte sie jeden Zentimeter ihres Hinterns und konnte es nicht abwarten, sich endlich zum Tee aufs Sofa setzen und entspannen zu können.

»Die Köchin hat Crumpets gebacken«, erwähnte Rose aufmunternd, als sie den Stall wieder erreicht hatten und abstiegen. Bei dem Gedanken an die Hefe-Pannekuchen mit geschmolzener Butter und Marmelade lief Frances das Wasser im Mund zusammen. Mit noch immer zitternden Oberschenkeln eilte sie ins Haus.

»Zieh dich um. Wir machen einen Charity-Besuch«, empfing ihre Mutter sie.

»Ich will erst einen Tee trinken«, erwiderte sie in Gedanken an das leckere Gebäck.

»Dafür ist später noch Zeit. Beeil dich.« Lady Darlington ließ sich nicht erweichen.

»Ich lasse dir ein paar Crumpets aufheben«, raunte Daniel ihr zu, als Frances die Treppe hinaufstieg, um den Reitanzug gegen ein Tageskleid zu tauschen.

Sie schritten durch die gepflegte Grünanlage auf das Bethlem Royal Hospital zu, ohne sich nach den beiden Dienstmädchen umzudrehen, die mit kleinen Kuchen gefüllte Körbe trugen, die die Köchin der Oakleys gebacken hatte. Frances wunderte sich über die menschenfreundliche Geste der Mutter, denn bisher hatte sich Lady Darlington nicht gerade durch Großzügigkeit den Armen gegenüber ausgezeichnet, nicht einmal zu Hause in Darlington Mews. Aber sicherlich gehörte es zu den Pflichten einer Debütantin dazu, karitativ tätig zu sein, so wie sie sich auf Bällen und in Parks zu sehen lassen hatte. In ihrer Vorstellung verteilten die Mutter und sie die Küchlein an kranke Menschen, die ermattet in sauberen Betten lagen. Womöglich gab es einen rührigen alten Mann, zu geschwächt, um den Kuchen selbst in die Hand nehmen zu können, so dass sie ihm kleine Stücke davon abbrechen würden. Frances warf einen flüchtigen Blick zu den steinernen Figuren, die den Eingang zum Hospital schmückten. Die rechte aus Stein gehauene Statue zeigte einen nackten Mann in Ketten, der mit einem gepeinigten Gesichtsausdruck in den Himmel blickte. Es schien ihr ein schlechtes Omen zu sein.

Kaum waren sie eingetreten, drang ihnen ein muffiger Geruch entgegen. Als von den Untiefen des Gebäudes her ein gellender Schrei erklang, stolperte Frances auf dem unebenen Boden und konnte sich gerade noch abfangen. Sie ahnte allmählich, warum Lady Darlington ihren Mops zu Hause gelassen hatte, anstatt ihn mit zu den Kranken zu nehmen. Mit immer stärkerem Unwohlsein folgte sie ihrer Mutter, die einem Portier die gestempelte Erlaubnis für den Besuch zusammen mit einer Münze überreichte, woraufhin dieser seine Mütze vom Kopf nahm und buckelte: »Mylady, zu Ihren Diensten. Was möchten Sie denn gerne sehen? Den wahnsinnigen Mörder, der seine Frau geköpft hat?« Frances warf einen Blick auf die Dienstmädchen, die mit einer Mischung aus Neugier und Angst zuhörten. Als ein weiterer Schrei erklang, drängten sie sich mit weit geöffneten Augen aneinander.

»Oder steht Ihnen der Sinn mehr nach dem gottverlassenen Kerl, der sich beide Ohren abgeschnitten hat und seitdem nur noch Hymnen singt?«, fuhr der Portier fort. »Mit einer sehr schönen Stimme, wenn ich das sagen darf.«

»Wir sind hier, um mit unserem Besuch das Leid von armen Frauen zu mildern«, erklärte Lady Darlington von oben herab.

»Wie Mylady wünschen. Wenn Ihnen nach Amüsement ist, wir haben auch eine Insassin, die glaubt, sie wäre Marie Antoinette. Wenn Sie mir bitte folgen.«

Die Schreie dauerten an, als sie dem Portier durch die hohe Halle nachgingen, der sie zu einem Gang mit lauter Türen führte, in dem es nach Kohl und Exkrementen roch. Lady Darlington nahm ein parfümiertes Tuch aus ihrem Beutel und hielt es sich unter die Nase. Frances betrachtete derweil die Wände, die so schief waren, als würden sie jederzeit über ihnen zusammenbrechen können. »Die Frauen sind hier untergebracht«, erklärte der Portier. »Seit der linke Flügel geräumt wurde. Das Dach, wissen Sie. Die Männer sind eine Etage weiter oben. Wir haben vor allem Soldaten hier. Die denken, sie kämpfen immer noch gegen die Franzosen.« Sein Lachen klang nicht weniger manisch als das regelmäßig anschwellende Geschrei. Frances musste unwillkürlich an Daniel denken. Zum Glück war er unbeschadet aus dem Krieg zurückgekehrt.

Ihnen kam eine Frau mit verfilzten Haaren entgegen und streckte Hände nach ihnen aus, die ganz verschmutzt waren. Als sie versuchte, Lady Darlingtons Hut anzufassen, wich diese angewidert zurück. Der Portier schubste die Frau von ihnen weg. »Lass die Herrschaften in Frieden, Anny.«

»Miauuu«, fauchte die Frau.

Er drehte sich zu ihnen um und zog eine vergnügte Grimasse. »Katzen-Anny hat versucht, ihren Mann zu ertränken. Weil sie sich verliebt hat und den Liebsten heiraten wollte. Einen Kater.«

»Einen Kater? Sie hat sich in einen Kater verliebt?« Lady Darlington sah ungläubig aus. Frances fragte sich, was sie für ein Gesicht gemacht hätte, wenn es stattdessen ein Mops gewesen wäre. Sie griff in einen der Körbe, holte einen Kuchen heraus und gab ihn Anny, die sofort hineinbiss. »Miau«, machte die Frau wieder. Diesmal klang es wie ein Schnurren.

Der Portier hielt an einer Tür und öffnete das kleine Fenster darin. In der Zelle hörten sie ein Kreischen. »Das ist unsere Queen«, grinste er. »Sie stammt von einer ganz hohen Familie ab. Na, hier drinnen sind alle gleich ga-ga.« Dabei verdrehte er die Augen und trat zur Seite, damit Lady Darlington und Frances einen Blick in die Zelle werfen konnten. »Sie können auch zu ihr, wenn Sie möchten. Die Queen kann Ihnen nichts tun. Sie liegt in Ketten.«

»Nein, danke.« Frances schüttelte den Kopf.

»Du vergisst, warum wir hier sind«, sagte Lady Darlington. »Bring der Frau einen Kuchen. Nun mach schon.«

»Warum machst du das nicht, Mutter? Es war immerhin deine Idee, hierher zu kommen«, entgegnete sie unwirsch.

»Du tust, was ich dir sage«, bestimmte die Lady. Sie sprach keine Drohung aus, das musste sie gar nicht. Frances spürte, wie ernst es ihr war. Der Portier öffnete die Tür und hielt sie ihr auf. »Nur Mut«, lachte er.

Sie nahm einen der Kuchen und betrat zögerlich die Zelle. Der Gestank nach Urin stach ihr in die Nase. Die Luft anhaltend, ging sie auf die Frau zu, deren Gestalt weitgehend von einer fleckigen Decke verhüllt war. Bloß ein kahl geschorener Kopf und nackte Füße ragten hinaus. Zögerlich streckte Frances die Hand mit dem Kuchen aus.

»Sie müssen näher ran. Wie gesagt, die Queen ist in Ketten. So weit kommt sie nicht«, meldet sich der Portier zu Wort. Die Art und Weise, wie er über die Menschen sprach, die unter seinem Schutz standen, stieß Frances auf, daher näherte sie sich der Frau mit einem entschuldigenden Lächeln und hielt ihr den Kuchen hin. Mit einem Mal schoss eine Hand unter der Decke hervor und entriss ihr das Gebäck. Erschrocken wich Frances einen Schritt zurück. Sie hatte gesehen, dass die Frau bis auf die Decke und die Ketten, die mit Eisenringen um ihre Handgelenke befestigt waren, nackt war. Was auch immer hier in dem Hospital passierte, es war fürchterlich.

»Können Sie die Frau denn nicht aus den Ketten befreien?«, fragte sie den Portier.

»Damit die Queen schlägt, kratzt und beißt?« Er schüttelte belustigt den Kopf.

»Wir wollen weiter«, drängelte Lady Darlington. Frances, die kurz gehofft hatte, dass sie diesen abscheulichen Ort verlassen würden, musste ihrer Mutter und dem Portier noch zu weiteren Türen folgen. Die Lady bestand darauf, in jede der Zellen zu blicken und zu erfahren, warum die Frauen dort festgehalten wurden.

»Die hier hat ihrer Familie erklärt, dass sie niemals einen Mann heiraten wird, weil sie selbst einer ist. Haben Sie jemals so etwas gehört? Sie ist in einer Kirche aufgelaufen und wollte ihre Freundin heiraten«, kicherte der Portier. »Ihr Bruder hat sie hergebracht.« Frances blickte in die Zelle, wo die Person, von der der Mann redete, im Kreis herumlief. Mit einem Mal blieb sie stehen. Als sich ihre Augen trafen, meinte Frances, tiefen Schmerz darin zu lesen, und sie senkte beschämt den Blick.

»Gib ihr schon einen Kuchen«, forderte ihre Mutter sie auf. Frances reichte das Gebäck durch das Fenster der Zelle. Die Person sah sie ernst an, reagierte aber nicht weiter. Mit den kurz geschorenen Haaren hätte Frances nicht sagen können, ob der abgemagerte und dreckige Mensch in dem weiten Kittel eine Frau oder ein Mann war, aber die Ärzte des Hospitals hatten ihn zu den Frauen gesteckt. »Bitte.« Sie hielt der Person den Kuchen noch einmal hin. In ihrem Rücken begannen der Portier und ihre Mutter eine Unterhaltung.

»Bitte«, wiederholte sie. Die Person kam in schnellen Schritten zu ihr. Um die Augen hatte sie dunkle Ringe, und ihre Wangen sahen eingefallen aus. Jetzt konnte Frances die Rundung von Brüsten erkennen, die sich unter dem Kittel abzeichneten. Der Mensch schien nach dem Kuchen zu greifen, hielt stattdessen aber Frances' Handgelenk fest. Sie erschrak, weil sie nicht damit gerechnet hatte.

»Ich will raus hier«, bat die Person flehentlich. »Kannst du mich rausholen?«

Frances' Lippen schienen wie verklebt zu sein. »Nein«, presste sie mühsam hervor. Die Person ließ sie los, ignorierte den Kuchen und fing wieder an, ihre Runden in der Zelle zu drehen. Frances standen Tränen in den Augen. Wie durch einen Schleier blickte sie in die nächsten Zellen, in denen weitere unglückliche Menschen festgehalten wurden. Nachdem alle Kuchen verteilt worden waren, ließ sich Lady Darlington endlich zum Ausgang führen. Als der Portier die schwere Tür öffnete, atmete Frances auf. Auch die beiden Dienstmädchen konnten nicht schnell genug an die frische Luft kommen. Hastig liefen sie auf dem Weg durch die Grünanlage voraus. Das satte Frühlingsgrün, das leuchtende Gelb der Narzissen und das kräftige Rot der Tulpen standen im krassen Kontrast zu dem schmutzigen Elend im Hospital. Obwohl Frances an der Seite ihrer Mutter mehr und mehr Abstand zwischen sich und die Insassen legte, hörte sie noch immer deren Schreie in ihrem Kopf und die flehende Bitte der Person, sie herauszuholen.

»Das war entsetzlich«, sagte Lady Darlington und spannte einen Sonnenschirm auf, obwohl der Himmel grau verhangen war. »Diese gottlosen Gestalten. Geh und besorg uns eine Mietkutsche«, befahl sie einem der Dienstmädchen. »Es ist so tragisch. Die armen Familien hatten nur das Beste für ihre Töchter im Sinn, aber die waren so verrückt, sich dagegen zu wehren. Ach, ach, ach. Und da kein reicher Mann so gütig war, sie zu heiraten, ist den Familien nichts anderes übrig geblieben, als die verstörten Geschöpfe ins Hospital zu schicken. Was ist mit dir? Geht es dir nicht gut?«

Frances hatte während der Worte ihrer Mutter zu zittern angefangen. Und sie konnte nicht mehr damit aufhören.

Ihre Augen waren vom Weinen geschwollen, und ihr Mund fühlte sich trocken an. Frances griff nach einem Glas mit Wasser neben ihrem Bett und trank gierig. Sie hatte um die

Frauen und den selbsterklärten Mann im Hospital und um sich selbst geweint, und jetzt hatte sie keine Tränen mehr übrig. Um durchzuatmen öffnete sie das Fenster. Die kühle Luft tat ihrem heißen Gesicht gut. Einer Eingebung folgend, setzte sie sich auf das Fensterbrett und streckte ihre Beine nach draußen. Unter ihr wurde das Dach des Anbaus vom Mondschein schwach beleuchtet. Ein kräftiger Windhauch vertrieb den drückenden Rauch aus den Schornsteinen. Da die Rauchdecke über der Stadt trotzdem noch immer viel zu dicht blieb, waren keine Sterne am Himmel zu erspähen. Immerhin ließen die entzündeten Gaslaternen erahnen, wo die Straßen verliefen. In der Ferne miaute eine Katze. Unweigerlich musste Frances an die Frau im Hospital denken, die geglaubt hatte, eine Katze zu sein. Von ihr wanderten ihre Gedanken zu der Frau, die lieber ein Mann sein wollte. Sie fragte sich, ob es verrückt war, so etwas zu denken. Schließlich hatte sie selbst schon oft Männer um ihre Macht und Entscheidungsfreiheit im Leben beneidet. Hatte sich vorgestellt, wie ihr Leben verlaufen würde, wenn sie nicht dazu verdammt wäre, eine Frau zu sein. Aber sie hatte sich dabei nie gewünscht, wirklich ein Mann zu sein, sie hatte sich nur die gleichen Rechte wie die Männer erhofft. Sie konnte sich einfach nicht ausmalen, wie fürchterlich es sein musste, sich als Mann zu fühlen, aber in einem Frauenkörper festzustecken.

Frances fröstelte, doch sie wollte noch nicht wieder zurück ins Zimmer klettern. Stattdessen ließ sie sich auf das Dach unter ihr hinab und wickelte ihre eiskalten Zehen in den Saum des Nachthemds ein. Sie musste nachdenken, musste eine Lösung für das Problem finden, das sich vor ihr aufgetan hatte. Um nichts in der Welt mochte sie mit Lord Spinner verheiratet werden. Aber das Letzte, was sie wollte, war, wegen ihrer Weigerung für den Rest ihres Lebens in einem Asylum zu landen.

»Was tust du da?« Es war Daniel, der ein Fenster geöffnet hatte. Sein Umriss wurde von dem Schein einer Kerze beleuchtet.

»Ich denke nach«, erwiderte sie.

»Stört es dich beim Nachdenken, wenn ich zu dir komme?«

»Nein.« Sie hörte, wie er über die Dachschindeln zu ihr kletterte. Als er sich neben sie setzte, berührte seine Schulter beinahe die ihre, und sie lauschte seinem regelmäßigen Atem.

»Alles gut bei dir?«, frage er nach einer Weile und hielt ihr etwas hin, was sie als Crumpet identifizierte. Sie schüttelte den Kopf. Ihr Hals war wie zugeschnürt.

»Meine Mutter wird mich ins Asylum stecken, wenn ich nicht tue, was sie will«, platzte es vor lauter Verzweiflung aus ihr heraus. Für einen Moment herrschte wieder Schweigen zwischen ihnen.

»Deine Mutter will dich unter Druck setzen, damit du den alten Lord heiratest. Aber sie würde dich garantiert nicht für verrückt erklären lassen, davon hätte sie ja nichts«, sagte Daniel ungläubig.

»Du kennst sie nicht. Sie musste sehr darum kämpfen, nach dem Skandal mit Anthea überhaupt wieder in der Gesellschaft toleriert zu werden. Sie hat es gerade erst geschafft, dass ein Teil der Ladys sie öffentlich begrüßt.« Frances spürte die Bürde so stark wie nie zuvor, die ihr mit Antheas Verschwinden auferlegt worden war. »Meine Mutter wird unter gar keinen Umständen zulassen, dass sie von einer weiteren Tochter blamiert wird.« Lady Darlington konnte skrupellos sein, das wusste Frances. Trotzdem wollte sie Lord Spinner nicht heiraten. Daher musste sie einen Ausweg finden, denn mit offener Rebellion kam sie nicht weiter. Sie war genötigt, auf eine Lösung zu kommen, der sich ihre Mutter nicht verweigern konnte. Am erfolgversprechendsten erschien ihr ein Heiratsantrag von jemandem, der besser war als der alte Lord. Sie blickte Daniel an, dessen Profil sie im Mondschein ausmachen konnte. Er würde ihr vielleicht helfen können. »Tust du mir einen Gefallen?«

»Wenn ich kann.« Er klang zögerlich.

»Ich will so bald wie möglich heiraten, verstehst du. Wenn ich schnell einen akzeptablen Mann finde, der mir einen Antrag macht, dann wird meine Mutter nicht mehr auf Lord Spinner bestehen.«

»Und du meinst … Ich … Wir …« Es schien, als würde er nachdenken.

»Du bist der schnellste Weg dorthin. Immerhin kennst du Lord Felton noch von früher.«

»Lord Felton?« Er klang überrascht.

»Du warst mit ihm in Eton. Was kannst du mir von ihm erzählen? Was ist er für ein Mensch?«

»Du willst ihn heiraten?« Seine Stimme klang alles andere als enthusiastisch.

»Er ist meine einzige Chance. Immerhin ist er mächtig und reich genug, so dass meine Mutter keinen Einspruch gegen eine Vermählung einlegen würde. Einen, der von geringerem Stand ist und weniger Geld hat als der Lord, brauche ich gar nicht erst anzuschleppen.«

»Ah.« Die Pause, die entstand, dehnte sich aus. Wie eisige Finger, die sich auf ihre Haut legten, kroch die Kälte Frances' Beine hoch. Doch sie wollte noch nicht von Daniel weg.

»Ich kann dir nicht viel darüber sagen, was er jetzt macht oder wie er ist«, erwiderte er endlich. Seine Stimme hörte sich seltsam belegt an. »Wir waren fast noch Kinder, als wir uns kannten.«

»Erzähl mir davon.«

Er lehnte sich zurück und stützte sich auf den Armen ab. Dabei kam seine Hand nah an ihrer zu liegen. »Wir sind uns als Schüler in Eton begegnet. Da waren wir beide neun Jahre alt. Eton, das war eine Welt für sich. Wir waren den ganzen Tag nur mit Jungen zusammen. Und mit den Lehrern. Wenn wir nicht gelernt haben, haben wir die Zeit in Kaffeehäusern verbracht und uns bei Jones's, Rambler's und Layton's mit Austern vollgestopft. Es war niemand da, der uns verboten hätte, das Geld dafür auszugeben. Seitdem kann ich keine Austern mehr sehen«, erzählte er und lachte leise in sich hinein. »Und wir haben in Eton trinken gelernt. Mit vierzehn waren wir nachmittags immer schon betrunken. Wie wir in diesem Zustand überhaupt noch Altgriechisch und Latein pauken konnten, ist mir ein Rätsel. Als wir älter wurden, waren die letzten Wochen der Sommer- und Winterferien dem Einstudieren und der Vorführung eines griechischen Theaterstückes vorbehalten.« Er schien sich in seinen Erinnerungen zu verlieren. Frances hätte gerne die Finger nach ihm ausgestreckt und seine Hand gedrückt.

»Aber du wolltest etwas von Lord Felton wissen«, fiel es Daniel wieder ein. »Er war damals noch kein Lord, sondern Mister Ezra Wheeler und hat für einen Jungen in seinem Alter hervorragend geschauspielert.« Frances horchte auf, das war eine Information, die sie unter Umständen noch mal nutzen konnte. »Keiner von den Jungs wollte die Frauenrollen übernehmen, also habe ich mich geopfert«, fuhr Daniel amüsiert fort. »Ich war die Antigone. In anderen Stücken, die wir in unserer Freizeit einstudiert haben, habe ich Lady Macbeth und die Julia gegeben. Ezra hat mich Daniela genannt, das war dann mein Spitzname für den Rest meiner Zeit in Eton.«

»Das ist gemein.«

»Ach, wir waren eine Horde Jungen, wir waren alle gemein zueinander. Ich bin ganz gut dabei weggekommen. Es ging vor allem darum, die anderen nicht merken zu lassen, wenn man eine Schwachstelle hatte. Denn dann hattest du keinen ruhigen Augenblick mehr, dann sind alle über dich hergefallen.«

»Wie grausam«, entfuhr es Frances. Wie unterschiedlich waren dagegen ihre Erfahrungen im Mädchenpensionat. Dort hatte sie zum ersten Mal Freundinnen gefunden und sich zugehörig gefühlt.

»Ich habe das damals nicht so gesehen, sondern gedacht, das müsse eben so sein«, warf er ein. »Aber wir waren wohl oft grausam zueinander. Unsere Lehrer haben nicht viel dagegen getan, solange sie uns Vokabeln einhämmern konnten. Eine allgemeine Lieblingsbeschäftigung war es, Ratten zu jagen und an die Wand zu nageln. Wer am meisten gefangen hatte, wurde zum Rattenkönig ernannt. Ezra, Lord Felton, war es mindestens drei Mal, wenn ich mich richtig erinnere. Ich fand das immer fies und habe mich davor geekelt. Sie haben mir die toten Ratten deshalb gerne mal ins Bett gelegt und in meine Kleider gestopft.« Seine Stimme klang nachdenklich. Im Dunkeln konnte Frances seine Gesichtszüge nicht richtig ausmachen. Er zog die Beine heran und legte die Arme darum. In der Ferne jaulte eine Katze, und es klang wie das Weinen eines Kindes. Sie musste schlucken.

»Ich weiß noch, einmal habe ich meinem Vater gesagt, dass die anderen Jungen gemein zu mir waren. Er hat nur gemeint, ich solle keine Memme sein. Eton würde mich fürs Leben vorbereiten. Und das hat es ja auch. Weniger das Fechten oder die Verse von Virgil und Homer. Aber ohne diese Erfahrungen, ich weiß nicht, wie ich die Jahre in der Armee nur in der Gesellschaft von Männern ausgehalten hätte. Und in der von Ratten«, fügte er mit einem Lachen hinzu, das nicht belustigt, sondern eher traurig klang.

Erst jetzt fiel Frances auf, dass sie gar nicht weiter nach Lord Felton gefragt hatte. Er erschien in diesem Augenblick gar nicht mehr so wichtig. Viel lieber wollte sie mehr von Daniel wissen. »Du erzählst nie vom Krieg«, merkte sie an. »Warum nicht? Was war so schlimm, dass du nicht darüber reden magst?«

Er schüttelte den Kopf. »Es ist einfach etwas, über das ich lieber nicht so viel nachdenke. Und jetzt genug von mir, wie war es früher bei dir?« Sie merkte, dass es keinen Sinn hatte, noch weiter in ihn zu dringen, daher hob sie die Schultern und wollte im ersten Moment mit Belanglosigkeiten ausweichen. Dann spürte sie das Bedürfnis, ihm zu erzählen, wie ihre Kindheit gewesen war.

»Ich habe mich immer einsam gefühlt«, fing sie an. »Mein Vater war richtig alt, als ich auf die Welt kam, und hat sich überhaupt nicht für mich interessiert, weil ich kein Junge war. Eine Tochter hatte er ja schon, was sollte er da mit einer zweiten anfangen? Ich habe ihn gesehen, wenn uns die Nanny gewaschen und sauber angezogen unseren Eltern vorgeführt hat. Als ich alt genug war, um an den Mahlzeiten meiner Eltern teilzunehmen, ist er kurz darauf gestorben.« Während sie davon berichtete, fühlte sie eine Traurigkeit in sich aufsteigen, die sie nach dem Tod ihres Vaters nie gefühlt hatte. Wie hätte sie auch um einen Mann trauern sollen, den sie nicht besser gekannt hatte als die Dienstboten, sondern im Gegenteil noch viel weniger.

»Und deine Mutter?«

Das Lachen, das ihr entfuhr, klang hohl. »Du kennst meine Mutter. Ich glaub, am Anfang war ihre Enttäuschung groß, weil sie unbedingt einen Erben gebären musste. Und die Enttäuschung hat sie an mir herausgelassen. Dann ist mein Vater gestorben, und es stellte sich heraus, dass meine Mutter den ganzen Besitz geerbt hatte. Unser Verhältnis hat sich trotzdem nicht gebessert. Meine Mutter hat vor allem Anthea gesehen, weil sie schön und begabt ist, und das alles bin ich eben nicht.«

»Aber … du bist …«, setzte er an, dann brach er ab. »Und

deine Schwester, die war sicher für dich da? Sie hat sich im Theater so sehr gefreut, dich wiederzusehen.«

»Das hat mich wirklich überrascht. Wir standen uns früher nie nah. Anthea konnte nichts dafür, dass unsere Mutter mich nicht geliebt hat, das weiß ich jetzt. Dennoch war ich oft eifersüchtig auf sie und die Aufmerksamkeit, die sie bekommen hat. Ich wollte auch wahrgenommen werden, nur fand meine Mutter an mir nicht so viel Liebenswertes.«

»Natürlich bist du liebenswert«, sagte er heiser.

Sie lächelte dünn. »Ich habe das nie so richtig empfunden. Diejenigen, die mich zum ersten Mal akzeptiert haben, so wie ich bin, das waren Rose und Pru.«

»Was habt ihr drei in Schottland eigentlich den ganzen Tag gemacht?«, wollte er wissen.

»Ach, so viel gab es da nicht zu tun. Wir haben trotzdem versucht, uns eine gute Zeit zu machen.«

»Mit dem Sherry der Pensionatsleiterin«, brachte er sie zum Lachen.

»Und Pru hat gemalt und jeden Mann im Umkreis in sich verliebt gemacht, Rose hat in jedem freien Augenblick getanzt und ich …«

»Und du?«

»Ich …« Sie wurde nachdenklich. Eigentlich konnte sie nichts so richtig, zumindest nichts, womit man vor anderen prahlen konnte. Doch sie hatte schon so viel von sich preisgegeben, dass er sie für eine pathetische Gestalt halten musste. Dabei wollte sie von Daniel ganz anders gesehen werden. »Ich bin die Meisterin darin, Steine übers Wasser flitschen zu lassen«, fiel ihr glücklicherweise etwas ein, in dem sie gut war.

Er lachte auf. »Nur in Schottland. In England trage ich nämlich diesen Titel.«

»Erzähl mir nicht, dass du es schaffst, sechs Mal den Stein aufs Wasser treffen zu lassen«, forderte sie ihn heraus.

»Sechs Mal? Das glaube ich nicht«, witzelte er.

»Wetten?«

»Ja, wetten wir«, sagte er.

»Wir brauchen einen Wetteinsatz.«

»Sherry?«

»Der Einsatz muss größer sein«, entgegnete Frances. »Wenn ich gewinne, dann musst du auf dem nächsten Ball mit Muzzle tanzen.«

»Auf gar keinen Fall.«

»Dann weißt du also schon, dass ich gewinnen werde?«, provozierte sie ihn.

»Von wegen. Na gut. Abgemacht. Aber wenn ich gewinne, dann … dann musst du ganz allein auf Thane durch den Park reiten. Im Galopp.«

Er streckte ihr seine Hand hin. Frances zögerte. Da sie jedoch vorhatte, die Wette zu gewinnen, fasste sie zu: »Abgemacht!«

Sie trugen keine Handschuhe, und bei der Berührung von Haut auf Haut durchlief sie ein Schauern, auf das sie nicht vorbereitet war. Sie entzog ihm die Hand sofort wieder, damit es aufhörte.

Kapitel 11

Den ganzen Tag über war Lady Oakley damit beschäftigt, den Ball zu planen, den sie Rose zu Ehren veranstalten wollte. Wie selbstverständlich ging sie davon aus, dass ihre Tochter und Frances den Vorbereitungen ebenso großes Interesse entgegenbringen würden wie sie. Rose hingegen interessierte sich lediglich für die Auswahl des Orchesters und der Musikabfolge, danach beteiligte sie sich nur noch an den Diskussionen über die Dekoration und die Gästeliste, wenn ihre Mutter sie explizit dazu aufforderte. Dafür mischte sich Lady Darlington ein und bestimmte, als wäre sie die Gastgeberin und nicht Lady Oakley. Diese schien das nicht zu stören, im Gegenteil liebte sie es, einen nach langem Hin und Her getroffenen Beschluss bezüglich der Anzahl und Brennlänge der Kerzen wieder über den Haufen zu werfen und alles noch einmal von vorne zu überlegen. Somit dauerte es schier endlos, bis sich die Mütter auf einen groben Ablauf geeinigt hatten. Lady Darlington war alles viel zu wenig, sie wollte immer mehr und mehr, aber sie musste das Ganze ja auch nicht bezahlen, wie sich Lady Oakley ausbremste, wenn ihr ihr Ehemann einfiel. Dann begann die Diskussion erneut.

»Ich sterbe vor Langeweile, wenn ich mir das noch länger anhören muss«, prophezeite Rose Frances, die angeboten hatte, Muzzle im St James' Park auszuführen, um den Gesprächen entkommen zu können. Leider nieselte es an diesem Mittag, so dass die Pelikane – die Attraktion im Park, seit ein russischer Diplomat dem englischen König vor hundert Jahren die ersten Exemplare geschenkt hatte – sich nicht blicken ließen. Der Mops blieb störrisch auf seinem Hinterteil sitzen und weigerte sich, weiterzugehen. Nachdem Frances ihn so lange herumgetragen hatte, bis ihr die Arme wehtaten, blieb ihnen nichts anderes übrig, als umzudrehen. Zu Hause waren die Mütter dabei, die Blumengestecke zu besprechen.

»Ich schwöre dir, dass die zwei das vorhin schon beredet haben«, versicherte Frances ihrer Freundin.

»Und du kannst sicher sein, dass sie es noch weitere zehn Mal tun werden«, entgegnete Rose, als Prudence hereinkam, die ein Dienstmädchen mit ihrem Abendkleid im Schlepptau hatte.

»Wir müssen uns für das Theater umziehen«, drängte sie die Freundinnen.

»Das Theater!«, fiel Lady Oakley siedend heiß ein. Sofort entstand Hektik. »Zieht euch um, Mädchen. Schnell!«

Frances, die aufgrund der Informationen, die sie von Daniel erhalten hatte, darauf hoffte, Lord Felton bei der Aufführung zu begegnen, wurde von ihrer Mutter aufgehalten. »Wir bleiben hier«, bestimmte diese.

»Aber …«, setzte Frances zum Protest an.

»Kein Aber. Kein Mitglied meiner Familie wird mit dieser frivolen Form der Unterhaltung in Verbindung gebracht. Haben wir uns verstanden?« Sie begriff, dass ihre Mutter es unter allen Umständen vermeiden wollte, den Skandal um Anthea in das Bewusstsein der Gesellschaft zurückzurufen. Allerdings durchkreuzte dies all ihre Pläne bezüglich des Lords.

»Ach, wie schade«, kommentierte Lady Oakley. »Wenn Helen heute schon gekommen wäre, dann hätte sie an Frances' Stelle mit ins Theater gehen können.«

»Wer ist Helen?«, wandte sich Prudence an Rose.

»Ein Patenkind«, erklärte diese. »Meine Mutter hat ihren Eltern angeboten, sie in die Gesellschaft einzuführen, wo sie das ganze Programm doch schon mit mir absolviert.«

»Ist diese Helen eigentlich hübsch?«, erkundigte sich Prudence wenig später, als die Freundinnen sich zum Ankleiden zurückgezogen hatten. Frances war ihnen gefolgt.

»Ich denke ja«, erwiderte Rose. »Aber ich habe sie vor zehn Jahren das letzte Mal gesehen. Sie ist viel älter als wir.«

»Und ist ihre Familie vermögend?«

»Nein, ist sie nicht. Pru, mach dir keine Gedanken um Helen. Sie ist keinerlei Konkurrenz für dich«, sagte Rose mild. Prudence lächelte dünn.

»Mache ich gar nicht. Wieso auch? Ich habe mittlerweile eine ganze Reihe von vielversprechenden Verehrern.« Sie lachte gekünstelt auf. »Gib mir mal den Schal, Franny.« Frances reichte der Freundin, die sich ihr Mieder vorne schnürte, das zarte Gespinst, dann nahm sie einen Schluck Weißwein aus der Flasche, die Rose besorgt hatte. Er schmeckte etwas säuerlich.

»Was verziehst du denn so das Gesicht?«, fragte Rose, die in ihre Schuhe schlüpfte.

»Ich weiß nicht, was ich jetzt tun soll, um Lord Felton auf mich aufmerksam zu machen«, erwiderte Frances. »Ich hatte darauf gehofft, ihn im Theater in ein Gespräch verwickeln zu können.«

»Warum versuchst du nicht gleich, einen der Prinzen zu erobern?«, schnaubte Prudence. Da sie kurz zuvor von dem Wein getrunken hatte, spuckte sie einiges davon wieder aus. »Oh, Mist. Hat mein Kleid was abbekommen?« Glücklicherweise waren die Spritzer haarscharf an ihrem auf dem Bett ausgebreiteten Kleid vorbeigegangen. »Im Ernst, Franny, ich verstehe ja, dass Lord Spinner kein Mann ist, von dem du träumst, aber er ist ein Lord, und er hat Geld. Du könntest eine wesentlich schlechtere Partie machen«, versicherte sie.

»Warum denkst du denn, dass ich keine Chance bei Lord Felton haben könnte?«, gab Frances verärgert zurück. Prudence wechselte einen Blick mit Rose.

»Wo sind meine Schuhe?«, fragte sie. Rose deutete auf ein Paar dünne Slipper in dem Ton von Prudence' salbeifarbenem Abendkleid, die unter dem Bett lagen. »Sagst du es ihr oder soll ich es tun?«, fragte Prudence dann.

Rose schüttelte den Kopf. »Halt mich da raus. Frances soll tun, was sie kann, um zu verhindern, dass sie im Asylum landet. Und ich werde ihr bei allem helfen.«

Frances lächelte sie gerührt an. Prudence hingegen stemmte die Hände in die Hüften. »Du weißt, wie sehr ich dich liebe. Was ich dir sage, sage ich aus reiner Freundschaft. Ja, du bist das Kind eines Lords und einer Lady. Aber deine Mitgift ist bekanntermaßen nicht exorbitant, wenn ich das mal so sagen darf. Und dann gibt es, nimm mir meine Offenheit bitte nicht übel, weitaus attraktivere Debütantinnen als dich. Lord Spinner ist also eine ganz passable Partie, wenn du alle Umstände genauer betrachtest.«

Frances stellte ihr Glas ab. Ihr Mund fühlte sich vom Wein pelzig an. »Ich finde mich attraktiv genug. Klar bin ich vielleicht nicht die Begehrteste der Saison, aber wer sagt, dass Lord Felton nicht an mir interessiert ist? Immerhin bevorzugt er selbstbewusste Frauen und hat schon mal mit mir getanzt, um mir zu helfen. Das ist mehr, als du von dir sagen kannst.«

Daraufhin kniff Prudence die Lippen zusammen. Rose mischte sich vermittelnd ein. »Pru will dir nichts Böses, Franny. Sie hat nur Angst, dass du mit dem Kopf durch die Wand willst. Und dass die Wand dieses Mal stärker ist als du.«

»Das verstehe ich ja. Und wenn ich einen anderen Ausweg wüsste, würde ich den nehmen. Aber ich habe nun mal gerade bloß die Wahl zwischen Lord Spinner und dem Asylum. Ich kann nichts verlieren, versteht ihr? Denn könnt ihr euch vorstellen, den Lord auch nur zu küssen, geschweige denn …« Sie verzog angewidert das Gesicht.

»Es tut mir so leid«, sagte Rose und nahm Frances fest in die Arme. »Und wie gesagt. Ich werde dir helfen, wo ich kann.«

»Ich auch«, echote Prudence und streckte ihre Hand aus. Nach einem kurzen Zögern ergriff Frances sie.

»Hattest du denn eine gute Reise, meine Liebe?«, fragte Lady Oakley.

»Danke, die hatte ich, Tante«, antwortete Helen knapp und hielt den Blick gesenkt. Ihre Hände waren in ihrem Schoß gefaltet, und sie hielt sich unnatürlich aufrecht. Mrs Worsley hätte ihre wahre Freude an ihr gehabt, dachte Frances bei sich. Die junge Frau hatte die ganze Teatime über nur gesprochen, wenn sie etwas gefragt wurde.

»Mutter, wir möchten spazieren gehen«, sagte Rose, nachdem die Sandwiches und Küchlein verspeist worden waren.

»Nehmt Helen mit und weiht sie in alle aufregenden Geheimnisse der Saison ein«, drängte Lady Oakley den Freundinnen, die bereits aufgestanden waren, ihren Schützling auf.

Gemeinsam mit dem Neuankömmling zogen sie sich Mäntel, Handschuhe und Hüte an, bevor sie das Haus verließen. Durch ihren Besuch bei der Damenschneiderei waren die drei Freundinnen ausgesprochen modisch in auffälligen Farben gekleidet. Helens schlichter, praktischer grauer Mantel und der braune Hut mit dem dunkelvioletten Band ließ sie dagegen völlig verblassen. Prudence' Sorge, eine schöne junge Frau könnte ihre Konkurrentin werden, zeigte sich als völlig unbegründet, denn der neue Gast war – wenn auch nicht gänzlich reizlos – ausgesprochen durchschnittlich. Eine Tatsache, die vermutlich zu Prudence' gehobener Laune beitrug, mit der sie durch die Stadt spazierte. Sie wurden von Roses und Daniels früherer Nanny begleitet, die noch im Dienst der Familie stand. Die alte Frau hatte sichtlich Schwierigkeiten, mit ihnen Schritt zu halten. Fürsorglich hakte Rose sie unter und schlug den anderen vor, etwas langsamer zu gehen.

»Ich schaffe das schon, mein Kind«, versicherte die Nanny mit brüchiger Stimme. Trotzdem verlangsamten sie ihr Tempo.

»Warum ruhst du dich nicht aus?«, schlug Prudence vor, als sie an etlichen Ständen mit Druckerzeugnissen vorbeikamen, an denen die Händler Schmähschriften, Karikaturen und unterhaltsame Hefte anboten. »Da vorne ist ein Mäuerchen, auf das du dich setzen kannst, während wir hier herumschlendern.«

Nachdem sie sich versichert hatten, dass die alte Frau halbwegs bequem saß, steuerten sie auf einen Stand zu, an dem sich Dienstmädchen zusammen mit Frauen der Gesellschaft drängten, um Karikaturen und dünne Heftchen zu erwerben. Es waren Liebesgeschichten mit bunten Drucken, auf denen schöne junge Frauen von schönen jungen Männern umworben wurden. Auf einem Bild küsste sich ein Paar sogar. Frances blickte das Heft lange an.

»Willst du es kaufen, Franny?«, fragte Rose.

»Findest du nicht, dass der Mann ein bisschen wie Lord Felton aussieht?«

»Du bist ja richtiggehend besessen von ihm«, kommentierte Pru. Helen musterte sie interessiert.

»Ich will bloß einen netten Mann, der mich zum Lachen bringt«, erklärte Frances. »Lord Felton ist unterhaltsam und starrt im Gegensatz zu Lord Spinner nicht geifernd in mein Dekolleté.«

»Vielleicht solltest du dich nicht allein auf Lord Felton festlegen«, merkte Rose an. »Immerhin ist er gestern im Theater von etlichen Debütantinnen umschwärmt worden, so wie Motten von Licht angezogen werden.«

»Ich dachte, du wolltest mir helfen«, erinnerte Frances sie unfreundlich an ihr Versprechen.

»Sicher«, sagte diese. »Aber mir war da noch nicht klar, wie begehrt er ist. Es gibt doch auch andere unverheiratete Lords, muss es gerade Lord Felton sein?«

»Ja«, erklärte Frances entschieden. »Denn er findet mich offenbar interessant. Und er ist der Einzige der Lords, bei dem es mich nicht sofort ekelt, wenn ich daran denke, mit ihm intim zu sein.«

Helen warf ihr einen erstaunten Blick zu. Frances drehte ihnen den Rücken zu und ging zu einem anderen Stand. Dort entdeckte sie zu ihrer Verblüffung einen Buchtitel, der ihr bekannt vorkam. Sie vergewisserte sich, dass die Freundinnen abgelenkt waren, nahm das Buch zur Hand und bezahlte den Händler. Ihren Kauf ließ sie hastig in ihrer Tasche verschwinden, bevor sie zu den anderen zurückkehrte.

»Worüber die wohl lachen?«, fragte Prudence angesichts zweier Männer, die sich köstlich über einen bunten Druck amüsierten. Als die zwei weitergegangen waren, zog Prudence die Freundinnen zu dem Stand. Verwundert blickten sie auf den Druck, auf dem eine Frau im Männersitz breitbeinig auf einem Pferd saß und einen grobschlächtigen Mann fragte, ob das der Weg nach »Stretch-it« sei.

»Was macht ihr denn hier?« Es war Daniel, der sie ansprach. Sofort ließ Rose die Karikatur fallen, die zu Boden segelte. Mit glühenden Wangen drehte sie sich zu ihrem Bruder um. »Und was machst du hier?«

»Sehen, was es an Neuigkeiten gibt.« Daniel beugte sich hinunter, um den Druck aufzuheben. Zunächst sah er sich das Bild an, dann blickte er bestürzt zu den Frauen.

»Verstehst du, was daran so lustig ist?«, erkundigte sich Frances.

»Das ist nichts für junge Damen«, wiegelte er ab.

»Also ist es unanständig«, vermutete sie. Daniel sagte nichts.

»Das ist unfair«, beschwerte sich Rose bei ihm. »Wir sollen so bald wie möglich heiraten, aber wir erfahren nichts darüber, wie es zwischen Mann und Frau nach der Heirat vor sich geht.«

Ihr Bruder ignorierte sie. Stattdessen bot er Helen seinen Arm an, die sich von ihm vom Stand wegführen ließ. Frances und ihre Freundinnen folgten ihnen. Helen und Daniel plauderten derweil ungezwungen. Was auch immer er zu ihr sagte, er schaffte es, die junge Frau aus der Reserve zu locken. Helen lächelte ihn beständig an. Zwar war es ausgesprochen höflich von Daniel, sich um sie zu kümmern, und Frances hätte nichts anderes von ihm erwartet. Dennoch konnte sie nicht verhindern, dass es ihr aufstieß.

Am Abend waren sie bei Bekannten der Oakleys zum Essen geladen. Es waren keine sonderlich interessanten Junggesellen anwesend, und die unverheirateten Frauen waren zudem noch in der Überzahl, so dass Prudence die Einladung bereits als Enttäuschung deklarierte, bevor sie überhaupt Platz genommen hatten. Frances kam neben Helen zu sitzen. Nachdem sie sich eine Weile angeschwiegen hatten, während sie die Suppe löffelten, bemühte sich Frances um einen Gesprächseinstieg. »Wo kommst du denn eigentlich her?«

»Aus einem kleinen Dorf, Hinton St. George, in Somerset«, erwiderte Helen.

»Ach, das ist ja ein Zufall. Ich komme auch aus Somerset. Unser Familiensitz heißt Darlington Mews, hast du schon mal davon gehört?«

Die andere schüttelte den Kopf. »Leider nicht. Du musst dein Zuhause sicher vermissen?«

»Nein. Nicht wirklich.« Es kam Frances allerdings komisch vor, noch während sie dies aussprach, keinen Ort mehr zu haben, an den sie gehörte. Wenn sie diese Saison keinen Ehemann finden würde, wusste sie nicht, wo sie den Sommer über verbringen könnte. Vielleicht hatte sie Glück, und Rose und Daniel würden sie einladen. Dann fiel ihr ein, dass Daniel im Sommer längst wieder auf dem Kontinent kämpfen würde. »Alles ist so ungewiss«, sagte sie nachdenklich.

»Das stimmt«, bestätigte Helen mit einem sehnsüchtigen Unterton in der Stimme. Ihre Augen schimmerten feucht, so als denke sie an jemanden. Frances lag es auf der Zunge, nachzufragen. Da hörte sie einen Gast auf der gegenüberliegenden Tischseite von Lord Felton sprechen. Angestrengt versuchte sie, aufzuschnappen, was dieser sagte.

»… spaziert am Nachmittag auf dem Square herum, ganz in der Nähe seiner Wohnung in der Berkeley Street«, wusste der Gentleman zu berichten. Frances lauschte angespannt.

»Wie geht man damit um, wenn man von der Vergangenheit einfach nicht lassen kann?«, wandte sich Helen ernst an sie.

»Nicht jetzt«, fuhr Frances sie an. Leider hatte sie durch die Unterbrechung verpasst, was der Gentleman noch über Lord Felton zu berichten wusste. Unzufrieden winkte sie den Diener herbei, um ihr Wein nachzuschenken. Dieser bot auch Helen etwas an, die den Kopf schüttelte. Ein schlechtes Gewissen wegen ihrer rüden Abfuhr stieg in Frances auf. »Entschuldige bitte, hast du eben noch was gesagt?«, versuchte sie ihren Fauxpas wiedergutzumachen. Helen hielt den Blick gesenkt. »Wie hieß dein Dorf in Somerset gleich?«, probierte Frances es erneut.

»Hinton St. George«, antwortete Helen knapp. Wenn sie eingeschnappt bleiben wollte, nur weil Frances einmal unaufmerksam war, dann bitte schön. Sie blickte über den Tisch und fing Daniels Blick auf, der ihr zulächelte. Sein Lächeln wärmte sie von innen.

Als die Frauen sich auf ein Zeichen ihrer Gastgeberin hin erhoben, um sich zurückzuziehen, ging Frances nah an Daniel vorbei. »Ich finde es schön, dass du dich um Helen bemühst«, raunte er ihr zu. »Ich glaube, sie fühlt sich in London sehr einsam.«

Im nächsten Moment war das warme Gefühl in Frances verschwunden. Den Rest des Abends versuchte sie, freundlich zu Helen zu sein. Dadurch erfuhr sie so viele Details über Hinton St. George, dass sie meinte, eine Reiseschilderung darüber schreiben zu können, ohne selbst jemals dort gewesen zu sein. Sie wusste nun, dass der Kirchturm beim Gewitter von einem Blitz getroffen wurde und wie durch ein Wunder nicht abgebrannt war. Dass der alte Pfarrer eine sehr junge Frau geheiratet hatte, fast noch ein Kind. Und dass bereits vier Männer des Dorfes, die sich zum Militärdienst gemeldet hatten, im Kampf gegen Napoleons Truppen gefallen waren. Als Helen dies erzählte, stellte sich Frances Daniel auf dem Schlachtfeld vor. Wie er in seiner roten Uniformjacke sein Gewehr mit Bajonett geschultert hatte und den Befehl zum Angriff gab, während sich die Truppen des Feindes auf ihn und seine Männer zubewegten. Ein Schuss fiel und traf Daniel in Frances' Vorstellung in die Brust, woraufhin er wie ein gefällter Baum zur Erde stürzte. Erschrocken versuchte Frances, auf andere Gedanken zu kommen.

Da Prudence wieder bei Rose übernachten wollte, verbrachten Frances und Helen den Rest des Abends mit den beiden in Roses Zimmer. Rose gähnte demonstrativ, wie um die jungen Frauen daran zu erinnern, dass es reichlich spät war, doch Frances mochte nicht gehen, ohne den Freundinnen ihren heimlichen Kauf präsentiert zu haben. Als Helen ihnen endlich eine Gute Nacht gewünscht und die Tür hinter sich geschlossen hatte, hielt Frances triumphierend das Buch hoch.

»Nein!«, sagte Rose staunend. »Ist das etwa das Gespräch zwischen der verheirateten Lady und ihrer Cousine? Wo hast du das denn auf einmal her?«

Frances grinste. »Als ihr mit der Karikatur der breitbeinigen Reiterin beschäftigt ward, habe ich es entdeckt …«

Sie schlug das Buch auf und blätterte zu der Stelle, an der sie im Mädchenpensionat die Lektüre abgebrochen hatte.

»Ich möchte unbedingt wissen, was es mit dieser ›Klitoris‹ auf sich hat«, erklärte Rose, als sie sich aufs Bett legte. Frances setzte sich ans Fußende und las laut vor, dass, wenn man die Klitoris zwischen den Beinen rieb, diese feucht würde. Sie brach ab und blickte erstaunt die Freundinnen an. Prudence, die neben Rose auf der Matratze lag, kaute derweil an einem Fingernagel. Die folgende Passage überflog Frances still für sich. *Dies lässt uns in einer Trance zurück, als ob wir sterben würden … solche Verzückungen, die niemand sich vorstellen kann, der sie nicht erlebt hat.*

Darüber musste sie an das denken, was sie selbst empfand, wenn sie die Stelle zwischen ihren Beinen streichelte.

»Gib mal her.« Rose nahm ihr das Buch ab und las mit glasigen Augen. Als sie die Seite umschlug, riss das dünne Papier ein.

»Ich will auch«, sagte Prudence, griff nach dem Buch und blätterte darin, während Rose eine Flasche Sherry aus der Truhe vor ihrem Bett holte und erst einmal einen großen Schluck nahm. »Hört euch das an: ›Hast du jemals das Ding gefühlt, das er zwischen den Beinen trägt?‹«, las Prudence vor. »Diese Octavia antwortet darauf: ›Ich habe es nie gesehen, aber es fühlte sich hart, groß und lang an.‹ Jetzt wieder Tullia: ›Ich beschreibe dir das Glied des Mannes. Es befindet sich zwischen den Oberschenkeln, gleich am Ende des Bauches, und ist ein Stück Fleisch, das, wenn es nicht für das Vergnügen verwendet wird, locker herumhängt und hierhin und dorthin schlägt, aber wenn unsere Schönheit es begeistert, wird es hart und fest …‹«

Während Prudence las, spürte Frances eine innere Erregung in sich aufsteigen. Sie presste die Oberschenkel fest zusammen. Erschrocken fragte sie sich, ob die anderen ihr anmerken konnten, was sie gerade fühlte. Rose fixierte derweil Prudence, deren Augen starr auf die Seiten geheftet waren.

»›Bei den meisten Männern ist es sieben bis acht Daumenbreit lang. Aber bei denen, die die Natur favorisiert, zehn oder elf Daumenbreit …‹« Prudence machte eine Pause. »Könnt ihr euch das vorstellen?«

Frances legte ihre Daumen nebeneinander. Was im Buch beschrieben wurde, zeichnete sich in den engen Hosen der modischen Dandys deutlich ab. Nur konnte sie sich nicht vorstellen, wie genau dieses Glied sich veränderte, sobald es erregt wurde.

»Weiter«, drängelte Rose. Prudence räusperte sich: »›Darunter hängt ein Sack, darin sind zwei Bälle …‹«

»Bälle?«, hakte Rose ungläubig nach. »Etwa wie Kricketbälle?«

Prudence zuckte mit den Schultern. »Es kommt noch besser, hört euch das an: ›… in denen ein Likör ist, der aus ihnen herausquillt, um uns zu Müttern zu machen.‹«

Bei der Erwähnung des Likörs stellte Rose die Sherry-Flasche angewidert auf den Boden neben dem Bett ab. Obwohl Prudence weiterlas, wurde Frances dennoch nicht klarer, was genau in den Hochzeitsnächten passierte. Auch Rose sah skeptisch aus. »Und die Frauen haben wirklich Lust daran, wenn das Glied des Mannes in sie eindringt? Drücken die Bälle sie nicht fürchterlich zwischen den Oberschenkeln? Das Ganze erscheint mir ausgesprochen unerfreulich zu sein.«

Nach ausgedehnten Einkäufen auf der Oxford Street – schließlich wollten noch unzählige Hüte, Handschuhe und Spitzentaschentücher erworben werden – hatten sich Lady Darlington und Lady Oakley in ihre Schlafzimmer zurückgezogen. Frances saß mit Prudence, Rose und Helen gelangweilt im Salon herum. Da sie in der letzten Nacht lange mit dem Buch beschäftigt gewesen waren, gähnte Prudence und streckte sich. »Ich bin nicht nach London gekommen, um zu Hause zu sitzen. Ich will etwas erleben.«

Frances fiel ein, was sie über Lord Felton aufgeschnappt hatte. »Lasst uns zum Berkeley Square laufen«, schlug sie vor.

»Schon wieder spazieren?« Prudence sah nicht begeistert aus. »Ich will irgendwo hin, wo wir Gentlemen treffen.«

»Können wir nicht einmal ein paar Stunden verbringen, ohne über Männer nachdenken zu müssen?«, beschwerte sich Rose in einem für sie ungewöhnlich schlecht gelaunten Tonfall. »Es reicht, wenn unsere Mütter nichts anderes mehr im Kopf haben.«

»Ein Spaziergang an der frischen Luft ist immerhin spannender, als hier drinnen zu sitzen.« Frances verschwieg lieber, dass sie hoffte, im kleinen Grün des Berkeley Square auf Lord Felton zu treffen. Glücklicherweise willigten die anderen ein.

Sie hatten gerade ihre Hüte aufgesetzt, da rief Rose aus: »Es regnet.« Frances blickte aus dem Fenster.

»Ach was«, erklärte sie betont munter. »Das ist jeden Moment wieder vorbei.« Die anderen sahen nicht überzeugt aus.

»Wir können uns heiße Schokolade bringen lassen«, schlug Rose vor. »Die magst du doch so gerne, Franny.«

Helens Gesicht leuchtete auf.

»Wir können nach dem Spaziergang immer noch Schokolade trinken«, warf Frances ein. »Wir sind jetzt schon angezogen. Wo ist denn eure Abenteuerlust geblieben? In Schottland hat euch das bisschen Wasser nichts ausgemacht.«

Was stimmte. Aus reiner Langeweile hatten sie bei jedem Wetter Stunden über Stunden draußen verbracht. »Also gut«, willigte Prudence ein. »Aber wir laufen nur einmal durch den Park, und wenn wir keinen treffen, den wir kennen, kehren wir um.«

»In Ordnung«, stimmte Frances zu, die sicher war, dass sie durchaus noch die ein oder andere Runde einfordern konnte, wenn sie erst einmal am Berkeley Square angelangt waren. Weil die Nanny zu alt war, um sie bei diesem Wetter vor die Tür zu treiben, gaben sie einem der Dienstmädchen etwas Geld, damit es sie begleitete. Voller Tatendrang stieg Frances als Erste die Treppen des Stadthauses hinab.

Leider machte London im Regen den traurigen Anblick einer verschmähten Debütantin, deren weißes Kleid von zu vielen Wäschen allmählich ergraute. Alles war trist und wie ausgestorben, und außer ihnen spazierte niemand auf der Berkeley Street. »Alle anderen sitzen bestimmt in warmen

Teesalons.« Prudence blickte muffig unter ihrem Hut hervor, von dessen Krempe der Regen tropfte.

»Vielleicht treffen wir ja noch jemanden«, stellte Frances in Aussicht.

Du meinst sicher Lord Felton«, vermutete Rose unfreundlich.

»Ich hoffe wirklich, dass ich ihn treffe«, gab Frances ehrlich zu, »und sein Interesse wecken kann.«

»Und wie willst du das anstellen?«, fragte Prudence. »Durch den Regen sehen wir aus wie nasse Wäsche auf der Leine. Verführerisch geht anders.«

»Wart's mal ab«, sagte Frances und verstellte ihre Stimme: »Oh, Lord Felton. Sind Sie auch so durchnässt wie ich? Wenn Sie wüssten, wie mein Unterkleid auf meiner nackten Haut klebt. Ich stelle mir gerade ihr Glied vor, das Ding zwischen den Oberschenkeln, und wie viele Daumenbreit …«

Sie brüllten vor Lachen. Nur Helen blickte verständnislos.

»Ich muss es wenigstens versuchen«, sagte Frances und wurde wieder ernst. »Daniel hat erzählt, der Lord hat früher viel Theater gespielt. Ach, irgendwas fällt mir sicher ein.«

»Und wie lange müssen wir durch den Regen laufen, bis du einsiehst, dass heute kein Lord mehr kommt?«, meldete sich Rose zu Wort. »Mein Hut ist längst ruiniert.«

Sie hatte ja recht. Frances' Idee, den Lord im Park zu treffen, ergab bei diesem Wetter einfach keinen Sinn. Sie wollte schon aufgeben und vorschlagen, sich zu Hause die heiße Schokolade zu bestellen, da sah sie in der Ferne zwei Gentlemen die Straße entlangkommen. Auch wenn die Chance gering war, dass einer davon der Lord war, so musste sie es darauf ankommen lassen. »Wir gehen bloß noch hier entlang«, versuchte sie, die Freundinnen umzustimmen.

»Wir gehen zurück.« Prudence wandte sich um. Helen und Rose taten es ihr gleich.

»Wartet. Nur ein winziges Stückchen, bitte.« Frances hoffte, die Männer zu erkennen, wenn sie ein bisschen näher an sie herankäme.

»Nein, kein Stück mehr. Auch keinen Daumenbreit«, erwiderte Prudence ungerührt und ging in die entgegengesetzte Richtung davon, Rose, Helen und das Dienstmädchen im Schlepptau. Frances blieb stehen. Es wäre durchaus möglich, dass es sich bei einem der Herren um Lord Felton handelte. Und wie ärgerlich wäre es in diesem Fall, wenn sie jetzt aufgeben würde. Rasch beugte sie sich hinunter und tat, als müsse sie etwas am Strumpf richten. Dabei wurde der Saum ihres Kleides von einer Pfütze durchtränkt. In dieser Position hielt sie nach den Gentlemen Ausschau. Leider hatten diese es nicht besonders eilig. Sie blieben stehen und schubsten etwas auf dem Boden mit ihren Gehstöcken an.

»Frances!«, rief Rose. Missmutig gab diese auf und folgte den Freundinnen. Ihre Laune war für den Rest des Tages so miserabel, dass auch eine heiße Schokolade und ein paar frisch gebackene Buns sie nicht aufheitern konnten.

Kapitel 12

Am nächsten Tag schien die Sonne strahlend vom Himmel herab. Die Aprilsonne warf ein grelles Licht auf den Frühstückstisch, an dem die Oakleys mit ihren Hausgästen speisten. Rose und Helen niesten abwechselnd in ihre Taschentücher.

»Wer ist nur auf diese dumme Idee gekommen, bei Regen spazieren zu gehen«, echauffierte sich Lady Oakley. »Ihr müsst sofort wieder ins Bett, sonst seid ihr bei unserem Ball noch krank. Die Dienstboten sollen euch Tonflaschen mit heißem Wasser füllen und Lindenblütentee zum Ausschwitzen kochen«, beschied die Lady.

Frances fühlte ein schlechtes Gewissen in sich aufsteigen, immerhin war es ihre Schuld, dass die Freundinnen durch den Regen gelaufen waren. Erst setzte sie sich zu Rose ans Bett, doch als diese eingeschlafen war, klopfte sie bei Helen an. »Kann ich dir Gesellschaft leisten?«

Ein Niesen war die Antwort. »Entschuldige«, sagte Helen. Ihr kupfern schimmerndes Haar lag offen auf dem Kissen, und ihr Gesicht wirkte noch blasser, so dass es sich kaum vom weißen Bezug abhob. »Komm bitte herein.«

Frances zog einen Stuhl neben das Bett und überlegte, was sie sagen könnte, um die junge Frau aufzumuntern. Ihr lag es auf der Zunge, sie nach Hinton St. George zu fragen, vielleicht gab es einen bisher unerwähnt gebliebenen unverheirateten Vikar oder einen Baum, der bei einem Sturm auf ein Dach gefallen war, oder ein anderes denkwürdiges Ereignis, das das beschauliche Dorfleben durchgerüttelt hatte. Da fiel ihr Blick auf ein paar Bücher, die auf einem kleinen runden Tisch lagen. »Soll ich dir etwas vorlesen?«

»Sehr gerne. Meine Augen brennen so.« Tatsächlich waren Helens Augen angeschwollen, und sie nieste wieder. »Es steckt ein Lesezeichen drin. Wenn du dort weiterliest …«

Frances nahm das Buch, »Belinda« von Maria Edgeworth, zur Hand und schlug es auf. Ein Brief, der schon etwas älter zu sein schien, wie die Färbung des Papiers verriet, steckte an der Stelle, an der Helen zu lesen aufgehört hatte. Sie nahm den Brief in die Hand.

»Nicht! Leg ihn weg, oder nein, gib ihn mir«, bat Helen mit einer Vehemenz, die Frances aufmerken ließ. Die junge Frau hatte sicher nicht vom Lindenblütentee allein plötzlich so tiefrote Wangen bekommen. Frances bemühte sich, noch einen Blick auf die Schrift zu erhaschen, als sie den Brief übergab. Helen ließ ihn schnell unter ihrem Kopfkissen verschwinden. Es lag ihr auf der Zunge, nach dem Verfasser zu fragen. Stattdessen betrachtete sie das Buch, von dem Helen schon über die Hälfte gelesen hatte. »Liest du viel?«

»Immer, wenn ich ein neues Buch in die Hand bekommen kann. Und sonst lese ich Romane einfach ein zweites Mal.«

»Dann weißt du ja schon, wie die Geschichte ausgeht. Ist das nicht langweilig?«

Helen lachte leise auf. »Im Gegenteil.«

Frances musterte sie. Die junge Frau wirkte so verhuscht wie ein Schatten, der ihnen folgte, ohne Eindruck zu hinterlassen. Wie eines der Dienstmädchen, die sich ihnen aus Gründen der Schicklichkeit an die Fersen hefteten, ohne Bestandteil ihrer Gruppe zu sein.

»Ah, hier bist du, Franny«, platzte Prudence herein. »Ich habe dich gesucht. Was macht ihr denn gerade?«

»Wir sprechen über Bücher«, erwiderte Frances.

»Etwa über das spezielle Buch?« Neugierig ließ Prudence sich auf dem Bettende nieder. Frances schüttelte rasch den Kopf. Sofort verlor die Freundin das Interesse daran. Stattdessen war sie entschlossen, mehr über Helen zu erfahren. »Und wie ist es in … Na, da wo du herkommst«, fragte sie. »Dort gibt sicherlich keine interessanten Junggesellen, oder?«

Helen zögerte mit der Antwort. »Nicht so viele«, sagte sie. Neugierig rückte Prudence auf der Matratze etwas näher an sie heran.

»Hast du denn einen, der dir gefällt?«, erkundigte sie sich im vertraulichen Ton.

»Nein!« Die Antwort kam so schnell, dass Frances sicher war, dass Helen log. Sie beobachtete die junge Frau.

»Ich bin sehr müde«, meinte Helen nun an sie gewandt. »Geh ruhig mit Prudence spazieren.«

»Wirklich? Ich kann auch einfach hier sitzen und dir Gesellschaft leisten.«

»Wirklich.« Sie klang trotz ihrer belegten Stimme bestimmt, und Frances beschlich der Verdacht, als wäre sie im Grunde froh, sie loszuwerden.

»Ich komme später wieder«, versprach sie mit dem Hintergedanken, noch mehr über Helen herauszufinden.

»Soll ich ewig auf dich warten?«, quengelte Prudence bereits von der Tür aus.

Also zogen sie zu zweit los, um London zu entdecken, wobei sie von der Nanny als Anstandsdame begleitet wurden.

»Nehmt die offene Kutsche«, forderte Lady Darlington sie auf und wies den Butler an, die Kutsche anspannen zu lassen. Dieser hörte mittlerweile auf die Befehle des Hausgastes, ohne seine Dienstherrin vorher zu konsultieren. Kurz darauf nahmen Frances und Prudence in der Kutsche der Oakleys Platz. Wie selbstverständlich wählte Prudence sofort den besten Platz an der Seite, auf der die Reiter an ihnen vorbeikommen würden. Als sie den Hydepark erreichten, verrenkte sie sich fast den Hals, doch die Gentlemen, die ihnen entgegenritten, waren ihnen sämtlich unbekannt. Prudence' aufgesetztes Lächeln wurde immer verkrampfter. Zumal sie sah, dass die Debütantinnen in den Kutschen hinter ihnen sich mit den Gentlemen unterhielten, die an Frances und Prudence vorbeigeritten waren.

»Ich wünschte, die Eröffnung der Ausstellung der Royal Academy wäre nicht erst morgen«, stöhnte Prudence auf. »Da kommt man sicher besser ins Gespräch.«

»Guten Tag, die Damen«, grüßte jemand. Prudence wandte den Kopf. Frances hatte längst an der Stimme erkannt, dass es Daniel war.

»Ach, du«, sagte Prudence enttäuscht.

»Ja, ich. Die wievielte Runde dreht ihr bereits durch den Park?«, fragte er und brachte Frances zum Lachen.

»Wir sind erst einmal um den Teich gefahren«, verteidigte sie sich.

»Was? Nur einmal? Das nenne ich Nachlässigkeit. Anständige Debütantinnen fahren mindestens zwölf Mal pro Tag im Kreis herum«, zog er sie auf.

»Spotte du nur«, konterte sie. »Aber soweit ich weiß, will dein Geschlecht ebenso sehr gesehen werden wie das unsere.« Wie um ihre Worte zu unterstreichen, kamen zwei Reiter an ihnen vorbei, die nach der neusten Mode hohe Hüte trugen und sich dadurch wie Giganten auf ihren Pferden ausmachten. Daniel lachte leise. Dann bemerkte Frances, wie er zum See hinübersah, und folgte seinem Blick. Am Ufer ließen Kinder Steine auf dem Wasser flitschen.

»Ich hoffe, du hast unsere Wette nicht vergessen«, erinnerte er sie.

»Wieso sollte ich etwas vergessen, das ich locker gewinnen werde?«

»Das wollen wir erst mal sehen.« Daniel blickte herausfordernd.

»Wovon redet ihr?«, mischte sich Prudence ein.

Frances spürte keine Lust, die Freundin in ihr Geheimnis einzuweihen. »Ach, nicht so wichtig.«

»Was habt ihr denn gewettet?« Prudence blieb hartnäckig. Frances tauschte einen Blick mit Daniel aus.

»Über das Wetter. Ich habe gesagt, heute würde es regnen, aber Frances hat versichert, dass die Sonne scheint«, sprang Daniel ihr bei.

»Langweilig.« Prudence dehnte das Wort. Frances nickte, um sie in dem Glauben zu lassen. Es gefiel ihr, ein Geheimnis mit Daniel zu haben, auch wenn es nur um eine so belanglose Sache wie das Flitschen von Steinen ging. Ihr Blick fiel auf Daniels Oberschenkel, die er an die Flanken seines Hengstes presste. Ohne dass sie es verhindern konnte, wanderten ihre Augen zu dem Bereich zwischen den Schenkeln, und sie musste an Kricketbälle denken.

»Guck mal, Franny, wer da heranreitet«, unterbrach Prudence ihre Gedanken. Frances beugte sich zu der Freundin, um von ihrem Sitz aus besser sehen zu können. Es war Lord Felton zusammen mit seinem Freund. Die beiden zügelten ihre Pferde. Anschließend lüfteten sie ihre Hüte, und Lord Felton lächelte Frances so offen an, dass ihr ganz warm davon wurde.

»Miss Darlington, wie schön, Sie zu sehen. Darf ich Ihnen Mister Ghosh vorstellen?« Sie nickte dem Freund zu. »Guten Tag, Major Oakley und …« Er blickte fragend zu Prudence.

»Miss Griffin«, warf Frances ein.

»Ich habe gehört, Sie sind ein großer Liebhaber des Theaters, Lord Felton«, wandte diese sich unvermittelt an den Lord. Frances sah die Freundin befremdet an. Das wäre eigentlich ihr Gesprächseinstieg gewesen.

»Das Theater ist tatsächlich eine Leidenschaft von mir«, erwiderte Lord Felton. »Der arme Mister Ghosh muss mich mindestens jeden zweiten Abend dorthin begleiten, obwohl er sich zu Tode langweilt.«

Mister Ghosh warf dem Lord einen Seitenblick zu, den Frances nicht richtig deuten konnte. Entweder mochte er es nicht, dass sein Desinteresse am Theater vor den jungen Frauen bloßgestellt wurde. Oder es stimmte gar nicht, dass er kein Interesse an den Vorführungen empfand, und der Lord machte einen Scherz auf seine Kosten. Daniels Lippen waren mit einer Spur von Missbilligung verzogen.

»Ihre Leidenschaft kann ich gut verstehen«, sagte Prudence. »Ich liebe das Theater. Diese ungewöhnliche Atmosphäre, vor allem hinter der Bühne. Wenn ich von niedrigerem Stand wäre, wäre ich sicher bestimmt eine berühmte Schauspielerin geworden.« Lord Felton lächelte amüsiert.

»Bestimmt wärst du das«, merkte Frances daraufhin ätzend an. »Wenn du mehr als eine Gedichtzeile auswendig lernen könntest.«

Prudence warf ihr einen vernichtenden Blick zu.

»Wir hatten auf unserer letzten Reise das Vergnügen, Mrs Anthea Freeman im Theater in Bath zu treffen«, sagte sie, und Frances hielt den Atem an. Wenn Prudence dem Lord als Nächstes den kaum vergessenen Skandal unter die Nase rieb, hätte Frances keine Chance mehr bei ihm.

»Wir halten den Verkehr auf«, unterbrach Daniel das Gespräch. »Wenn wir nicht Gefahr laufen wollen, lauter junge Damen zu düpieren, sollten wir uns besser wieder in Bewegung setzen.«

Frances war erleichtert. Lord Felton wendete sein Pferd und trabte neben ihrer Kutsche her. Leider auf der Seite, an der Prudence saß. Sein Freund schloss sich ihnen an. Daniel ritt ihnen ein kurzes Stück voraus. Prudence versuchte, ihre Unterhaltung mit Lord Felton fortzusetzen, dieser richtete seinen Blick jedoch nach vorn. »Von Ihnen hört man ja nur

Heldentaten, Major«, rief er Daniel zu, der seinen Hengst zurückfallen ließ, so dass er neben dem Lord zu reiten kam.

»Es mag viel über Heldentaten geredet werden, aber das ändert nichts daran, dass Krieg wenig heroisch ist«, erwiderte Daniel ernst. »Meistens ist es sogar eher ausgesprochen langweilig. Tagein und tagaus reist man im Tross zum nächsten Schlachtfeld. Eigentlich ist man ständig unterwegs.«

»Reisen ist doch so spannend. Ich wünschte, dieser Krieg würde endlich aufhören, damit ich wieder reisen kann. Es ist viel zu lange her, dass ich das letzte Mal in Indien war«, wechselte der Lord das Thema. Frances hätte gerne noch mehr von Daniels Erfahrungen im Krieg gehört und war deshalb reichlich ungehalten darüber. Prudence dagegen starrte den Lord mit großen Augen an.

»Erzählen Sie mir von Indien«, bat sie. Frances überlegte, über Prudence' Kopf hinweg eine Frage an den Lord zu stellen, kam sich aber lächerlich vor. Einen Moment starrte sie unzufrieden vor sich hin, dann drehte sie sich um und sprach Mister Ghosh an, der hinter der Kutsche ritt. »Ich nehme an, Sie haben Lord Felton auf dieser Reise kennengelernt?«

»Keineswegs«, antwortete er und ritt näher heran. »Wir haben zusammen in Oxford Jura studiert.«

»Dann arbeiten Sie als Jurist?«

»Nein.« Seine Einsilbigkeit ließ Frances beinahe den Versuch aufgeben, mit ihm Kommunikation zu betreiben. Da sah sie, wie der Lord mit Prudence zusammen lachte. Sie musste einfach mehr über ihn erfahren. Und wer wäre dafür besser geeignet als sein enger Freund? »Verbringen Sie viel Zeit mit Lord Felton?«, fragte sie geradeheraus.

»Durchaus.«

»Sind Sie überwiegend in London?«

»Wir sind auch mal in Bath oder auf seinem Landsitz in Somerset.«

Innerlich seufzte Frances auf. Mister Ghosh Informationen zu entlocken, war ungefähr so aussichtsreich, wie als junge Frau mehr über den infamen Akt zwischen Mann und Frau zu erfahren. »Waren Sie auch mal auf dem Kontinent?«, ließ sie dennoch nicht locker.

»Während des Friedens von Amiens«, erwiderte Mister Ghosh. »Zwischen den Kriegen sind wir nach Frankreich gereist, um uns die von Napoleon geraubten Bilder im Louvre anzusehen.«

»Wir?«, horchte Frances auf.

»Lord Felton ist ein großer Kunstliebhaber. Wir sind von Paris nach Italien gereist, wo wir die großen Meister in ihren Ateliers in Florenz besucht haben. Der Lord hat seine Gemäldesammlung dort ordentlich aufgestockt.« Mister Ghosh wirkte mit einem Mal wesentlich gelöster. Seine Miene hatte sich aufgehellt, so als erinnerte er sich an eine besonders schöne Zeit zurück.

»Hat der Lord eine große Sammlung? Was sind seine Lieblingsmaler?«

»Er hat gerade John Constable für sich entdeckt.«

Den Namen hatte Prudence schon mal erwähnt, fiel Frances ein. Sie ärgerte sich darüber, dass die Freundin eine Gemeinsamkeit mit dem Lord hatte. »Es gibt eine Ausstellungseröffnung der Royal Academy«, erinnerte sie sich. »Gehen der Lord und Sie dorthin?«

»Morgen.«

»Ach, was für ein Zufall. Wir werden auch da sein«, platzte Frances heraus.

»Wirklich ein Zufall. Übrigens weiß ich genau, warum Sie mir all diese Fragen stellen, Miss Darlington. Sie sind nicht die erste Debütantin, die versucht, sich über den Freund einen Vorteil zu verschaffen.« Frances spürte, wie ihr das Blut zu Kopf stieg. »Vielleicht können wir das ganze Prozedere abkürzen«, schlug Mister Ghosh vor, »indem ich Ihnen den Rat gebe, sich ein anderes Objekt zu suchen. Lord Felton hat keineswegs die Absicht zu heiraten. Das können Sie gerne auch Ihrer Freundin mitteilen.« Er nickte zu der affektiert auflachenden Prudence hinüber. Frances fühlte sich bloßgestellt und verstummte, dann fiel ihr etwas ein. Mister Ghosh mochte die Absicht gehabt haben, sie abzuschrecken, aber er hatte ihr auch die Möglichkeit gegeben, ein Gesprächsthema mit dem Lord zu finden. Sie nahm sich vor, bis morgen mehr über die großen Meister der Malerei zu lernen.

Nachdem sich Lord Felton und Mister Ghosh von ihnen verabschiedet hatten und Daniel ein kleines Stück voranritt, weil der Weg zu eng für Kutsche und Reiter wurde, fuhr Frances Prudence an: »Warum hast du dich so vorgedrängt? Du weißt doch, dass ich ihn heiraten muss.«

Für einen Augenblick sah Prudence erschrocken aus. Bis sie den Rücken durchstreckte. »Franny, du bist meine Freundin. Doch wenn es darum geht, einen einflussreichen Mann zu gewinnen, kann ich darauf keine Rücksicht nehmen.

Besser eine von uns beiden gewinnt den Lord als eine ganz andere, findest du nicht?«

»Und ausgerechnet dich soll er nehmen?«, gab Frances verletzt zurück. »Du bist die Tochter eines einfachen Knights. Ich bin die Tochter eines Lords. Der Name Darlington steht für eine lange Familientradition.«

Prudence' Stimme war kühl geworden, als sie antwortete: »Der Name Darlington ist befleckt, seit deine Schwester mit einem Dienstboten abgehauen ist. Davon werdet ihr euch niemals richtig erholen, egal, wie sehr deine Mutter um die Countesses und Dowagers herumscharwenzelt.«

Bevor Frances etwas entgegnen konnte, ritt Daniel wieder heran. Da die beiden jungen Frauen kein Wort mehr wechselten, sondern in jeweils andere Richtungen blickten, unterließ er es bald, Konversation mit ihnen zu betreiben. Frances konnte nicht fassen, was Prudence im Streit zu ihr gesagt hatte, und fragte sich, ob es daran lag, dass Rose nicht bei ihnen war. Ohne die Dritte im Bunde fühlte es sich an, als fehle etwas.

Prudence kam nicht mehr mit ins Haus der Oakleys, worüber Frances erleichtert war. Sie tauschte ihr Kleid in ihrem Zimmer gegen ein dunkelgrünes Abendkleid, dessen Rock- und Ärmelsäume apfelgrün eingefasst waren. Als sie wieder nach unten ging, fand sie Daniel im Salon vor, wo Helen und Rose auf Ottomanen gebettet waren. Er schüttelte Helen gerade das Kissen auf, als sie eintrat. Die Kranke blickte mit großen Augen zu ihm auf, während er das Kissen liebevoll unter ihren Kopf schob, und hauchte: »Danke«. Der dunkle Schatten unter den Augen verstärkte den unschuldigen Blick noch, mit dem sie Daniel ansah. Zwar war ihre Nase gerötet, dennoch hatte ihr Zustand durchaus seinen Reiz, musste Frances sich eingestehen. Vorausgesetzt, man fand schutzbedürftige junge Frauen anziehend. Vielleicht war Helen die Sorte Frau, die Daniel in seiner Hilfsbereitschaft strahlen ließ. Ein unbestimmter Ärger stieg in Frances auf, als sie sich vorstellte, wie Helen als Mrs Major Oakley jeden Morgen tapfere Worte an ihren Ehegatten auf dem Kontinent schrieb. In den Schreibpausen, die sie vor Sehnsucht emotional geschwächt einlegen musste, blickte sie in Frances' Phantasie aus dem Fenster, vor dem die Kinder, die während der Heimatbesuche gezeugt worden waren, den Kampf ihres Vaters, der mittlerweile zum General aufgestiegen war, gegen Napoleon nachspielten.

»Wo bist du denn mit deinen Gedanken?«, fragte Daniel Frances, die bemerkte, dass sie wie erstarrt an der Tür stehen geblieben war.

»Woran soll ich schon denken?«, erwiderte sie leichthin, ging zu Rose und riss ihr das Kissen unter dem Kopf weg, um es aufzuschütteln.

»Aua«, sagte Rose nur, als ihr Hinterkopf unsanft auf der Lehne auftraf. Frances stopfte das Kissen zurück. Daniel trat nah an sie heran. Sein warmer Atem kitzelte die Haut an ihrem Ohr, als er wisperte: »Ich fordere dich heraus.« Ein Schauer durchlief sie. »Wir schleichen uns vor dem Abendessen zum Serpentine River.«

Wenig später stahlen sie sich aus dem Haus und liefen zu Fuß zum Hydepark, der sich so kurz vor der Schließung bereits geleert hatte. Durch das schmiedeeiserne Tor konnten sie nur in der Ferne noch ein paar Spaziergänger erkennen. Daniel blieb zögernd stehen. »Du hast wohl Angst, dass ich gewinne?«, zog Frances ihn auf und betrat den Park.

»Nein. Aber … Ich habe vorhin nicht ausreichend darüber nachgedacht. Du und ich in der einsetzenden Dämmerung alleine hier, das schickt sich nicht.« Er hatte recht, nichts an dem, was sie taten, war schicklich für eine unverheiratete Frau ihres Standes. Wenn jemand sie sah, der sie kannte, würde ihre Ehre auf dem Spiel stehen. Und es gab niemanden, keinen Vater, keinen Bruder, nicht einmal einen Onkel, der sich für sie duelliert hätte, um Daniel dazu zu zwingen, sie zu heiraten. Sie spürte einen unheimlichen Ärger in sich aufsteigen. Wer entschied überhaupt, was sich schickte und was nicht? Gentlemen konnten dubiose Etablissements in dunklen Seitenstraßen aufsuchen. Und sie durfte nicht einmal etwas so Harmloses wie Steineflitschen an der Seite eines Mannes unternehmen, solange sie nicht verheiratet war. Aber was verboten war, hatte sie immer schon gereizt. Die Bäume warfen breite Schatten, und alles war in ein blaues Licht getaucht.

Frances ging entschlossen voraus. »Kommst du?«

Zufrieden registrierte sie, dass Daniel ihr folgte, während sie die mit Mulch bestreute Rotten Road entlangging. So ganz wurde sie nicht schlau aus ihm. Mal durchbrach er die Regeln der Gesellschaft, wurde abenteuerlustig und behandelte sie wie sein gleichberechtigtes Gegenüber. Dann wirkte er wieder steif in Konventionen gefangen.

Als Daniel sie eingeholt hatte, zog er sein rotes Jackett aus, klemmte es unter den Arm und krempelte sich die Ärmel seines Hemdes hoch. Frances blickte auf die dunklen Haare auf seinen Unterarmen und fragte sich, wo am Körper er noch überall behaart wäre.

»Bist du bereit?«, erkundigte er sich. Sie nickte und richtete die Augen schnell auf den Boden, um ein geeignetes Wurfgeschoss zu finden. Dabei zog sie sich die Handschuhe von den Fingern, die Daniel ihr in Bath gekauft hatte. Als sie sich nach einem flachen Stein bückte, um zu prüfen, ob er gut in der Hand lag, griff auch er danach. Ihre Finger berührten sich, doch keiner von ihnen zog die Hand zurück. Sie blickte in Daniels Gesicht, das durch das bläuliche Licht etwas nahezu Magisches hatte. Niemand erschien ihr so anziehend wie er. Nicht einmal Lord Felton. Langsam fuhr sie sich mit der Zungenspitze über ihre trockene Unterlippe. Seine Augen folgten ihrer Bewegung.

Da hörten sie einen Schrei. Sofort zog er seine Hand weg und sah sich erschrocken um. Die Stelle, wo seine Haut eben noch die ihre berührt hatte, kam Frances auf einmal eisigkalt vor.

»Ich glaube, das war nur ein Käuzchen«, presste Daniel hervor. »Wir sollten uns beeilen, damit man uns beim Abendessen nicht vermisst.«

Sie bekam kein Wort heraus und nickte nur. Ihre Hand zitterte von der Berührung noch so sehr, dass sie nicht glaubte, den Stein auch nur ein einziges Mal auf dem Wasser aufprallen lassen zu können. Daniel gab ihr den Stein, nach dem sie beide gegriffen hatten.

»Nimm du ihn«, wehrte Frances ab. Er hatte jedoch bereits einen anderen ausgewählt. »Du zuerst«, bat sie ihn.

Er stellte sich an den Rand des Sees, dessen Wasser beinahe schwarz aussah. Am Himmel ging der Mond auf. Daniel setzte ein Bein nach vorne, ging in die Knie und winkelte den Arm an, dann ließ er den Stein fliegen. Er kam zum ersten Mal mit der Wasseroberfläche in Berührung. »Eins«, zählte er. »Zwei. Drei. Vier …« Da ging der Stein unter. »Verdammt«, entfuhr es ihm. »Jetzt bist du dran.«

Normalerweise hätte sie ihn locker schlagen können, in diesem Moment fühlte sie sich allerdings unsicher. Mit gegrätschten Beinen ging sie leicht in die Hocke und schleuderte den Stein aus dem Handgelenk. Daniel zählte laut: »Ein, zwei, drei, vier, fünf … Du hast gewonnen!«

Er drehte sich zu ihr um, legte seinen Arm um ihre Schultern und zog sie zu sich heran. Das Ganze dauerte zwar nur einen Augenblick, aber dennoch lang genug, dass sie ein Glücksgefühl durchfuhr, und sie begriff, dass sie gegen ihren Willen in Daniel verliebt war. Vollkommen aussichtlos zwar, da er nicht heiraten wollte, doch für diesen einen Abend wenigstens wollte sich Frances ihrem Gefühl hingeben. Sie lächelte den ganzen Weg nach Hause.

Kapitel 13

Das Glück, das sie eben noch in einen goldenen Schimmer gehüllt hatte, verschwand auf der Stelle, als Frances beim Abendessen neben Lord Spinner gesetzt wurde. Hätte sie gewusst, dass der Lord zum Essen erwartet wurde, hätte sie eine Erkältung vorgetäuscht oder Prudence dazu überredet, sie mit in die Oper zu nehmen. Vermutlich hatte ihre Mutter ihr genau aus diesem Grund nichts von Lord Spinner erzählt. Rose, die sich zusammen mit Helen wieder gesund genug fühlte, um am Essen teilzunehmen, warf ihr einen mitfühlenden Blick zu. Offenbar hatte ihre Weigerung, den Lord zu heiraten, nicht ausgereicht, um ihn für immer von ihrer Gesellschaft fernzuhalten. Sie verstand nicht, was er an einer Debütantin fand, die seine Hand nicht akzeptieren wollte. In der Hoffnung, Lord Spinner möge endlich das Interesse an ihr verlieren, wechselte sie kein Wort mit ihm. Da Lady Darlington, die auf der anderen Seite des Lords saß, sich alle Mühe gab, diesen in ein Gespräch zu verwickeln, nahm Frances an, dass ihre Mutter eine Geschichte erfunden hatte, um ihn hinzuhalten. Sehnsüchtig blickte sie über den Tisch zu Daniel, der mit Helen plauderte. Die blasse junge Frau hatte an diesem Abend rosige Wangen, und ihre Augen strahlten im Kerzenschein. Was sie ihrem Sitznachbarn erzählte, schien diesen bestens zu unterhalten. In diesem

Augenblick fing er Frances' Blick auf und lächelte. Sie lächelte zurück.

»Major Oakley wird bald wieder mit seinem Regiment auf dem Kontinent einmarschieren«, sagte Sir William Oakely gerade. Frances spürte, wie sich bei dem Gedanken daran, Daniel an die Armee zu verlieren, ein enormer Druck auf ihr Herz legte. Was wäre, wenn er aus dem nächsten Feldzug nicht wieder zurückkehren würde? Sie hatte das Gefühl, keine Luft mehr zu bekommen.

»Es ist sehr heldenhaft von Ihnen, Major Oakley, dass Sie England gegen die Franzosen verteidigen«, meldete sich Helen zu Wort, die ihre Gabel ablegte. Frances hätte ihr die Zinken am liebsten in die Hand gebohrt.

»Nicht wahr?« Sir William strahlte. Daniel lächelte knapp. »Finden Sie nicht auch, Lord Spinner?«, fragte sein Vater über den Tisch hinweg.

Der Lord ärgerte sich gerade mit einer Fasanenkeule herum. Erstaunt sah er auf. »Sie meinen?«

»Mein Sohn wird zusammen mit Commander Wellesley aufbrechen.«

»Wie erfreulich«, merkte Lord Spinner an. Damit hätte das Thema des Kriegs für Frances gerne beendet werden können, doch Sir William hatte längst nicht genug davon. »Es ist eine Ehre, den eigenen Sohn in den Krieg für das Vaterland ziehen zu lassen«, sagte er. »Major Oakley wird zusammen mit den anderen tapferen Söhnen Englands dafür sorgen, dass der Franzose uns in Ruhe lässt.«

Sie bemühte sich, langsam zu atmen. In ihr war ein solcher Schmerz, dass sie am liebsten laut losgebrüllt hatte. Daniel würde für Jahre weit weg von England sein. Wenn nicht Schlimmeres passieren würde.

»Ich wäre Ihnen sehr verbunden, Major, wenn Sie mir ein paar Fläschchen Champagner schicken könnten«, meldete sich Lady Darlington zu Wort, die ihren Mops die letzten Tropfen aus ihrem Weinglas schlabbern ließ.

»Ich fürchte, ich komme gar nicht erst nach Frankreich«, erwiderte Daniel. »Die Schlachten gegen Napoleons Armee werden zurzeit in anderen Ländern geführt.«

»Das ist ausgesprochen schade«, entgegnete die Lady. »Ich nehme an, in Spanien gibt es keinen Champagner?« Daraufhin sah Lady Oakely sie missbilligend an.

»Wir werden eine Karte anlegen und all die Stationen eintragen, an denen Sie kämpfen, Major Oakley«, schlug Helen vor. Daniel lächelte. Frances nahm wahr, wie Sir William und Lady Oakley einen Blick wechselten, den sie nicht ganz deuten konnte, dennoch stieß er ihr aus einem unerfindlichen Grunde gehörig auf.

»Was sollen wir Frauen auch sonst machen, wenn die Männer in den Krieg ziehen«, sagte Lady Oakley. »Der heroische Akt der Männer ist der Kampf. Für uns Frauen ist es das geduldige, enthaltsame Warten in der Heimat.«

»Warum sollten sich Frauen denn vom Leben zurückziehen, nur weil ihre Männer auf dem Kontinent sind?«, warf Lady Darlington ungerührt ein. »Wenn wir auf Champagner und französische Parfüms verzichten müssen, ist das Opfer genug.«

Lady Oakley blickte empört auf, doch bevor sie etwas sagen konnte, platzte Helen heraus: »Eine Frau wird das Warten niemals als Opfer ansehen. Wenn sie aufrichtig liebt.« Erstaunt sahen alle zu ihr, woraufhin sie den Blick senkte und auf ihrem Stuhl zu schrumpfen schien. »Ich habe mich vergessen, verzeihen Sie bitte.«

»Schon gut, mein Kind«, sagte Sir William milde. »Du hast mit dem Herzen gesprochen, wer könnte dir das übel nehmen.« Wieder sahen er und seine Frau sich vieldeutig an, woraufhin Frances ganz anders wurde. War es möglich, dass Daniels Eltern Helen als zukünftige Frau ihres Sohnes in ihr Haus geladen hatten? Obwohl das Gespräch nun eine andere Wendung nahm, konnte Frances nicht aufhören, über diesen Verdacht nachzudenken. Die stille, brave Helen war tatsächlich eine geeignete Kandidatin, um Daniels Frau zu werden, obwohl sie vermutlich keine große Mitgift hatte. Doch die Oakleys waren reich genug, um dies ausgleichen zu können. Mit ihren fast fünfundzwanzig Jahren konnte Helen froh sein, überhaupt noch verheiratet zu werden. Dankbar und geduldig würde sie darauf warten, dass ihr Mann von der Front zurückkehren würde. In Frances stieg eine unfassbare Wut über Helens Geduld auf. Ausgerechnet diesen Moment suchte diese sich aus, um Frances anzusprechen: »Kannst du mir bitte das Salz anreichen?«

Sie reagierte nicht. Nach peinlichem Schweigen griff Daniel nach dem Salz und gab es Helen. Der Blick, mit dem er Frances daraufhin streifte, war ungehalten. Sie fühlte sich schuldig, denn sie durfte es der jungen Frau nun wirklich nicht übel nehmen, dass sie die Gelegenheit ergriff, in ihrem Alter einen Major zu heiraten. Die Wut, die Frances eben noch auf Helen verspürt hatte, richtete sie stattdessen gegen

Daniel. Hatte er nicht vor Kurzem erst mit Überzeugung verkündet, dass er nicht heiraten wollte? Was fand er dann auf einmal an Helen?

Lord Spinner nutzte die Gelegenheit, um über die Fasanenkeule hinweg, die er abgenagt hatte, seine Ansichten über Ehe und Frauen kundzutun. »Geduld ist die größte Tugend einer Frau. Es ist sehr erfreulich, in der Gegenwart von jungen Frauen zu sein, die die Zartheit ihrer Reputation durch Geduld zu erhalten wissen.«

Seine selbstgefälligen, paternalistischen Worte provozierten Frances bis ins Mark. Sie spürte, wie ihr die Wut in den Kopf stieg. Und auch wenn ihr bewusst war, dass Lord Spinner nur das aussprach, was viele Gentlemen dachten, fühlte sie einen unbändigen Hass gegen ihn. Unter dem Tisch nahm sie wahr, dass Rose sie warnend gegen das Schienenbein trat. Es war zu spät. Die Wut platzte aus Frances heraus.

»So ein Blödsinn«, entfuhr es ihr, und alle wendeten ihr die Köpfe zu. »Frauen sollten ebenso frei durchs Leben gehen können wie Männer, schließlich haben sie nur das eine.«

»Frances!«, wurde sie von ihrer Mutter scharf ermahnt, aber sie hörte gar nicht hin, sondern sprach einfach weiter, und redete sich ihren ganzen aufgestauten Frust von der Seele. »Frauen sollten nicht in ein viel zu enges Leben hineingezwängt werden. Sie sollten ein Leben wählen können, das groß genug für sie ist, damit sie sich darin entwickeln können.«

»Unerhört!«, meldete sich Lady Oakley zu Wort. Helen war blass geworden, nur Rose nickte, wenn auch beinahe unmerklich. Daniel sah Frances durchdringend an, während sein Vater voller Abscheu den Kopf schüttelte.

»Woher hat diese junge Frau nur diese libertären Ansichten?«, fragte Lord Spinner schockiert.

»Gewiss nicht von mir«, behauptete Lady Darlington. »Sicher hat sie im Fieberwahn geredet. Sie muss sich bei Rose und Helen angesteckt haben. Bitte sehen Sie ihr das nach, mein lieber Lord.« Sie legte ihm die Hand auf den Arm. Dann traf ein Blick scharf wie ein Eispickel ihre Tochter. »Du gehst sofort auf dein Zimmer und legst dich hin.«

Frances tat nichts lieber als das. Sie stieß ihren Stuhl zurück und rannte aus dem Raum. Etwas später folgte ihre Mutter ihr. Mit deutlicher Abscheu starrte sie ihre Tochter an. »Denk nicht, es wäre mir verborgen geblieben, was du mit deinem unverschämten Benehmen beabsichtigst«, wetterte sie. »Ich weiß, dass du denkst, du könntest einer Heirat mit dem Lord entkommen, wenn du nur frech genug bist, um ihn abzuschrecken. Aber glaube mir, wenn du Lord Spinner endgültig vertreibst, wirst du schneller im Asylum landen, als du denkst!«

»Das hat Frances nicht wirklich gesagt?«, lachte Prudence auf dem Weg zur Royal Academy ungläubig auf, als sie von Rose über den Eklat beim gestrigen Abendessen in Kenntnis gesetzt wurde.

»Doch, das hat sie«, versicherte Rose, während sie aus der Kutsche kletterten. »Und ich wusste nicht, ob ich lachen oder weinen sollte. Das war so mutig und gleichzeitig so leichtsinnig von dir, Franny.«

»Es ist wirklich ein Wunder, dass dich deine Mutter noch nicht ins Asylum gebracht hat«, merkte Prudence an.

»Sie steckt in einer Zwickmühle, denn sie will ja unbedingt, dass ich reich heirate. Wenn sie mich nach Bethlem schickt, wird sie leer ausgehen«, erwiderte Frances ehrlich. »Sonst wäre ich vermutlich schon längst dort.«

»Du kannst dich jederzeit bei mir verstecken, wenn es mal so weit sein sollte«, versprach Prudence ihr. »Ich werde mich um dich kümmern, auch wenn ich verheiratet bin.«

Mit einem Mal verzieh Frances der Freundin ihre Avancen gegenüber Lord Felton – zumindest fast. Sie blickte sich zu Daniel um, der in ein Gespräch mit Helen vertieft war. Seit ihrem gestrigen Ausbruch hatte er kein Wort mehr mit ihr gewechselt. Sosehr sie sich zu dem lockeren, witzigen Daniel hingezogen fühlte, der er auf ihrer Reise und in Momenten wie beim Steineflitschen war, so abgestoßen war sie von dem steifen Major, der versuchte, es seinen Eltern recht zu machen. Sollte er doch mit Helen glücklich werden, sie kümmerte das nicht mehr, denn sie hatte ganz andere Sorgen. Frances konnte nur hoffen, in der Ausstellung auf Lord Felton zu treffen.

Das aus hellem Stein errichtete Gebäude des Somerset House – direkt an der Themse gelegen – war mit geraden, schlichten Säulen, die die Fassade schmückten, nach griechischem Ideal entworfen worden und strahlte eine nüchterne Rationalität aus, in deren Gegensatz die Säle im Inneren standen, die von Kunst nur so überquollen. An den hohen moosgrünen Wänden hingen von oben bis unten dicht an dicht die Werke der Künstler der Royal Academy. Langsam gingen Gruppen von Gentlemen und herausgeputzten Ladys zwischen den Sälen umher und musterten einander ebenso kritisch, wie die Gemälde beäugt wurden. Ein Teil der sich in den Sälen drängenden Anwesenden schien sogar mehr auf die Besucher als auf die Kunst konzentriert zu sein. Frances' Aufmerksamkeit war ganz auf die zahlreichen Männerrücken gerichtet. Bisher hatte sie Lord Felton noch nicht darunter entdecken können. Prudence hingegen war völlig von den Gemälden fasziniert.

»Achte mal auf den Pinselstrich«, bemerkte sie schwärmerisch. »Wenn du nahe herangehst, kannst du erkennen, wie dick die Farbe aufgetragen ist, aber wenn du dich weiter weg hinstellst, wirkt es einfach nur wie eine Reflexion von Sonnenlicht auf dem Weinglas.« Frances warf einen schnellen Blick darauf, bevor sie weitergingen.

»Sieh dir das an«, flüsterte Prudence hingerissen, als sie in der Mitte des Saales vor einer Marmorskulptur stehen blieben, die ein sich küssendes Paar zeigte. Mann und Frau waren lebensecht aus Stein gehauen und bis auf ein Tuch mit Faltenwurf fast nackt. Rose musterte die weibliche Skulptur interessiert. Was die Details offenbarten, überraschte Frances nach anderthalb Jahren im Mädchenpensionat nicht sonderlich. In Schottland hatte sie so viele Mädchenkörper gesehen, dass sie wusste, wie unterschiedlich Brüste, Bäuche und Hintern geformt sein konnten. Stattdessen unterzog sie die Männerskulptur, deren Geschlecht von einer geschickt platzierten Hand vollständig verdeckt wurde, einer genaueren Betrachtung. Sie fragte sich, wer von ihren Bekanntschaften einen derart athletischen Körperbau haben mochte, und musste an Lord Felton denken, dessen enge Hosen ähnlich wie bei dem Mann aus Stein wohldefinierte Waden offenbarten und auch sonst nicht viel der Vorstellungskraft überließen. Wie aus einem Impuls heraus wandte sie sich dann zu Daniel um, der vor einer weiteren halb nackten Frauenstatue stehen geblieben war, deren Brustwarzen so lebensecht aus dem Tuch herausstachen, das in Falten über sie fiel, als wären sie gar nicht bedeckt. Ob er einen solchen Frauenkörper als Schönheitsideal ansah? Frances hatte große, schwere Brüste, die hingen, wenn sie kein Mieder trug, um sie hochzuschnüren. Auch war ihr Bauch wesentlich fülliger als der der Statue, und ihre Beine waren längst nicht so glatt. In diesem Augenblick drehte sich Daniel um und beobachtete sie. Rasch tat sie, als hätte ein Gemälde an der Wand ihre Aufmerksamkeit gefesselt und stellte sich mit dem Rücken zu ihm hin. Als er hinter sie trat, brachte seine Nähe ihre Haut zum Prickeln.

»Frances, mit deinem Benehmen schadest du dir nur selbst«, sagte er, und das Prickeln hörte schlagartig auf.

»Es ist mir egal, was sich schickt«, entgegnete sie aufgebracht. »Und ich dachte, du würdest auch nicht so viel Wert darauf legen. Oder warum hast du die Wette mit mir durchgezogen?«

»Davon rede ich nicht«, widersprach er. »Es geht darum, dass es Dinge gibt, die du besser nicht in Anwesenheit von Leuten wie Lord Spinner aussprichst.«

»Du passt mit deiner Schicklichkeit wirklich perfekt zu Helen«, fuhr sie ihn an. »Bald wirst du wieder in den Krieg ziehen, und was dann? Dann stirbst du vielleicht auf dem

Schlachtfeld und hast dein Leben damit zugebracht, es allen anderen recht zu machen, nur nicht dir selbst.«

Daniel blickte sie nun derart intensiv an, dass sie nicht wusste, ob er es aus Wut oder Abscheu tat oder was auch immer er in diesem Moment empfinden mochte. Seine rote Uniformjacke war wie eine Rüstung, die ihn steif und unzugänglich machte und hinter der er sein wahres Ich verbarg.

»Franny, das musst du dir ansehen«, rief Prudence sie herbei und zeigte auf ein Bild, das die halbe Wand einnahm. »Kannst du dir das vorstellen?«, flüsterte sie. »Dass ein Bild, das du gemalt hast, hier hängt. Hier, in diesen Hallen voller großartiger Gemälde?« Vorstellen konnte sich das Frances natürlich nicht, da sie kein Talent zum Malen besaß, aber sie verstand, was Prudence meinte, und verspürte auch den Wunsch dahinter, dass etwas, das man selber tat, eine solche Wirkung auf andere haben könnte. »Ach, was rede ich da«, lachte die Freundin auf. »Hier wird nie eine Frau hängen.«

»Und das ist einfach unfair«, entfuhr es Frances. »Ich wünschte, deine Bilder wären darunter, damit jeder sehen kann, was für eine fantastische Künstlerin du bist, Pru.«

»Das kannst du nicht machen.« Rose sah Frances entgeistert an, als diese sich im Nachthemd zu ihr ins Zimmer geschlichen hatte.

»Warum nicht?«

»Weil … Was ist, wenn dich jemand dabei sieht? Du würdest den Skandal nicht überleben.«

Rose traf damit einen Punkt, das musste Frances zugeben. Was sie vorhatte, war nicht ohne Risiko.

»Dann muss ich eben unsichtbar werden«, sagte sie.

»Und wie willst du das anstellen?« Rose lachte sie aus. »Bist du ein Geist, der durch Wände gehen kann? Du hast wirklich zu viele Schauerromane gelesen, Franny.«

»Überleg mal, wenn wir unsere neuen Kleider überziehen und in Kutschen spazieren fahren, tun wir das, weil wir gesehen werden wollen. Und wenn wir einmal genau das Gegenteil davon machen?«

»Ich kann dir nicht folgen«, erwiderte Rose.

»Dann vertrau mir einfach und erfinde eine Ausrede, falls jemand meine Abwesenheit bemerken sollte.«

»Das werde ich nicht tun«, insistierte die Freundin. Frances sah sie enttäuscht an, bis Rose fortfuhr: »Wenn du glaubst, dass ich dich alleine losziehen lasse, irrst du dich gewaltig, Frances Darlington. Ich komme auf jeden Fall mit.«

Die Gentlemen, die ihnen auf dem Gehweg entgegenkamen, wichen ihnen nicht aus und tippten auch nicht zur Begrüßung an den Rand ihrer Hüte. Stattdessen gingen sie stur geradeaus und erwarteten, dass Rose und Frances einen Bogen um sie machten. Nicht an dieses unhöfliche Benehmen gewöhnt, blieb Rose verwundert stehen und wurde prompt von einem der Herren angerempelt. Er lief weiter, ohne sich bei ihr zu entschuldigen. Erstaunt sah sie ihm nach.

»Das klappt wirklich«, stellte sie fest.

»Sag ich ja«, gab sich Frances locker, dabei klopfte ihr das Herz bis zum Hals, um den sie ein fadenscheiniges Wolltuch gelegt hatte. Sie trugen ausgeblichene Kleider, deren Schnitt vor vielen Jahren modern gewesen war, hatten geflickte Schürzen darüber gebunden und ihre Taschenbeutel mit den Münzen und Fächern gegen Eimer und Besen ausgetauscht. Über die hochgesteckten Haare waren Hauben gestülpt, deren Ränder ihre Gesichter unvorteilhaft umrahmten. Die Kleidungsstücke stammten von den Dienstmädchen der Oakleys, denen Frances Geld dafür gegeben hatte, um sie sich leihen zu können. Ihre Mütter hatten glücklicherweise noch geschlafen, als sie das Haus heimlich durch den Küchenausgang das Haus in diesem ungewöhnlichen Aufzug verließen.

»Was hast du Helen denn erzählt, wo wir heute Morgen sind?«, erkundigte sich Rose.

»Ich habe behauptet, wir würden in die Kirche gehen, um für unsere zukünftigen Ehemänner zu beten«, behauptete Frances.

»Das hast du nicht!« Rose kicherte.

»Natürlich nicht. Sonst wäre sie nachher noch mitgekommen.«

Rose gab Frances einen Hieb auf die Brust. »Du bist gemein. Helen kann nichts dafür, dass sie komplett von dem guten Willen anderer abhängig ist und ihre einzige Chance, etwas an ihrem Leben zu verändern, in der Ehe besteht.«

»Ist das nicht bei uns allen so?«, konterte Frances, als sich ein Laufbursche unsanft an ihnen vorbeidrängte. Sie presste eine Hand auf den Gegenstand unter ihrem Kleid, den sie sich auf den Bauch gebunden hatte, um ihn am Rutschen zu hindern. »Kann es sein, dass deine Eltern Helen mit Daniel verheiraten wollen?«, platzte es aus ihr heraus. Im nächsten Moment ärgerte sie sich über sich selbst. Rose wirkte überrascht.

»Daniel mit Helen? Meinst du?«

Frances war erleichtert, dass dies bei den Oakleys augenscheinlich noch nicht besprochene Sache war. Dann fuhr Rose nachdenklich fort: »Es würde schon Sinn ergeben. Meine Mutter ist seit vielen Jahren mit Helens Mutter eng befreundet und fühlt sich als Patentante verantwortlich für ihre Zukunft. Und da Daniel bald wieder in den Krieg zieht, würde Helen bei meiner Mutter wohnen und ihr Gesellschaft leisten können, wenn ich …« Roses Stimme brach.

»Wenn du verheiratet bist«, vervollständigte Frances. Die Freundin nickte mit zusammengepressten Lippen, einen unglücklichen Ausdruck im Gesicht.

»Glaubst du denn, dass dein Bruder Helen wirklich heiraten will?«, wagte sie die Frage auszusprechen. »Er hat euren Eltern doch gesagt, dass er keine Witwe hinterlassen möchte.«

»Warum interessiert dich das denn so?«, wollte Rose wissen. Frances konnte das nicht beantworten, ohne sich zu verraten. In diesem Moment kippte eine Frau ihnen einen Eimer Dreckswasser vor die Füße.

»Pass auf!«, herrschte Rose sie an.

»Pass selber auf, wo du hinläufst, du Funz«, gab die Frau unbeeindruckt zurück. Rose und Frances lachten ungläubig. Nie zuvor hatte jemand auf der Straße so mit ihnen geredet.

Als sie an Somerset House ankamen, wurde die Ausstellung gerade für den Publikumsbetrieb geöffnet. Noch waren keine Besucher zu sehen. Die Freundinnen blickten sich an und atmeten tief durch. Frances betrat als Erste die Eingangshalle. Rose folgte ihr bis zu der Stelle, die Frances sich für ihr Vorhaben ausgesucht hatte. »O mein Gott, Franny, was machen wir hier bloß?«

»Sei still und tu so, als würden wir putzen.«

Daraufhin fuhr Rose mit dem Besen über den Boden. Vor lauter Aufregung ging sie dabei so fahrig vor, dass ihr der Besen aus der Hand fiel. Als der Stiel auf dem Boden aufschlug, hallte es laut.

»Wir fliegen noch auf, wenn du so nervös bist. Reiß dich zusammen«, zischte Frances.

»Du bist lustig«, entgegnete Rose außer Atem. »Mein ganzer Körper zittert. Hier, guck mal.« Sie hob ihre Hand.

Frances nahm nun aus den Augenwinkeln einen Schatten wahr, der sich ihnen näherte. »Sei still«, raunte sie der Freundin zu und bewegte ihren Besen über den Steinboden. Ein Aufseher kam auf sie zu.

»Was macht ihr da?«, fragte er schroff. Rose sah panisch zu Frances, die in diesem Augenblick den Skandal heraufziehen sah, der drohen würde, wenn herauskäme, dass Debütantinnen als Dienstmädchen verkleidet durch Londons Straßen zogen. Ihre Mutter würde keine Probleme haben, Frances' Einweisung ins Asylum vor der Gesellschaft zu rechtfertigen. Um das zu verhindern, musste sie etwas sagen, doch die Worte steckten in ihrer Kehle fest. Sie hustete ein paarmal trocken.

»Wir putzen«, presste sie endlich heiser hervor.

Der Aufseher unterzog sie einer genaueren Untersuchung. »Ich habe euch noch nie hier gesehen. Wer hat euch geschickt? Wollt ihr was stehlen?«

Rose wurde blass und griff nach Frances' Hand. »Aber nein, im Gegenteil, wir …«

Bevor sie sie verraten konnte, kniff Frances ihr mit der freien Hand in den Oberarm. Rose unterdrückte einen Schrei.

»Wir sind aus dem Haushalt von …«, suchte Frances nach einer Ausrede. »Von Lord Spinner. Genau. Er will seiner Ausgewählten einen Antrag machen. Heute. Hier. Weil … Weil sie eine große Kunstliebhaberin ist. Und er will, dass alles dafür hergerichtet wird. Der Lord hat das mit den Herren von Somerset House abgesprochen.« Dann schlug sie sich die Hand vor den Mund. »Sie dürfen es nicht verraten, versprechen Sie das? Das sollte ein Geheimnis bleiben. Der Lord wirft uns raus, wenn die Überraschung schiefgeht. Bitte, verraten Sie nichts.« Rose nickte die ganze Zeit übertrieben. Der Aufseher wirkte derweil recht verwirrt, so als müsse er über Frances' Redeschwall erst in Ruhe nachdenken. Sie standen da und warteten darauf, dass er etwas sagte. Dabei merkte Frances, wie das Bild, das sie sich auf den Bauch gebunden hatte, langsam verrutschte. Wenn es zu Boden fiel, würde der Mann sie ganz bestimmt für Diebinnen halten. Wie sollten sie ihm auch erklären, dass sie ein Bild in die Kunstausstellung hinein- und nicht herausschmuggeln wollten. Sie presste so unauffällig wie möglich eine Hand gegen das Bild, um es am Rutschen zu hindern.

Der Aufseher ging um sie herum. »So, so«, sagte er. Warum konnte er nicht einfach verschwinden und sie in Ruhe lassen. Frances schnappte nach Luft. »Wir müssen allmählich unsere Arbeit machen«, sagte sie und versuchte, das Beben in ihrer Stimme zu unterdrücken, was ihr nicht gelang.

»So geht das nicht«, meldete sich der Aufseher zu Wort. »Meint ihr etwa, dass ihr damit durchkommt?« Frances schloss die Augen. Sie wollte sich nicht vorstellen, was ihre Mutter sagen und tun würde, wenn sie aufflogen.

»Hier ist alles noch voller Fußspuren«, sagte der Mann. »Die müssen weg, sonst wird Lord Spinners Hose ganz schwarz, wenn er vor seiner Auserwählten auf die Knie geht.«

Rose atmete hörbar aus. »Das mache ich sofort.« Sie begann, mit dem Besen hektisch über die Stelle zu kehren, auf die der Mann zeigte. Frances rührte sich nicht und atmete flach. Das Bild hing ihr fast auf den Füßen.

»Und du, steh hier nicht so faul rum und lass deine Freundin die ganze Arbeit machen. Na los!«

»Ich kann nicht. Ich habe mir am Rücken wehgetan und muss mich kurz ausruhen«, log sie.

»Dienstmädchen werden auch immer fauler«, brummte er, drehte sich um und ging. Als er um die Ecke des Durchgangs in einen anderen Saal gegangen war, rang Frances hektisch nach Luft und brachte somit das Bild endgültig zu Fall. Mit einem Krachen schlug es auf den Boden auf. Geistesgegenwärtig hockte sie sich so hin, dass der Saum ihres Kleides über das Bild fiel. Rose warf ihren Eimer um. Der Aufseher kam schon zurück. »Was ist passiert?«

Demonstrativ hob Rose den Eimer auf. »Ein Missgeschick. Das hallt hier ja ganz schön laut«, rief sie in den Saal hinein. Derweil nahm Frances eine Bürste und begann, über den Boden zu schrubben. Hoffentlich bemerkte der Mann nicht, dass sie kein Wasser dabeihatten. Er schüttelte den Kopf und brummte etwas in sich hinein, dann ging er wieder. Sie warteten, bis er verschwunden war, bevor Frances zum Durchgang lief und von dort beobachtete, was er tat. In einiger Entfernung blieb er vor der nackten Frauenstatue aus Marmor stehen und umfasste mit den Händen ihre Brüste. Nun gab Frances Rose das Kommando: »Jetzt! Schnell!«

Rose zog einen Hammer aus ihrer Schürzentasche, hielt den Nagel an die einzige freie Stelle an der Wand und schlug auf ihn ein. Beim ersten Mal haute sie sich auf den Daumen. Sie unterdrückte einen Schrei und steckte sich den Finger in den Mund. »Mach weiter!«, forderte Frances sie auf, die den Aufseher im Blick behielt. Er hatte auf den Lärm hin die Hände von den Brüsten genommen. Rose schlug ein weiteres Mal, diesmal verschwand ein großes Stück des Nagels in der Wand. Nun zog Frances in Windeseile das Bild unter ihrem Rock hervor und hängte es auf. Schnell rutschten sie so weit weg von der Wand wie nur möglich und taten, als würden sie kehren. Keinen Augenblick zu früh, denn der Aufseher kam zurückgeeilt. »Was macht ihr für einen Dauerkrach?«

»Der Eimer ist so laut, wenn man ihn auf den Boden stellt«, behauptete Rose und führte vor, wie der Blecheimer auf dem Steinboden schepperte.

»Wir sind auch schon fertig«, warf Frances rasch ein und stellte sich so, dass der Aufseher dem Bild, das sie soeben aufgehängt hatten, den Rücken zukehrte.

»Ja, geht und lärmt in Lord Spinners Haushalt weiter, aber lasst uns hier in Ruhe«, schimpfte der Mann, während sie in Richtung Ausgang davonliefen. Erst als die Tür hinter ihnen zugefallen war, begriffen sie richtig, dass ihr Abenteuer gelungen war. Frances stieß einen lauten Jubelschrei aus, und Rose tat es ihr nach. Die Blicke der Passanten richteten sich auf sie, als sie hysterisch zu lachen anfingen. Sie lachten so sehr, dass ihnen Tränen die Wangen herunterliefen und sie sich die Bäuche halten mussten.

Kapitel 14

Durch die Aufregung war ihnen ihre Abwesenheit enorm lang erschienen. Tatsächlich war Lady Oakley gerade erst auf dem Weg zum Frühstück, als Rose und Frances die Treppe hinaufhuschten, um sich umzuziehen. Rose hielt die Freundin warnend fest. »Meine Mutter.« Um sich zu verstecken, war es zu spät. Einer Eingebung folgend senkten sie die Köpfe und gaben vor, das Treppengeländer zu polieren, als Lady Oakley summend an ihnen vorbeiging. Unmittelbar darauf blieb sie jedoch stehen. Rose und Frances beugten sich noch tiefer. Glücklicherweise hatten sie die Hauben so heruntergezogen, dass kein Haar hervorlugte, und der altmodische Kleiderschnitt und die Schürzen verhüllten ihre Figuren. Sie spürten, wie die Hausherrin sie durchdringend musterte. Endlich setzte Lady Oakley ihren Weg fort. Sie wagten noch nicht, ihre gekauerte Haltung aufzugeben. Unten in der Halle hörten Rose und Frances, wie die Lady den Butler ansprach: »Sind die Mädchen neu?«

»Die Mädchen, Mylady?«

»Die die Treppe putzen.«

»Ich kümmere mich darum.«

Sie hörten die Schritte des Butlers auf die Treppe zukommen. So schnell sie konnten, liefen Frances und Rose in ihre Zimmer und zogen sich in Windeseile um. Als sie kurz darauf nach unten gingen, stand der Butler in der Mitte der Treppe und wunderte sich. Frances und Rose waren noch so euphorisch von ihrem Abenteuer, dass sie zu kichern begannen. In dieser ausgelassenen Stimmung betraten sie den Speiseraum, wo Lady Oakley, Sir William, Lady Darlington mit Muzzle, Daniel und Helen bereits saßen. Alle sahen auf, als sie hereinkamen.

»Junge Mädchen sollte man sehen, aber nicht hören«, beschwerte sich Sir William hinter seiner Zeitung.

»Es wird Zeit, dass unsere Tochter einen Verehrer findet«, merkte seine Frau an. Rose verstummte sofort. Die Ausgelassenheit war dahin. Frances setzte sich schweigend neben ihre Mutter, die ihr nicht einmal zunickte, so verstimmt war sie wegen Lord Spinner. Nur Daniel und Helen wünschten ihnen einen guten Morgen. Frances versuchte, sich von der schlechten Laune Lady Darlingtons nicht beeinflussen zu lassen, und bediente sich ausgiebig an den Würsten.

»Und was habt ihr heute vor?«, fragte Daniel, nachdem die Eltern im Anschluss an ein schweigsames Frühstück aufgestanden waren.

»Wir möchten die Kunstausstellung von gestern ein weiteres Mal ansehen«, sagte Frances, und Rose nickte bekräftigend. Helen und Daniel wirkten überrascht. Protest kam ausgerechnet von Prudence, die gerade zu Besuch kam.

»Lasst uns lieber einkaufen gehen. Ich brauche dringend ein paar neue Bänder für meine Hüte.«

»Ich begleite euch«, schlug Daniel vor.

»Wir wollen aber in die Ausstellung«, beharrte Frances.

»Blödsinn.« Prudence wirkte irritiert. »Ihr interessiert euch doch gar nicht so sehr für Kunst.«

»Das tun wir wohl«, insistierte Rose.

»Du hast uns mit deiner Leidenschaft für Gemälde beeinflusst«, behauptete Frances.

»Schön.« Prudence rollte mit den Augen. »Dann gehen wir nach dem Einkaufen ein zweites Mal in die Ausstellung. Ich habe nichts dagegen, nur werdet ihr euch schrecklich langweilen, weil ihr bereits alles kennt.«

Niemand konnte allerdings garantieren, ob das Bild, das Frances und Rose hineingeschmuggelt hatten, am Nachmittag noch dort hängen würde. Sie mussten so bald wie möglich zum Somerset House gehen, bevor es entdeckt wurde. »Wir wollen zuerst in die Ausstellung«, beharrte Frances darauf.

»Dann macht ihr das, und Helen und ich gehen einkaufen«, bestimmte Prudence.

Rose fügte schnell hinzu: »Helen will auch lieber in die Ausstellung«, woraufhin diese verblüfft aussah, aber nicht protestierte. Daniel hatte seine Stirn derweil in Falten gelegt und betrachtete seine Schwester nachdenklich, dann blickte er Frances prüfend an.

»Was hat euch an der Ausstellung eigentlich so sehr gefesselt, dass ihr unbedingt wieder hinwollt?«, fragte er herausfordernd.

»Die Marmorstatuen«, platzte es aus Frances heraus. Daniel und Prudence grinsten.

»Doch, doch, die Marmorstatuen sind es allemal wert, ein zweites Mal gesehen zu werden«, gab die Freundin endlich nach. »Und dann gehen wir einkaufen.«

Die Erleichterung wich einer überbordenden Nervosität als sie der Ausstellungshalle näher kamen. Obwohl sie so kurz davorstanden, Prudence zu überraschen, konnte noch viel schiefgehen. Vor allem weil diese in der Eingangshalle stehen blieb, da sie Bekannte getroffen hatte, andere Debütantinnen, mit denen sie Banalitäten austauschte. Frances tippte mit dem Fuß auf und ab, während Rose mit den Zähnen an der Nagelhaut ihres Daumens knabberte. Daniel stieß seine Schwester in die Seite. Sie rollte mit den Augen, ließ aber von ihrem Finger ab und zupfte Prudence am Ärmel ihrer kurzen Jacke. »Komm schon, Pru, wir wollen weiter.«

Kaum hatten sie es geschafft, mit der Freundin den ersten Saal zu betreten, kam der Aufseher auf sie zu. Hastig zogen sich Rose und Frances ihre Hüte tiefer ins Gesicht, und Rose tat, als müsse sie ihre Nase mit dem Taschentuch abtupfen. Just in diesem Augenblick fragte Daniel Frances, ob sie sofort zu den Marmorstatuen gehen wollten.

»Später«, antwortete sie leise. Daniel runzelte die Stirn. Immerhin schien es nicht so, als würde der Aufseher sie mit den Putzfrauen in Verbindung bringen. Doch sie hatten ihm gerade erst den Rücken zugekehrt, da sprach er jemanden an: »Guten Tag, Lord Spinner.« Frances und Rose erstarrten. Vorsichtig linste Frances über die Schulter. Es war tatsächlich der Lord, der nach ihnen den Saal betreten hatte. Nicht auszudenken, was passieren würde, wenn der Aufseher sich ihm gegenüber verplapperte.

»Ich wünsche Ihnen viel Erfolg bei Ihrem Vorstoß«, sagte dieser prompt. Aus den Augenwinkeln beobachtete Frances, wie Lord Spinner den Mann zunächst verdutzt, dann ungehalten über dessen Vertraulichkeit musterte. Ohne ein Wort der Erwiderung ging er weiter. Der Aufseher hatte offenbar auf einen kleinen Obolus aus den Händen des liebestollen Lords gehofft, weshalb er ihm grimmig nachsah. Frances stand nun gleich vor zwei Herausforderungen: Sie musste Lord Spinner geschickt ausweichen und Prudence zum Bild führen.

»Kannst du mit Daniel in den nächsten Saal weitergehen?«, bat sie Helen. Diese wirkte verwundert, stellte aber keine Fragen. Vermutlich war es ihr nur recht, mit ihm allein zu sein, nahm Frances unzufrieden an.

Endlich gelang es ihr, Prudence zu der Wand zu steuern, an der das kleine Bild zwischen zwei ausladenden Gemälden Platz gefunden hatte. Die Freundin stand nun direkt davor.

»Was? O nein, das glaube ich nicht! Das ist ja nicht zu fassen. Mein Bild!« Mit Tränen in den Augen sah sie Frances und Rose an. »Da steckt ihr doch hinter!«

»Freust du dich?«, fragte Rose verunsichert. Prudence fing gleichzeitig zu weinen und zu lachen an.

»Das ist einfach nur … unglaublich.« Sie musste ihr Gesicht hinter ihrem Fächer verstecken, weil eine Gruppe von Gentlemen und Ladys zu ihnen trat, um das Bild zu betrachten, das das Mädchenpensionat in der schottischen Landschaft zeigte, vor dem drei kleine Gestalten standen.

»Erstaunlich moderne Farbwahl«, kommentierte einer der Herren.

»Sehr kräftiger, mutiger Pinselstrich«, sagte ein anderer.

»Ungewöhnliches Motiv. In der natürlichen Schlichtheit beeindruckend«, mischte sich eine der Frauen ein.

Die drei Freundinnen wechselten amüsierte Blicke, und Prudence strahlte vor Stolz. Frances spähte durch den Durchgang zu Helen und Daniel, die in der anderen Halle standen und plauderten. Es tat ihr weh, die beiden so vertraut miteinander zu sehen. Weil Daniel Prudence' Bild jedoch erkennen würde, war es wichtig, ihn davon fernzuhalten. Nun traten zwei weitere Männer vor das Bild.

»Interessant«, merkte der eine an.

»Phantastisch«, sagte der andere. Es war Lord Felton. Frances' Herz setzte für einen Augenblick aus.

»Lord Felton«, entfuhr es ihr.

»Miss Darlington. Wie geht es Ihnen?« Er deutete eine Verbeugung an und lächelte, dann erkannte er auch Prudence. »Miss Griffin. Sehr erfreut.« Anschließend wandte er sich zusammen mit dem anderen Mann wieder dem Bild zu. Erst jetzt registrierte Frances Mister Ghosh, der in der Nähe stand. Sie nickte ihm zu, und er erwiderte ihre Begrüßung mit einer Verbeugung, dabei lächelte er verkniffen. »Mister Ghosh, was für eine Überraschung, Sie zu treffen. Ich dachte, Lord Felton und Sie hätten die Ausstellung gestern bereits besucht«, sprach sie ihn an.

»So war es geplant«, erwiderte er. »Doch Lord Felton hat eine Stute zum Kauf angeboten bekommen und wollte unbedingt zuschlagen, bevor ihm ein anderer zuvorkommt.«

Frances konzentrierte ihre Aufmerksamkeit wieder auf den Lord und seinen Begleiter, während die beiden über das Bild fachsimpelten. »Die Striche sind einfach gehalten, wie bei einem Laien«, sagte der Mann, und Prudence verzog unglücklich das Gesicht.

»Gewiss. Es ist ja auch genau diese Naivität, die bei dem Motiv so besticht«, versicherte Lord Felton. »Von wem stammt das Bild?«

»Ich kann keine Signatur erkennen«, warf der andere ein. »Sehr ungewöhnlich. Ich denke, ich werde es für meine Sammlung erwerben.«

»Nein«, widersprach Lord Felton, »das Bild wird in meiner Sammlung einen Platz finden, denn was auch immer Sie bieten, ich werde mehr dafür bezahlen.« Er lachte zufrieden auf.

»Ich weiß gar nicht, was die Herren an diesem Bild so besonders finden«, meldete sich Lord Spinner zu Wort, der zu ihnen getreten war, wobei er Frances geflissentlich ignorierte. »Es ist nicht einmal besonders groß.« Sie blickte ungläubig zu Rose und Prudence, die sich abwenden mussten, um nicht laut aufzulachen.

»Ihr seid völlig durchgedreht, wisst ihr das?«, raunte Prudence, nachdem die Männer gegangen waren. Rose und Frances fassten sich an den Händen, glücklich darüber, dass ihre Überraschung derart gelungen war.

»Was amüsiert euch denn so?«, fragte Helen und trat zu ihnen.

»Das würde ich auch gerne wissen«, meinte Daniel, der ihr folgte.

»Nichts, was große Brüder interessieren könnte«, erwiderte Rose. Sie hakte sich bei Prudence unter und zog sie weg, während Frances sich vor das Bild stellte, damit Daniel es nicht sehen konnte. Er bemerkte glücklicherweise nichts.

»Ihr seid einfach phantastisch«, sagte Prudence, als sie zum Ausgang gingen. »Aber wie kriegen wir jetzt das Bild zurück?«

Rose und Frances sahen sich erschrocken an. Daran hatten sie noch nicht gedacht.

Zwar war es nicht mehr ganz so aufregend wie am Morgen, als sie am späten Nachmittag, kurz bevor die Ausstellung schloss, erneut in Dienstmädchenkleidern die Säle betraten, dennoch waren ihre Hände schweißnass und ihr Atem ging schnell.

»Das war aber ein Reinfall«, sprach der Aufseher sie an, als sie auf Prudence' Bild zusteuerten. Rose und Frances stockten.

»Wie meinen?«, stammelte Frances.

»Lord Spinner hat der Dame seines Herzens gar keinen Antrag gemacht«, sagte der Mann. »Ich habe die ganze Zeit in seiner Nähe gewartet. Um ihm unter Umständen behilflich sein zu können. Nur ist nichts passiert. Was ist denn bloß geschehen?« Er schien darauf zu hoffen, durch Tratsch seine Neugier stillen zu können. Eigentlich hätte er sich darüber wundern müssen, was die angeblichen Dienstmädchen schon wieder in der Ausstellung zu suchen hatten, aber seine Klatschsucht schien größer als sein Verstand zu sein.

»Sie hat kalte Füße bekommen«, behauptete Frances, um den Mann abzuwimmeln.

»Keine Frau, die ihren Verstand beisammenhat, lehnt einen reichen Lord ab!«, versicherte er.

»Doch. Weil diese Frau sich Chancen bei anderen Lords ausrechnet«, improvisierte Frances. »Die alle viel jünger als Lord Spinner sind.«

»Das scheint mir ein ziemlich einfältiges Frauenzimmer zu sein, wenn ihr das Alter wichtiger ist als Reichtum.«

»Ja«, Rose nickte vehement. »Das ist sie. Absolut schlicht gestrickt.« Sie grinste Frances an.

»Solche Unvernunft muss bestraft werden. Ich hoffe, kein junger Lord will sie haben. Und wenn sie dann wieder bei Lord Spinner angekrochen kommt, hat der längst eine andere gefunden«, sagte der Aufseher und schickte sich endlich an, zu gehen. Kaum war er aus ihrem Blickwinkel verschwunden, nahm Frances das Bild von der Wand ab und versteckte es wieder unter ihrem Rock, wobei sie es mit ihren Unterarmen an ihren Bauch presste. Da sie auf diese Art und Weise nicht aufrecht gehen konnte, steuerte sie etwas vornübergekrümmt dem Ausgang zu. Den Nagel ließen sie stecken.

»Halt«, rief der Aufseher. Erschrocken blickten sie sich zu ihm um. Er kam näher und näher, bis er vor ihnen stehen blieb und sie forschend musterte. »Was macht der Lord denn jetzt? Wird er denn um eine andere Frau werben?«

»Das hoffen wir doch sehr«, warf Frances hastig ein.

Sie hatten die Dienstbotenkleider noch nicht wieder ausgezogen, als Lady Oakley in Roses Zimmer platzte. »Um Gottes willen! Was habt ihr denn da an?« Schockiert legte sie eine Hand auf ihre Stirn. »Und wo wart ihr den ganzen Nachmittag? Wart ihr etwa unbegleitet unterwegs?«

»Sicher nicht, niemals, Mutter«, erwiderte Rose.

»Wir haben Kleider für einen Maskenball besorgt«, versuchte Frances eine Erklärung für die Kleidungsstücke zu finden, die Lady Oakley äußerst angewidert beäugte. »Wir wollen als Dienstmädchen dorthin gehen.«

»Und wir waren mit Prudence unterwegs und … und Mrs Griffin«, schwindelte Rose dreist.

»Warum ist Prudence dann gerade zu Besuch gekommen und wartet unten auf euch?«, fragte Lady Oakley.

»Weil …«, stammelte Rose. »Das müsst Ihr Sie selber fragen, Mutter.«

»Das werde ich tun. Und diese widerlichen Lumpen werden sofort verbrannt. Wenn ihr unbedingt als Dienstmädchen gehen wollt, werden wir die Schneiderin neue Kostüme dafür nähen lassen. Um welchen Maskenball geht es überhaupt?«

»Um den von Lord Felton«, behauptete Frances, der einfiel, was Prudence bei ihrer allerersten Begegnung mit dem Lord über ihn erzählt hatte.

»Aber dafür habt ihr noch gar keine Einladung erhalten«, stellte Lady Oakley fest.

»Wir wollen für alle Eventualitäten gerüstet sein«, erklärte Rose hastig. »Wenn wir die Einladung bekommen, ist es nachher zu spät dafür, unsere Kostüme zu planen. Und wir sollen in der Menge der Debütantinnen doch auffallen, Mutter.«

Nachdem sie sich umgezogen hatten, folgten sie der Hausherrin nach unten, wo Prudence zusammen mit Daniel und

Helen im Salon auf sie wartete. Bevor Lady Oakley etwas sagen konnte, redete Rose auf die Freundin ein: »Wir haben meiner Mutter gerade erzählt, dass wir gemeinsam Kostüme besorgt haben. Für den Maskenball bei Lord Felton, auch wenn wir bislang keine Einladung dafür haben. Aber du hast ja gesagt, dass wir uns rechtzeitig vorbereiten sollen.«

Zunächst blinzelte Prudence irritiert, dann fing sie zu nicken an. »Ja, genau«, bestätigte sie in Richtung Lady Oakleys.

»Warum habt ihr Helen nicht mitgenommen?«, wollte diese streng wissen. Betreten sahen die Freundinnen zu der jungen Frau.

»Ich hatte etwas Kopfweh und habe mich ausgeruht«, erklärte diese ihrer Patentante.

»Weshalb hast du mir dann nicht gesagt, wo die anderen sind?«, verlangte Lady Oakley zu wissen.

»Es war mir entfallen«, stammelte Helen. Daniel blickte von ihr zu Frances. Es war klar, dass er kein Wort von dem glaubte, was gesagt wurde, aber wenigstens verriet er sie nicht. Nachdem Lady Oakley gegangen war, wandte sich Frances an Helen: »Danke.«

Helen lächelte zaghaft. »Schon gut.«

»Und wo wart ihr wirklich?«, fragte Daniel. Frances sprang auf, um ihm nicht antworten zu müssen.

»Ich habe etwas Wichtiges zu erledigen«, sagte sie.

In ihrem Zimmer nahm sie Prudence' Bild zur Hand. Das gemalte Haus, auch wenn es Mrs Worsleys Mädchenpensionat war, war für sie ein Refugium, eine Art unperfektes Paradies gewesen. Frances spürte, wie sehr sie sich nach der ungetrübten Freundschaft, die sie dort zu Prudence und Rose empfunden hatte, zurücksehnte. Aber diese Zeit war unwiderruflich vorbei und würde so nie wieder kommen. Stattdessen würde etwas Neues an die Stelle treten. Eine Eheschließung könnte Türen öffnen. Mit einem Mann wie Lord Felton an ihrer Seite läge Frances die Welt zu Füßen. Zumindest wenn Napoleon endlich geschlagen war und soweit Frieden herrschte, dass man wieder auf den Kontinent reisen konnte. Sie sah sich schon anstelle von Mister Ghosh mit Lord Feltons Seite nach Italien aufbrechen. Der Lord würde ihr Facetten des Lebens zeigen, von denen sie im Augenblick nicht einmal ahnte, dass sie existierten.

Nur wusste Lord Felton nichts von ihren Absichten oder nahm ihr Interesse an ihm nicht ernst genug. Also musste Frances endlich etwas tun, damit er sie als zukünftige Ehefrau in Erwägung zog. Sie erinnerte sich daran, wie er in der Ausstellung angekündigt hatte, seinen Begleiter bei dem Bild überbieten zu wollen. Er liebte offenbar die Herausforderung. Und wenn sie die – zugegebenermaßen sehr geringe – Chance ergreifen wollte, ihn von sich zu überzeugen, musste sie ihn vor eine große Herausforderung stellen. Eine, die ihn neugierig machen und seine Gedanken nachhaltig beschäftigen würde. Das Bild konnte ihr diesbezüglich einen Vorteil verschaffen, überlegte sie, auch wenn es ihr schwerfiel, sich davon zu trennen. Aber ohne Opfer ging es nun mal nicht. Entschlossen griff Frances zu der Feder auf dem kleinen Schreibpult, tunkte die Spitze in ein Tintenglas und fing auf einem Papier an zu schreiben:

Mein lieber Lord Felton, setzte sie an und zerknüllte das Blatt sofort wieder. Sie musste mysteriös klingen, um den Lord neugierig zu machen. Daher nahm sie ein neues Blatt zur Hand.

Mylord, schrieb sie. *Es ist einer geheimnisvollen Verehrerin nicht entgangen, dass Ihnen dieses bescheidene Bild am Herzen liegt …*

Frances strich das Wort *bescheidene* energisch durch. Der Lord sollte nicht denken, dass an der Gabe, die sie ihm zukommen lassen würde, nichts Besonderes wäre. Im Gegenteil. Je großzügiger ihm diese Geste erschien, umso eher würde er wissen wollen, wer dahintersteckte.

Wenn sie ihn schon nicht mit einer exorbitanten Mitgift beeindrucken konnte, so wenigstens mit einem verlockenden Rätsel.

Falls Sie die Gelegenheit nicht verstreichen lassen wollen, herauszufinden, welches Geheimnis hinter diesem Bild steckt, dann kommen Sie …, formulierte sie weiter. In einem kühnen Gedanken setzte sie das morgige Datum, einen Ort und eine Uhrzeit unter den Brief, an dem er die rätselhafte Spenderin treffen würde.

Bevor sie es sich anders überlegen konnte, faltete sie das Papier, versiegelte es mit einer einfachen Münze, damit kein Familienwappen zu erkennen war, und übergab es zusammen mit dem in Tücher eingeschlagenen Bild einem Diener. Aufgeregt sah sie dem Mann nach, wie er die Haustür öffnete, um einen Laufburschen herbeizurufen.

»Ist etwas passiert?«, fragte Daniel sie, der aus dem Salon gekommen war. Frances fuhr zusammen.

»Nein, was soll schon sein.« Sie lachte auf.

Da sie spürte, wie Blut in ihren Kopf stieg, drehte sie sich abrupt um und lief davon, bevor er weiter nachfragen konnte.

Während ein echter Pfau als Balldekoration vor Kurzem noch Erstaunen bei ihnen ausgelöst hatte, blickten Frances, Rose und Prudence nun beinahe gleichgültig auf die lebenden Bilder, die die Gastgeber ihren Gästen als Amüsement offerierten. Bekannte Schauspielerinnen der Londoner Bühnen symbolisierten in Kostümen unterschiedliche Länder Europas. Die Darstellerin, die durch eine Jakobinermütze erkennbar Frankreich verkörperte, war so geschminkt, dass sie wie der Tod aussah, dem Blut von den Händen tropfte. Eine andere trug ein langes weißes Kleid, das mit den Farben der britischen Flagge gesäumt war. Auf dem Haar lag ein vergoldeter Lorbeerkranz, und in der Hand hielt sie einen Olivenzweig als Zeichen des Friedens.

»Ich glaube, wir waren einfach auf zu vielen Bällen hintereinander«, sagte Rose und gähnte hinter ihrem Fächer. »Ich würde alles dafür geben, wenn wir einen Abend auf dem Dachboden von Mrs Worsley verbringen könnten. Nur wir drei.«

Zu jedem anderen Zeitpunkt hätte Frances ihr von Herzen zugestimmt. Doch an diesem Abend kreisten ihre Gedanken um den Brief, den sie geschrieben hatte, und um die Frage, in welcher Stimmung der Lord ihn und das Bild empfangen haben mochte. Angesichts ihrer Tollkühnheit, sich nachts allein auf den Straßen Londons zu einem Treffpunkt mit ihm zu begeben, konnte sie nur darauf hoffen, dass das Risiko den Erfolg wert war. Wenn der Lord den Ball rechtzeitig vor dem anvisierten Treffen verlassen würde, könnte sie sich beruhigt auf den Weg machen. Leider entdeckte sie ihn nirgendwo. Einem anderen Lord lief sie dafür mehrmals über den Weg. Lord Spinner wurde von Lady Darlington mit einer Vehemenz belagert, die Frances klarmachte, dass ihre Mutter eine Eheschließung ihrer Tochter mit ihm keinesfalls aufgegeben hatte.

»Wie viel Uhr ist es denn?«, wandte sie sich unruhig an Daniel, der eine goldene Taschenuhr an der Kette aus seiner Westentasche zog.

»Zehn nach neun«, erwiderte er, nachdem er darauf geblickt hatte. Noch drei Stunden. Frances hatte Mitternacht als Zeit für das Treffen gewählt, nun fragte sie sich, ob es nicht zu theatralisch gewesen war. Sie erkundigte sich bei Daniel aufgeregt zwei weitere Male nach der Uhrzeit, bis dieser zurückfragte: »Hast du etwas vor? Du willst doch nicht schon nach Hause?«

»Mir ist bloß langweilig«, behauptete sie.

»Möchtest du tanzen?«, bot er ihr an. Sie stand kurz davor, einzuwilligen, als sie Lord Felton entdeckte.

»Später«, vertröstete sie ihn. Mit Mister Ghosh im Gefolge grüßte der Lord nach allen Seiten und nickte auch Daniel und Frances zu, als er an ihnen vorbeikam. Sie fragte sich, ob er wohl insgeheim Ausschau nach der geheimnisvollen Verehrerin hielt. Wenn dem so war, so ließ er es sich nicht anmerken. Sie sah ihn mit der Gastgeberin und deren Tochter tanzen, Wein trinken und mit den Männern scherzen, die sich wie gewöhnlich um ihn scharrten. So wie er trank, schien er die Nacht zum Tag machen zu wollen. Wenn es in diesem Tempo weiterginge, wäre er viel zu betrunken, um zu ihrem Treffen zu erscheinen.

»Wie viel Uhr ist es jetzt?«, fragte sie Daniel.

»Gleich halb elf«, lautete die Antwort. Es wurde allmählich spät, und ihre Mutter machte nicht den Eindruck, als würde sie bald aufbrechen wollen. Wenn Lady Darlington nicht Lord Spinner in Beschlag nahm, ging sie von einer Gruppe zur anderen und plauderte vergnügt mit den Gästen. Der Schatten, den der Skandal um Anthea warf, schien deutlich verblasst zu sein. Frances hoffte darauf, dass wenigstens die Freundinnen müde wären, aber Prudence' Tanzkarte war ausgefüllt, und sogar Rose drehte sich ein paarmal auf der Tanzfläche.

Während Frances versuchte, Lord Felton im Blick zu behalten, bemerkte sie, wie Daniel zum Eingang des Ballsaals eilte und dort von einem Dienstboten einen Korb mit Deckel überreicht bekam. Stirnrunzelnd beobachtete sie, wie er etwas aus dem Korb hob, es auf den Arm nahm und damit in Richtung Tanzfläche ging. In dem Augenblick erkannte sie erst, dass es sich um Muzzle handelte. Frances schnaubte lachend. Die Ladys neben ihr blickten sie irritiert an, doch das kümmerte sie nicht. Amüsiert drängte sie sich durch die Menge zu Daniel. Mit dem Mops auf dem Arm stand er zögernd am Rand der Tanzfläche. »Na, hat dich der Mut verlassen?«, zog sie ihn auf.

»Was denkst denn du? Ich bin ein Held, schon vergessen?«

Er grinste sie so offen an, dass etwas in ihrem Bauch sehnsüchtig zu ziehen begann. Dann neigte er vor dem Hund den Kopf. »Wenn Sie so gütig wären, mir diesen Tanz zu schenken, Miss Muzzle?«

Der Mops leckte ihm als Antwort über die Lippen, so dass Daniel angewidert das Gesicht verzog. Frances kicherte. »Nicht so stürmisch«, ermahnte er den Hund. »Diese Leidenschaft ziemt sich nicht für eine Debütantin.« Dabei fing er an, ein paar Tanzschritte zu machen. Die ersten Gäste wurden auf das merkwürdige Paar aufmerksam und stießen sich an.

»Du hast deine Wettschulden jetzt eingelöst«, rief Frances Daniel noch zu, um ihn vor weiterer Peinlichkeit zu bewahren, da mischte er sich bereits mit dem Mops unter die Tanzenden.

»Was macht mein Bruder denn da?«, fragte Rose entgeistert, als sie sich neben Frances stellte.

»Ist er völlig durchgedreht?«, wollte Prudence wissen. Auch Helen starrte verblüfft zu Daniel. Die Ballgäste fingen zu tuscheln und zu lachen an. Daniel kümmerte sich nicht darum. So gelöst hatte Frances ihn selten gesehen. Allerdings hielt seine gute Laune nur so lange an, bis Lady Darlingtons Stimme zu vernehmen war: »O mein Gott!«

Sie stürmte auf die Tanzfläche, entriss ihm den Mops und ging empört mit dem Tier davon. Daniel steuerte auf Frances zu.

»Gratulation, Bruder«, kommentierte Rose. »Du hast es geschafft, dass die ganze Gesellschaft nach diesem Abend nur noch von dir reden wird.«

Daniel zuckte belustigt mit den Schultern. »Das war es wert«, sagte er, wobei er Frances einen Blick zuwarf. Der Schalk in seinen Augen machte ihn dermaßen anziehend, dass sie sich am liebsten in seine Arme gestürzt hätte. Bis ihr die Zeit wieder einfiel. Sie musste sofort los, wenn sie das heimliche Treffen mit Lord Felton nicht verpassen wollte. Zum Glück drängte es ihre erboste Mutter nach Hause. Frances und die Freundinnen schlossen sich ihr an.

Es war bereits kurz nach halb zwölf, als sie vor dem Stadthaus der Oakleys ausstiegen. Als Prudence und Rose einen kleinen Umtrunk vorschlugen, gab Frances vor, zu müde zu sein. Nachdem sie sich vergewissert hatte, dass sich die anderen zurückgezogen hatten, lief sie die Treppe zur Küche hinunter. Die Kleider der Dienstmädchen fand sie bei der Schmutzwäsche vor. Der Butler hatte sie nicht verbrennen lassen, denn das, was Lady Oakley als Lumpen ansah, waren durchaus akzeptable Kleidungsstücke für weniger betuchte Menschen. Sie schlüpfte aus ihrem Ballkleid, das sie extra ausgewählt hatte, weil es vorne zu öffnen war. Dann zog sie eines der Dienstboten-Kleider an und band eine Schürze darüber. Derart verkleidet hoffte sie, unerkannt zum Treffpunkt zu gelangen. Was dort passieren würde, lag außerhalb ihrer Vorstellungskraft. Sie war sich des enormen Risikos, das sie einging, durchaus bewusst. Wenn Lord Felton ihr Stelldichein in die Welt hinausposaunen sollte, wäre ihr Schicksal im Asylum so gut wie besiegelt. Aber da es als Drohung ohnehin permanent im Raum stand, hatte sie nicht das Gefühl, viel verlieren zu können.

Alles oder nichts, dachte sie sich, atmete durch und versuchte, die Eingangstür zu öffnen, die jedoch abgeschlossen war. Sie würde durch ein Fenster klettern müssen. Gerade als sie im Salon eines davon hochschieben wollte, fing Muzzle zu bellen an.

»Sei still.« Sie ließ vom Fenster ab und hielt dem Mops die Schnauze zu, damit er das Haus nicht aufweckte.

»Was tust du da?« Roses Stimme ließ sie herumfahren. Die Freundinnen standen ihr im Dunkeln gegenüber.

»Ich konnte nicht schlafen«, behauptete Frances.

Prudence schnitt ihr das Wort ab: »Wo willst du hin?«

»Du willst doch nicht etwa weglaufen?« Rose klang entsetzt.

»Nein«, versicherte Frances. »Ich muss nur zu einem Treffen. Mit Lord Felton.«

»Was?« Prudence hörte sich ungläubig an.

»Ich kann euch das nicht so schnell erklären. Es eilt«, erwiderte Frances.

»Um die Uhrzeit? Allein?« Rose war besorgt.

»Ich habe keine andere Wahl«, versicherte Frances.

»Wir kommen mit«, beschied Rose.

»Das geht nicht«, ermahnte Prudence sie.

»Du kannst ja hierbleiben«, beharrte die Freundin auf ihren Entschluss. »Ich werde Franny jedenfalls nicht im Stich lassen.«

Prudence zögerte erst, dann nickte sie. »Na schön.«

Während die beiden in das Untergeschoss der Dienstboten rannten, um sich ebenfalls Kleider auszuleihen, fütterte Frances Muzzle in der Hoffnung, ihn somit ruhigstellen zu können, mit Schokolade. Insgeheim war es ihr sogar sehr recht, von den Freundinnen überrascht worden zu sein, da sie etwas Angst hatte, in der Nacht durch London zu laufen. Was sie allerdings nicht zugab, als Rose und Prudence zu ihr zurückkehrten.

Gerade als die drei durch ein Fenster im Erdgeschoss stiegen, hörte Frances auf dem Flur vor dem Salon Schritte. »Schneller«, wisperte sie und half Prudence hinaus. Hinter Rose glitt das Fenster herunter. Frances legte ihre Hand auf den Rahmen, um den Aufprall abzufedern. Sie hoffte, dass niemand es schließen und ihnen somit den Rückweg abschneiden würde.

Kapitel 15

Um die drei Freundinnen herum schien die Stadt lauernd zu atmen. Es war, als würde jeder ihrer Schritte genaustens beobachtet, doch sobald sich Frances umdrehte, war die Straße hinter ihnen leer. Mit zitternden Händen entzündete sie in einiger Entfernung zum Haus der Oakleys die Laterne, die sie mitgenommen hatte. Wenn sie allein gewesen wäre, sie wüsste nicht, ob sie nicht wieder zurück ins Haus und unter die Bettdecke gekrochen wäre. Die Anwesenheit von Prudence und Rose gab ihr ein Gefühl von Sicherheit.

Wie trügerisch diese war, wurde Frances auf der Höhe der Charles Street bewusst, als sie meinte, eine Gestalt gesehen zu haben, die ihnen folgte. »Da ist jemand«, wisperte sie, blieb stehen und wandte sich um.

»Wo?« Prudence griff nach ihrer Hand und hielt sie ganz fest. »Ist das Lord Felton?«, fragte Rose. In der Zwischenzeit hatte Frances die Freundinnen über ihr Vorhaben aufgeklärt. Und auch wenn Prudence nicht sehr erfreut darüber war, dass sie, ohne zu fragen, ihr Bild weggegeben hatte, war sie dennoch bereit, sich am Abenteuer zu beteiligen.

»Ich sehe nichts«, raunte Rose. Sie lauschten angestrengt ins Dunkel. Außer ein paar Stimmen, die aus einem entfernten Bierhaus kamen, dem Klappern von Hufen und dem Rollen von Kutschrädern in einiger Entfernung, war nichts weiter zu vernehmen. Frances' Herz schlug so laut, dass sie mehrere Male meinte, Schritte hinter sich zu hören, aber wann immer sie sich umdrehte, war keine Menschenseele zu entdecken.

»Wollen wir umkehren?«, fragte Prudence. Frances zögerte. Sie umklammerte den Griff der Laterne fester, um eine Waffe zu haben, falls jemand sie angreifen würde. Sie nahm nun alles überbewusst wahr, jedes Geräusch, jeden Geruch, jeden Windhauch. »Ich muss mich geirrt haben. Da ist niemand. Kommt, wir gehen weiter.«

Was bei Tag ein kurzer Fußweg war, dehnte sich bei Nacht zu einer wahren Abenteuerreise aus. Die Glocken von St. George schlugen markerschütternd zwölf Mal, als sie endlich den Hanover Square betraten. Es war vollkommen wahnsinnig, was sie hier tat, dachte Frances. Im besten Fall würde Lord Felton noch auf dem Ball tanzen und gar nicht kommen. Im schlechtesten Fall …

Prudence stieß ein Keuchen aus und krallte ihre Finger in Frances' Ärmel. »Da!«

»Was ist?« Alarmiert blickte sie in die Richtung, in die die Freundin zeigte. Nun erkannte auch sie die Umrisse einer Gestalt, die sich ihnen näherte. Sie hob die Laterne, konnte aber nur ausmachen, dass die Person einen Umhang trug, dessen Kapuze tief ins Gesicht gezogen war.

»Lord Felton?« Eigentlich hatte sie die Frage mit klarer, fester Stimme stellen wollen, stattdessen kam ein Krächzen aus ihrer Kehle. Die Gestalt erwiderte nichts. Frances hob die Laterne etwas höher. Prudence und Rose drängten sich dicht an sie. Die Gestalt kam knapp vor ihnen zum Stehen und streckte die Hand aus. Frances atmete scharf durch die Nase ein, als die Gestalt ihr ein Päckchen reichte. Bebend griff sie danach. Die Gestalt verneigte sich und verschwand ebenso still in der Dunkelheit, wie sie gekommen war, noch bevor Frances Fragen stellen konnte. Mit weichen Knien und dem diffusen Gefühl von Angst blickte sie von einer Freundin zur anderen. »War das Lord Felton? Warum hat er nichts gesagt?«

Sie versuchte, die Schnur abzureißen, mit der das Päckchen eingeschnürt war.

»Ich will nach Hause«, bat Rose. Unsicher sah Frances auf.

»Ich auch«, bestätigte Prudence. Als ob sie noch Überredung gebraucht hätten, kam eine Gruppe deutlich angetrunkener Männer auf sie zu.

»Naihrhübschen«, nuschelte einer davon, ein zweiter versuchte, Roses Arm zu packen. Die wich aus und stieß dabei gegen Frances. Prudence rannte schon davon, die Freundinnen folgten ihr umgehend. Einer der Männer lief ihnen ein kurzes Stück nach, gab dann aber auf. Seine Gefährten lachten ihn schallend aus. Die drei Frauen rannten weiter, wobei die Laterne hart gegen Frances' Oberschenkel schlug. In der anderen Hand hielt sie das geheimnisvolle Päckchen fest umklammert.

Als sie nach einer gefühlten Ewigkeit keuchend und mit Seitenstichen am Haus der Oakleys ankamen, versuchte Frances, das Fenster, aus dem sie geklettert waren, hochzuschieben. Panik stieg in ihr auf, als es ihr nicht gelang.

»Lass mich mal.« Prudence schubste sie zur Seite und probierte es ihrerseits. Nichts passierte.

»O nein«, entfuhr es Rose, »o nein …«

»Wir drücken zusammen«, schlug Frances vor. Sie stemmten sich mit aller Kraft gemeinsam dagegen, doch das Fenster blieb fest verriegelt. Ihr einziger Weg ins Haus war nun versperrt. Frances malte sich aus, wie sie das Personal aufwecken mussten, wenn sie die Nacht nicht auf der Straße verbringen wollten. Ihr kurzes Abenteuer würde mindestens Gerede und sicher Ärger nach sich ziehen, wenn nicht sogar einen handfesten Skandal. Und sie hatte Prudence und Rose mithineingezogen, warf sie sich verzweifelt vor.

»Seid ihr sicher, dass das das richtige Fenster ist?«, fragte Rose auf einmal. Verdutzt blickte Frances auf. In diesem Augenblick sah sie aus den Augenwinkeln jemanden auf der anderen Straßenseite stehen, der sie zu beobachten schien. Unsicher überlegte sie noch, was sie tun sollte, da wandte sich die Person ab und ging davon.

»Hier, das hier ist offen«, wisperte Rose, die das Fenster nebenan ein Stück aufschob. Frances und Prudence halfen ihr, es so weit zu öffnen, dass eine nach der anderen hindurchklettern konnte. Nachdem sie endlich wieder im Haus waren, verschlossen sie das Fenster und rannten so schnell sie konnten die Treppe hinauf. Als sie in Roses Zimmer ankamen, machte Rose die Tür zu und lehnte sich mit dem Rücken dagegen. »Ich kann nicht mehr.«

Schweiß stand auf ihrer Stirn. Auch Frances war verschwitzt und atmete schwer. Prudence fächelte sich mit den Händen Luft zu. Da brach Frances auf einmal in Lachen aus. Die beiden anderen sahen sie verblüfft an, dann lachten sie mit.

»Leiser, sonst wecken wir Helen auf«, mahnte Rose schließlich. Prudence biss sich in die Faust, um nicht laut zu kreischen. Frances ging zum Waschtisch und spritzte sich etwas vom kalten Wasser, das in der Schüssel stand, ins Gesicht. Mit einem triumphierenden Strahlen drehte sie sich zu den Freundinnen um. »Wir haben es geschafft.«

Sie legte das Päckchen, das sie noch immer fest umklammert hielt, auf dem Bett ab, während Rose eine Kerze entzündete.

»Mach es auf.« Prudence wollte schon selbst nach dem Päckchen greifen. Frances kam ihr zuvor und entfernte die Schnur. Als sie es öffnete, kam eine Schachtel zum Vorschein. Nachdem sie den Deckel abgehoben hatte, zupfte sie eine Lage Wolle weg. Darunter glänzte etwas.

»Was ist das? Ein Edelstein?« Prudence beugte sich vor, um besser sehen zu können. Frances hob das Schmuckstück heraus. An einer Goldkette hing ein gefasster Stein, der im Lichtschein funkelte.

»O mein Gott«, entfuhr es ihr.

»Gib mal her«, forderte Prudence sie auf.

»Nein, das ist meine Kette.« Sie trat zurück, um der Freundin keine Gelegenheit zu geben, ihr den Schatz zu entreißen. »Lord Felton hat sie mir gegeben.«

»Im Austausch für mein Bild«, erinnerte Prudence sie an die genaueren Umstände. »Also gehört die Kette eigentlich mir.«

»Aber du hattest mir das Bild überlassen, und das Ganze war meine Idee«, insistierte Frances. »Außerdem weißt du, dass ich unbedingt Lord Feltons Aufmerksamkeit gewinnen muss. Wenn ich erst mal mit ihm verheiratet bin, kannst du die Kette und das Bild gerne haben.«

Sie ging zum Spiegel und legte sich das Schmuckstück um. Im Kerzenschein sah sie interessant aus. Sie lächelte ihr Spiegelbild zufrieden an. Ihr Spiel war aufgegangen. Offensichtlich gefielen dem Lord Frauen, die etwas riskierten.

»Und? Wirst du sie heute beim Ball tragen?«, wisperte Prudence beim Tanzunterricht im Billardzimmer. Dafür war der Spieltisch an die Wand geschoben und das Spinett aus dem Salon hereingebracht worden.

»Auf jeden Fall«, raunte Frances zurück, die Helens Hand hielt, während sie sich zum Takt des Spinetts bewegten, das von Lady Oakley mit Verve gespielt wurde. Roses Mutter war erstaunlich talentiert, wie Frances feststellte. Die Tochter musste das Rhythmusgefühl von ihr geerbt haben.

»Was ziehst du an?«, erkundigte sich Helen neugierig, die diesen Bruchteil der Unterhaltung aufgeschnappt hatte.

»Aufmerksamkeit!«, rief der Tanzlehrer sie zurecht, und Frances war froh darüber, dadurch um eine Antwort herumzukommen. Sie wollte Helen nicht absichtlich ausschließen, aber das Risiko, sie einzubeziehen, war zu groß. Sie konnte nicht wissen, ob Helen nicht vielleicht Lady Oakley oder Lady Darlington verraten würde, was geschehen war, wenn sie von der nächtlichen Eskapade erfuhr. Und wie sollte sie ihr sonst erklären, was es mit der Kette auf sich hatte, wenn sie die Umstände, die zu ihr geführt hatten, nicht erwähnte? Sie fassten einander an den Händen, um einen Kreis zu bilden.

»Und dann wartest du darauf, dass er dich anspricht?«, fragte Prudence.

»Wer denn?« Helen blickte verwundert.

»Ein Junggeselle«, bügelte Prudence sie ab. Daraufhin nahm Helens Gesicht einen starren Ausdruck an. Frances spürte, dass sie sich ausgeschlossen fühlte, aber es gab nichts, was sie dagegen tun konnte.

»Was für ein Kleid trägst du heute Abend denn?«, lenkte Rose Helen ab. Der Tanzlehrer klatschte in die Hände.

»Mesdemoiselles! Ruhe! Aufmerksamkeit bitte!«

Sie war bemüht, sich zu konzentrieren, dennoch fiel es schwer, im Takt die richtigen Schritte zu platzieren. Sie hörte den Lehrer ein paarmal laut seufzen.

»Encore une fois. Noch einmal von vorne«, sagte er. »Sie wollen sich sicher nicht blamieren, Miss Darlington.«

Nein, das wollte sie nicht, doch die Gefahr für die Blamage lag an diesem Abend ganz woanders. Ein falscher Tanzschritt war wirklich ihre geringste Sorge. Allerdings sah der Tanzlehrer dies anders. »Miss Darlington! Sie haben die Anmut eines Ochsen.«

Er rief sie zu sich und machte ihr die Schrittabfolge ganz langsam vor. Sie musste sie ebenso langsam nachmachen. Dann wiederholten sie sie wieder und wieder.

»Ich habe am französischen Königshof gelehrt«, murmelte er so leise, dass nur Frances ihn hören konnte. »Wie bin ich bloß hier gelandet?«

»Vielleicht sind Ihre Talente gar nicht so groß, wie Sie denken«, konterte sie. »Aber machen Sie sich nichts draus. Selbstüberschätzung kommt häufiger vor. Und jetzt zeigen

Sie diesem Rindvieh noch einmal die ganze Schrittabfolge, ja?«

Frances hatte das Gefühl, als würde sich das gesamte Licht der Kronleuchter in ihrem Kettenanhänger widerspiegeln, der auf der Haut in ihrem Dekolleté lag. Erstaunlicherweise fühlte sie sich durch das Schmuckstück begehrenswerter als bei jedem Ball zuvor.

»Was trägst du da eigentlich für eine Kette?«, fragte Daniel, als er mit zwei Weingläsern neben sie trat und Rose und ihr jeweils eines anbot. Seine Schwester lehnte mit einem Kopfschütteln ab.

»Oh, das ist ein ganz besonderes Stück«, erwiderte Frances mit einem süffisanten Lächeln in Richtung Rose. Wenn er nur wüsste, was es damit auf sich hatte.

»Ein Erinnerungsstück?«, hakte er nach, während er an seinem Glas nippte. Ihre Augen suchten derweil Lord Felton, den sie auf der Tanzfläche entdeckte.

»Sozusagen.« Sie trank den Wein in großen Schlucken. Noch hatte der Lord sie weder zum Tanzen aufgefordert oder sie in irgendeiner anderen Weise mit seiner Aufmerksamkeit bedacht. Vielleicht wollte er besonders diskret vorgehen, aber sie hatte nicht so viel Zeit.

»Dass du dich überhaupt hierhin traust«, merkte sie an. »Ich frage mich, wie du den gestrigen Abend nach der Sache mit Muzzle überlebt hast.«

»Deine Mutter hasst mich zwar für immer«, gab Daniel zu, »trotzdem wird sie nicht riskieren, sich mit meinen Eltern zu überwerfen. Daher sind ihr die Hände gebunden.«

»Hast du es gut«, erklärte Frances. Sie wünschte sich, auch in dieser Position zu sein. Sie fixierte Lord Felton, der von der Tanzfläche kam.

»Na, Major, heute kein Tanz mit der flachschnäuzigen Lady?«, zog dieser Daniel auf. Frances stellte sich so hin, dass Lord Felton seine Kette sehen musste. Er blickte nicht einmal darauf.

»Frances, kann ich dich mal sprechen?«, bat Daniel. Sie zog es vor, ihn zu ignorieren.

»Lord Felton, wie schön, Sie wiederzusehen«, sagte sie. Er verbeugte sich. »Wenn Sie eine neue Tanzpartnerin suchen, wie wäre es mit einer, die statt einer flachen eine große Schnauze hat?« Es machte ihr Spaß, ihn herauszufordern, und sie meinte, ein Blinzeln in seinen Augen zu sehen.

»Miss Darlington, wenn ich um den nächsten Tanz bitten dürfte«, fragte er daraufhin lächelnd.

»Bitte, Frances.« Daniel ließ nicht locker. Was immer ihm auf der Seele brannte, sie konnte darauf keine Rücksicht nehmen. Nicht jetzt.

»Sehr gerne, mein Lord.« Sie hatte Mühe, nicht allzu auffällig zu grinsen, als sie seine Hand nahm. Als sie auf die Tanzfläche gingen, war sie sich der neidvollen Blicke der anderen Debütantinnen und deren Mütter sehr bewusst. Wenn die anderen wüssten, wodurch sie die Gunst des Lords ergattert hatte. Ihre eigene Courage kam ihr bei Licht betrachtet beinahe unglaublich vor. Immerhin hatte sie sich die Aufmerksamkeit des Lords redlich verdient. Als sie sich gegenüber aufstellten, lächelte Frances ihn so verführerisch an, wie sie konnte.

»Ich habe Daniel, ich meine Major Oakley, selten so locker erlebt wie gestern«, merkte der Lord an. »Sie scheinen einen guten Einfluss auf ihn zu haben.«

»Danke, aber ich weiß nicht, ob mein Einfluss auch von anderen als ›gut‹ bezeichnet wird«, erwiderte sie so nonchalant wie möglich, innerlich platzte sie hingegen vor Stolz. Es kam ihr vor, als sei der Lord eifersüchtig auf Daniel.

»Wie würden Sie Ihren Einfluss denn bezeichnen?« In seinen Pupillen glitzerte es. Der Tanz sah es vor, dass sie sich auf wenige Zentimeter annäherten, so dass sie seinen Duft nach Tabak, Zitrone und Pferd einatmete.

»Es schmeichelt mir, dass Sie glauben, ich könnte überhaupt einen Einfluss auf den Major haben«, raunte sie ihm zu.

»Bescheidenheit ist sicher eine Zier«, erwiderte der Lord, »nur ist sie auch ausgesprochen langweilig.« Er trat einen Schritt zurück, so wie es die Choreographie vorsah.

»Dann bevorzugen Sie selbstbewusste und unbescheidene Frauen?«, entgegnete sie mit einem herausfordernden Lächeln.

»Sagen wir es mal so. Eine gewisse Abenteuerlust macht die andere Person erst richtig interessant. Ich bevorzuge bei Menschen generell mehr die unangepasste Sorte.«

»Die Sorte, die sich nachts zu heimlichen Treffen begibt?«, reizte sie ihn. Kaum hatte sie das ausgesprochen, versteifte er sich und kam mit den Tanzschritten durcheinander.

»Was meinen Sie, Miss Darlington?« Das Lächeln war aus seinem Gesicht gewichen. Sie wunderte sich, was an ihrer Frage den Wechsel seiner Stimmung verursacht hatte. Eben hatte er noch mit ihr geflirtet. Sie hatte erwartet, dass er mindestens eine mehrdeutige Bemerkung wegen ihrer Kette anbringen würde. Der Tanz sorgte ausgerechnet in diesem Augenblick dafür, dass sie für eine Weile getrennt wurden. Frances fühlte sich verwirrt. Sie hatte sich das Zusammentreffen mit Lord Felton nach ihrer nächtlichen Eskapade definitiv anders vorgestellt. Vertrauter. Immerhin verband sie beide nun ein aufregendes Geheimnis. Aber vielleicht war er auch ungehalten darüber, dass sie nicht allein, sondern in Begleitung von Prudence und Rose zu dem Treffen erschienen war. Wahrscheinlich hatte er sich deshalb nicht zu erkennen gegeben. Sie beschloss, keinen Raum mehr für Missverständnisse zwischen ihnen zu lassen. Als die Choreographie sie einander wieder zuführte, nahm sie daher ihren ganzen Mut zusammen. »Ich trage die Kette ganz nah an meinem Herzen«, hauchte sie.

»Die Kette«, wiederholte der Lord in einer Art und Weise, die ihr aufstieß. Doch nun gab es kein Zurück mehr.

»Ich denke, es ist im Sinne desjenigen, der sie mir geschenkt hat, meinen Sie nicht auch?«, sagte sie, während ihre Finger mit dem Anhänger spielten, der zwischen ihren Brüsten lag. Wieder blickte er sie mit einem konsternierten Ausdruck an. War er enttäuscht, dass sie es war, die beim heimlichen Treffen auf ihn gewartet hatte? Hatte er eine andere Debütantin erwartet? Warum hatte er sie denn dann zum Tanz aufgefordert? Er hätte ihr auch aus dem Weg gehen können. Sie wurde einfach nicht schlau aus ihm, und das musste sie unbedingt ändern.

»Ich hoffe, Sie sind nicht traurig darüber, dass ich Ihre Korrespondenzpartnerin bin«, ging sie in die Offensive. Warum sollte sie lange drum herumreden? Es war besser, sie beide wussten die Wahrheit. Sein Stirnrunzeln intensivierte sich noch.

»Miss Darlington, ich weiß nicht, wovon Sie sprechen«, antwortete er.

»Haben Sie das Bild und meinen Brief etwa nicht bekommen?«, fragte sie verdattert. Im nächsten Augenblick fühlte sie Wut in sich aufsteigen. Es war nicht ihre Schuld, wenn er eine andere Frau erwartet hatte und deshalb Ahnungslosigkeit vortäuschte. »Sie können nicht abstreiten, dass diese Kette von Ihnen ist«, sagte sie geradeheraus. Er kniff die Augen zusammen, als nähme er das Schmuckstück näher in Augenschein. Sie bemerkte, wie aufgeregt sich ihre Brust hob und senkte, während er darauf blickte. Das Orchester beendete derweil das Stück. Die Tanzenden um sie herum verneigten sich voreinander. Lord Felton musterte weiterhin ihr Dekolleté, als die Tänzer ihre Partnerinnen bereits von der Tanzfläche führten. Endlich blickte er auf.

»Bedaure. Sollte ich jemanden jemals so sehr verehren, dass ich ihm eine Kette zukommen lassen würde, dann sicher keine mit so einem billigen Stein.«

»Wie bitte?«

»Das ist bloß farbiges Glas. Wer auch immer Ihnen diese Kette geschenkt hat, Miss Darlington, er hält Sie zum Narren.« Ein dünnes Lächeln erschien auf den Lippen des Lords. »Verschenken Sie Ihr Herz besser nicht an diesen Mann.«

Sie sah ihn fassungslos an. Allmählich sickerte die schreckliche Erkenntnis zu ihr durch, dass der Lord tatsächlich nicht der geheimnisvolle Spender der Kette war.

»O Gott«, entfuhr es ihr. »O bitte erzählen Sie niemandem davon. Bitte!«

»Das wäre ein beachtlicher Skandal.« Lord Felton wurde ernst. »Machen Sie sich keine Sorgen. Ich werde schweigen. Niemand wird je von dieser …«, er schien nach dem richtigen Wort zu suchen, »Eskapade erfahren, das verspreche ich Ihnen.«

Sie konnte nur hoffen, dass sie ihm Glauben schenken konnte. Doch selbst wenn er nichts davon herumerzählen würde, wusste er, dass sie gedacht hatte, er hätte ihr eine Kette geschenkt. Blut pulsierte in ihrem Kopf, und sie brach in kalten Schweiß aus. Aufgelöst stolperte sie von der Tanzfläche und drängte sich durch die Menge, wobei sie etliche der Ballgäste anrempelte. Sie wollte nur noch weg von dem Lord.

»Franny, warte!« Rose folgte ihr in die Eingangshalle und von dort aus in einen leeren Seitenflur, in dem Frances schließlich stehen blieb. Ihre Beine fühlten sich so schwach an, dass sie sich an der Wand abstützen musste, um nicht zu fallen. Hinter Rose war auch Prudence aufgetaucht. »Was ist denn los?«

Sie fand erst keine Worte für das, was ihr geschehen war. »Es war nicht … jemand muss … jemand anderes …«, stammelte sie.

»Was war wer nicht?«, hakte Rose verständnislos nach.

»Die Kette. Sie stammt nicht von Lord Felton«, gab Frances zu. Erstaunt sahen die Freundinnen sie an.

»Aber von wem dann?«, wollte Prudence wissen.

»Ich weiß es auch nicht.«

»Das ergibt überhaupt keinen Sinn«, warf Prudence ein.

Sie verstummten, als sich zwei Diener mit Tabletts voller leerer Gläser an ihnen vorbeidrängten.

»Meinst du, Lord Felton hat gelogen?«, hakte Prudence nach. Frances überlegte kurz, dann schüttelte sie den Kopf.

»Es klang, als ob er die Wahrheit sagt. Er hat gemeint, der Stein sei aus billigem Glas. Und dass er niemals so eine Kette verschenken würde. Und ich habe ihm geglaubt.«

»Vielleicht hat ein anderer die Nachricht an ihn abgefangen«, vermutete Rose.

»Wer würde denn so etwas tun?«, entfuhr es Frances. Sie mochte sich gar nicht vorstellen, was für einen Skandal es geben würde, falls es Mitwisser gab. Entkräftet setzte sie sich auf den Boden. Prudence zückte ihren Fächer und fächelte ihr damit Luft zu. In Frances' Kopf dröhnte es. Sie fühlte sich nur noch elend.

»Dieser Mister Ghosh«, schlug Prudence vor.

»Könnte sein«, überlegte Rose. »Oder Daniel.«

»Daniel?« Frances schüttelte den Kopf. Sie begriff das alles nicht. Warum sollte er ihr so was antun?

Kapitel 16

In der Nacht hatte Frances kaum geschlafen, weil sie über das nachgedacht hatte, was ihr passiert war, so dass sie mit Augenrändern zum Frühstück erschien. Ihr Körper fühlte sich wie zerschlagen an. Die Verwirrung des gestrigen Abends war Zorn gewichen, weil ihr bewusst geworden war, dass es tatsächlich Daniel gewesen sein musste, der sie reingelegt hatte. Schließlich hatte er sie unmittelbar darauf angesprochen, nachdem sie einen Dienstboten damit beauftragt hatte, das Bild und die Botschaft an Lord Felton zu schicken. Sie ging davon aus, dass er den Boten abgefangen hatte.

Als sie sich setzte, wisperte Rose ihr zu: »Wie geht es dir?«

»Besser«, behauptete sie, aber besser würde es ihr erst gehen, wenn sie Daniel eine Lektion erteilt hatte. Sie spürte das durchdringende Bedürfnis, es ihm in der gleichen Weise heimzuzahlen. Er sollte etwas von dem fühlen, was sie gefühlt hatte.

»Schönen guten Morgen«, wünschte dieser, als er lässig das Speisezimmer betrat und seinen Eltern zunickte. Sie bedachten ihn mit einem strengen Blick, da sie ihm die Eskapade mit dem Mops noch nicht verziehen hatten. Davon unbeeindruckt, setzte er sich neben Frances, ließ sich Kaffee einschenken und biss in ein Scone.

»Und? Wie war euer Ball?«, fragte er munter, wobei er seine Stimme so harmlos wie möglich klingen ließ. Diese Heimtücke hätte Frances ihm gar nicht zugetraut.

»Es gab so viel zu sehen«, antwortete die ahnungslose Helen.

»O ja. Und du, Frances? Wie hat dir der Ball gefallen? Ich habe gesehen, du hast mit Lord Felton getanzt.«

»Ja.«

»Und hat er deine Kette bewundert?« Sie zwang sich dazu, jeglichen Zorn aus ihrem Gesicht verschwinden zu lassen, bevor sie ihn ansah.

»Lord Felton fand die Kette sehr besonders, und er meinte, dass derjenige, der mir den Schmuck geschenkt hat, große Stücke von mir halten muss«, log sie mit mühsam unterdrückter Wut. Am liebsten hätte sie Daniel ihren Tee ins Gesicht geschüttet.

»Da hat der gute Lord bestimmt recht.« Er sah sehr zufrieden aus, als er dies sagte, wobei er reichlich Butter und Marmelade auf seinen Toast gab. Sie lehnte sich zu ihm hinüber und fragte vertraulich: »Kannst du schweigen?«

»Sicher.« Genüsslich biss er von dem Toast ab.

Frances sah, dass Rose sich bemühte, der leisen Unterhaltung zu folgen. »Lord Felton hat mir die Kette geschenkt«, raunte sie.

»Nein.« Daniel tat erstaunt.

»Doch.« Sie zwang sich, ihrerseits gleichmütig in einen Scone zu beißen. Sein Gesichtsausdruck hatte sich hingegen verändert. Die Unbekümmertheit darin war verschwunden.

»Du hast ihm hoffentlich nichts davon gesagt?«, fragte er.

»Noch nicht. Aber ich möchte die Sache beschleunigen. Ich werde Lord Felton eine Nachricht schreiben und ihn zu einem weiteren Treffpunkt bestellen, damit wir allein sind und er mir einen Antrag machen kann«, führte sie so gelassen aus, wie ihr möglich war, dabei bebte sie innerlich vor Wut.

Daniel legte abrupt die Serviette weg, mit der er sich den Mund abgetupft hatte. »Findest du nicht, dass das etwas vorschnell ist?« Er hatte zu laut gesprochen, weshalb seine Mutter aufblickte.

»Was ist zu schnell?«, wollte sie wissen. Sir William Oakley blieb von dem ganzen Geschehen am Tisch völlig unbeeindruckt. Er schob seinen leer gegessenen Teller zur Seite, stand auf, verbeugte sich und zog sich zurück.

»Franny hat den Scone zu schnell gegessen«, erfand Daniel eine Ausrede. Sie spürte einen kleinen Stich, als er ihren Kosenamen aussprach, tat jedoch, als müsse sie husten. Rose klopfte ihr leicht auf den Rücken.

»Frances, eine Dame isst immer nur in kleinen Bissen«, ermahnte Lady Oakley sie und machte es ihr vor. Helen legte rasch ihren Scone, von dem sie ein undamenhaftes Stück abgebissen hatte, auf den Teller zurück.

»Sie haben recht, Mylady«, sagte Frances und schnitt mit dem Messer ein winziges Stück von dem Gebäck ab, um sie zufriedenzustellen. Roses Mutter nickte wohlwollend, dann stand auch sie auf und verließ den Raum. Daniel, Frances, Rose und Helen blieben allein zurück.

»Wenn ein Lord mir eine Kette mit einem sündhaft teuren Edelstein schenkt, darf ich diese Gelegenheit garantiert nicht verstreichen lassen«, platzte es aus Frances heraus, die ihre Rache an Daniel unbedingt vorantreiben wollte. Erst als Helen sie überrascht ansah, wurde ihr klar, dass sie sich ihr gegenüber verraten hatte.

»Und wenn es gar nicht Lord Felton war?«, warf Daniel ein.

»Dann wäre ich vor der ganzen Gesellschaft bloßgestellt. Nur, wer sollte mir so etwas Hinterhältiges antun?« Sie war so aufgebracht, dass sie Mühe hatte, ihm ihre Verachtung nicht ins Gesicht zu spucken. Daniel öffnete den Mund, als wolle er noch etwas sagen, schloss ihn dann aber wieder. Helen blickte sie beide irritiert an. Frances wartete, dass er sich erklären würde, doch er tat es nicht. Empört über seine Feigheit ließ sie sich Feder, Tinte und Papier bringen. Herausfordernd blickte sie ihn an. »Ist noch etwas?«

»Nein. Was soll schon sein?« Er faltete seine Serviette zusammen. »Du hast es wirklich eilig.«

»Weil ich keine Zeit zu verlieren habe. Je schneller ich verheiratet bin, umso besser. Dann kann meine Mutter mich nicht an Lord Spinner verkaufen.« Die Worte brachte sie mit Überzeugung hervor, immerhin war dieser Teil absolut wahr. Demonstrativ schrieb sie eine Nachricht an Lord Felton, von der sie ausging, dass Daniel sie abfangen würde. »Was meinst du«, wandte sie sich an Rose, »soll ich ›werter Lord‹ schreiben, oder vertraulicher werden?«

»Vertraulicher«, antwortete Rose und warf ihrem Bruder einen prüfenden Blick zu, der auf seinem Sitz hin- und herzurutschen begann. Frances beendete den Brief, faltete ihn und bat um Siegellack und Kerze, um ihn zu verschließen.

Als sie damit fertig war, übergab sie das Papier dem Diener. Der verbeugte sich knapp und ging nach draußen. Kurz darauf erhob sich Daniel, legte die Serviette, die auf seinem Schoss gelegen hatte, auf dem Tisch ab und entschuldigte sich: »Ich muss nach Thane sehen.«

Frances sah ihm düster nach.

»Hast du wirklich an Lord Felton geschrieben?«, fragte Rose.

»Und du denkst, dass Lord Felton dir einen Antrag machen wird?«, hakte Helen verwundert nach. Frances ging nicht auf sie ein.

»Ja«, beantwortete sie stattdessen die Frage der Freundin. »Aber dein Bruder wird die Nachricht abfangen.«

»Na hoffentlich. Sonst …« Rose ließ ihre Befürchtungen unausgesprochen.

»Ach, Lord Felton weiß ohnehin, dass jemand seinen Spaß mit mir getrieben hat. Wahrscheinlich hält er mich seitdem für völlig einfältig.« Frances lachte auf, um zu unterstreichen, wie egal ihr dies war, dabei hörte sie selbst, wie bitter sie klang. Rose ging derweil zum Fenster und blickte auf die Straße hinunter.

»Ich verstehe das alles nicht«, warf Helen ein.

»Ich will es Daniel heimzahlen, weil er mich reingelegt hat«, erklärte Frances. »Kann ich auf deine Diskretion vertrauen?«

Helen nickte vehement. »Ich verrate nichts.«

»Da ist er«, rief Rose. Frances stürzte zu ihr, Helen folgte. Sie beobachteten, wie Daniel einen Laufburschen aufhielt, diesem Geld gab und im Gegenzug dafür den Brief erhielt, den Frances geschrieben hatte. Sie ballte ihre Hand zur Faust. Daniel warf einen Blick zum Fenster herauf. Frances und Rose duckten sich schnell. Nur Helen blieb stehen.

»Ich glaube, er hat mich bemerkt«, stammelte sie.

»Wink ihm zu und tu so, als wäre nichts«, zischte Frances ihr zu. Helen tat dies ein wenig zu überschwänglich. »Es reicht«, mahnte Frances. Rose fing nun an zu lachen.

»Das ist nicht witzig«, fuhr Frances sie an, nur hörte die Freundin nicht auf. Aus den Augenwinkeln sah sie, wie auch Helen vergeblich bemühte, sich zu beherrschen. Frances konnte nun nicht anders, als mitzulachen. Sie lachte so sehr, dass Tränen über ihre Wangen liefen und ihr Bauch wehtat.

»Was ist denn mit euch los?« Daniel war zurückgekommen. Vor lauter Lachen wusste Frances nicht, was sie sagen sollte. Sie senkte den Blick zu Boden, um sich nicht zu verraten.

»Deine Schwester hat einen Ohrring verloren«, behauptete Helen. Rose nickte und hielt sich eine Hand an den Kopf, um zu verbergen, dass in beiden Ohren noch Schmuck steckte.

»Kann ich euch helfen?« Daniel beugte sich herunter und blickte suchend umher, woraufhin Frances, Rose und Helen lauter lachen mussten. »Was seid ihr denn so albern?« Die Antwort war weiteres Lachen.

Als Frances sich fertig machen wollte, um ihre Rache an Daniel in die Tat umzusetzen, brachte ein Dienstmädchen ihr einen Brief. Er war von Anthea, die hastig ein paar Zeilen geschrieben hatte:

Gute Nachrichten, meine liebste Franny, wir sind auf dem Weg nach London, um unser Baby in der Stadt zur Welt zu bringen. Ich wünsche mir so sehr, dass wir zwei uns bald wiedersehen. Meinst Du, wir könnten uns heimlich auf einem Spaziergang treffen? Ich fühle mich so kurz vor der Geburt sehr empfindlich und wünschte, wir hätten eine große Familie, die für uns da wäre. Meine einzige Familie besteht aus Warwick, den Kindern und Dir …

Gerührt musste Frances schlucken. Sie freute sich so sehr darauf, ihre Schwester endlich wiederzusehen.

»Kommst du?«, drängte Rose von der Tür aus.

Frances zog die Kapuze des Umhangs über den Kopf. Ihr Aufzug war vielleicht etwas zu dramatisch, aber sie wollte nicht erkannt werden. »Wenn er kommt, pfeift ihr!«, forderte sie die Freundinnen und Helen auf, die mit der alten Nanny in der Mietkutsche sitzen blieben.

»Ich kann nicht pfeifen«, erwiderte Prudence. »Und Rose ist auch nicht gut darin.«

Sie blickten alle zu Helen. Frances fragte sich, ob diese vielleicht zu viel Loyalität Daniel gegenüber fühlen könnte, um ihnen zu helfen.

»Ich tue es«, entschied Helen. »Es ist nicht richtig, dass er mit dir gespielt hat.« Nachdem sie einmal eingeweiht war, stellte sie sich als ausgesprochen nützlich heraus. Frances kletterte aus der Kutsche und huschte an der Ladenfront, vor der sie gehalten hatten, vorbei zu einem schmalen Gang, der zum Hinterhof führte. Die Wände zu seinen Seiten rochen durchdringend nach Moder und Urin. Eine fette Ratte kreuzte ihren Weg. Sie sah, wie das Tier im Hinterhof unter aufgetürmten Fässern verschwand. Frances schüttelte sich bei dem Gedanken daran, wie viele Ratten hier wohl hausen mochten. Rasch blickte sie sich um. Da war die Tür. Den Zettel, den sie vorsorglich vorbereitet hatte, fischte sie aus ihrer Tasche, um ihn daran aufzuhängen.

»O Mist!«, entfuhr es ihr. Sie hatte nicht darüber nachgedacht, wie sie ihn befestigen sollte. Im Holz steckte kein einziger Nagel. Es konnte doch nicht sein, dass ihr Plan an einer solchen Nichtigkeit scheitern würde. Fieberhaft dachte sie nach, dann zog sie eine Klammer aus ihren hochgesteckten Haaren, bog diese auf und bohrte sie mit aller Kraft in ein Wurmloch. An den improvisierten Haken hängte sie den Zettel in der Hoffnung auf, dass die Konstruktion lange genug halten würde. *HIER UNVERZÜGLICH OHNE ANKLOPFEN EINTRETEN* stand in großen Lettern darauf geschrieben.

Schleunigst zog sie sich zurück. Als sie in den schmalen Durchgang zur Straße eilen wollte, hörte sie ein durchdringendes Pfeifen. Das bedeutete, dass Daniel bereits im Anmarsch war. Frances hastete zurück in den Hinterhof und duckte sich hinter die Fässer. Bei dem Gedanken an die Ratte gruselte es ihr, aber ihr Wunsch, unentdeckt zu bleiben, war stärker als der Ekel. Vorsichtig spähte sie hinter ihrem Versteck hervor. Mit großen Schritten sah sie Daniel in seinen Reitstiefeln zur Tür gehen. Die rote Uniformjacke leuchtete im düsteren Hinterhof nahezu. An der Tür überflog er den Zettel, riss ihn ab und blickte sich forschend um. Sie duckte sich tiefer, atemlos darauf wartend, was er als Nächstes tun würde. In dem Augenblick, in dem er die Tür aufdrückte und eintrat, rannte sie los. Sie lief so schnell, dass ihr die Kapuze vom Kopf flog, die Frisur sich auflöste und die Haare hinter ihr her flatterten. Spitze Schreie waren aus Richtung der offen stehenden Tür zu hören. Sie drehte sich nicht um. Keuchend erreichte sie die Kutsche und kletterte die Stufe hoch. »Los, wir müssen fahren«, rief sie. Prudence klopfte wild gegen die Wand zum Kutschbock. Mit einem Knall zog Rose die Tür hinter Frances zu, und sie fuhren endlich ab. Die Nanny war eingeschlafen und wachte nicht davon auf.

»Und?«, fragte Prudence nervös. Frances atmete tief aus.

»Er ist hineingegangen, und dann habe ich Schreie gehört.«

»Ich würde so gerne sein Gesicht sehen«, kicherte Rose. Prudence kicherte ebenfalls, Helen lächelte in sich hinein. Frances' Wangen glühten – dieses Mal von dem Spurt, den sie hingelegt hatte, und von dem Triumph, den sie fühlte. Sie hoffte inständig, dass Daniel sich hinlänglich blamiert haben mochte.

»Ihr benehmt euch wie Gänse. Könnt ihr nicht mal stillsitzen?«, beschwerte sich Lady Darlington beim Tee. Zu ihren Füßen kaute Muzzle an einem Keks. Als die Tür aufging, reckten Frances und die Freundinnen die Hälse. Zu ihrer Enttäuschung war es nur ein Diener, der mit einer frischen Kanne heißem Wasser hereinkam.

»Was habt ihr heute denn? Helen?« Lady Oakley sah ihr Patenkind durchdringend an.

»Ich weiß nicht, Tante«, log diese, ohne zu blinzeln. Frances warf ihr einen anerkennenden Blick zu. Hatte Helen am Anfang vor allem verhuscht auf sie gewirkt, erkannte sie in der Zwischenzeit auch widerspenstige Seiten an ihr.

»Ich hoffe, du bist dir bewusst, was für eine wichtige Rolle dir morgen zukommt, mein Kind«, erinnerte Lady Oakley ihre Tochter. »Ein Ball, dir zu Ehren, kann für eine erfolgreiche Heirat entscheidend sein.« Rose rutschte auf ihrem Stuhl nach vorne, sagte jedoch nichts.

»Ist Lord Felton auch eingeladen?«, platzte Frances heraus. Sie hoffte so sehr, dass er sich an sein Versprechen halten würde, niemandem von ihrem Missverständnis mit der Kette zu erzählen.

»Der Lord hat sein Kommen angekündigt«, erwiderte Lady Oakley. »Ich bin sicher, er wird meine Rose zum Tanzen auffordern.« In diesem Augenblick betrat Daniel den Salon. Rose prustete in ihre Tasse, so dass Lady Darlington mit Tee besprüht wurde. »Was soll das?«, beschwerte sie sich empört.

»Rose!«, tadelte ihre Mutter. »Das ist kein Benehmen für eine Debütantin.«

Frances verschluckte sich derweil an dem Törtchen, in das sie gerade gebissen hatte, und fing an zu husten, so dass Helen ihr auf den Rücken klopfte. Daniel hatte die Augenbrauen über der Nasenwurzel zusammengezogen, während er skeptisch von seiner Schwester zu Frances blickte.

»Ihr seid unmöglich.« Lady Darlington erhob sich, wobei sie sich ungehalten mit einer Serviette über das bespuckte Kleid fuhr. »Komm, Muzzle. Wir gehen uns umziehen.«

Lady Oakley stand ebenfalls auf. »Ich erwarte morgen ein damenhafteres Benehmen von dir, Rose«, ermahnte sie streng. Ihre Tochter nickte bemüht ernst. Kaum hatten die Mütter den Salon verlassen, brachen die jungen Frauen in lautes Lachen aus.

»Ihr habt mich ganz schön reingelegt«, stellte Daniel mit einem verlegenen Grinsen fest. Er wandte sich an Frances. »Es tut mir leid, dass ich dir vorgegaukelt habe, die Kette sei vom Lord. Ab wann hast du mich denn durchschaut?«

In ihr stieg wieder Wut auf. Er war dafür verantwortlich, dass sie sich vor dem Lord lächerlich gemacht hatte. Trotzdem versuchte sie, sich nicht anmerken zu lassen, wie sehr er sie gekränkt hatte. »Glaubst du, ich merke nicht, dass du derjenige bist, der mir die Kette gegeben hat? Und dass sie bloß aus Glas ist?«

Er atmete erleichtert auf. »Ich hatte mir schon Sorgen gemacht, dein Herz könnte gebrochen sein.«

»Als ob.« Frances tat, als lächele sie, dabei verspannte sich ihr ganzer Kiefer.

»Jetzt erzähl mal, wie es war, als du ins Ankleidezimmer der Damenschneiderin geplatzt bist«, verlangte Rose von ihrem Bruder zu wissen. Der wurde daraufhin ganz bleich.

»Das wird für immer mein Geheimnis bleiben.«

»Ach, komm schon«, drängte ihn seine Schwester. »Erzähl uns von den kreischenden Debütantinnen …« Auch Helen blickte amüsiert zu Daniel, der sich wand.

»Na gut. Ich habe wirklich gedacht, Franny würde hinter der Tür auf den Lord warten. Und ich hatte wegen meines blöden Scherzes ein enorm schlechtes Gewissen. Aber ich dachte, ich mache es besser kurz und schmerzlos und kläre das Ganze auf.« Entschuldigend sah er Frances an, die ihn finster beäugte. »Ich trat ohne anzuklopfen ein, wie es ja auf dem Zettel stand. Dann bin ich mitten in die Anprobe von Lady Mershons Tochter geplatzt. Alle haben geschrien, als sie mich gesehen haben. Ich auch. Die Schneiderin hat mir ihre Schere gegen den Bauch gedrückt und gedroht, sie in meine Eingeweide zu rammen. Ich habe mir die Augen zugehalten und bin rückwärts zur offenen Tür hinausgestolpert.« Rose brüllte vor Lachen, während sich Helen Tränen aus den Augen wischte. Nur Frances starrte vor sich hin.

»Sind wir jetzt quitt?«, erkundigte Daniel sich kleinlaut bei ihr. »Ich habe mich gehörig zum Hanswurst gemacht, das ist doch die Rache, die du wolltest oder nicht?«

Frances setzte erneut ein Lächeln auf, das ihre Augen nicht erreichte. Sie fühlte sich stärker von ihm betrogen, als sie zugeben wollte. »Warum hast du das getan?«, fragte sie kaum hörbar und sah ihn an. Er wich ihrem Blick aus.

»Es tut mir leid. Erst wollte ich dich nur davor beschützen, einen riesigen Skandal auszulösen. Aber ich habe es mit der Kette wohl etwas zu weit getrieben ... Das Bild!« Er brach ab, verbeugte sich knapp und eilte hinaus. Frances sah ihm aufgewühlt nach. Sie verstand noch immer nicht, was ihn zu dem falschen Spiel bewogen hatte. Rose trat zu ihr und legte den Arm um sie.

»Im Grunde hast du durch die ganze Sache nur gewonnen. Wenn du nicht gedacht hättest, die Kette sei vom Lord, wärst du ihm gegenüber nie derart selbstbewusst aufgetreten.«

»Allerdings«, merkte Frances unglücklich an.

»Es hätte sonst doch noch Wochen dauern können, bis er dich wahrgenommen hätte. Du weißt ja, wie viele junge Frauen hinter Lord Felton her sind. Du warst bisher eine von unendlich vielen. Jetzt ragst du aus der Menge heraus«, tröstete sie.

»Ja, als durchgedrehte Debütantin.«

»Vielleicht. Und womöglich findet er genau das faszinierend.«

»Deine Bekanntschaft mit dem Lord hat dich im Ansehen der Gesellschaft höher aufsteigen lassen«, warf Helen tröstend ein. »Es ist allen aufgefallen, dass Lord Felton schon mehrmals mit dir getanzt hat.«

Nicht ganz überzeugt, wollte Frances noch etwas sagen, als Daniel mit Prudence' Bild zurückkam. »Ich hatte es in meinem Zimmer versteckt.«

Sie blickte auf das Gemälde, das das Mädchenpensionat und die drei Freundinnen davor zeigte. »Wenn ich nur irgendwo Zuflucht finden könnte, wo mich niemand zu einer Ehe drängt«, sagte sie traurig.

»Wenn man dich so reden hört, könnte man meinen, du willst gar nicht heiraten«, bemerkte Daniel erstaunt.

»Was heißt hier ›wollen‹«, fuhr Frances ihn an. »Seit wann ist das eine Frage von freiem Willen? Du kannst vielleicht wählen, ob du heiratest. Oder wen.« Als sie das aussprach, konnte sie nicht verhindern, dass ihr Blick zu Helen wanderte. »Aber wir Frauen können einen Antrag höchstens ablehnen. Niemals können wir uns den Mann selber aussuchen, der uns einen Antrag macht.«

Aufgewühlt ließ sie die anderen stehen. Im Schutz ihres

Zimmers nahm sie die Kette zur Hand und war versucht, sie aus dem Fenster zu schmeißen. Sie stellte sich vor, wie das Glas auf den Steinen des Gehsteigs in winzige Einzelteile zersplitterte.

»O mein Gott. Es ist ganz fürchterlich«, platzte Helen am nächsten Morgen in Frances' Schlafzimmer.

»Was denn?« Verschlafen setzte sie sich auf und vergewisserte sich, dass das brisante Buch, in dem sie in der Nacht noch gelesen hatte, unter der Decke vor Blicken verborgen war.

»Lord Spinner ist auf dem Weg zu dir.«

»Nein!« Das konnte nur bedeuten … Entsetzt sprang Frances aus dem Bett.

»Ich glaube, der alte Lord will dir einen zweiten Antrag machen.« Rose kam aufgeregt herein und sprach laut aus, was Frances dachte.

»Was soll ich bloß tun?«, fragte sie schockiert. Helen und Rose sahen sie hilflos an. »Wenn ich wieder ablehne, komme ich sofort ins Asylum.«

»Könntest du nicht Ja sagen, nur um Zeit zu gewinnen?«, schlug Helen vor.

»Und was bringt mir das?« Angesichts des drohenden Übels konnte Frances nicht mehr klar denken.

»Du könntest die Hochzeit so weit wie möglich nach hinten schieben und in der Zwischenzeit Pläne schmieden, um wegzulaufen«, führte Rose aus.

»Ich habe kein Geld. Wovon sollte ich dann leben?«, fragte sie verzweifelt.

»Du solltest es trotzdem versuchen. Wenn du im Asylum bist, gibt es keinen Weg mehr heraus. Aus einer unglücklichen Verlobung vielleicht schon«, argumentierte die Freundin. Fieberhaft schätzte Frances ihre Optionen ab. Sie hatte einen Höhenflug gehabt, als sie geglaubt hatte, der begehrte Lord Felton würde sie so sehr verehren, dass er ihr ein Schmuckstück schenkte. Sie hatte wirklich gedacht, sie könne das Schicksal und damit die Wahl ihres zukünftigen Ehemanns beeinflussen. Stattdessen war sie gezwungen, sich zwischen Pest und Cholera zu entscheiden. Denn was wäre, wenn sie in die Ehe mit Lord Spinner einwilligen und ihr kein Ausweg einfallen würde? Die Frau, die in Ketten im Bethlem Hospital gehalten wurde, kam ihr in den Sinn. Ganz bestimmt war eine Ehe mit dem alten Lord weniger schlimm als das Gefangensein an einem derart schrecklichen Ort. Als Lady Spinner würde sie zudem über die Macht eines Titels und Geldmittel verfügen. Nur schaffte es keine dieser Überlegungen, Frances' Widerwillen gegen den Lord zu überwinden.

»Bist du wach?« Lady Darlington erschien jetzt auch in ihrem Zimmer. »Mach dich hübsch. Helen und Rose können dir dabei helfen. Und beeil dich. Lord Spinner wartet unten auf dich.«

»Mutter …«, setzte Frances verzweifelt an.

»Sieh zu, dass du diesmal Ja sagst.«

»Zwingen Sie mich nicht, den Lord zu heiraten«, bat sie. Lady Darlington seufzte und schickte die Freundinnen hinaus. Dann fixierte sie ihre Tochter.

»Wovor hast du denn so einen Graus? Weil er alt ist? Dein

Vater war sechzig Jahre älter als ich. Glaubst du, ich war in Liebe zu ihm entbrannt? Es gibt wichtigere Aspekte im Leben als die Liebe. Durch die Ehe wirst du versorgt sein. Nach der Hochzeit hat es weder mir noch meinen Eltern jemals an etwas gemangelt.«

»Ich müsste mit Lord Spinner intim sein …« Frances schüttelte sich bei dem Gedanken daran. Lady Darlington lachte auf.

»Ach, das ist es, was dich ängstigt. Es ist nicht so schlimm, wie du denkst. Ein wesentlich älterer Mann hat auch Vorteile. Er wird dich nach den ersten Malen in Ruhe lassen. Und spätestens, wenn du ihm einen Erben geschenkt hast, wirst du es so deichseln, dass er das bisschen Verlangen, das noch da ist, bei den Dienstboten stillt. Dann hast du deine Ruhe.«

»Und was ist mit meinem Verlangen?«, entgegnete Frances verzweifelt.

»Denk nicht immer nur an dich«, warf Lady Darlington ihrer Tochter vor. »Glaubst du, mir hat es Spaß gemacht, Lord Spinner zu umgarnen, nachdem du ihn abgewiesen hattest? Wenn du ihn wieder ablehnst, was wird dann aus uns? Wenn deine Freundin erst mal verheiratet ist, wird uns Lady Oakley sicher nicht mehr hier wohnen lassen. Hast du zudem einmal an mich gedacht? Ich werde im Schuldnergefängnis landen, es sei denn, Lord Spinner bezahlt die ausstehenden Rechnungen.«

»Das heißt, Sie verkaufen mich an ihn«, stellte Frances verbittert fest.

»Ich kann auf deine kindischen Befindlichkeiten keine Rücksicht mehr nehmen. Du wirst jetzt nach unten gehen und die Hand des Lords akzeptieren.« Die Lady drehte sich schon zur Tür, da fiel Frances noch etwas ein. Sie stürmte zum Waschtisch und nahm die Kette mit dem falschen Stein in die Hand. Sie hatte es am Abend zuvor nicht über sich gebracht, sie zu zerstören.

»Wartet!« Sie hielt die Kette hoch.

»Was ist das?«

»Die Kette hat mir Lord Felton geschenkt«, behauptete Frances in ihrer Verzweiflung. Erstaunt ging Lady Darlington zu ihr und nahm ihr das Schmuckstück ab.

»Die soll vom Lord sein?« Die Skepsis stand ihrer Mutter ins Gesicht geschrieben.

»Ich habe ihm ein Bild von Prudence geschickt, das er so sehr bewundert hat. Und dafür hat er mir diese Kette gegeben.« Frances erzählte von dem Abenteuer, ließ aber entscheidende Details aus.

»Du machst Scherze.« Ihre Mutter war ungläubig.

»Nein, es ist wahr. Fragen Sie Rose und Prudence, die wissen davon. Und hat er nicht auf den letzten Bällen mehrmals mit mir getanzt?«

»Du glaubst also wirklich, dass Lord Felton um deine Hand anhalten wird?«

»Warum sollte er mir sonst die Kette schenken?«

»Nun, es gibt gewisse andere Absichten, die ein Mann hegen kann«, warf ihre Mutter warnend ein.

»Der Lord hat sich mir gegenüber nie unschicklich verhalten«, versicherte Frances wahrheitsgemäß. »Ich bin mir ganz sicher, dass er mich darum bitten wird, seine Frau zu werden. Solange ihm kein anderer zuvorkommt«, redete sie sich um Kopf und Kragen. Zwar sah sie, wie Lady Darlington darüber nachgrübelte, doch noch war ihre Mutter nicht vollends überzeugt. Ihr fiel glücklicherweise etwas ein, was sie umstimmen könnte.

»Lord Spinner hat sicherlich viel Geld«, warf sie ein. »Ob er es aber auch für seine Ehefrau und deren Familie ausgibt, wage ich zu bezweifeln. Er will nach der Eheschließung so bald wie möglich aufs Land reisen. An seiner Seite wird es garantiert keine großen Einladungen geben. Ein Gentleman wie Lord Felton hingegen liebt London und das luxuriöse Leben. Als Schwiegersohn wird er bestimmt großzügig sein.«

Lady Darlington hatte sich auf die Lippen gebissen, während Frances redete. Nun spitzte sie sie und stieß ein schmatzendes Geräusch aus. »Also gut, ich bin ja kein Unmensch. Wenn du aus Liebe heiraten willst, werde ich mich nicht dagegenstellen. Ich gebe dir zwei Wochen, um einen Antrag von Lord Felton zu sichern.«

»Und Lord Spinner?«, hakte Frances vorsichtig nach.

»Werde ich solange hinhalten.«

Sie sah ihrer Mutter mit Erleichterung nach, als diese das Zimmer verließ, dann beschlich sie Panik. Sie hatte zwar Zeit gewonnen, doch wofür? Dass Lord Felton sie heiraten wollte, erschien ihr nach der Eskapade mit der Kette mehr als unwahrscheinlich.

Kapitel 17

»Sollen wir wirklich Kleider in der gleichen Farbe auf dem Ball tragen?«, fragte Frances unsicher. Die Schneiderin hatte Prudence, Rose und ihr jeweils ein Ballkleid aus der himmelblauen Seide gefertigt.

»So bekommen wir garantiert mehr Aufmerksamkeit«, versicherte Prudence. Frances warf einen entschuldigenden Blick in Richtung Helen, die ein abgelegtes Kleid von Lady Oakley trug, dessen dunkellila Ton sie unscheinbar wirken ließ.

»Du brauchst mehr Farbe«, wandte sie sich an die junge Frau und bot ihr ein Überkleid aus dünnstem rosafarbenem Batist an. »Das könnte dir passen.«

Währenddessen gähnte Rose. »Ich wünschte, ich könnte heute Abend in meinem Bett bleiben und lesen«.

»Halt still, sonst verbrenne ich dich noch«, ermahnte Frances, die versuchte, ihr die Haare mit dem glühenden Eisen zu locken, die Freundin.

»Das ist doch dein Ball! Wie kannst du da so gelangweilt sein?« Prudence schüttelte verständnislos den Kopf. Frances konnte es Rose hingegen nur allzu gut nachfühlen. Nach der Aufregung um Daniels falsches Spiel, ihrer Rache und dem knappen Entkommen einer Verlobung mit Lord Spinner fühlte sie sich sehr müde.

»Was willst du jetzt eigentlich wegen Lord Felton machen?«, erkundigte sich Helen bei ihr.

»Wenn ich das nur wüsste.« Sie stöhnte allein bei dem Gedanken daran auf, dem Lord nach der peinlichen Offenbarung unter die Augen zu treten. »Ich muss es unbedingt schaffen, mit ihm zu tanzen, damit meine Mutter keinen Verdacht schöpft. Sie glaubt ja, dass die Kette von ihm stammt und er kurz davorsteht, mir einen Antrag zu machen.«

»Hier, trink was.« Prudence reichte ihr eine Flasche Gin. Er schmeckte scheußlich, aber er wärmte sie.

»Ich will auch«, sagte Rose. Nachdem sie getrunken hatte, bot sie Helen davon an. Die schüttelte den Kopf. An ihrer Stelle nahm Rose noch einen tiefen Schluck, bevor Prudence die Flasche an sich riss.

»Auf unsere zukünftigen Ehemänner«, sagte sie und trank. Als sie Helen den Gin überreichte, nahm diese zögernd einen kleinen Schluck, bevor sie ihn weitergab.

»Glaubt ihr eigentlich an die Liebe?«, fragte sie überraschend.

»Ich glaube, dass es sie gibt«, erwiderte Rose.

»Und ich weiß, dass es die Liebe gibt. Denkt nur an Anthea und Warwick«, erklärte Frances.

»Ich glaube auch an die Liebe«, versicherte Prudence. »An die Liebe zu Juwelen und schönen Kleidern.«

»Und was ist mit Leidenschaft? Mit dem Verlangen, der geliebten Person nah zu sein? Zählt das denn gar nichts für dich?« Rose blickte die Freundin forschend an, die nur die Schultern hob.

»Meine Mutter war sehr verliebt in meinen Vater, als sie ihn geheiratet hat. Und jetzt? Seit Jahren haben sie sich nicht mehr gesehen. Wenn einer von ihnen in London ist, bleibt der andere auf dem Land und umgekehrt. Es gibt keinen Menschen, der einen anderen für immer liebt.«

»Doch, es gibt ihn«, platzte es aus Helen heraus. Alle sahen zu ihr.

»Warst du denn schon verliebt?«, erkundigte sich Frances. Helen schnappte sich die Flasche und trank, bevor sie antwortete.

»Ja«, sagte sie. »Ich musste seinen Antrag ablehnen, weil meine Eltern nicht mit ihm einverstanden waren.« Sie nahm noch einen Schluck.

»Warum bist du nicht mit ihm weggelaufen?«, fragte Frances.

Helen schwieg. Tränen schimmerten in ihren Augen, und Frances tat ihre Frage schon leid. »Ich wollte dich nicht verletzen«, sagte sie.

»Du hast ja recht«, erwiderte die junge Frau erregt. »Ich hätte es tun sollen. Aber ich konnte einfach nicht zwischen ihm und meinen Eltern wählen. Sie hätten nie wieder mit mir gesprochen, wenn ich das gemacht hätte. Und ich hatte Angst, dass unsere Liebe nicht stark genug für ein Leben ohne meine Familie sein könnte.« Helen trank ein weiteres Mal aus der Flasche, dann setzte sie ein gezwungenes Lächeln auf.

»Wie hat er reagiert?«, wollte Rose wissen.

»Er ist abgereist, und ich habe ihn nie wieder gesehen.«

»Was ist, wenn er zurückkommen würde?«, fragte Rose.

»Das wird er nicht«, insistierte Helen. »Meine Chance, im Leben glücklich zu werden, habe ich vor sechs Jahren verspielt.«

»Willst du deshalb niemals heiraten?«, erkundigte Frances sich in leiser Hoffnung. Sie musste an Daniel denken und daran, dass Sir William und Lady Oakley Helen als dessen Braut sehen würden.

»Ich wäre gerne Mutter. Wenn mir ein netter, standesgemäßer Mann einen Antrag macht, würde ich ihn akzeptieren.«

»Damit könntest du dich zufriedengeben?«, fragte Rose ungläubig.

»Ich bin beinahe fünfundzwanzig Jahre alt und eine Last für meine Eltern.« Helen lächelte unglücklich. »Nicht mehr lange, und ich bin eine alte Jungfer, die mal hierhin und mal dorthin geschickt wird, um die Kosten für den Lebensunterhalt aufzuteilen. Ich wäre sehr zufrieden, wenn ich einen Antrag bekäme, glaubt mir.«

Sie schwiegen. Was Helen an Zukunft ausmalte, war deprimierend. Da platzte es aus Frances heraus: »Kannst du nicht Lord Spinner nehmen? Ich wäre dir auf ewig dankbar.«

Helen schüttelte den Kopf. »Als ob sich ein Lord für mich interessieren würde. Mein Vater ist bloß ein Gentleman, hat weder einen Titel, noch ist er reich.«

»Hört auf, euch zu bemitleiden«, platzte es aus Prudence heraus. »Heute Abend werden wir auf dem Ball die Männer bezaubern. Du wirst schon sehen, wie viele Lords sich für dich interessieren, wenn du nur ein bisschen lockerer wirst.«

Sie gab Helen den Gin, und sie setzte den Flaschenhals an die Lippen. »Lass uns auch noch was übrig«, rief Rose.

»Wo bleibt ihr denn? Seid ihr endlich fertig? Lass dich ansehen, Rose. Warum trägst du denn das gleiche Kleid wie Prudence und Frances? So fällst du gar nicht auf.« Vor lauter Nervosität sprudelten die Worte aus Lady Oakley hervor, die ihnen auf der Treppe entgegeneilte. Sie atmete hektisch und schwitzte so stark, dass Schweißtropfen ihre Schläfen hinunterperlten. »Zieh dich um, nein, dafür ist keine Zeit mehr. Nun komm schon, Rose!«

Sie packte ihre Tochter am Arm und zog sie mit sich ins Erdgeschoss, wo der Ball im Speisesaal und im Salon stattfand. Rose musste neben ihren Eltern und Daniel im Durchgang stehen und die Gäste begrüßen. Helen, Frances und Prudence schlenderten derweil herum und begutachteten die Dekorationen, die von Laufboten und Händlern den ganzen Tag über ins Stadthaus gebracht worden waren. Lady Oakley hatte, nicht zuletzt animiert von Lady Darlington, weiße und schwarze Straußenfedern zusammen mit weißen Blumen zu Girlanden binden lassen, die quer durch die Räume hingen. Im Luftzug, der durch die sich beständig öffnende Haustür entstand, flatterten die Federn derart, dass Frances befürchtete, sie würden mit den Flammen der Kerzen an den Kronleuchtern in Berührung kommen.

»Nein danke.« Helen winkte ab, als ihr ein Silbertablett mit Sandwiches hingehalten wurde.

»Dann bleibt mehr für mich übrig.« Frances griff nach den belegten Broten und häufte drei übereinander. Der Alkohol hatte sie hungrig gemacht.

»Hier!« Prudence überreichte ihnen Gläser mit der Bowle. Hatte Helen vorhin noch gezögert, den ersten Schluck zu trinken, kippte sie den Inhalt des Glases nun in einem Zug herunter.

»Mach langsam«, riet Frances ihr. Doch Helens Augen strahlten. Die Rötung ihrer Wangen ließen ihren Teint gesund aussehen. Frances musste zugeben, dass sie an diesem Abend eine ausgesprochen anziehende Ausstrahlung hatte.

Langsam füllten sich die Räumlichkeiten mit den eintreffenden Gästen. Unwillkürlich hielt Frances nach Lord Felton Ausschau.

»Kommt, wir stellen uns an den Rand der Tanzfläche, damit wir aufgefordert werden«, schlug Prudence vor. Sie folgten ihr und bemühten sich dabei, freundlich zu lächeln. Es dauerte trotzdem eine Weile, bis ein Gentleman auf sie zukam. Frances stellte sich aufrechter hin, als sie in ihm einen der Freunde von Lord Felton erkannte. Der Mann verbeugte sich vor Helen. »Würden Sie mir die Ehre des Tanzes erweisen?«

Überrascht blickte die junge Frau ihn an und zögerte.

»Nun mach schon«, raunte Prudence ihr zu.

»Mir ist etwas schwindelig, vielleicht sollte ich mich besser hinsetzen«, wisperte Helen.

»Du willst doch unbedingt heiraten«, zischte Prudence. »Er sieht gut aus und ist jung, was willst du mehr?« Helen lächelte den Gentleman daraufhin unsicher an, der ihr den Arm anbot.

»Frag ihn, wo der Lord ist«, flüsterte Frances ihr noch zu, bevor diese sich auf die Tanzfläche führen ließ. Unmittelbar darauf wurde Prudence ebenfalls zum Tanzen aufgefordert, so dass Frances alleine zurückblieb. Als sie sich nach Rose umblickte, winkte Daniel ihr zu, der sich mit zwei Debütantinnen unterhielt. Sie zog es vor, ihn zu ignorieren. Um ihrer Mutter zu entkommen, die die Gäste begrüßte, als wäre sie die Gastgeberin, ging Frances in den angrenzenden Saal. Ihr Herz setzte für einen Moment aus, als sie Lord Felton entdeckte. Ihr erster Impuls war es, vor ihm davonzulaufen. Aber das wäre eine denkbar schlechte Idee. Wenn sowieso fast alles verloren war, gab es auch kaum mehr etwas zu riskieren, redete sie sich zu und zwang sich, ruhig durchzuatmen. Sie griff nach einem Glas Wein, das auf einem Tablett an ihr vorbeigetragen wurde, und stürzte den Inhalt hinunter. Dann nahm sie ihren ganzen Mut zusammen. Der Alkohol hatte ihren Kopf etwas vernebelt, so dass sie sich rücksichtsloser durch die Menge der Ballgäste drängte, als sie es vorhatte. Eine Frau, der sie auf den Fuß trat, schrie auf.

»'tschuldigung«, nuschelte Frances. Das berauschte Gefühl in ihr half ihr dabei, sich Lord Felton in den Weg zu stellen, der sich mit Mister Ghosh und anderen Gentlemen im Gespräch befand. Erstaunt über die Unterbrechung blickte er sie an. »Miss Darlington, habe die Ehre.«

»Mein Lord.« Sie knickste und geriet dabei leicht ins Schwanken. Sie musste sich mit dem Alkohol zurückhalten, sagte sie sich. In diesem Augenblick wurde ihr bewusst, was sie da gerade Ungehöriges zu tun beabsichtigte, und sie hielt den Atem an. Aber es musste sein. Sie sah keinen anderen Ausweg. »Lassen Sie uns tanzen!«, forderte sie den Lord auf.

Dieser zog die Augenbrauen hoch und wechselte einen überraschten Blick mit Mister Ghosh, anschließend erschien ein Lächeln auf seinem Gesicht, und er verbeugte sich knapp. »Wie Sie wünschen.«

Das befriedigende Gefühl, einen kleinen Sieg errungen zu haben, breitete sich wellenförmig in Frances aus, als sie seinen Arm nahm und sich von ihm zur Tanzfläche führen ließ. Die Ketten-Eskapade hatte ihn nicht abgeschreckt. Womöglich hatte diese Affäre sie tatsächlich interessanter für ihn gemacht. Sie würde ihr Bestes geben, um sich vor ihm weiterhin als unkonventioneller Freigeist zu präsentieren. Der Maskenball, den er jährlich veranstaltete, fiel ihr ein. Sie musste es schaffen, eine Einladung zu ergattern. Während sie noch fieberhaft nachdachte, nahm sie aus den Augenwinkeln wahr, wie Daniel sie anstarrte. Sie lachte den Lord an. Wenn ihr nur etwas Amüsantes einfallen würde, um wiederum ihn zum Lachen zu bringen, während sie am Rand darauf warteten, dass ein neuer Tanz begann … Sie suchte noch nach einem Gesprächsthema, da ertönten entsetzte Schreie, und die Musik verebbte. Die Tänzer hatten aufgehört, sich zu drehen. Mitten auf der Tanzfläche stand eine schwankende Helen, die sich halb auf den Boden und halb auf das Jackett ihres Tanzpartners übergeben hatte. Mit kalkweißem Gesicht presste sie sich die Hand auf den Mund, während der Gentleman neben ihr angewidert an sich herunterblickte.

Frances nahm ihre Hand von Lord Feltons Arm und stürzte zu Helen. »O mein Gott«, flüsterte diese.

»Du musst an die frische Luft.« Frances hakte sie unter, als Daniel herbeigeeilt kam. Er drückte Frances eine Stoffserviette in die Hand und bot Helens Tanzpartner eine weitere an. Frances wischte mit der Serviette über Helens Mund. Die Ballgäste, die nach und nach auf das Spektakel aufmerksam wurden, scharrten sich neugierig um die Tanzfläche. Nun tauchte Lady Oakley auf – gefolgt von Rose.

»Was hast du dir nur gedacht, Helen?«, fuhr sie ihr Patenkind an. »Schaff sie hier raus, Daniel. In Frances stieg derweil ein enorm schlechtes Gewissen auf. Schließlich waren Prudence, Rose und sie es gewesen, die Helen zum Trinken verführt hatten. Diese war Alkohol einfach nicht gewöhnt. In diesem Augenblick strauchelte Helen und wäre beinahe hingefallen, wenn Rose und Frances sie nicht festgehalten hätten. Daniel nahm Helen daraufhin kurzerhand auf die Arme und trug sie aus dem Ballsaal. Frances, Rose und Prudence folgten ihnen.

»Rose!«, rief Lady Oakley noch, doch diese kümmerte sich nicht darum. Sie gingen hinter Daniel die Treppe hoch in den oberen Stock, wo er Helen in deren Zimmer auf das Bett legte. Frances tauchte einen Handtuchzipfel ins Wasser der Waschschüssel und begann, mit dem angefeuchteten Stoff Helens Gesicht gründlich zu säubern. Daniel zog sich derweil diskret zurück.

»Mir ist so schlecht«, wisperte Helen.

»Trink Wasser«, riet Rose, »das hilft.« Dann blickte sie Frances an. »Das ist unsere Schuld.«

»Ganz und gar nicht«, widersprach Prudence. »Sie ist selbst dafür verantwortlich. In ihrem Alter sollte sie wissen, wie viel sie vertragen kann.« Damit ging sie zur Tür.

»Wo willst du hin?«, fragte Rose vorwurfsvoll.

»Zum Ball. Nur weil Helen sich blamiert hat, heißt das ja nicht, dass wir alle darunter leiden müssen.« Schon war Prudence verschwunden.

»Du solltest auch wieder zum Ball gehen«, schlug Frances vor. »Es ist schließlich deiner. Ich bleibe hier.«

»Bist du sicher?«

Da klopfte es an die Tür, und Daniel trat wieder ein. Er hielt eine Kanne mit Kaffee und einen Brief in der Hand. »Ein Bote hat eine Nachricht für dich gebracht«, wandte er sich an Frances. »Ich glaube, es ist dringend.«

Verwundert riss sie das Siegel auf. Der Brief bestand nur aus wenigen Zeilen, die Warwick geschrieben hatte. Sie waren zurück in London, und Anthea lag seit einiger Zeit in den Wehen. Er machte sich große Sorgen um seine Frau.

»Ich muss sofort zu ihr«, erklärte Frances.

»Trink erst mal einen Kaffee«, riet Daniel und goss etwas von der dunklen aromatischen Flüssigkeit in die Tasse, aus der sie Helen eben Wasser eingeflößt hatten.

Frances trank alles auf. Danach fühlte sie sich zwar noch nicht wieder ganz klar, aber trotzdem konzentrierter.

»Kannst du dafür sorgen, dass meine Mutter nicht mitbekommt, dass ich weg bin?«, bat sie Rose.

»Wenn deine Mutter mich fragt, sage ich, du bist bei Helen.«

»Du gehst um diese Zeit nicht allein los«, mischte sich Daniel ein. »Ich komme mit.«

Es lag ihr auf der Zunge, dies abzulehnen, dann erinnerte sie sich an die letzte Erfahrung auf Londons nächtlichen Straßen und willigte ein.

»Gut, dass du da bist.« Als Warwick die Tür öffnete und Frances und Daniel hereinließ, hörten sie Schreie.

»Was ist mit Anthea?«, fragte Frances panisch.

»Sie hat starke Schmerzen«, erwiderte Warwick nervös. Er hielt die verängstigte Lillias auf dem Arm.

»Mama!«, rief das kleine Mädchen.

»Mama und Papa haben zu tun«, wandte sich Daniel an sie. »Aber wir zwei spielen zusammen, ja?« Er nahm ein Kissen von dem einzigen Sessel in dem engen Raum, der offenbar als Speisezimmer und Salon gleichermaßen fungierte. »Jetzt bin ich da«, sagte er. Nun hielt er sich das Kissen vor das Gesicht. »Jetzt bin ich weg.« Er senkte das Kissen ab. »Jetzt bin ich wieder da.« Lillias fing an zu lachen. »Und wieder weg.«

Als das Mädchen abgelenkt war, folgte Frances Warwick ins Schlafzimmer, in dem sich eine ältere Nachbarin um Anthea kümmerte, die vor dem Bett kniete und ihren Oberkörper auf der Matratze abstützte.

»Franny!«, stöhnte sie auf. Frances ging zu ihr und nahm ihre Hand. Im nächsten Augenblick wurde Anthea von einer neuen Schmerzwelle gepackt und krallte sich so fest in ihre Hand, dass sie beinahe selber aufgeschrien hätte.

»Es geht bald los«, sagte die Nachbarin.

Frances wollte zusammen mit Warwick das Zimmer verlassen, um Decken zu holen, doch Anthea hielt sie fest. »Bleib bei mir.«

Auch wenn die gellenden Schreie vermuten ließen, dass das Kind jeden Augenblick zur Welt kommen würde, ließ es noch auf sich warten. Stunden vergingen, in denen Warwick neues Wasser für die Umschläge brachte, mit denen Frances die Stirn ihrer Schwester kühlte.

Zwischen den Wehen lächelte Anthea sie an. »Ich muss dir einen ziemlichen Schrecken einjagen, nicht wahr?«

Frances schluckte und nickte. »Ich weiß nicht, ob das, was zwischen Frau und Mann passiert, solche Schmerzen wert ist.«

Anthea lachte leise auf. »Glaub mir, die Schmerzen sind bald wieder vergessen. Und das andere …« Sie brach ab. »Ich weiß nicht, ob es sich gehört, dass ich dir davon erzähle.«

»Es hat sich auch nicht gehört, dass du mit einem Dienstboten davongelaufen ist«, warf Frances ein. »Und du hast es trotzdem getan. Meinst du nicht, es wäre wichtig gewesen, vorher zu wissen, was dich mit einem Mann im Bett erwarten würde?«

Anthea sah sie ernst an. »Du hast recht«, erwiderte sie. »Mir fällt es nur so schwer, das, was da passiert, in Worte zu fassen.«

»Versuch es wenigstens.«

»Na gut, ja. Also. Wenn sich zwei lieben, dann gibt es ein ganz starkes Verlangen nacheinander, körperlich. Du hast es vielleicht auch schon bemerkt, dass die Stelle zwischen deinen Beinen manchmal zu kitzeln anfängt, wenn …« Weiter kam Anthea nicht, denn eine weitere Wehe erfasste ihren

Körper. Frances drückte ihre Hand und fühlte sich hilflos, weil sie ihr nichts von diesen fürchterlichen Schmerzen abnehmen konnte.

Mit jedem Mal, wenn Warwick das Schlafzimmer betrat, wurden seine Gesichtszüge besorgter.

»Versuch, ihr was Suppe einzuflößen«, bat er Frances. Sie tat dies in den immer kürzer werdenden Pausen zwischen den Wehen. »Ich weiß nicht, wo der Arzt bleibt«, murmelte Warwick.

Frances bekam Angst, je länger es dauerte. Eine Geburt war eine gefährliche Sache. Die Frau des Verwalters von Darlington Mews war bei der Geburt von Zwillingen verstorben.

»Was soll der Arzt groß anders machen als ich?«, warf die Nachbarin ein. »Ich habe neun Kinder auf die Welt gebracht. Sieben davon lebendig. Und ich helfe allen Frauen hier, wenn sie ihr Kind bekommen. Ich weiß, was zu tun ist.«

Frances starrte Anthea an, die mittlerweile auf dem Rücken im Bett lag, die Augen geschlossen hatte und erschöpft durch den Mund atmete.

»Es tut so weh«, stöhnte diese auf. »Ich glaube, ich muss sterben.«

»Nein«, entfuhr es Frances. »Das wirst du nicht.« Sie konnte den Gedanken nicht ertragen, ihre Schwester zu verlieren. Keine Leidenschaft der Welt war es wert, das ertragen zu müssen, was Anthea gerade durchmachte. Wut auf Warwick und Männer an sich stieg in ihr auf, die Frauen so etwas einbrockten.

»Du musst mir was versprechen«, bat die Schwester matt. »Wenn ich tot bin, kümmerst du dich dann mit Warwick um die Kinder?«

»Sag so etwas nicht«, erwiderte Frances.

»Versprich es!«

»Ja. Ich verspreche es.« In dem Moment, in dem sie das aussprach, fühlte sie, wie ernst sie es meinte. Sie würde alles für die Kinder tun, auch wenn sie dafür Lord Spinner heiraten müsste.

»Hier stirbt niemand«, brummte die Nachbarin, schob Antheas Nachthemd hoch und winkelte deren Beine so an, dass sie zwischen die Oberschenkel blicken konnte. »Ich seh schon die Haare.« Anthea wurde wieder von einer Wehe gepackt. Sie schrie und drückte so angestrengt, dass die Venen auf ihren Schläfen hervortraten.

»Der Doktor ist da.« Warwick führte einen Herrn herein, der eine Ledertasche mit sich trug. Aus der Tasche holte er glänzende Instrumente, deren Zweck sich Frances nicht erschloss, so gekrümmt und gebogen waren sie. Gerade als der Mann seine Brille auf der Nase zurechtschob, rief die Nachbarin: »Es kommt!«

Ihr Ruf wurde von Antheas Gebrüll übertönt. Kurz darauf rutschte etwas Blutiges zwischen ihren Beinen hervor, das an einer glitschigen, blauweißen Schnur hing. Frances sah zu, wie der Doktor eine Schere zur Hand nahm.

»Es ist ein Mädchen«, sagte er.

Die Nachbarin wickelte das Baby in ein Leinentuch und übergab es Anthea. Das Kind öffnete den Mund und stieß einen spitzen Schrei aus. Warwick stürzte daraufhin ins

Zimmer, kniete sich neben das Bett und küsste Anthea und das Baby abwechselnd viele Male. Das Köpfchen des Neugeborenen war so winzig und das Gesicht geschwollen und gerötet. Frances spürte, wie ihr Tränen kamen. Sie war so erleichtert darüber, dass Mutter und Kind die Geburt überlebt hatten. Gerührt sah sie zu Warwick, der die Hand seiner Frau nahm und an sein Herz drückte. Der Ausdruck, mit dem er Anthea ansah, berührte Frances so sehr, dass sie schlucken musste. Ihre Schwester blickte zu ihr.

»Wir nennen die Kleine nach ihrer Tante«, flüsterte sie.

»Wirklich?« Doch bevor Frances sagen konnte, wie glücklich sie darüber war, verkrampfte sich Anthea erneut und stöhnte auf. Ein abscheulicher Klumpen Blut drang nun aus ihr hervor. »Sie stirbt!«, schrie Frances auf, und Warwicks Gesicht nahm einen entsetzen Ausdruck an.

»Das ist die Nachgeburt«, beruhigte der Arzt, der seine Instrumente wieder einpackte. »Das ist normal.«

Aber Frances war noch immer verängstigt, auch nachdem sie sich von einer mittlerweile selig lächelnden Anthea und ihrer kleinen Familie verabschiedet hatte und mit Daniel den Rückweg antrat.

»Alles in Ordnung?«, fragte er beunruhigt.

»Ich weiß nicht«, erwiderte sie. »Anthea und Warwick sind jetzt glücklich, aber das war alles so furchtbar.«

Daniel nickte angespannt. »Ich habe die Schreie gehört.«

Schweigend liefen sie nebeneinanderher, bis sie am Townhouse der Oakleys angekommen waren. Dort räumten die Dienstboten noch die Überreste des Balls weg, so dass Frances und Daniel die Unruhe nutzten, um sich unbemerkt ins Haus zu schleichen. Bevor sich auf dem oberen Flur ihre Wege trennten, blieb Frances stehen.

»Danke«, sagte sie, »dass du mich begleitet hast.«

Er lächelte. »Gerne. Und verzeihst du mir die Sache mit der Kette?«

Sie dachte darüber nach. »Ich verstehe, dass dein erster Impuls war, mich zu schützen. Auch wenn du danach deinen üblen Spaß mit mir getrieben hast.«

»Ich weiß nicht, was mich da geritten hat. Ich … Ich kann nicht verstehen, was du an dem Lord findest«, platzte es aus ihm heraus.

»Er ist reich, attraktiv und amüsant«, erwiderte sie. »Wenn ich schon einen Lord heiraten muss, dann wenigstens so einen.« Daniel sah zunächst aus, als ob er noch etwas dazu sagen wollte, schwieg jedoch.

Beinahe grün im Gesicht und mit dunklen Schatten unter den Augen saß Helen am Frühstückstisch. Üblicherweise war ihre Haltung einwandfrei, nun hing sie mit gebeugtem Rücken auf dem Stuhl. Frances, die sich selber sehr angeschlagen fühlte, warf ihr einen mitfühlenden Blick zu.

»Der Ball war ein voller Erfolg«, verkündete die Gastgeberin stolz. »Lady Mershon, Lord Willingham und Countess Warious haben mir ihre Glückwünsche ausgesprochen, bevor sie gegangen sind. Großzügigerweise haben sie dein Benehmen nicht erwähnt, Helen.« Die ließ daraufhin den Löffel fallen.

»Zum Glück sind unsere Töchter eine Zierde für uns«, warf Lady Darlington ein und blickte Frances dabei scharf an, während sie den kleinen Finger abspreizte und an ihrer Teetasse nippte. Auf ihrem Schoß kaute Muzzle an einem Würstchen, von dem kleine Stücke zu Boden rieselten.

»O ja«, bestätigte Lady Oakley. »Rose und Frances haben sich hervorragend benommen. Ich hätte nie gedacht, dass Helen so ein schlechter Einfluss sein könnte.«

»So war das gar nicht«, entfuhr es Frances. »Wir haben alle getrunken.« Rose nickte bekräftigend.

»Offenbar nicht so viel wie Helen«, stelle Lady Darlington klar. In diesem Augenblick wurde eine Platte mit geräuchertem Fisch auf dem Tisch abgestellt. Helen erstarrte, fing an zu würgen, sprang von ihrem Stuhl und verschwand. Für einen Moment sagte niemand etwas.

»Sie ist viel älter als ihr«, bemerkte Lady Oakley dann. »Sie hätte mit gutem Beispiel vorangehen müssen.« Sie setzten das Frühstück schweigend fort. Es dauerte eine Weile, bis Helen zurückkam. Es war übel, mit anzusehen, wie sie sich an der Wand abstützte, um dann mit wackeligen Schritten zum Tisch zu gehen. Daniel erhob sich und bot ihr seinen Arm an. Sie schüttelte den Kopf. Das Lächeln, das sie ihm zu schenken versuchte, missglückte gründlich.

»Sir William ist sehr erzürnt über dein Betragen«, setzte Lady Oakley zu einer Standpauke an. Der Erwähnte blickte erstaunt von seiner Zeitung auf, musterte Helen kurz gleichgültig, um sich dann wieder in seine Lektüre zu versenken.

»Mutter, ich denke, diese Unterredung sollte auf einen späteren Zeitpunkt verschoben werden, wenn Helen sich etwas besser fühlt«, sprang Daniel ihr bei. »Sie muss sich unbedingt ausruhen.«

»Bitte, Tante, ich möchte lieber so schnell wie möglich abreisen«, bat die verzweifelte Helen.

»Das ist sicher nicht nötig«, entgegnete Daniel.

»Ja, du solltest dir das gründlich überlegen«, mischte sich Frances ein. »Ich glaube sowieso nicht, dass du mit der Kutsche fahren kannst, ohne dass dir schlecht wird.«

»Bleib doch noch«, fügte Rose hinzu. Ihre Mutter war hingegen anderer Meinung.

»Mein Kind, ich halte es für die beste Entscheidung, wenn du abreist. Ich kann nicht riskieren, dass Roses Chancen als Debütantin durch dein schlechtes Betragen geschmälert werden.«

»Aber Mutter …«, protestierte Rose vergeblich.

Helen nickte bloß. »Danke, dass Ihr mich aufgenommen habt, Tante«, sagte sie und erhob sich. Frances sah ihr bedrückt nach und fühlte sich elend. Ohne sie hätte die junge Frau niemals so viel Alkohol getrunken. Außerdem hatten sie Helen eigentlich nie eine richtige Chance gegeben.

Frances faltete die Unterkleider, die Rose in die Reisetruhe legte, während Helen ihre Sachen zusammensammelte. Am Nachmittag würde sie abreisen.

»Es tut mir so leid«, sagte Rose.

Helen versuchte ein Lächeln. »Es sollte halt nicht sein.«

»Und was machst du jetzt?«, fragte Frances.

»Ich kehre zu meinen Eltern zurück.« Helens Antwort

klang bitter. »Und hoffe darauf, dass sich ein adäquater Junggeselle nach Hinton St. George verirrt.«

»Das kann doch nicht der einzige Ausweg sein, der uns Frauen bleibt«, entfuhr es Frances.

»Wir können auch Gouvernanten werden«, erwähnte Helen. »Ich habe es tatsächlich mal überlegt, aber eine Freundin von mir ist bei einer Familie in Stellung, und es muss schrecklich sein. Du lebst bei einer Familie, die nicht deine eigene ist …«

»Das stelle ich mir eher schön vor«, unterbrach Frances.

Helen überging sie. »Wenn du einmal in Stellung gegangen bist, wirst du sicher keinen Mann mehr finden. Dann bist du vollkommen von der Familie abhängig, die dich beschäftigt.« Sie nahm eine Flasche mit Parfüm in die Hand, wickelte diese in ein Tuch und senkte die Stimme: »Der Mann – ein Lord, stellt euch das vor – hat meiner Freundin einmal aufgelauert, als sie schlafen gehen wollte. Niemand sonst war da. Er hat sie um die Taille gefasst, sie an sich herangezogen und geküsst.«

Frances verzog das Gesicht. »Und dann?«

»Meine Freundin hat sich losgerissen und sich eingeschlossen. Seitdem traut sie sich abends nur in Begleitung eines Dienstmädchens in ihr Zimmer.«

»Das ist entsetzlich«, fand Rose.

»Und es ist so unfair«, sagte Frances. »Wieso gibt es keine sicheren Orte für uns, wenn wir nicht verheiratet sind?«

»Weil wir Frauen sind«, erwiderte Helen knapp, verstaute ihre verbleibenden Habseligkeiten in der Truhe und klappte diese entschieden zu.

Kapitel 18

»Schreib uns!«, rief Frances der Kutsche nach, mit der Helen aus London abreiste. Sie winkten, bis sie verschwunden war.

»Die arme Helen«, sagte Daniel und wandte sich ab, um ins Haus zurückzugehen. Frances wunderte sich darüber, was er angesichts der Abreise wohl empfinden mochte. Sie hielt ihn zurück, bevor sie ins Haus gingen.

»Tut es dir sehr leid, sie fahren zu sehen?«, fragte sie.

»Natürlich. Dir nicht?«

»Doch.« Sie fühlte sich merkwürdig zerrissen zwischen Mitleid, schlechtem Gewissen, echtem Bedauern und ein wenig Erleichterung, dass Helen weg war. Die Freundschaft mit Rose und Prudence war in letzter Zeit nicht mehr die stabilste gewesen. Außerdem hatte ihr der Gedanke nicht behagt, Daniel könnte Helen heiraten.

»Hatten deine Eltern nicht eigentlich gehofft, du könntest Helen zur Frau nehmen?«, sprach Frances endlich das an, was sie umtrieb. Daniel sah sie ernst an. Rose blieb stehen und musterte ihren Bruder interessiert.

»Meine Eltern können hoffen, was sie möchten. Ich bleibe dabei, dass ich nicht heiraten will«, erklärte er.

»Weil du glaubst, dass du bei dem nächsten Kriegszug fallen könntest?«

»Die Möglichkeit besteht immer. Da ist übrigens Prudence«, lenkte er ab.

»Ist Helen weg?«, fragte diese statt einer Begrüßung, als sie in Begleitung eines Dienstmädchens von der Straße her auf sie zukam.

»Ja«, bestätigte Rose.

»Gut. Es ist ja peinlich, nach der Sache gestern noch mit ihr bekannt zu sein.«

Daniel warf ihr einen befremdeten Blick zu, bevor er ins Haus ging. Rose sah Prudence scharf an und stemmte ihre Fäuste in die Hüften. »Du solltest dich schämen, Pru!«

»Ja gut, wir hätten ihr besser nichts zu trinken gegeben«, verteidigte sich Prudence. »Aber wer konnte denn ahnen, dass sie gar nichts verträgt? Und weil sie sich vor aller Welt blamiert hat, heißt das ja nicht, dass wir mit ihr untergehen müssen, oder?«

»Ein bisschen mehr Mitgefühl würde dir besser stehen«, gab Rose zurück. »Du hast dich gestern nicht um sie gekümmert und dich heute nicht blicken lassen, bis sie weg war.«

»Was sollte ich denn noch um sie herumglucken, wenn ihr es schon getan habt?«, konterte Prudence. »Mir war es unangenehm genug, dass mich so viele Menschen mit Helen zusammen gesehen haben. Was meint ihr, wie oft ich gestern auf dem Ball noch auf das Malheur angesprochen wurde? Und Lord Felton hat mir beim Tanzen erzählt, dass die Jacke, auf die sie … ihr wisst schon … dass die Jacke vom teuersten Schneider Londons stammt und völlig ruiniert ist.«

Frances stutzte. »Du hast mit Lord Felton getanzt?«

»Ja. Und?« Täuschte Frances sich oder wirkte Prudence ertappt? »Er hat mich um einen Tanz gebeten. Es wäre sehr unhöflich gewesen, ihn abzulehnen, findest du nicht?«

Frances schwieg nachdenklich. Sie hatte genug Mitbewerberinnen um den Lord, da konnte sie nicht noch die Konkurrenz durch ihre Freundin gebrauchen. Etwas zwischen ihnen hatte sich verändert.

»Was meint ihr, wer uns beim nächsten Ball auffordern wird?«, fragte Prudence.

»Gibt es eigentlich noch ein anderes Konversationsthema als Männer?«, platzte es aus Rose heraus. »Mir hängt es zum Hals heraus.« Wütend stapfte sie auf das Haus zu.

Prudence blickte ihr erstaunt nach, dann sah sie Frances an.

»Was ist denn mit ihr los?«

»Sie fühlt sich schlecht, weil Helen abreisen musste«, erklärte Frances. »Und ich auch.«

Die Freundin schüttelte den Kopf. »So gut kannten wir sie doch gar nicht.«

Die Nachricht von Anthea war kurz, aber beruhigend. Ihr und dem Neugeborenen ging es gut. Erleichtert ließ Frances den Brief in ihrer Tasche verschwinden, damit ihre Mutter nichts davon mitbekam.

»Was sollen wir heute machen?«, fragte Rose. »Ausreiten?«

»Ich dachte, wir gehen am Berkeley Square spazieren«, schlug Frances stattdessen vor. »Mutter, wenn Sie mir Muzzle anvertrauen, sorge ich dafür, dass er etwas Auslauf bekommt.«

»Überanstrenge ihn nicht«, ermahnte Lady Darlington sie und stand vom Frühstückstisch auf.

»Wohnt nicht Lord Felton am Berkeley Square? Willst du deshalb unbedingt dort spazieren gehen?«, fragte Rose misstrauisch, nachdem sie allein im Speisezimmer waren.

Frances lächelte schief. »Ich dachte, vielleicht laufen wir ihm zufällig über den Weg.«

»Also glaubst du immer noch, du könntest ihn zu einem Heiratsantrag bewegen?«, wunderte sich Rose.

»Er ist sehr aufmerksam zu mir. Aufmerksamer als andere Männer«, entgegnete Frances.

»Aber du musst doch selber zugeben, dass es nicht sehr aussichtsreich ist.«

»Dann soll ich resignieren und den fürchterlichen Lord Spinner heiraten oder mich ins Asylum schleppen lassen? Egal, wie klein die Chance auf Lord Felton auch ist, ich werde sie ergreifen«, versicherte Frances, wobei sie versuchte, das Zittern in ihrer Stimme zu unterdrücken.

»Ich verstehe dich ja.« Rose nahm ihre Hand und drückte sie. »Wann wollte denn Pru vorbeikommen, weißt du das?«

»Sie hat heute keine Zeit«, log Frances. Sie war noch immer sauer auf die Freundin und wollte nicht riskieren, dass diese ihr bei ihrem Versuch, den Lord in ein Gespräch zu verwickeln, in die Quere kam.

Sie hatten sich gerade die Mäntel übergezogen und waren kaum vom Townhouse der Oakleys losspaziert, da pinkelte der Mops auf den Bürgersteig.

»Ist das dahinten nicht Pru?«, wunderte sich Rose, während sie warteten. Tatsächlich ging Prudence gerade die

Treppe zu den Oakleys hoch. »Ich dachte, sie hat heute keine Zeit.«

»Dann muss ich mich vertan haben«, redete sich Frances heraus. »Aber jetzt sind wir schon so weit, lass uns bitte nicht mehr umdrehen.« Sie riss an dem Seil, das sie um Muzzles Hals gebunden hatte, und ging hastig weiter. Rose folgte ihr zögerlich.

»Ich kann schnell zurücklaufen«, bot sie an. »Pru wundert sich bestimmt schon, dass wir ohne sie losgegangen sind.«

»Herrje«, fuhr Frances sie an. »Es muss doch möglich sein, einmal etwas ohne Pru zu unternehmen.«

»Ich frage mich nur, was sie jetzt macht.«

»Können wir bitte nicht über sie reden?«

»Wenn wir nicht über Pru reden, redest du über Lord Felton«, warf Rose vorwurfsvoll ein. Nach einem Moment der Stille, während sie in Richtung Berkeley Square liefen, zupfte die Freundin verlegen an ihrem narzissengelben Hutband. »Es tut mir leid.«

»Mir auch«, gab Frances zu. »Ich wollte dich nicht anfahren, aber … Es fühlt sich alles so komisch an hier in London. So anders als bei Mrs Worsley.«

»Du meinst unsere Freundschaft?«, hakte Rose nach.

»Mir fehlt die Leichtigkeit, die wir früher hatten.«

»Die fehlt mir auch«, bestätigte Rose nachdenklich.

»Und du hast gar keinen Spaß mehr am Tanzen«, fiel Frances auf.

»Es ist hier einfach nicht dasselbe. Wenn wir uns in Schottland die Bälle vorgestellt haben, da habe ich nicht an die anderen Menschen dort gedacht, die uns zusehen und beurteilen. Nur an uns drei und den Spaß, den wir haben würden.«

»Und in London sind jetzt so viele Menschen mit Erwartungen an uns«, sagte Frances verständnisvoll.

»Ich vermisse die Zeit, als wir unter uns waren, sehr«, gab Rose zu.

»Ich auch.« In Gedanken an Schottland versunken, liefen sie durch die kleine Parkanlage des Berkeley Squares. Die frischen Blätter an den Bäumen leuchteten giftgrün. Durch die Stämme hindurch hatten sie einen guten Blick auf die Häuser am Square. Beständig sah sich Frances nach allen Seiten um, sobald Muzzle stehen blieb und ausgiebig schnüffelte. Leider konnte sie den Lord nirgendwo entdecken.

Enttäuscht willigte sie schließlich ein, nach Hause zurückzukehren. Dort wartete eine ungehaltene Prudence im Salon auf sie.

»Da seid ihr ja endlich. Lasst uns einkaufen gehen.«

»Schon wieder?«, protestierte Frances. Sie blickte zu Rose hinüber und dachte an das, was diese erzählt hatte. Dann kam ihr eine Idee, deshalb setzte sie sich ans Pianoforte und fing an zu spielen. Auch wenn sie nicht viel Übung hatte, reichten ihre Kenntnisse immerhin für eine einfache Melodie aus. Rose grinste und streckte die Hände nach Prudence aus. »Was wird das?«, fragte diese.

»Ein Tanz«, erwiderte Rose und zog die Freundin mit sich. Muzzle lief schwanzwedelnd und mit aus dem Mund hängender Zunge um sie herum.

»Ich will lieber draußen flanieren«, maulte Prudence.

»Ach komm schon.« Rose drehte sich, und da sie die Hände der Freundin festhielt, drehte diese sich unweigerlich mit ihr.

»Wenn es unbedingt sein muss …« Erst machte Prudence nur widerwillig mit, doch dann ließ sie sich auf die Bewegungen ein, die immer ungestümer wurden, je breiter Roses Lächeln geriet. Frances spürte derweil, dass jemand sich hinter sie stellte. Sie erkannte Daniel an dem Geruch nach Leder und Rasierwasser. Angesichts seiner körperlichen Nähe musste sie sich enorm darauf konzentrieren, sich nicht zu verspielen.

»Rose sieht glücklich aus«, flüsterte er. Frances drehte sich halb zu ihm um. Er beobachtete seine Schwester so liebevoll, dass sie das Gefühl hatte, ihr Herz würde aufgehen. In ihr war eine so große Zärtlichkeit für ihn, dass sie nicht wusste, wohin damit. Als er ihren Blick auffing, sah sie ertappt weg.

»Seit wann gehst du eigentlich so gerne spazieren?«, wunderte sich Lady Darlington, als Frances sich am nächsten Tag ein weiteres Mal Muzzle auslieh und um eine Münze für die Amme bat, die sie begleiten sollte.

»Seit ich gemerkt habe, wie gut die Luft meinem Teint bekommt«, konterte sie. »Ich will für den nächsten Ball so schön wie möglich sein.«

»Der Versuch kann sicher nicht schaden, denk dran, du hast nur zwei Wochen«, erinnerte ihre Mutter sie.

Als ob sie das enge Zeitfenster, das ihr noch blieb, vergessen könnte. Da Frances befürchtete, sie könnte Lord Felton abermals verpassen, trieb sie Rose an, sich schneller zu frisieren. Sie hatte sich einen neuen blauen Mantel mit dem dazu passenden Hut angezogen und hoffte, die leuchtende Farbe würde die Blicke des Lords auf sich ziehen. Glücklicherweise war Prudence an diesem Tag mit ihrer Mutter zu einem Besuch verabredet, so dass sie sich keine Ausrede ausdenken musste, um sie loszuwerden.

Als Rose und sie aufbrachen, wurden sie jedoch aufgehalten. »Geht ihr spazieren? Ich komme mit.«

Es war Daniel, der sich ihnen anschloss. Angeregt plauderte er zunächst über ein neues Stück von Lady Fudge, das er auf der Bühne aufgeführt gesehen hatte, anschließend von einem Kutschenrennen am Nachmittag. In dem Versuch, ihn abzuwimmeln, antwortete Frances nur einsilbig. Es schien ihn nicht sonderlich zu stören, da er sich mit seiner Schwester prächtig unterhielt. Sie waren fast am Berkeley Square angekommen, als Daniel sich von ihnen verabschiedete, um in ein Kaffeehaus zu gehen und die Zeitung zu lesen. Frances atmete auf. Muzzle, Rose und sie liefen zum Ende der Straße, drehten um und gingen wieder zurück. Aus der Entfernung sah sie, wie Lord Felton und sein Freund, Mister Ghosh, aus einer Haustür traten, sich Zylinder auf die Köpfe setzten, die Treppe herunterstiegen und sich nach links wendeten. Sie mussten sich beeilen, wenn sie sie überholen wollten.

»Schneller«, forderte Frances Rose auf, »sonst laufen sie uns davon.« Damit hastete sie über die Straße. Sie achtete nicht auf die alte Nanny, die kaum noch zu ihnen aufschließen konnte. Hauptsache Frances erwischte Lord Frances. Muzzle suchte sich ausgerechnet diesen Zeitpunkt aus, um sich zu erleichtern. Ungeduldig wartete sie, bis der Mops fertig war, dann zog sie ihn am Band hinter sich her. Rose folgte ihr außer Atem.

»Du musst mir helfen, den Lord in ein Gespräch zu verwickeln«, wies Frances die Freundin an.

»Aber ich weiß gar nichts über ihn«, wehrte Rose ab.

»Du hast einen Bruder, da wirst du doch wissen, über was man mit jungen Männern reden kann. Übers Reiten zum Beispiel.«

Endlich hatte sie die beiden Gentlemen eingeholt, die auf der anderen Straßenseite spazierten. Frances lief auf die Fahrbahn. Da ein Fuhrwerk heranpreschte, wartete sie, bis es vorbei war. Als sie auf dem gegenüberliegenden Gehweg angekommen waren, gingen Lord Felton und sein Begleiter bereits wieder etliche Meter vor ihnen. »Die holen wir nicht mehr ein«, keuchte Rose.

»Lord Felton!«, rief Frances daraufhin. Nichts geschah. »Lord Felton!«, versuchte sie es lauter. Tatsächlich blieben die Herren nun stehen und drehten sich um. Frances setzte trotz ihrer Kurzatmigkeit ein strahlendes Lächeln auf. »Was für eine Überraschung, Sie hier zu treffen.«

Rose schnaubte durch die Nase. Die beiden Gentlemen verbeugten sich knapp, während Frances, Rose und der Hund näher kamen. Der Lord beugte sich hinunter, um Muzzle zu streicheln, der nach ihm schnappte, so dass er schnell die Hand wegzog. Frances starrte den Mops wütend an.

»Wir sind im Club verabredet«, erinnerte Mister Ghosh seinen Freund.

»Gewiss. Meine Damen, es war schön, Sie zu sehen. Wir

plaudern ein anderes Mal.« Die Männer schickten sich schon wieder an, den Weg fortzusetzen. Frances konnte den Lord nicht so einfach gehen lassen. Nicht nach dem, was sie ihm auf der Tanzfläche anvertraut hatte. Sie musste wissen, ob sie dadurch ihre Chancen bei ihm verspielt hatte oder nicht. Immerhin hatte er gesagt, dass er selbstbewusste und unangepasste Frauen bevorzugte.

»Moment«, rief sie laut und nachdrücklich. Die beiden blieben abrupt stehen und sahen sie verblüfft an. »Miss Darlington?«, fragte der Lord, als er sich umdrehte.

»Ich wollte …« Sie suchte nach etwas, das sie als Vorwand vorgeben konnte, doch ihr Kopf war völlig leer gefegt.

»Was möchten Sie?«, hakte Lord Felton nach.

»Ich …« Er sah sie erwartungsvoll an, nur fiel ihr nichts ein. Gar nichts.

»Lass uns gehen, sonst wird sie dir wieder irgendwelche Phantastereien auftischen«, stichelte Mister Ghosh, der offenbar von Lord Felton über die Kette aufgeklärt worden war. Er nahm den Arm seines Freundes. Da fing Muzzle an, laut zu knurren, so dass der Gentleman in der Bewegung verharrte. Und Frances, die dem Tier eben noch den Hals hätte umdrehen können, versprach ihm insgeheim ein dickes Stück Wurst.

»Wir müssen zufälligerweise in Ihre Richtung«, kam ihr nun Rose zu Hilfe. »Wenn Sie uns ein Stück des Weges begleiten würden?« Frances warf ihr einen erleichterten Blick zu.

»Wie die Damen wünschen.« Lord Felton offerierte Frances seinen Arm, die daraufhin Rose Muzzles Leine in die

Hand drückte, um ungehindert mit ihrer Begleitung plaudern zu können. Mister Ghosh schloss sich der Freundin mit einem etwas verkniffenen Gesichtsausdruck an. So setzten sie ihren Weg fort. Die Nanny ging mit Abstand hinter ihnen her. Die ersten Meter setzten sie schweigend fort. Frances suchte inständig nach einem Konversationsthema, mit dem sie den gebildeten und weit gereisten Lord beeindrucken konnte. Je intensiver sie nachdachte, umso weniger fiel ihr ein. Es musste doch irgendetwas geben …

Sie waren bereits zur Abzweigung an der New Bond Street gekommen, und Frances befürchtete, dass die Herren sich jeden Augenblick verabschieden und ihren Weg ohne sie fortsetzen würden, wenn sie es nicht schaffte, das Interesse des Lords zu wecken.

»Meine Schwester ist eine gefeierte Theaterschauspielerin«, platzte es aus ihr hervor. Es war ein Wagnis, ausgerechnet auf den Skandal in ihrer Familie zu sprechen zu kommen, ein ganz gehöriges sogar. Aber etwas sagte ihr, dass der Lord Skandalen eher fasziniert als empört gegenüberstand.

»Tatsächlich?« Er musterte sie erstaunt.

»Mrs Anthea Freeman. Haben Sie sie schon einmal auf der Bühne gesehen?«

»Natürlich. Eine grandiose Schauspielerin. Und das ist Ihre Schwester?« Er legt die Stirn in Falten. »Gab es da nicht einen Skandal bezüglich Ihrer Familie?«

Sie beobachtete ihn genau, doch er sah nur neugierig aus. Daher bestätigte sie seine Frage. »Meine Schwester ist vor zwei Jahren mit einem Valet nach Schottland geflohen, um ihn zu heiraten«, sagte sie.

»Wie spannend«, erwiderte Lord Felton und sah so aus, als meinte er das auch.

»Nicht wahr?«, warf sie rasch ein. »Ich weiß, dass es die Gesellschaft entsetzt hat, dass eine Frau ihres Standes mit einem Dienstboten durchgebrannt ist. Aber es ist die wahre Liebe.«

»Und wer könnte sich der wahren Liebe widersetzen?«, warf der Lord ein.

»Oh, denken Sie auch so?« Frances' Herz schlug schneller. »Dann halten Sie wohl nichts von Vernunftehen?«

»Was ist an einer Ehe schon vernünftig?«, lachte er auf.

»Leider kann es sich nicht jeder leisten, die wahre Liebe zu leben«, merkte Frances an. »Und das ist furchtbar traurig. Alle Menschen sollten das Recht haben, ihr Leben mit der Person zu verbringen, die sie wirklich lieben. Denken Sie nicht auch?«

Er lächelte warm. »Sie sind eine sehr leidenschaftliche Person, Miss Darlington, und tragen das Herz augenscheinlich am rechten Fleck.«

»Danke, nur bringt mir das nicht viel, weil meine Mutter verlangt, dass ich in zwei Wochen in eine Ehe mit Lord Spinner einwillige«, gab sie aufrichtig zu. Sie war selbst über die Ehrlichkeit verblüfft, mit der sie Lord Felton all diese Details offenbarte.

»Ach du je. Lord Spinner ist, sagen wir mal …« Er suchte nach den richtigen Worten.

»Alt, langweilig, pompös und hat fürchterliche Ansichten über Frauen«, ergänzte Frances spontan.

»Mein aufrichtiges Beileid. Ich wünschte, ich könnte Ihnen helfen.«

Aber das konnte er, hätte sie am liebsten ausgerufen. Wenn er ihr einen Antrag machte, würde er sie vor Lord Spinner retten. Sie biss sich auf die Zunge, um nicht laut damit herauszuplatzen. So setzten sie die nächsten Meter schweigend fort. Sie hoffte, dass er ihr noch etwas sagen würde, was ihr Hoffnung gab.

»Ob es gleich zu regnen anfängt?«, fragte er stattdessen, während er in den Himmel blickte. Wie konnte er sich nur ausgerechnet jetzt für das Wetter interessieren, wo es um ihr Schicksal ging. Es blieb ihr nichts anderes übrig, als wieder einmal alles selbst in die Hand zu nehmen.

»Ich würde gerne mal einen Maskenball besuchen«, platzte sie heraus, wobei ihr angesichts ihrer Dreistigkeit das Blut zu Kopf stieg. Hinter sich hörte sie ein ungläubiges Schnauben. Sie zog es vor, Mister Ghosh zu ignorieren.

»Sie machen keine Gefangenen, das muss ich sagen«, erwiderte Lord Felton mit einem ermunternden Lachen. »Ihre Offenheit imponiert mir nicht zum ersten Mal.« Sie wartete darauf, dass er noch etwas hinzufügte. Stattdessen kratzte er sich mit seinem Gehstock Dreck von der Schuhseite. Frances blickte sich zu Rose um, die sie mit geweiteten Augen anstarrte und unmerklich mit dem Kopf schüttelte, als könnte sie die Freundin somit zum Schweigen bringen. Doch jetzt war es ohnehin zu spät.

»Wo Sie sich so dafür einsetzen …«, sagte der Lord mit einem Mal. Sie sah, wie er einen Blick mit Mister Ghosh wechselte, der ebenfalls den Kopf schüttelte. Lord Felton lachte daraufhin auf. »Miss Darlington, ich wäre geehrt, wenn Sie meinen Maskenball auf meinem Landsitz in Somerset mit

Ihrer Anwesenheit bereichern würden.« Das war die Einladung, auf die sie gehofft hatte. Ihr Mund fühlte sich trocken an vor Aufregung und Erleichterung.

»Ich danke Ihnen, mein Lord«, erwiderte sie bemüht gelassen, obwohl in ihr ein Sturm an Gefühlen brauste. »Nur kann ich selbstverständlich nicht allein reisen.«

»Ihre Mutter und Ihre reizende Freundin sind mir sehr willkommen«, sagte er mit einem Lächeln in Richtung Rose.

Frances war ausgesprochen glücklich. Bis ihr Prudence einfiel. In ihr tobte ein Kampf. Am liebsten hätte sie den Gedanken ignoriert. Aber hatten sie sich nicht geschworen, diese Saison alles zu dritt zu erleben? Sie hatte Prudence zuletzt mehr als Konkurrentin denn als Freundin gesehen. Allerdings hatte sie durch den Triumph, eine Einladung vom Lord ergattert zu haben, das Gefühl, großzügiger mit Prudence umgehen zu können. Sie atmete durch.

»Ihre Einladung ist mir überaus willkommen. Wären Sie denn so freundlich, sie auch auf Miss Griffin und Major Oakley auszuweiten? Nur wenn es Ihnen keine Umstände macht.«

»Gar keine.« Wieder stieß er ein lautes Lachen aus. Es war tief und hüllte sie wie mit einer dicken Decke ein. »Je mehr desto lustiger. Ich werde Ihnen die genauen Details zukommen lassen. Wir müssen jetzt hier entlang.« Er deutete in eine andere Richtung. »Ich wünsche den Damen noch einen schönen Tag. Wir sehen uns auf Anderley.« Er verbeugte sich galant, während Mister Ghosh knapp nickte. Den Blick, mit dem dieser Frances bedachte, konnte sie einfach nicht deuten. Anschließend gingen die Gentlemen davon.

Frances wartete, bis sie außer Hörweite waren, bevor sie aufjubelte: »Geschafft!«

»Wie hast du das denn hinbekommen?«, staunte Rose. »Pru wird Augen machen.«

»Wir brauchen tolle Kostüme«, sagte Frances, als sie sich bei der Freundin unterhakte. Äußerst zufrieden mit sich und dem ungeheuren Fortschritt, den sie bei Lord Felton erzielt hatte. »Am besten wäre eines, das zu dem Aufzug vom Lord passt. Wenn ich nur herausfinden könnte, als was er gehen wird. Meinst du, wir könnten seinen Kammerdiener fragen?«

Rose grinste. »Das wird nicht nötig sein.«

»Wie meinst du das?« Frances sah sie erstaunt an.

»Während du mit Lord Felton geredet hast, habe ich mir alle Mühe gegeben, seinen Freund in ein Gespräch zu verwickeln. Und das war nicht so einfach, kann ich dir sagen. Er hätte den Weg am liebsten schweigend fortgesetzt. Jedenfalls hat Mister Ghosh mir irgendwann erzählt, dass sie heute Vormittag bei einem Perückenmacher waren und für den Lord eine Perücke im Stil Louis des Sechzehnten bestellt haben.«

»Will er als französischer König auf seinen Ball gehen?«

»Sieht so aus«, bestätigte Rose. »Und wer hat das Kleid der Königin?«

Frances strahlte. »Wer hätte gedacht, dass das noch nützlich werden könnte.« Sie war ausgesprochen glücklich, bis ihr auf einmal dämmerte, dass etwas fehlte. »Rose, wo ist denn Muzzle?«

Die Freundin sah sich um. »Ich hatte Mister Ghosh die Leine gegeben.«

Frances schüttelte den Kopf. »Ich bin mir ganz sicher, dass er Muzzle nicht dabeihatte, als er mit Lord Felton weggegangen ist.«

»Er muss die Leine zwischendurch losgelassen haben«, vermutete Rose erschrocken.

»Ist Muzzle weggelaufen?« Frances dachte an ihre Mutter, und ihr wurde ganz schlecht.

»Komm, wir suchen ihn. Muzzle!« Rose nahm Frances' Hand. Sie gingen den Weg zurück, den sie gekommen waren. Dabei riefen sie immer wieder den Namen des Hundes. Ohne Erfolg.

»Wo steckst du denn?«, schrie Frances verzweifelt. Panik stieg in ihr auf, denn der Mops blieb verschwunden.

Wie erwartet nahm Lady Darlington die Nachricht, dass ihr geliebtes Hündchen verloren gegangen war, ganz und gar nicht gut auf. Nachdem sie einen gellenden Schrei ausgestoßen und halb zu Boden gesunken war, drohte sie, gestützt von drei Dienstmädchen, ihrer Tochter die schlimmsten Konsequenzen an. Das Asylum war darunter eher noch die harmloseste Strafe. Daher brach Frances ein weiteres Mal mit Rose zur Suche auf, diesmal unterstützt von Prudence und Daniel. »Wenn wir Muzzle nicht wiederfinden, brauche ich nicht mehr zurückzukommen«, erklärte Frances düster. »Meine Mutter liebt ihren Mops mehr als mich.«

»Ich verstehe nicht, warum Mister Ghosh die Leine losgelassen hat«, wunderte sich Rose.

»Ich schon«, erwiderte Frances. »Weil er nicht will, dass wir zum Maskenball von Lord Felton kommen.«

»Zum Maskenball?« Prudence quietschte fast auf, als sie davon hörte.

»Ja«, erwiderte Frances, der die Einladung auf einmal völlig unbedeutend erschien. Sie musste den Mops wieder bekommen, das war alles, was zählte, um nicht im Asylum zu landen. »Muzzle!«

»Wir finden ihn bestimmt wieder«, tröstete Rose.

»Wir sollten ihn anlocken«, beschied Daniel. »Der Hund ist doch verfressen. Ich bin gleich wieder da.«

Kurz darauf kam er mit ein paar Würsten zurück, von denen er jeder der Freundinnen eine in die Hand drückte.

Auf den Straßen von Mayfair, in der feinsten Wohngegend Londons, schwenkten sie Würstchen in der Luft, während sie nach Muzzle riefen.

»Es tut mir leid«, sagte Daniel, der neben Frances herlief. Es dämmerte längst. »Wir gehen besser nach Hause und suchen morgen weiter«, schlug er vor. »Im Dunkeln finden wir ihn sowieso nicht.«

»Ich kann nicht ohne den Hund nach Hause zurück«, widersprach Frances. »Meine Mutter bringt mich um.«

»Dafür muss sie erst mal an mir vorbei«, tröstete Daniel liebevoll.

»Und an mir«, bekräftigte seine Schwester.

»Und an mir«, fügte Prudence hinzu. Auch wenn Frances sich noch immer elend fühlte, so war sie froh, wenigstens nicht allein zu sein.

Sie hatte erwartet, ihre Mutter im Bett anzutreffen oder zumindest Haare raufend in der Eingangshalle. Stattdessen spielte Lady Darlington zusammen mit Lady Oakley und Mrs Griffin Karten im Salon, als sie zurückkamen.

»Ich musste mich von meinen Sorgen ablenken«, erklärte sie der überraschten Frances, dann legte sie eine Hand an die Stirn. »Mein armer Muzzle. Mein Hündchen, mein Liebchen.«

Mit schlechtem Gewissen bot Frances ihrer Mutter an, ihr einen Fächer oder ein Gläschen Sherry zu holen. »Beides«, verlangte diese.

Als Frances in den Flur trat, sah sie Daniel an der Eingangstür mit dem Butler diskutieren, während er einen Zettel in der Hand hielt. Aus einer Eingebung heraus blieb sie stehen und beobachtete die beiden Männer. Kaum hatte Daniel sie bemerkt, blickte er sofort weg. Etwas in ihr sagte ihr, dass es in dem Gespräch um sie gehen musste, sonst hätte er niemals so ertappt reagiert. Es konnte nur mit Muzzle zu tun haben. Einer Eingebung folgend, wartete sie auf dem ersten Absatz der Treppe ab, was Daniel als Nächstes tun würde. Sie sah, wie er seinen Degen umschnallte und seinen Hut aufsetzte, um das Haus zu verlassen. So schnell sie konnte, rannte sie die Treppenstufen hinauf in ihr Zimmer, griff sich ihren Mantel und einen Hut und sprang die Stufen wieder hinunter. Sie riss die schwere Eichentür auf und blickte sich auf der Straße um. Zu ihrer rechten Seite sah sie in einiger Entfernung ein Laternenlicht. Das musste Daniel sein. Sie setzte sich den Hut auf und folgte ihm, während sie die Bänder unter ihrem Kinn zusammenband. Doch so schnell sie auch lief, der Abstand zum Laternenlicht wurde einfach nicht geringer. Ihr blieb nichts anderes übrig, als sich bemerkbar zu machen. »Daniel!«

Das Licht bewegte sich nicht mehr weiter, so dass sie aufschließen konnte. Erleichtert stellte sie fest, dass sie tatsächlich Daniel gefolgt war und keinem völlig Fremden. »Was tust du hier?«, fragte er entgeistert.

»Ich weiß, dass du eine Nachricht bekommen hast, die mit Muzzle zu tun hat«, erklärte sie. »Was ist passiert? Ist der Hund tot? Von einer Kutsche überfahren worden?« Der Gedanke an das kleine, zerschmetterte Tier ließ einen dicken Klumpen in ihrer Kehle entstehen.

»Nein«, versicherte Daniel ihr.

»Was dann?«

»Na schön.« Mit sichtlichem Widerwillen überreichte er ihr einen Brief. Im Schein der Laterne las sie die auf das Papier geschriebenen ungelenken Buchstaben:

10 PFUND ODER DER KÖTER IST TOT. HEUTE ABEND KING'S ARMS.

Fassungslos ließ Frances den Brief sinken. »Muzzle ist entführt worden!«, rief sie aus. Daniel nickte. »Ich habe keine zehn Pfund. Meine Mutter auch nicht. Und wenn wir nicht zahlen, dann stirbt Muzzle.« Sie mochte den Mops nicht sonderlich, aber sie wollte bestimmt nicht, dass ihm etwas zustieß.

»Das Geld ist kein Problem«, versicherte Daniel. »Ich bin auf dem Weg, es zu überbringen und den Mops zu befreien.«

»Ich komme mit«, beschied sie.

»Das ist kein Teil Londons, der für eine Lady geeignet wäre«, wiegelte er ab.

»Ich komme trotzdem mit«, beharrte sie. »Außerdem, was soll mir an deiner Seite passieren? Du bist ein Kriegsheld und bewaffnet.« Sie deutete zu dem Degen, den er umgeschnallt trug. Daniel zögerte immer noch.

»Es könnte wirklich gefährlich werden«, warf er ein.

Sie lachte auf. »Ach, und als es um das Bild und die Kette ging, war es nicht gefährlich auf den dunklen Straßen?«

»Da wart ihr zu dritt, und ich bin euch die ganze Zeit gefolgt, um sicherzugehen, dass euch nichts geschieht.«

»Jetzt bist du auch dabei.« Es sah aus, als wollte er trotzdem ablehnen.

»Na schön«, sagte er dann. »Du wirst ja sowieso keine Ruhe geben.«

Während sie neben ihm herging, wollte sie wissen, wie es dazu gekommen war. »Solche Entführungen passieren öfter, habe ich gehört«, berichtete Daniel. »Jemand folgt einem reichen Menschen mit Haustier, stiehlt es und verlangt dann Geld, bevor er es wieder rausrückt. Ich nehme an, Rose und dir ist nach dem Diebstahl jemand nachgeschlichen.«

»Ich weiß nicht, wie ich dir das Geld zurückzahlen soll«, erklärte sie ernst.

»Schon gut. Es ist keine große Sache.«

»Aber es ist nur geliehen. Wenn ich heirate, dann bekommst du alles zurück.«

»Frances!« Er blieb abrupt stehen. Sie hielt ebenfalls an und wandte sich zu ihm um.

»Ja?« Er war ein paar Schritte zurückgeblieben, jetzt kam er auf sie zu. Es wirkte unbeschreiblich traurig, wie sich das Licht der Laterne, die er trug, in seinen Augen spiegelte. Daniel leckte sich mit der Zungenspitze über die Lippen. Frances musste die Hand zur Faust ballen, um sie nicht nach ihm auszustrecken. Sie atmete ganz flach. Seine Brust hob und senkte sich. Dann wandte er den Blick ab, und die dichte Atmosphäre, die sie beide umhüllt hatte, löste sich schlagartig auf. »Lass uns Muzzle holen gehen«, sagte er.

Kapitel 19

Auf dem Boden lag mit dunklen Flecken gesprenkelter Sand, über dessen Ursprung Frances nachsann, bis unmittelbar vor ihr ein Mann seinen Kautabak ausspuckte. Es roch nach schalem Bier, altem Tabak und der Feuchtigkeit, die die schiefen Wände durchdrungen hatte. Der überfüllte Raum war von wenigen Kerzen schwach beleuchtet. Wenn sie nicht die Sorge um Muzzle umgetrieben hätte, wäre Frances diese Seite von London zwar unheimlich, aber auch ausgesprochen spannend vorgekommen. Das Lokal hatte eine niedrige Decke mit dunklen Holzbalken, so dass Daniel den Kopf einziehen musste, als sie sich durch die Gäste zur Theke durchquetschten. Einige der anwesenden Frauen starrten den Soldaten in seiner roten Uniformjacke an.

»Na, du Schöner«, rief eine davon und offenbarte eine Mundhöhle, in der die Mehrheit der Zähne fehlte. Ihre Gesichtsfarbe war nahezu gelb. Daniel nickte ihr höflich zu und ging weiter. Daraufhin griff die Frau mit einer abgemagerten Hand nach Frances' Arm. Sie konnte spüren, wie sich die schmutzigen Nägel durch den Stoff der Leinenjacke in ihre Haut gruben. Von ihr ging ein Gestank aus, von dem sich Frances gar nicht vorstellen konnte, wie ein einziger Körper ihn absondern konnte. Sie hielt die Luft an und versuchte, sich loszumachen. Die Frau hielt sie mit ungeahnter Kraft fest.

»Wo willst du hin, Puppe? Arme Leute gucken? Haste schon genug von deinen reichen Bällen? Sind dir die Lords und Prinzen langweilig geworden, ja? Gib mir was Geld, dann erzähl ich dir was vom armen Leben …«

»Ich habe kein Geld.«

»Sie hat kein Geld!«, jaulte die Frau belustigt auf, dabei ließ ihr Griff jedoch nach. Die Alte amüsierte sich noch, als Frances sich losmachte und neben Daniel an die Theke trat. Dieser war in Verhandlungen mit einem hageren Mann begriffen, der offenbar mehr Geld für Muzzle verlangte.

»Der Dreckskköter hat mir die Haare vom Kopf gefressen«, behauptete er.

»Sie haben ihn entführt«, empörte sich Frances.

Der Mann blickte sie nur verächtlich an. »Ich habe das feine Schoßhündchen gerettet und will den Finderlohn, der mir dafür zusteht.«

Sie schüttelte den Kopf. »Das ist Erpressung.«

»Lass mich das regeln«, zischte Daniel ihr zu. Doch sie hörte nicht auf ihn.

»Wo ist der Mops?«, verlangte sie zu wissen. »Woher wissen wir, dass er überhaupt bei Ihnen ist? Es gibt kein Geld, bis wir ihn nicht gesehen haben.«

»Frances«, warnte Daniel, als zwei weitere Männer hinter sie traten. Sein Körper spannte sich an. In diesem Augenblick wurde ihr fatalerweise klar, dass niemand in diesem Lokal ihnen zu Hilfe kommen würde, falls die Männer sie ausrauben oder Schlimmeres mit ihnen anstellen würden. Daniel und sie waren die feinen Leute mit dem vielen Geld. Geld, das den Menschen hier für das Notwendigste fehlte.

Daniel, der eine Hand an den Degen presste, hatte Frances mittlerweile an seine Seite gezogen, so dass sie mit dem Rücken zur Theke standen und die Männer frontal vor ihnen. Diese trugen abgerissene Uniformjacken, die vermutlich einmal so rot wie Daniels gewesen waren, nun allerdings von unzähligen Flecken verfärbt waren. Frances sah, dass einem der Männer ein Bein fehlte, der andere trug seinen Arm in einer schmierigen Schlinge. Er trat in einer bedrohlichen Geste einen Schritt auf Daniel zu. Es trennten sie kaum mehr Zentimeter voneinander.

»Na, Major«, raunte er und strich mit seiner unverletzten Hand über Daniels Jacke. Seinem Zeigefinger fehlte die Kuppe, und dort, wo einmal sein Daumen gewesen war, leuchtete eine schlecht verheilte Narbe. »Feines rotes Stöffchen. Kein einziges Loch und kein Blutfleck. Ich wette, die Männer, die du befehligt hast, sind nicht so gut weggekommen, was?«

»Wir wollen nur den Hund«, erwiderte Daniel mit scheinbar fester Stimme. Frances hörte dennoch die Nervosität heraus, die darunter lag. »Wir zahlen den Finderlohn und sind dann weg.«

»Wie ist das als Kriegsheld, den die Frauen verehren? Kommst sicher an alle Röcke ran.« Nun beäugte der Mann Frances. Daniel schob seinen Körper so weit vor sie, wie er konnte. Es war eine beschützende Geste, aber sie begriff, dass sie beide, wenn die Männer handgreiflich werden würden, unterlegen waren. Daniel trug zwar seinen Degen, doch sie standen viel zu beengt, als dass er ihn ziehen, geschweige denn, sich damit verteidigen konnte. Sie selbst hielt die Laterne in der Hand und könnte zur Not damit zuschlagen. Besser wäre es jedoch, auf anderem Weg heil aus dieser Situation herauszukommen. Sie blickte zu dem hageren Mann, der Muzzle entführt hatte. Seine Körperhaltung wirkte im Gegensatz zu den beiden Männern deutlich entspannter, und sie nahm an, dass er bloß an dem Geld interessiert war und keinen persönlichen Groll gegen einen Major hegte. Da Daniel das Geld bei sich trug, würde der Mann es sowieso bekommen, egal, in welcher Verfassung sie nachher waren.

»Die Belohnung für das Retten des Hundes haben wir bei unserem Kutscher verwahrt«, log Frances schnell. »Wenn wir nicht bald zurückkommen, ruft er Hilfe. Mehrere Männer mit Knüppeln bewaffnet.«

Daniel warf ihr einen Seitenblick zu und griff ihre Lüge auf. »Warum bringen wir das nicht hinter uns, übergeben das Geld und bekommen im Gegenzug dafür den Hund? Draußen. Und dann gibt es genug Gin und Bier und Tabak hier drinnen?«, schlug er dem Entführer vor.

Frances sah dem hageren Mann an, dass er überlegte. Schließlich herrschte er die beiden anderen an, dass sie Platz machen sollen. Diese bewegten sich nicht. »Kommt schon«, sagte er, »Ich gebe euch nachher ein paar Runden aus.«

Endlich traten sie zur Seite. Daniel nahm Frances am Arm und führte sie an ihnen vorbei. Aus den Augenwinkeln beobachtete er die Männer, während sie dem Ausgang zustrebten. Die Frau, die Frances vorhin festgehalten hatte, schnalzte anzüglich mit der Zunge. »Na, wo wollt ihr zwei Hübschen denn hin? Kinder machen?«

Frances sah, wie Daniel die Kiefer aufeinanderpresste. Erst als sie draußen waren, atmete sie auf.

»Wo ist euer Kutscher?«, fragte der Mann, der ihnen gefolgt war.

»Wo ist der Hund?«, gab Frances zurück.

Der Kerl steckte die Finger in den Mund und pfiff. Unmittelbar darauf kam ein Kind aus dem Schatten neben dem Lokal hervor, das den Mops an einem Seil hinter sich herzog. Ein weiterer Hund lief an ihnen vorbei und verschwand in der Dunkelheit. Noch nie war Frances so froh gewesen, Muzzle zu sehen. Dem Tier schien es ähnlich zu gehen, denn es bellte, als es sie entdeckte. Verlangend streckte der Mann die Hand aus. Daniel griff in seine Jackentasche und zog das Geld hervor, wobei er mit der anderen Hand den Degen umfasste. Der Entführer grinste. »Also gibt's gar keine Kutsche?«

Frances ignorierte ihn, nahm dem Kind Muzzle ab und hob ihn auf ihren Arm. Der Mops winselte. Im gleichen Moment übergab Daniel dem Mann das Geld, das dieser sich vorne in sein Hemd stopfte.

»Geh zur nächsten Straßenecke und warte dort auf mich«, raunte Daniel ihr zu. Sie tat dies, ohne zu protestieren. Er wartete, bis sie in sicherer Entfernung stand und der Mann in der Kneipe verschwunden war. Dann kam er in schnellen Schritten zu ihr.

»Ich hätte dich nie in diese Gefahr bringen dürfen«, sagte er, als er ihr die Laterne abnahm, die sie zusammen mit dem Hund hielt, und lief vor.

»Wenn schon, habe ich mich selber da hineingebracht«, erwiderte sie, während sie hinter ihm herhastete. »Ich wollte ja unbedingt mitkommen. Und was machen wir jetzt? Rufen wir Hilfe, damit die Männer verhaftet werden?«

»Wir gehen nach Hause. Sonst tun wir nichts.«

»Du willst sie davonkommen lassen?«, wunderte sich Frances empört. »Die müssen bestraft werden!«

»Sie haben Teile ihres Körpers und ihre Seele im Krieg gelassen«, sagte Daniel. »Sie sind bestraft genug. Geht es Muzzle gut?«, lenkte er ab. Sie blickte zu dem Mops, der ihre Finger leckte.

»Aber wer weiß, was die Männer uns angetan hätten«, insistierte sie. »Und sie haben dich beleidigt, einen Kriegshelden.«

»Vergiss das mit dem Helden«, erwiderte er. »Im Krieg ist nichts heroisch. Wer das denkt, hat ihn nie erlebt. Oder versucht, die Erinnerungen an Blut und Angst zu unterdrücken. Komm schon.« Mehr sagte er nicht.

Kapitel 20

»Muzzle, o mein Muzzlebuzzle«, schrie Lady Darlington auf, als sie ihren Mops frisch gebadet und mit einer nagelneuen Schleife um den Hals auf einem Kissen schlafend im Frühstücksraum vorfand. In seinen Barthaaren klebten Reste vom Porridge, den Frances ihm zu essen gegeben hatte. Als sein Frauchen ihn hochnahm und die Schnauze mit Küssen bedachte, öffnete der Hund nur ein Augenlid. Nachdem Lady Darlington sich mit ihm an den Tisch gesetzt hatte, schlief er auf ihrem Schoß sofort wieder ein. Sir Williams Gedeck war bereits abgeräumt worden, und seine Frau zog es vor, in ihrem Bett zu frühstücken. Daher saßen bloß Daniel, Frances und Rose mit Lady Darlington am Tisch.

»Freuen Sie sich, dass er wieder da ist, Mutter?«, fragte Frances hoffnungsvoll. Diese blickte sie streng an. »Daniel hat ihn wiedergeholt«, erklärte Frances, wobei sie die Erpressung und ihre Beteiligung an der Rettung lieber verschwieg. Es brachte nichts, Lady Darlington noch mehr in Aufruhr zu versetzen. Immerhin nickte diese daraufhin Daniel halbwegs freundlich zu. Rose blickte derweil von Frances zu ihrem Bruder und wieder zurück. Sie war in der Nacht noch wach geblieben und hatte gewartet, bis die beiden von ihrem Abenteuer zurückgekehrt waren, daher wusste sie über alles Bescheid.

»Ich muss einen Doktor rufen lassen, damit er Muzzle untersucht«, entschied Lady Darlington. »Nicht auszudenken, was ihm alles zugestoßen ist.«

»Muzzle geht es gut«, wiegelte Frances ab, die an die Kosten für den Arzt denken musste. Mit allem, was sie tat, grub ihre Mutter die Schuldenfalle nur tiefer. Und würde umso stärker darauf drängen, ihre Tochter lukrativ zu verheiraten. »Wir haben eine Einladung zu Lord Feltons Maskenball erhalten«, versuchte sie, die Lady abzulenken.

Es funktionierte. Ihre Mutter blickte sie zunächst erstaunt, im nächsten Augenblick hocherfreut an.

»Das hast du gut gemacht«, lobte sie, tauchte einen Löffel in die Konfitüre und hielt ihn dem Mops hin. Dieser schnüffelte, öffnete die Augen und leckte dann die süße Masse mit seiner kleinen rosa Zunge genüsslich ab. Die Sorge um ihn schien schon vergessen. »Ich werde als Kleopatra gehen. Die Schneiderin soll mir ein Kleid nähen. Mit diesen Dingern drauf, du weißt schon …«

»Hieroglyphen?«, fragte Frances. »Wie auf dem Stein im Britischen Museum?«

»Genau. Aus goldenen Fäden gestickt. Und ich brauche einen goldenen Haarschmuck.«

»Dafür bleibt gar keine Zeit mehr«, erinnerte Frances ihre Mutter, da ihr die Kosten für die extravaganten Vorstellungen vor Augen standen. »Der Ball findet in drei Tagen statt. Besser, Sie lassen ein Kleid, das Sie bereits haben, umändern.«

Das nahm Lady Darlington unzufrieden zur Kenntnis, aber dem Einwand mit der Zeit konnte sie sich nicht entziehen. Sie frühstückte zu Ende und erhob sich, als Prudence hereinkam. »Ich gehe meine Kleider durch, ob sich eines davon als Kostüm für Kleopatra eignet«, sagte sie.

»Was hat es denn jetzt mit dem Maskenball auf sich?«, fragte Prudence, während sie sich auf einen freien Platz setzte. Sie nahm ihren rosafarbenen Hut mit der orange leuchtenden Seidenblüte ab und legte ihn neben sich auf den Stuhl, auf dem zuvor noch Lady Darlington gesessen hatte.

»Wir sind zum Maskenball von Lord Felton geladen«, erwiderte sie.

»Wie hast du denn das geschafft?«

Frances lächelte zufrieden in sich hinein. Sie sah, dass Daniel überrascht war und aufmerksam zuhörte.

»Sag schon«, drängelte Prudence mit einem neidischen Unterton in der Stimme.

»Rose und ich haben beim Spazierengehen Lord Felton getroffen, der uns alle zu seinem Ball in Somerset eingeladen hat. Ja, auch dich, Pru.«

»O mein Gott!« Prudence stieß einen Schrei aus.

»Du kommst doch mit?«, fragte Frances Daniel. Der wirkte nachdenklich.

»Ich weiß nicht ...«

»Bitte!«, entfuhr es ihr.

»Na schön.« Er lächelte sie an. »Ich habe ja noch eine Woche Zeit, bis ich zu meinem Regiment stoßen muss.«

Die Nachricht versetzte Frances einen Schlag. Es war, als würde sie keine Luft zum Atmen mehr bekommen. Sie brauchte einen Moment, bis sie sich wieder soweit davon erholt hatte, dass sie die Frage verstand, die Prudence ihr zum zweiten Mal stellte. »Was für ein Kostüm ziehst du an?«

Das Letzte, wonach ihr im Augenblick der Sinn stand, waren Kleider. Sie konnte nur daran denken, dass sie sich bald von Daniel verabschieden musste. Womöglich für immer. Ihre Augen fingen zu brennen an. Sie durfte nicht weinen. Nicht in seiner Gegenwart. Deshalb kniff sie sich mit den Fingern fest in die Oberschenkel. Der Schmerz half ihr dabei, sich zusammenzureißen. Dunkel erinnerte sie sich daran, dass sie bereits ein Kostüm hatte. Das Kleid, das Warwick ursprünglich für Anthea genäht hatte. »Ich gehe als Marie Antoinette«, erklärte sie.

»Das ist eine gute Idee«, befand Prudence. »Wir drei sollten als Gruppe gehen. Wir könnten als Marie Antoinette mit ihren Lämmern gehen, die sie in ihrem Dorf beim Palast gehalten hat. Ich sehe das genau vor mir. Erst tauchen zwei von uns als Lämmchen mit Glöckchen um den Hals an der Tür zum Ballsaal auf und machen ›Bäh, bäh‹, um die Königin anzukündigen.«

Ihre Worte rauschten an Frances vorbei, bis Rose entschieden prostierte. »Auf gar keinen Fall. Da mache ich nicht mit.«

»Ach komm«, bettelte Prudence. »Wenn wir alle drei ein gemeinsames Thema wählen, erreichen wir doch viel mehr als mit drei unzusammenhängenden Kostümen, denk mal an den Ball dir zu Ehren. Du weißt ja, Aufmerksamkeit ist die Währung der Saison.«

»Nicht für mich«, insistierte Rose und biss in ihren Scone. Daniel beugte sich mit einem amüsierten Lächeln zu Prudence herüber.

»Erzähl mir noch mal, wie die Lämmer machen?«, forderte er sie auf, und Prudence wiederholte: »Bäh, bäh!« Daraufhin fing er schallend zu lachen an. Auch Rose kicherte. Frances verzog die Mundwinkel und tat, als lache sie mit.

»Ja, ja, amüsiert ihr euch nur«, verteidigte sich Prudence. »Wir werden ja sehen, wer am Ende recht hat. Aber gut, dann sagen die Lämmchen eben nichts.«

»Und keine Glöckchen«, stellte Rose klar. Prudence gab murrend nach.

»Und wie wollt ihr euch als Lämmchen verkleiden?«, fragte Frances schließlich.

»Wieso wir?«, entgegnete Prudence.

»Na, weil ich als Marie Antoinette gehe«, erwiderte sie.

»Der Einfall mit der Gruppe war aber meiner«, warf die Freundin ein. In Frances schnappte etwas ein. Sie hatte die Einladung beim Lord herausgeschlagen, sie hatte sogar das passende Kostüm für die französische Königin. »Du bist überhaupt nur meinetwegen zum Ball geladen. Ich gehe als Marie Antoinette, und es ist mir völlig egal, welches Kostüm du aussuchst.«

Kapitel 21

Auf der Weide verscheuchten die Kühe mit den Schwänzen die Fliegen, die ihre Hinterteile umschwirrten. Es war in den letzten drei Tagen sehr warm geworden und auf dem Land roch es so durchdringend nach Gras und Kuhdung, dass Frances die Nasenflügel aufblähte, um die Erinnerung an die von Rauch stickigen Stadtluft zu vertreiben. Sie blickte aus dem geöffneten Fenster des Gasthauses, in dem sie abgestiegen waren, auf die Wiese, und dachte darüber nach, wie merkwürdig es war, wieder in Somerset zu sein, zudem gar nicht allzu weit von Darlington Mews entfernt. Doch das alte Zuhause gab es nicht mehr. Es lag jetzt an Frances, ein neues Heim für sich zu finden. Alles oder nichts, redete sie sich zu. Sie konnte nur hoffen, auf dem Ball bei Lord Felton endlich einen entscheidenden Schritt weiterzukommen. Nachdenklich blickte sie auf das auf dem Bett ausgebreitete Kostüm, das ihre Schwester ihr geschenkt hatte. Dabei erinnerte sie sich an ihren letzten Besuch bei Anthea und der Familie, bevor sie aus London abgereist war. Mutter und dem Neugeborenen ging es glücklicherweise sehr gut. Frances hatte versprochen, sie bald wieder zu besuchen. Mit den Fingern strich sie nun über das Oberteil, an dessen Seiten sie einen Einsatz hatte einnähen lassen, damit ihr Busen darin Platz fand. Wenn sie das Mieder etwas enger schnürte als gewöhnlich, würde ihr hoffentlich auch die altmodische Taille passen. Sie musste nur beim Anziehen den Bauch einziehen. Über ihren breiten Hüften bauschte der Rock weit genug.

»Wir müssen uns fertig machen.« Rose platzte mit einem Krug voller Rotwein herein, Prudence folgte mit drei Gläsern. Frances fragte sich angesichts des Alkohols, was Helen wohl gerade tat. Sie beschloss, die junge Frau einzuladen, wenn sie erst einmal mit Lord Felton verheiratet war. Vielleicht konnte sie ihr dabei helfen, den Skandal auf dem Ball vergessen zu machen.

»Auf heute Abend!«, rief Rose aus. Frances bestätigte: »Auf heute Abend.«

»Auf uns!«, bekräftigte Prudence. Im nächsten Moment sah Frances, wie der Wein aus dem Glas herausschwappte. »Nein!«, schrie sie. Doch es war zu spät. Der Rotwein durchtränkte ihr Kostüm auf der Vorderseite komplett. Geistesgegenwärtig griff Rose nach einem Handtuch und versuchte, damit den Wein wegzuwischen, allerdings vergeblich.

»Vergiss es, das geht nicht mehr raus«, bemerkte Frances düster.

»Tut mir leid«, meldete sich Prudence zu Wort. »Zum Glück habe ich noch ein Ersatzkleid dabei, das als Kostüm für Marie Antoinette durchgehen kann.«

Frances wunderte sich insgeheim darüber, dass die Freundin ein solches Kleid mitgebracht hatte. Als diese es aus ihrer Reisetruhe holte und an ihren Körper hielt, wurde klar, dass es viel zu eng für Frances' Figur war. »Da passe ich niemals rein.«

»Das stimmt. Aber du kannst als eines der Lämmchen gehen«, schlug Prudence vor. Frances verengte die Augen. Es konnte ein unglückliches Missgeschick gewesen sein, dass der Wein auf ihrem Kostüm gelandet war, nur vertraute sie Prudence nicht mehr. »Ich werde bestimmt nicht so ein belämmertes Kostüm anziehen«, gab sie aufgebracht zurück.

Im Endeffekt hatte Frances sich in ein Hinterzimmer des Gasthofes zurückgezogen und sich alleine für den Maskenball zurechtgemacht. Ihre Stimmung war gedrückt, da sie sich noch immer über Prudence ärgerte. Als sie vor dem Gasthof wieder auf die Freundinnen traf, verbarg ein Umhang ihr Kostüm. Sie warteten schweigend auf Lady Darlington und Daniel, der ebenfalls mit einem Umhang bekleidet war, als er auftauchte. Die Lady trug einen Kopfschmuck im ägyptischen Stil auf den Haaren. Unter ihrem Mantel blitze es golden hervor. Frances wollte lieber nicht darüber nachdenken, wie teuer es gewesen sein musste, die Damenschneiderin und ihre Gehilfinnen über Nacht nähen zu lassen.

Gemeinsam fuhren sie in der Kutsche zum Anwesen Lord Feltons. Fackeln tauchten die Zufahrt zum Herrenhaus in helles Licht, zusätzlich wurde der Weg von einem zunehmenden Mond beleuchtet. Weitere Gäste kamen zeitgleich mit ihnen an, so dass sie in der Kutsche eine Weile warten mussten, bis ein Diener ihnen die Tür öffnete und sie aussteigen konnten. Lady Darlington stellte derweil zufrieden fest, in welchem Luxus der Lord schwelgte. Lord Spinner hatte sie die ganze Reise über mit keinem Wort mehr erwähnt. Frances vermutete, dass ihre Mutter mittlerweile von den Möglichkeiten eines Lebens in Reichtum an der Seite des spendablen Lord Feltons träumte.

Als Frances an der Reihe war, aus der Kutsche zu klettern, flackerten die Fackeln im Wind. Sie legte den Kopf in den Nacken und bestaunte den üppig verzierten Eingang, durch den sie traten. Musik drang an ihre Ohren, und Frances nahm an, dass Lord Felton ein stattliches Orchester aufgefahren hatte, um eine derartige Lautstärke zu erzeugen. Die Freundinnen, Daniel und die Mutter legten die Mäntel ab, nur Frances behielt ihren Umhang noch an. Rose trug ihr weißes Debütantinnenkleid, dazu weiße Fellstulpen um die Handgelenke und zwei weiße Ohren in den Haaren.

Prudence folgte ihr als Marie Antoinette mit Schäferstab. »Bäh, bäh«, witzelte Daniel, der als Tod verkleidet war und eine Sense aus Holz schwenkte. Lady Darlington war eine üppig mit Gold geschmückte Kleopatra. Frances wartete, bis die anderen in den Ballsaal eingetreten waren. Dann zog sie sich in eine Ecke zurück und entledigte sich des Umhangs, unter dem das Kostüm von Anthea zum Vorschein kam – mitsamt der Weinflecken, die im Licht der Kronleuchter wie Blut aussahen. Als Nächstes zog sie sich einen Seidenstrumpf über den Kopf, den sie mit roter Farbe verziert hatte, so dass er wie eine Art Hals wirkte, von dem das Oberteil abgetrennt wurde. Aus dem anderen Strumpf hatte sie mit Perücke und Stickgarn einen Kopf gefertigt, den sie unter dem Arm tragen konnte. So ging sie als Marie Antoinette – nachdem diese auf der Guillotine exekutiert worden war.

»Oh«, brachte Daniel erstaunt hervor, als er sie sah. »Das ist aber gewagt.« Er lachte anerkennend. Frances lächelte ihn an, auch wenn das Lächeln durch den Strumpf nicht zu erkennen war. Gewagt war exakt die Wirkung, die sie erzielen wollte. Zufrieden stellte sie sich an der Schlange von Gästen an, um Lord Felton zu begrüßen. Durch zwei Schlitze in der dünnen Seide beobachtete sie Prudence' wütende Reaktion auf ihr Kostüm, während Rose die Hand vor den Mund schlug. Lady Darlington runzelte die Stirn, als sie ihre Tochter sah.

»Was soll das, Frances, wieso hast du kein vorteilhaftes Kostüm gewählt?«

»Ich finde es grandios«, raunte Daniel ihr zu. »Denkst du nicht, dass wir gut zusammenpassen?« Er wedelte mit der Sense. Frances schluckte bedrückt und war froh, dass er ihre Reaktion durch den Strumpf nicht erkennen konnte. Bevor sie etwas sagen konnte, fiel ihr Blick auf Lord Felton. Er trug eine weiße Perücke im Stil Louis des Sechzehnten und unter einem weißen Hermelin-Umhang eine reich mit Silber bestickte bauschige Kniebundhose und ein passendes besticktes Jackett. Um den Hals hatte er einen gestärkten Spitzenkragen gewunden. Neben ihm stand eine Frau im Kostüm einer Columbina aus der italienischen Commedia dell'Arte mit weißem, langem Rock und einer bunt gemusterten Jacke, die eine Maske vor das Gesicht gebunden hatten. Die beiden gaben ein imposantes Paar ab, dachte Frances noch und fragte sich, wer die geheimnisvolle Frau war, bis sie von einem Mann abgelenkt wurde, der sich mit seiner Begleitung hinter sie stellte. »Mister Livingston«, entfuhr es ihr.

Es war der Nachbar, der in der Nähe von Darlington Mews lebte. Erstaunt versuchte er, sie einzuordnen. Da er ihr Gesicht nicht sehen konnte, gelang es ihm jedoch nicht.

»Miss Frances Darlington«, half sie ihm auf die Sprünge. Er wirkte überrascht, während seine Frau ihren Mund unfreundlich zusammenpresste.

»Ist Ihre Mutter auch da?«, fragte Mister Livingston, wobei er den Kopf zwischen die Schultern zog, als befürchtete er, dass sich ein Unwetter über ihm zusammenbrauen würde.

»Sie ist dort …« Frances wies auf Lady Darlington, die gerade auf Lord Felton zutrat und dessen Hände vertraulich in die ihren nahm. Sie hörte nicht, was ihre Mutter zu ihm sagte, aber sie konnte sich ungefähr vorstellen, wie überschwänglich die Begrüßung vonseiten der Lady ausfiel. Lord Felton lächelte freundlich.

»Ah«, sagte Mister Livingston nur. »Ich sehe, sie ist beschäftigt. Darf ich Ihnen meine Frau vorstellen, Miss Darlington?«, erinnerte er sich an die verkniffene Dame neben ihm. Frances knickste vor Mrs Livingston, die in einer sehr unhöflichen Geste bloß eine Augenbraue hochzog.

»Sehr erfreut«, sagte Frances. Die Ehefrau drehte ihr bereits den Rücken zu. »Danke übrigens, dass Sie meine Zeit in Schottland finanziert haben, Mister Livingston«, fiel es ihr ein. Kaum hatte sie es ausgesprochen, zuckte er erschrocken zusammen, und seine Frau sah über ihre Schulter zurück.

»Ich weiß nicht, wovon Sie reden, Miss Darlington. Sie müssen da etwas verwechseln. Nun, seit ich die große Ehre hatte, meine vortreffliche Frau zu heiraten, haben wir uns ja auch nicht mehr getroffen. Sie sollten uns irgendwann einmal auf Taunton Hall besuchen und besichtigen, was die weibliche Hand aus dem Sitz meiner Familie gemacht hat«, redete er nervös, wobei er immer wieder zu seiner Frau hinsah. Frances erinnerte sich daran, was ihre Mutter über das Kräfteverhältnis in dieser Ehe gesagt hatte. Es wollten also nicht alle Männer nur Frauen, die sie dominieren konnten, aber Frances fand die Umkehr, dass die Frau komplett über ihren Gatten bestimmte, auch nicht viel verlockender. Bevor sie weiter darüber nachdenken konnte, zischte ihre Mutter ihr zu, dass sie sofort herkommen sollte. Mister Livingston vermied es tunlichst, in die Richtung von Lady Darlington zu blicken, die ihre Tochter herbeiwinkte, wobei auch sie den früheren Nachbarn beflissentlich übersah.

Frances trat zu ihr, während Lord Felton gerade Daniel, Rose und Prudence begrüßte. Dann war sie an der Reihe. Amüsiert blickte der Lord von Prudence zu der geköpften Variante von Marie Antoinette.

»Ich bin entzückt«, rief er aus. »Ich muss unbedingt mit meiner geliebten Gattin tanzen. Die Frage ist nur, mit welcher Ausgabe von ihr?« Er lachte zufrieden in sich hinein. Es schien ihm köstliches Vergnügen zu bereiten, Prudence und Frances eine Weile im Unklaren zu lassen, auf welche von ihnen seine Wahl fallen würde. Frances bedauerte ihre Wahl des Strumpfes, denn Prudence klimperte beständig mit den Wimpern, um die Gunst des Lords zu gewinnen, und sie selbst konnte dem nichts entgegensetzen.

»Eine von Ihnen hat Kopf und Kragen für Ihren König riskiert«, witzelte er. »So viel Treue muss belohnt werden. Wenn ich bitten darf, Marie Antoinette?« Er bot Frances seinen Arm an, den sie erleichtert nahm, nachdem sie ihren gebastelten Schädel Rose übergeben hatte. Dass ausgerechnet ihr die Ehre zukam, mit Lord Felton den Ball zu eröffnen, machte sie ausgesprochen stolz. Wenn nur die anderen Gäste ihr Gesicht gesehen hätten. Es ärgerte sie ein wenig, nicht als die von ihm Auserwählte erkannt zu werden. Gleiches dachte wohl auch ihre Mutter, denn sie hörte Lady Darlington den Umstehenden laut verkünden, dass ihre Tochter diejenige sei, vor der sich der Lord gerade auf der Tanzfläche verbeugte.

»Ich bin von dem Zufall beeindruckt, dass wir als Mann und Frau auf diesen Ball gehen«, sagte er, als er ihre erhobene Hand nahm und sich im Wechsel auf sie zu- und wieder einen Schritt von ihr fortbewegte.

»Nun«, erwiderte sie ausweichend, »streng genommen gehe ich als Ihre unglückliche Witwe. Als ich den Kopf verloren habe, waren Sie bereits neun Monate tot, vergessen Sie das nicht.«

Er lachte laut auf, während der Tanz es vorsah, dass sich ihre Oberkörper beinahe berührten. Sie spürte seinen heißen Atem auf ihrer Wange. »Wie könnte ich nur. Sie sind erstaunlich amüsant, Miss Darlington.«

Sie lächelte zufrieden. »Vorsicht, mein Lord, es könnte ernsthaft die Gefahr bestehen, dass Sie mir mit Ihren Schmeicheleien den Kopf verdrehen. Wenn er nicht in guter Verwahrung wäre.« Sie nickte zu Rose hinüber, die mit dem Schädel von Marie Antoinette am Rand der Tanzfläche stand. Wieder lachte er und sah dadurch noch anziehender aus als ohnehin schon. »Abenteuerlustig, unerschrocken und witzig. Was steckt noch alles in Ihnen?«, fragte er lockend.

»Finden Sie es heraus«, forderte sie ihn heraus.

»Sie führen mich in Versuchung«, verkündete er, gerade als das Orchester das Stück beendete, zu dem sie getanzt hatten. Erst war Frances enttäuscht über die Unterbrechung, doch da sie sicher war, dass der Lord mit ihr flirtete, hoffte sie darauf, dass er den nächsten Schritt noch an diesem Abend unternehmen würde. Als er sie zu den Freundinnen zurückführte, flüsterte er ihr zu: »Machen Sie sich auf eine Überraschung gefasst.«

Ihr Herz tat einen regelrechten Sprung. Sie konnte sich nicht genau vorstellen, was er damit meinte, auch wenn ein kleiner Teil in ihr hoffte, dass er ihr womöglich einen Antrag machen würde. Unmittelbar als Daniel Rose, Prudence und ihr Gläser mit Wein in die Hand drückte, ertönte ein ohrenbetäubender Knall. Im gleichen Augenblick wurden die großen Flügeltüren des Ballsaals geöffnet, und die Gäste strömten auf die Terrasse hinaus, wo rote, blaue und grüne Lichter aufleuchteten.

»Ein Feuerwerk!«, rief Rose begeistert aus, griff nach Prudence' Hand und lief mit ihr nach draußen. Frances sah sich zu Daniel um, in Erwartung, er würde sich ihnen anschließen. Doch er war nicht mehr da. Sie suchte ihn in der Eingangshalle und bekam gerade noch mit, wie er in einen Flur abbog. Kurzerhand folgte sie ihm.

»Daniel«, versuchte sie, ihn zurückzuhalten, aber er blieb nicht stehen, sondern rannte weiter. Dabei verlor er die Maske, die er getragen hatte. Erst als er an einer Tür anlangte, die verschlossen war, hielt er an. Sie wollte ihn gerade fragen, was mit ihm los war, da sah sie im Licht der Kerzen im Wandhalter die Schweißtropfen auf seiner Stirn stehen und bemerkte, dass sein Körper bebte.

»Daniel!«, sagte sie erneut, riss sich den bemalten Strumpf vom Kopf und ließ ihn zu Boden fallen. Er blickte sie nicht an, sondern starrte auf einen Punkt hinter ihr. Als sie sich auf der Stelle umdrehte, war dort nichts zu sehen. Noch immer ertönte das Feuerwerk. Sie hörte seine Zähne aufeinanderklappern. Frances machte einen Schritt auf ihn zu und legte die Arme um ihn. Er roch nach seinem herben Rasierwasser und nach Angst. Als er sie ansah, lag Furcht in seinem Blick, und sie erinnerte sich daran, wie sie in der Nacht durch seine Schreie geweckt worden und in sein Schlafzimmer gestürzt war.

»Ich bin da«, murmelte sie unsicher. »Ich bin bei dir.«

»Frances?«, krächzte er heiser. Sie wusste nicht, was sie ihm sagen und wie sie sich verhalten sollte, deshalb hielt sie ihn einfach weiter in ihren Arm. Allmählich ließ das Beben nach, und sein Körper sank in die Umarmung hinein. Sie streichelte ihm beruhigend über den Rücken. Daniel fühlte sich gleichzeitig muskulös und weich an. Er beugte seinen Kopf und berührte mit seiner Stirn die ihre. »Das Feuerwerk«, begann er und brach ab.

»Was ist damit?«, fragte sie leise.

»Ich musste an La Coruña denken.«

»Was ist dort passiert?«, wollte sie wissen.

»Wir haben den Rückzug angetreten. So viele Tote … Während unzählige Fässer voller Schießpulver in die Luft gejagt wurden, mussten wir Tausende von Pferden erschießen, weil sie nicht auf den Schiffen Platz finden konnten und nicht in die Hände der Franzosen fallen sollten. Und dazu die Schreie von Hunderten schwer verwundeter Männer, die wir zurückließen, da sie die Schiffsfahrt nicht überleben würden.« Er erzählte mit glasigem Blick. Frances schluckte schwer, dabei hielt sie ihn immer fester. »Es war ein Blutbad. Und so ein unmenschlicher Lärm«, flüsterte er. Angesichts seiner Verzweiflung traten ihr Tränen in die Augen. Sie verstand jetzt, warum er immer nur einsilbig auf Fragen nach dem Krieg geantwortet hatte. Und warum ihm das Gerede seines Vaters über seine Heldentaten dermaßen zuwider gewesen sein musste.

»Es war die Hölle«, wisperte er.

»Du hast es überlebt«, murmelte sie beruhigend.

»Aber so viele sind gestorben.«

»Es ist nicht deine Schuld, dass nicht genug Platz auf den Schiffen war.«

»Trotzdem war ich mitverantwortlich dafür, dass ausgewählt wurde, wer von den verwundeten Männern eine Chance auf Rettung bekam und wer sicher zum Sterben verdammt wurde.«

»Ihr habt getan, was ihr tun musstet. Du hast ja selbst gesagt, dass ihr nur die Schwerverwundeten ohne Überlebenschance dagelassen habt«, entgegnete sie. »Sie wären ohnehin gestorben.«

»Und wenn nicht? Was, wenn der ein oder der andere überlebt hätte, wenn wir ihn nicht im Stich gelassen hätten?«

Sie verstand seine Verzweiflung darüber und wünschte sich, sie könnte etwas sagen, um ihm die Schuldgefühle zu nehmen. Doch sie konnte es nicht. Es war ein Erlebnis, das sich nicht schön- oder kleiner reden ließ. Stattdessen hielt sie ihn noch fester, als sie es ohnehin schon tat. Ihre Körper pressten sich aneinander. Sie hörte, wie er keuchte, als ihre Lippen seine Wange berührten. Sein Bartschatten fühlte sich rau an ihrer weichen Haut an. Sie konnte nicht verhindern, dass ihr ein tiefes Seufzen entfuhr und sich ein Kribbeln zwischen ihren Beinen ausbreitete. Nicht jetzt, bitte nicht jetzt, dachte sie noch, da traf Daniels Mund bereits auf ihren. Seine Zungenspitze schob sich zwischen ihre Lippen. Verlangen durchfuhr sie. Im gleichen Augenblick löste sich Daniel aus der Umarmung, wich zwei eilige Schritte zurück und drehte ihr den Rücken zu.

»Wir sollten zurückgehen«, keuchte er und flüchtete.

Frances musste sich einen Moment sammeln, bevor sie ihm folgte. Als sie um eine Ecke des Ganges bog, war er verschwunden. Sie nahm an, dass er sich hinter einer der von dem Flur abgehenden Türen zurückgezogen hatte, und probierte ein paar Klinken aus. Die ersten waren abgeschlossen, doch die nächste Tür ließ sich öffnen. »Daniel?«, fragte sie, als sie das Zimmer betrat. In dessen Mitte befand sich ein großes Bett mit hohen Holzpfosten an allen vier Seiten. Auf einem Tisch stand eine Schüssel mit sauberem Wasser bereit. Daniel war nicht zu sehen. Im Spiegel über der Waschschüssel erkannte Frances, wie aufgewühlt sie aussah. Jeder musste ihr ansehen können, was soeben zwischen Daniel und ihr geschehen war. Sie ließ sich kurz auf die Matratze sinken und dachte unweigerlich wieder an den Kuss. Sie spürte noch die Berührung seiner Lippen, und wusste nicht, was sie davon halten sollte. Vor allem nicht, wo sie so knapp davorstand, die Gunst des Lords zu gewinnen.

Sie war ganz in ihren Gedanken versunken, als die Tür aufgestoßen wurde. Einem Impuls folgend hockte sich Frances neben das Bett, so dass sie von den Blicken der eintretenden Person verborgen war. Als sie hörte, wie diese näher kam, blieb ihr nur die Wahl, aufzustehen oder sich weiter versteckt zu halten. Da sie vermutete, es wäre ein Dienstbote, rutschte sie einfach unter das Bett, um sich nicht erklären zu müssen. Von dieser Position aus sah sie, dass eine zweite Person eintrat. Sie erkannte an den bestrumpften Beinen und der gebauschten, mit Silber bestickten kurzen Hose, dass es Lord Felton war. Dann wurde die Tür abgeschlossen, und er flüsterte mit jemandem, von dem sie nur einen Kleidersaum erkennen konnte. Frances fragte sich noch, was die beiden hier machten und ob sie sich nicht besser zu erkennen geben sollte, da sah sie, wie die Hose des Lords zu Boden fiel und die Frau aus ihren Schuhen stieg und den Rock abwarf. Frances wurde ganz starr, denn als Nächstes sank der Lord mit der Frau auf das Bett. Nun begann es über ihrem Kopf zu wackeln, und sie hörte das Klatschen von Haut auf Haut. Ihr wurde ganz heiß, als sie begriff, was die beiden dort trieben. Sie dachte an das brisante Buch mit den Beschreibungen des Wulstes aus Fleisch zwischen den Beinen des Mannes und an die Spalte der Frau mit der Klitoris, die einer Rosenknospe gleichen sollte. Zu allem Überfluss begannen der Lord und seine Begleiterin zu keuchen. An diesem Punkt hielt Frances sich die Ohren zu und wünschte inständig, sie wäre eben aufgestanden und hätte sich zu erkennen gegeben. Ihr wurde erschrocken klar, dass das Treiben des Lords bedeutete, dass eine andere Frau sich seine Gunst erobert hatte. Obwohl sie die Hände auf die Ohren presste, war ein lautes, lang gezogenes Stöhnen zu vernehmen. Anschließend stoppten die Bewegungen über ihr abrupt und sie sah nackte rötlichbraune Füße, die auf den Boden gestellt wurden. Über ihrem Kopf hörte sie die Stimme des Lords: »Komm wieder zurück.«

»Nein«, erwiderte die andere Person lachend. Sie hatte eine ausgesprochen tiefe Stimme. »Du musst zu deinen Gästen zurück. Sonst erwischen sie uns noch.« Sie kniete sich hin und hob einen Schuh auf, dabei hatte Frances freie Sicht auf die Stelle zwischen den Oberschenkeln. Verwundert starrte sie auf den Fleischwulst, der dort baumelte. Hinter Frances' Schläfen fing es zu pochen an. Mit dem Lord war also ein Mann in das Zimmer gekommen. Wie konnte das sein? Sie verstand überhaupt nichts mehr.

»Ich sollte mir endlich eine Frau suchen«, sagte der Lord.

»Du weißt, dass ich das für keine gute Idee halte, Ezra. Die junge Frau wird sich in dich verlieben und nach der Hochzeit vollkommen enttäuscht sein, wenn sie nicht von dir zurückgeliebt wird«, erwiderte der Mann und zog den Rock wieder über seine braunen langen Beine. In diesem Augenblick erkannte Frances ihn als Mister Ghosh. Sie rieb sich mit den Fingern über die Augen. Beide Männer kleideten sich an. Nun hörte sie ein Geräusch wie ein Kuss, dann wurde die Tür aufgeschlossen und wieder zugeschlagen. Frances kroch so schnell sie konnte aus ihrem Versteck hervor und starrte auf das zerwühlte Laken. War das wirklich geschehen? Sie begriff nicht, wie das möglich war. Vielleicht war es gar nicht so ungewöhnlich, dass Männer sich auch mit anderen Männern vereinigten? Nur hatte sie noch nie zuvor davon gehört. Konfus wie sie war, lief sie zur Tür, öffnete diese und wäre beinahe gegen Lord Felton gestoßen, der davorstand. Schockiert starrte er sie an. »Miss Darlington?«

Sie wich seinem Blick aus, unfähig, ihm ins Gesicht zu sehen. »Seit wann sind Sie hier?«, fragte er mit hörbarer Anspannung.

»Ich brauchte Wasser«, stammelte sie, bevor sie sich an ihm vorbeidrückte und flüchtete. Aus Panik, er könnte ihr nachkommen, lief sie so schnell sie konnte. Ganz außer Atem rutschte sie auf dem Parkett im Ballsaal aus, als sie auf die Freundinnen zusteuerte. Daniel griff nach ihrem Arm und verhinderte somit, dass sie stürzte. Kaum hatte er ihr aufgeholfen, riss sie sich von ihm los. Seine Nähe ertrug sie jetzt nicht.

»Ich will hier weg«, bat sie Rose, die sie erstaunt anblickte. »Kommst du mit?« Frances war erleichtert, als Rose ihr, ohne weitere Fragen zu stellen, den Arm reichte. Prudence weigerte sich, zu gehen. Als die beiden Freundinnen daraufhin aus dem Ballsaal gingen, spürte Frances, wie Daniel ihnen nachsah.

Im Gasthaus angelangt, schob sie einen Stuhl vor die Tür, damit niemand sie stören konnte. Rose sah ihr verwundert dabei zu. »Kannst du mir endlich sagen, was los ist?«

Ohne sich auszukleiden, legte sich Frances aufs Bett und wickelte sich in die Decke ein. Ihr war kalt, und sie fühlte sich von den Ereignissen des Abends völlig erledigt. So viel war geschehen. Der Kuss. Ihre Beobachtung. Sie wusste einfach nicht, was sie über all das denken sollte. Über Daniel wollte sie nicht reden, nicht mit seiner Schwester, aber sie musste das loswerden, was sie im Schlafzimmer gesehen hatte. »Du darfst das, was ich dir sage, mit keinem Wort erwähnen. Versprichst du das?«

»Da fragst du noch?«, erwiderte Rose etwas eingeschnappt.

»Ich weiß ja, dass du schweigen kannst. Es ist nur … Was ich dir jetzt erzählen werde, ist unglaublich.«

»Nun sag schon.« Rose setzte sich neben Frances, die den Arm und einen Teil der Decke über die Schultern der Freundin legte. Sie atmete tief durch und erzählte, was sie beobachtet hatte. Während sie zuhörte, begann Rose an einem Fingernagel zu kauen.

»Stell dir mal vor, ich würde dich jetzt küssen, wie fändest du das denn?«, schloss Frances.

»Das ist etwas anderes«, sagte Rose. »Wir haben kein solches Verlangen nacheinander.«

»Und Lord Felton hat dieses Verlangen nach Mister Ghosh?«

»Offensichtlich. Du darfst übrigens außer mir niemandem davon berichten, Franny, hörst du? So was ist verboten und kann schlimm bestraft werden.«

»Aber wenn ich vorher gewusst hätte, dass der Lord einem Mann zugewandt ist, dann hätte ich niemals meine Zeit daran verschwendet, ihn zu einem Antrag zu bewegen«, sagte Frances. »Das sollten alle Debütantinnen wissen, sonst ergeht es ihnen noch wie mir.«

»Nein, das darfst du nicht verraten!« Rose hatte Frances' Hände gepackt und sah ihr fest in die Augen. »Der Lord und Mister Ghosh würden ins Gefängnis kommen oder deportiert und vielleicht sogar mit dem Tode bestraft werden. Das willst du doch nicht.«

»Das könnte passieren?« Sie sah Rose verwundert an.

»Es ist eine sehr ernste Sache.« Ein Windzug, der durch einen Spalt im Fensterrahmen drang, brachte die Flamme der Kerze zum Flackern.

»Weil es unanständig ist?«, vermutete Frances.

»Es ist verboten. Mehr heißt das nicht«, fuhr Rose sie an. »Es ist ja auch verboten, dass wir Frauen über unser körperliches Verlangen reden. Aber das bedeutet nicht, dass wir dieses Verlangen deshalb nicht spüren, oder?«

Frances erinnerte sich an ihre drängenden Gefühle, denen sie nachts nachgeben musste, um sie zu stillen. Die Freundin hatte recht. Wenn Lord Felton einem Mann körperlich zugeneigter war als Frauen, wäre es sinnlos und grausam, ihn dafür zu bestrafen. Sie wollte Rose noch weiter befragen, da rüttelte jemand an der Tür, und der Stuhl fiel krachend um. Prudence kam herein und hob den Stuhl auf.

»Was habt ihr denn hier für ein Geheimnis?«, fragte sie misstrauisch. Frances warf einen raschen Blick zu Rose, die ihr beruhigend zulächelte.

»Nichts. Wir haben nur über einen vollständig ereignislosen Ball geredet.«

Bei Tageslicht sah man erst, wie groß das Anwesen von Lord Felton wirklich war. Vom Haupthaus mit dem imposanten Eingang gingen zwei angebaute Flügel ab, die von Gartenanlagen mit gestutzten Büschen umgeben waren. Kies knirschte unter ihren Sohlen, als Frances auf die Tür zulief, durch die sie gestern bereits getreten war. Mit Erwartungen, die bitter enttäuscht worden waren. Sie verdrängte den Gedanken an Daniel und den Kuss und konzentrierte sich auf das, was sie zu tun beabsichtigte. Mit einem Blick zu ihren Schuhen vergewisserte sie sich, dass sie im Gras den gröbsten Dreck abgestreift hatte, der sich auf ihrem Weg über die Felder an den Sohlen gesammelt hatte. Sie hatte zu Fuß fast eine Stunde gebraucht, bis Anderley, der Herrensitz Lord Feltons, in Sicht gekommen war. Der Saum ihres Kleides war durchnässt, aber da es von dunkelblauer Farbe war, hoffte sie, es würde nicht allzu sehr auffallen. Sie strich sich eine Strähne aus dem Gesicht. Weil Prudence und Rose noch geschlafen hatten, hatte sie sich im Dämmerlicht angezogen und sich nicht so sorgfältig frisieren können. Doch ihr Aufzug war unwichtig, redete sie sich zu. Sie würde Lord Felton gewiss nicht mit einem liebreizenden Äußeren oder charmanten Wesen für sich gewinnen, denn diese Möglichkeit hatte offenbar nie bestanden. Sie fühlte noch immer Ärger darüber. Auch wenn sie sich ihm aufgedrängt hatte, hatte er ihre Flirtversuche zumindest befeuert. Er trug durchaus eine Mitschuld daran, dass sie sich völlig umsonst Hoffnungen gemacht hatte. Mit Empörung klopfte sie an die Tür. Es dauerte einen Augenblick, bis ihr geöffnet wurde. Ein Butler sah sie fragend an.

»Miss Darlington. Ich will zu Lord Felton«, erklärte sie bestimmt.

»Der Herr ist gerade beim Frühstück«, versuchte er, sie abzuwimmeln.

»Das trifft sich gut, ich habe nämlich noch nichts gegessen«, sagte sie und war im Begriff, einen Schritt durch die Tür zu machen, doch der Mann versperrte ihr den Weg. »Wollen Sie, dass ich selbst nach ihm rufe?«, entgegnete sie und hob ihre Stimme. »Lord Felton! Hallo!«

»Ich werde dem Lord melden, dass Sie da sind«, sagte der Butler und machte ihr die Tür vor der Nase zu. Sie wartete eine Weile und fragte sich schon, ob Lord Felton sie ignorieren würde und was sie in diesem Fall tun sollte, da öffnete sich die Tür wieder.

»Wenn Sie mir bitte folgen«, forderte der Butler sie mit verkniffenem Gesicht auf. Sie konnte sich ein triumphierendes Lächeln nicht verkneifen. Als sie am Ballsaal vorbeiliefen, waren von der gestrigen Einladung kaum mehr Spuren zu entdecken. Die Dienstboten mussten in den frühen Morgenstunden ganze Arbeit geleistet haben. Der Butler blieb an einer Tür stehen und verkündete laut: »Miss Darlington, Mylord.«

Damit ließ er Frances eintreten. Lord Felton und Mister Ghosh saßen nebeneinander an einem Kopfende des langen Tisches, auf dem ein opulentes Frühstück gerichtet war. Angesichts der gebratenen Würstchen, der Marmeladen und

Toastscheiben überkam Frances großer Hunger. Sie legte eine Hand auf ihren Bauch, damit man das Knurren nicht so laut hörte.

»Miss Darlington, was verschafft uns zu dieser frühen Stunde die Ehre?«, fragte Lord Felton in seinem üblich scherzhaften Tonfall, aber etwas an seiner Körperhaltung war gespannter als sonst. Die winzigen Fältchen um seine Augen ließen erahnen, dass er nicht besonders viel Schlaf bekommen hatte. Frances blickte zu Mister Ghosh, der sie misstrauisch anstarrte.

»Wenn ich um eine Unterredung unter vier Augen bitten dürfte«, wandte sie sich an den Lord. Er warf Mister Ghosh einen Blick zu, der sich räusperte.

»Sie machen es aber spannend«, wandte sich der Lord nun wieder Frances zu. Sie sagte nichts, sondern wartete ab. »Also schön. Ravi, wenn du uns bitte entschuldigen würdest.«

Ravi musste der Vorname von Mister Ghosh sein, der sitzen blieb. »Bitte!« Der Lord legte eine Hand auf die Schulter des Freundes. Der entzog sich ihm und stand auf.

»Wie Mylord wünschen«, sagte er so steif, dass Lord Felton aufseufzte. Mister Ghosh verließ den Speisesaal, ohne sich umzusehen. Sie fühlte ein schlechtes Gewissen in sich aufsteigen, aber dann ermahnte sie sich, ihren Plan nicht aus den Augen zu verlieren.

»Möchten Sie einen Schluck Kaffee?«, bot Lord Felton an, in dessen Stimme Skepsis mitschwang.

»Gerne.« Sie setzte sich auf den Platz, der gerade freigeworden war, und nahm sich einen Toast. Auf ein Handzeichen des Lords brachte ein Deiner eine Kanne und eine saubere Tasse. Frances wartete, bis er ihr eingegossen hatte, wobei sie die Zeit nutzte, um sich mit Mister Ghoshs Messer Erdbeermarmelade auf ihren Toast zu schmieren.

»Wenn Sie bitte auch das Dienstpersonal hinausschicken würden«, sagte sie dann. Lord Felton legte seine Stirn in Falten und musterte sie durchdringend, scheuchte die Diener aber mit einem Winken hinaus. Frances kaute einen Bissen von ihrem Toast, bis die Männer die Tür hinter sich geschlossen hatten. Schlagartig verschwand das Lächeln auf den Lippen des Lords, und er starrte sie beinahe ebenso misstrauisch an wie sein Freund Mister Ghosh zuvor.

»Was wollen Sie, Miss Darlington?«, fragte er argwöhnisch.

Sie ließ sich Zeit, legte erst den Toast auf den Teller und nahm einen Schluck Kaffee. Anschließend drückte sie beide Handflächen auf ihre Oberschenkel und streckte den Rücken. »Ich habe Ihnen ein Angebot zu machen«, antwortete sie.

»Was für ein Angebot?«

»Ich habe Sie und Mister Ghosh in Ihrem Schlafzimmer gesehen«, platzte sie heraus. Der Lord wurde weiß im Gesicht.

»Was haben Sie gesehen?«, fuhr er sie an.

»Wie Sie beide nackt … im Bett …«, stammelte sie, zu überfordert, um Worte zu finden.

»Das streite ich entschieden ab«, erwiderte er mit einem Gesicht, aus dem jegliche Farbe gewichen war.

»Ich weiß, dass Sie Mister Ghosh lieben«, gab sie bestimmt zurück. »Und Sie schweben deshalb immer in Gefahr, oder etwa nicht?«

»Wollen Sie mir drohen?« Seine Nasenflügel bebten.

»Nein, ich will Ihnen helfen«, erklärte sie mit so fester Stimme, wie es ihr nur möglich war. Er sah sie wachsam an. Seine Knöchel traten hervor, als er die Lehnen seines Stuhls umklammerte. »Sie brauchen eine Frau, damit Sie keinen Verdacht erregen«, fuhr sie fort. »Und ich brauche einen Mann, um dem Asylum zu entkommen.«

»Sie wollen, dass ich Sie heirate?«, fragte er erstaunt.

»Ist es nicht auch das, was Sie bereits in Erwägung gezogen haben?«, gab sie zurück. »Solange Sie nicht verheiratet sind, werden Sie sich nie völlig sicher fühlen. Ihre Beziehung zu Mister Ghosh wird immer eine Gefahr für Sie beide sein. Wenn wir aber verheiratet sind, wird Ihnen niemand mehr schaden können. Also, was denken Sie?«

Kapitel 22

Durch die offen stehende Tür der Bibliothek der Oakleys sah Frances, wie Daniel sorgfältig seinen Degen polierte. Sie konnte nicht aufhören, an den Kuss zu denken und daran, wie seine Haut gerochen hatte, als sie ihm so nah war. Oder an seine Zungenspitze, die sich zwischen ihre Lippen geschoben hatte. Und mit der Erinnerung kehrte das Verlangen nach ihm zurück. Ihr Körper sehnte sich danach, sich auf Daniel zu stürzen, ihn mit Küssen zu bedecken und ihn zu bitten, bei ihr zu bleiben. Doch es war gewiss nicht das, was Daniel empfand. Seit dem Ereignis auf dem Ball Lord Feltons war er ihr aus dem Weg gegangen. Wann immer sie in den letzten vier Tagen ein Zimmer betreten hatte, in dem er sich aufhielt, verließ er dieses so rasch, wie es die Höflichkeit gerade noch erlaubte. Dabei vermied er es, auch nur in Frances' Richtung zu blicken. Obwohl ihr Herz schwer war, konnte sie es ihm nicht verdenken. Als sie ihn geküsst hatte, war er in einer emotionalen Ausnahmesituation gewesen, unter dem Eindruck von fürchterlichen Erinnerungen an die Schlacht von La Coruña. Außerdem bereitete er sich darauf vor, zu seinem Regiment zurückzukehren, um ein weiteres Mal in den Krieg zu ziehen. Gestern war er bereits zur Anprobe seiner neuen Uniform beim Herrenschneider gewesen. Es dauerte kaum noch eine Woche, dann würde er für immer aus ihrem Leben verschwinden. Frances biss die Zähne so fest aufeinander, dass es wehtat.

In diesem Moment sah Daniel von seiner Arbeit auf, und sie zuckte vom Türspalt zurück. Sie hoffte nur, er hatte sie nicht gesehen.

So wie Daniel ihr aus dem Weg ging, machte sich auch der Lord rar. Seit ihrem Angebot in Somerset hatte er sich nicht mit ihr in Verbindung gesetzt, obwohl er ihr eine Antwort schuldig geblieben war. Sie wusste nicht, was sie tun sollte, wenn er sich gar nicht wieder blicken ließe. Noch hatte sie die Hoffnung nicht aufgegeben. Daher lehnte sie ab, als Prudence Rose und ihr vorschlug, gemeinsam auszureiten.

»Was möchtest du denn machen?«, stöhnte Prudence auf. »Einkaufen willst du nicht, Spazierenfahren auch nicht … Du kannst ja nicht den ganzen Tag hier drinnen sitzen.«

»Deine Freundin hat recht«, sagte Lady Darlington, die mit Lady Oakley Tee trank. »Hier wirst du von niemandem gesehen. Oder hast du unsere Abmachung schon vergessen?«

Das hatte sie nicht. Sie wusste genau, dass ihr die Zeit zwischen den Fingern zerrann, bis sie von ihrer Mutter dazu genötigt werden würde, Lord Spinner zu ehelichen oder den Rest ihres Lebens im Asylum zu verbringen. Als ob sie das jemals vergessen könnte.

»Schön, gehen wir raus«, sagte sie, um Lady Darlington zu entkommen.

»Na endlich«, erwiderte Prudence.

Als sie zur Tür gingen, kündigte der Butler Besuch an: »Lord Felton macht seine Aufwartung, Mylady.«

Frances' Herz setzte für einen Augenblick aus. Das war er also, der große Moment. Der Lord würde um ihre Hand anhalten. Sie hatte erwartet, Freude darüber zu empfinden, stattdessen fühlte sie sich ganz leer. Ihre Mutter sprang auf, stürzte zu ihr und kniff ihr fest in die Wangen.

»Damit du frisch aussiehst«, erklärte sie. »Und setzt euch sofort wieder hin!«

Rose, Prudence und Frances ließen sich auf den kleinen Sofas nieder. Prudence glättete mit einer Fingerspitze ihre Augenbrauen, während Rose Frances von der Seite her nachdenklich musterte. Sie hatte ihr nie erzählt, dass sie dem Lord ein Angebot unterbreitet hatte. Die Freundin schien dennoch zu ahnen, was vor sich ging. Da trat Lord Felton ein und verbeugte sich.

»Mein lieber Lord«, rief Lady Darlington verzückt aus. »Was für eine Freude, Sie zu sehen. Wir haben Ihren Ball noch in so guter Erinnerung.«

Frances war sicher, dass der Lord diese Empfindung keineswegs teilte, so verkniffen und steif, wie er dastand.

»Setzen Sie sich«, bat Lady Oakley ihn. »Möchten Sie einen Tee?«

»Nein, danke«, erwiderte er nur.

»Was können wir für Sie tun?«, fragte die Hausherrin verwundert. Der Lord wandte sich Lady Darlington zu.

»Ich möchte Sie um die Hand Ihrer Tochter bitten.«

Frances hörte, wie Prudence nach Luft schnappte. Lady Oakley sah verwundert aus, doch Lady Darlingtons Gesicht überzog ein verzücktes Strahlen.

»Ja. Tausendmal ja!«, rief sie inbrünstig aus. Sie stand auf und lief zum Lord, fasste seine Hand und zog sie zu ihren Lippen. Er ließ es geschehen, auch wenn seine augenscheinliche Zurückhaltung in starkem Kontrast zu der überquellenden Begeisterung der Lady stand.

»Ich gratuliere. Frances, komm und lass dich an mein Mutterherz drücken.«

Sie stand widerwillig auf und ging langsam zu ihrer Mutter und dem Lord hinüber. Obwohl sie auf diesen Moment gewartet hatte, fühlte er sich dennoch nicht gut an. »Mylord.« Sie knickste vor ihm.

»Miss Darlington.« Er setzte ein Lächeln auf.

»Ist das nicht hinreißend?«, stieß Lady Darlington aus und nahm Frances' Hand und die des Lords und führte sie zusammen. Lord Felton und Frances berührten sich nun, sahen sich dabei aber nicht an.

»Herzlichen Glückwunsch zur Verlobung«, sagte Lady Oakley. Frances nahm wahr, wie Rose und Prudence aufstanden und auf sie zukamen.

»Ich gratuliere«, wandte sich Rose dem Lord zu, dann warf sie einen kritischen Blick zu Frances. Die lächelte sie entschuldigend an.

»Gratulation«, brachte Prudence hervor.

»Und wann soll die Hochzeit stattfinden?«, fragte Lady Darlington. Frances registrierte aus den Augenwinkeln, wie Daniel in diesem Moment hereinkam und die Frage aufschnappte. Er blieb stehen und starrte von Frances zu Lord Felton und wieder zurück.

»Darüber haben meine Braut und ich noch nicht gesprochen«, erwiderte Lord Felton zurückhaltend.

»Na, ich denke, Sie sollten sich nicht allzu viel Zeit lassen«, platzte Lady Darlington heraus. »Eine lange Verlobung ist keinem zuträglich.«

Lord Felton neigte seinen Kopf. Nun kam Daniel auf ihn zu und schüttelte seine Hand. »Darf ich zur Verlobung gratulieren?« Anschließend wandte er sich an Frances, ohne ihr dabei in die Augen zu sehen. »Glückwunsch.«

Zu ihrer Verwunderung schlug er die Hacken dabei zusammen. Er verhielt sich so, als hätten sie sich nie geküsst.

»Danke«, wisperte sie und senkte betroffen den Blick. Das Glück darüber, die Unabhängigkeit von ihrer Mutter erhalten zu haben, wollte sich partout nicht in ihr einstellen.

Kapitel 23

Im Vergnügungspark Vauxhall Gardens blühten die Blumen ebenso um die Wette, wie die Debütantinnen, die noch keinen Verehrer gefunden hatten, sich gegenseitig zu überstrahlen versuchten. Unter ihnen spazierte Frances am Arm Lord Feltons. Dahinter liefen Lady Darlington, Rose, Prudence und Mister Ghosh. Dass die Wahl eines der begehrtesten Junggesellen ausgerechnet auf Miss Darlington gefallen war, hatte sich in der Londoner Gesellschaft längst herumgesprochen. Dennoch waren die Blicke, die Frances streiften, voller Verblüffung und teils offenem Neid.

»Lady Mershon!«, begrüßte ihre Mutter die Bekannte, die auf sie zukam und Lord Felton und Frances zur Verlobung gratulierte. Das Verhalten der Gesellschaft Lady Darlington und ihrer Tochter gegenüber hatte sich merklich verändert. Überall wurden sie zuvorkommend begrüßt und eingeladen, während sie eine der Alleen entlangflanierten. Erfolggekrönt strahlte die Mutter Frances an. In einem Pavillon, an dem sie vorbeikamen, spielte ein Orchester. In Sichtweite trotzte ein Mann auf einem Seil der Schwerkraft. Als das Tageslicht nachließ, wurden überall Lampen entzündet, die sich in zahlreichen Spiegeln vervielfältigten und alles in ein warmes Licht tauchten. Der Duft nach gebrannten Mandeln drang Frances in die Nase, und am Arm des Lords steuerte sie zu dem kleinen Stand, an dem er ihr eine Tüte mit den Süßigkeiten kaufte. Um sie herum lachten und kreischten die Besucher des Parks. Gruppen von Sängerinnen taten ihr Bestes, um die Menschen zu unterhalten. Nur in Frances war eine Gleichgültigkeit ihrer Umgebung gegenüber, die sie selber am meisten verwunderte. Sie hätte Zufriedenheit empfinden müssen, endlich ihr Ziel erreicht zu haben, oder zumindest Erleichterung. Warum konnte sie dann nichts davon fühlen?

Sie redete sich gut zu, dass dies hier genau das war, was sie wollte. Sie musste weder Lord Spinner heiraten, noch würde sie im Asylum enden. Sie hatte alles gewonnen, nachdem eine Frau ihres Standes streben konnte. Auch wenn der Lord sie nicht liebte und sie nichts weiter für ihn empfand. Aber vielleicht könnte sich das mit der Zeit ändern.

Als Lord Felton ihren Arm losließ, um mit Mister Ghosh zu reden, wandte Frances sich an Rose und Prudence.

»Wollt ihr auch gezuckerte Mandeln?«, bot sie ihnen an. Rose griff zu, Prudence schüttelte hingegen den Kopf.

»Guck mal, Rose, die Pantomime da vorne«, rief sie aus und zog die Freundin mit sich, die Frances über die Schulter einen entschuldigenden Blick zuwarf. Dann war sie allein. Sie drehte den Verlobungsring an ihrem Finger.

»In einer Stunde beginnt das Feuerwerk«, verkündete Lady Darlington, die mit einer Bekannten geplaudert hatte, und nun zu ihrer Tochter trat. Frances musste an Daniel denken und fragte sich, was er gerade tat. Wahrscheinlich bereitete er sich auf seine Abreise vor. Vielleicht würde dann endlich der Druck verschwinden, der auf ihrer Brust lag.

»Miss Darlington!«, wurde sie von einer Gruppe Debütantinnen überschwänglich begrüßt, die ihr auf den letzten Bällen vorgestellt worden waren. Sie gratulierten ihr, fragten nach Details der Hochzeit und luden sie zu Spazierfahrten und Teegesellschaften ein. Obwohl sie unter so vielen Menschen war, fühlte sie sich schrecklich einsam.

Die euphorische Stimmung von Lady Darlington verbreitete sich im ganzen Haus, als sie die Sachen packen ließ, um in das Townhouse im schicken Stadtteil Mayfair zu ziehen, das Lord Felton für seine zukünftige Schwiegermutter in der Nähe seiner Wohnung angemietet hatte. Nachdem sie ihm beständig damit in den Ohren gelegen hatte, wie schlimm ihr Mops von dem unerzogenen Kater der Familie Oakley drangsaliert wurde, hatte er ihr das Angebot unterbreitet. Schon plante Lady Darlington Soireen und Empfänge, so dass Frances vermutete, dass ihr Verlobter die Schulden der Mutter beglichen hatte. Die Ausgestoßene, über die man sich die letzten zwei Jahre das Maul zerrissen hatte, war auf einmal wieder ganz gefragt. Und Lady Darlington war entschlossen, diesen Triumph auszukosten, Hof zu halten und die feinen Damen, vor denen sie am Anfang der Saison katzbuckeln musste, vor ihr knicksen zu lassen.

Frances hatte sich geweigert, mit ihr umzuziehen. Sie wollte bei Rose bleiben – und bei Daniel. Auch wenn dieser sie wie eine Fremde behandelte. Zwar war er weiterhin freundlich zu ihr, aber merklich distanziert. Nur noch zwei Tage, dann würde er abreisen. Sie konnte nicht daran denken, ohne die Kontrolle über ihre Gefühle zu verlieren. Daher flüchtete sie sich zu Anthea und ihrer Familie. Ihre Schwester fiel ihr um den Hals, als sie ihr den Ring zeigte und ihr von den Neuigkeiten erzählte, und auch Warwick drückte sie an seine Brust. »Du musst mir alles ganz genau erzählen«, erklärte Anthea und zog sie mit ins Schlafzimmer, wo Lillias schlief. Während die Schwester das Band löste, mit dem ihr Dekolleté am Ausschnitt zusammengerafft war, und ihre Brust herausholte, um ihr Neugeborenes zu stillen, lächelte sie. »Bist du sehr in den Lord verliebt?«

»Er ist attraktiv«, wich Frances aus. Anthea lachte auf.

»Ah, ich verstehe.« Sie zwinkerte ihr zu.

Frances überlegte, ob sie ihr unter Umständen die Wahrheit über die Verlobung anvertrauen konnte, da öffnete die kleine Franny den Mund so weit, dass ein roter Gaumen zum Vorschein kam, und fing zu schreien an. Anthea machte beruhigende Geräusche, während sie das Baby an ihre Brust legte. Fasziniert sah Frances zu, wie es mit dem Mund hektisch die große Brustwarze suchte, um fest daran zu saugen.

»Sie sieht aus wie du«, befand Anthea. Frances musterte das winzige Wesen, auf dessen Kopf ein Flaum aus dünnen schwarzen Haaren wuchs. Es erschien ihr als großes Wunder, dass ihre Schwester und ihr Schwager einen derart perfekten kleinen Menschen zustande gebracht hatten. Und nicht nur einen, dachte sie, als sie mit Zärtlichkeit zu Lillias hinüberblickte. Sie streckte die Hand aus und fuhr damit vorsichtig über das verschwitzte Köpfchen.

»Wie ist das eigentlich, Mutter zu sein?«, fragte sie nachdenklich.

Anthea lächelte. »Anstrengend. Wirklich anstrengend. Die Kleine will nachts alle zwei, drei Stunden trinken, und morgens wacht Lillias in aller Herrgottsfrühe auf und möchte mit uns spielen. Ich bin sehr müde.« Wie um dies zu unterstreichen, gähnte sie, dann sah sie mit einem glücklichen Lächeln zu ihrem Baby hinab, das den Mund wieder öffnete, als es die Brustwarze losließ. Anthea nahm es auf den Arm, legte es über ihre Schulter und klopfte dem Säugling vorsichtig auf den Rücken. »Zum Glück habe ich Warwick«, fuhr sie fort. »Er hilft mir, wo er nur kann. Wenn die Kleine nachts schreit, geht er mit ihr auf und ab, damit ich schlafen kann. Und wie liebevoll er mit den Kindern ist! Seitdem er Vater ist, liebe ich ihn fast noch mehr. Falls das überhaupt möglich ist.« Sie lachte auf und ergriff mit einer Hand die von Frances. »Ich wünsche dir einen Mann wie Warwick. Einen, der dir den Rücken stärkt, was auch immer geschieht. Der dich so liebt, wie du bist.«

Frances schluckte. Lord Felton liebte sie nicht und würde sie nie lieben. Vielleicht könnte er lernen, ihre Anwesenheit in seinem Leben zu tolerieren, aber mehr würde sicher nicht zwischen ihnen passieren. Während sie noch nachdachte, stieß Klein Frances einen lauten Rülpser aus, und ein Schwall Muttermilch floss über Antheas Kleid.

Durch das Fenster ihres Zimmers blickte Frances nach unten auf die Straße, um Ausschau nach Rose zu halten, die mit Prudence einen Spaziergang gemacht hatte. Als sie die

Freundinnen endlich zurückkommen sah, die alte Nanny im Schlepptau, hoffte sie, dass Prudence nach Hause gehen und Rose allein lassen würde. Tatsächlich wandte diese sich mit einem Winken ab. Frances nahm zwei Treppenstufen auf einmal, um so schnell wie möglich mit Rose reden zu können. Die lachte, als Frances in der Halle auf sie zugestürmt kam und sie in die Bibliothek ziehen wollte. »Lass mich erst mal meinen Hut und meinen Mantel ablegen.«

Aber Frances hatte keine Geduld. Sie zog Rose mit sich und schloss die Tür hinter ihnen, dann platzte sie mit ihrem Anliegen heraus: »Glaubst du, Lord Felton könnte sich jemals körperlich für mich interessieren, wenn wir erst mal verheiratet sind?«

»Das glaube ich nicht.«

»Warum nicht?«, hakte Frances nach.

»Weil …« Rose wand sich. »Ich weiß es natürlich nicht mit Bestimmtheit, vermutlich gibt es Menschen, die beide Geschlechter lieben. Aber wenn der Lord ausschließlich Männer liebt, wird sich das durch eine Heirat nicht ändern.«

»Wie kannst du dir da so sicher sein?«, gab Frances unglücklich zurück.

»Weil ich Frauen liebe und mich niemals überwinden könnte, freiwillig mit einem Mann intim zu sein«, platzte es aus Rose heraus. Verblüfft blickte Frances sie an.

»Du liebst Frauen? Romantisch meinst du?«

Rose nickte. Frances sah sie nachdenklich an. Vieles, was die Freundin in der Vergangenheit getan und gesagt hatte, ergab nun deutlich mehr Sinn. Die ganze bisherige Saison über hatte Rose nie Interesse daran gezeigt, Verehrer zu gewinnen, verheiratet zu werden oder auch nur mit einem Mann zu tanzen, obwohl Tanzen eigentlich ihre Leidenschaft war. Dennoch hatte Frances schon öfter mal gedacht, dass Rose, wenn sie von Liebe sprach, so redete, als hätte sie dieses Gefühl bereits empfunden. »Und du fühlst dich körperlich wirklich nur zu Frauen hingezogen?«

»Ja.« Rose sah sie offen an. »Ich empfinde nicht das Geringste für Männer.«

»Warst du schon mal so richtig in eine Frau verliebt?«

Die Antwort ließ auf sich warten. »Ja«, sagte Rose dann. Frances konnte es sich nicht vorstellen, aber sie hatte sich ja auch nicht vorstellen können, was der Lord mit Mister Ghosh anstellte.

»Kenne ich sie?«, wagte sie zu fragen. Diesmal ließ sich Rose noch mehr Zeit, bis sie nickte.

»Wirklich?« Frances war erstaunt. Bevor sie jedoch interessiert nachhaken konnte, lenkte Rose vom Thema ab: »Sieh es mal so, es hat auch gute Seiten, wenn Lord Felton nur Männer liebt. Immerhin heißt das, dass du dann nie im Kindsbett sterben wirst.«

Als sich Frances an den langen Tisch der Oakleys setzte, an dem die anderen bereits platziert waren, wanderten ihre Augen zu Daniel. Er saß ihr steif und aufrecht gegenüber und blickte sie nicht einmal an. Seit dem Maskenball ging er so distanziert mit ihr um, als hätte er ihr nie den Eimer gehalten, als gäbe es ihre vertrauten Scherze, die Wette oder seine Offenbarung über den Krieg gar nicht. Oder den Kuss. Frances schluckte. Es war sein letzter Abend. Morgen würde er zu seinem Regiment reisen, und sie würde ihn vermutlich nie wiedersehen. Der Druck auf ihrer Brust wurde größer und größer.

»Du bist sicher sehr mit deiner Brautausstattung beschäftigt«, wurden ihre Gedanken von Mrs Griffin unterbrochen.

»Es gibt vor der Hochzeit noch so viel zu erledigen«, erwiderte Frances vage, denn es war ihre Mutter und nicht sie selbst, die nicht müde wurde, Materialien und Farben für das Hochzeitskleid und die Garderobe einer verheirateten Lady auszusuchen. Sie hatte bereits neue Kleider in Rosa, Weiß, Pink und mit goldenen Stickereien bestellt, dazu Hüte und passende Schals, bemalte Fächer, etliche Schuhe, mit Spitze besetzte Nachthemden, mehrere Seidenstrümpfe und unzählige verzierte Taschentücher. Und Frances hatte den Eindruck, dass es damit längst noch nicht getan war.

»Du musst so aufgeregt vor dem wichtigsten Tag in deinem Leben sein«, meinte Lady Oakley, während sie ihre Suppe schlürfte.

»Hm«, sagte Frances vage.

»Ich war so nervös, dass ich die Nacht vor der Hochzeit gar nicht schlafen konnte.« Lady Oakley fing an, von ihrer eigenen Zeit als erwartungsvolle Braut zu erzählen, woraufhin Frances ihre Blicke schweifen ließ. Rose saß neben einem unverheirateten Baronet und nickte höflich, wenn dieser etwas sagte. Manchmal lächelte sie auch, aber das Lächeln erreichte ihre Augen nicht. Frances dachte über die Offenbarung der Freundin nach, dass sie Frauen liebte. In diesem Moment bemerkte sie, wie Rose einen Blick zu Prudence hinüberwarf, und fragte sich verwundert, ob darin tatsächlich Zärtlichkeit lag, oder ob sie sich das nur einbildete.

Das Geräusch eines Messers, das gegen ein Weinglas geschlagen wurde, ließ sie aufmerken. Sir William war aufgestanden. Offenbar hatte er vergessen, dass eine mit Soße befleckte Stoffserviette in seinem Kragen steckte. Er räusperte sich, bis die Gespräche am Tisch verstummt waren. »Liebe Gäste. Heute Abend schwillt meine Brust voller Stolz, weil mein jüngster Sohn wieder in den Kampf gegen die Franzosen ziehen wird. Trinken Sie mit mir auf das Wohl von Major Daniel Oakley und auf den Sieg über Napoleon!«

Alle erhoben ihre Gläser, auch Daniel, bloß Frances zögerte. Sie starrte auf ihren Teller, damit niemand bemerkte, dass sich ihre Augen mit Tränen füllten. Als sie sich soweit gefangen hatte, dass sie sicher war, nicht loszuweinen, sah sie auf. Und blickte geradewegs in Daniels Augen. Für einen Moment hielt sie seinen Blick. Er warf ihr ein Lächeln zu, ein wenig schwermütig zwar, aber es berührte etwas ganz tief in ihr.

Durch das geöffnete Fenster hörte Frances gedämpft das Klappern von Geschirr und Töpfen, während in der Küche abgewaschen wurde. Die Luft, die ins Zimmer drang, kühlte ihre heißen Wangen. Sie dachte daran, dass nur wenige Zimmer weit entfernt Daniel in seinem Bett lag. Ob er diese Nacht Schlaf finden würde? Oder würden ihn seine Alpträume wieder quälen? Sie stellte sich seinen Kopf auf dem Kissen vor, sein lockiges Haar leicht zerzaust, mit geschlossenen Lidern. Dann erinnerte sie sich an seinen Mund mit den warmen, weichen Lippen. Und daran, wie sich seine Zungenspitze an ihren Zähnen angefühlt hatte. Ihr ganzer Körper spannte sich an. Sie wollte Daniel erneut küssen, ihn schmecken, riechen, sich an ihn drücken und ihn nie wieder loslassen. Es war die letzte Nacht, die sie jemals gemeinsam unter einem Dach verbringen würden. Die letzte Gelegenheit. Sie dachte an die Zukunft, wenn sie mit Lord Felton verheiratet sein würde, und an eine Ehe ohne Leidenschaft. Womöglich würde sie nie die Erfüllung ihres Verlangens erleben. Wenn nicht …

Entschlossen setzte sie sich in ihrem Bett auf. Ihr Herz raste, als sie zur Tür ging und den Flur betrat. Ihr war bewusst, dass das, was sie vorhatte, unerhört war. Doch es war ihr egal. Sie hatte nur diese eine Nacht. Leise, ganz leise schlich sie den Flur entlang und zählte die Türen auf der linken Seite. Als sie bei Daniels Zimmer angelangt war, stockte sie. Was, wenn sie sich geirrt hatte? Wenn womöglich Sir William oder einer der Hausgäste hier schlief? Der Skandal würde vernichtend sein. Wenn herauskäme, dass sie sich zu einem Mann ins Schlafzimmer gestohlen hatte, würde der Lord die Verlobung umgehend auflösen müssen. In diesem Augenblick war ihr jedoch alles andere egal. So sachte wie möglich drückte sie die Klinke herunter. Als die Tür einen Spalt aufging, lauschte sie ins Zimmer. Sie trat einen Schritt hinein. Und noch einen. Es war fast völlig dunkel im Raum. Ganz schwach erkannte sie die Umrisse eines Bettes. Darauf bewegte sie sich zu. Mit den Händen tastete sie nach Daniel, unsicher, ob er es wirklich war. Ihr Herzschlag dröhnte in ihrem Kopf, als ihre Finger seine Wange berührten. Da fuhr er hoch, schlug ihre Hand weg und sprang auf. »Wer ist da?«

Sie wagte es erst nicht, sich zu rühren. »Daniel«, flüsterte sie.

»Frances?« Seine Stimme klang verwirrt. »Was tust du hier?«

»Willst du mich küssen?«, fragte sie.

Sie hörte, wie er scharf einatmete. Dann fand ihr Mund den seinen. Es dauerte einen Moment, bis Daniel ihren Kuss mit einer Leidenschaft erwiderte, die ihre nur noch mehr anfachte. Seine Hand griff in ihr Haar und zog sie näher an sich heran. Ihre Finger zerrten am Stoff seines Hemdes und zogen es hoch, bis ihre Fingerkuppen endlich die Haut seines Rückens berührten. Sie streichelte die Muskelstränge neben seiner Wirbelsäule entlang nach oben bis zu den Schulterblättern. Seine freie Hand umfasste ihre linke Pobacke. Ihr entfuhr ein Seufzer, während sie mit der Zungenspitze über sein Ohrläppchen leckte. Alles passierte unwillkürlich, ohne dass sie sich auch nur einen Gedanken darüber machte. Es war, als wüsste ihr Körper unabhängig von ihr, was zu tun war. Sie spürte, wie Daniel sich in ihren Armen streckte, um sich im Anschluss noch stärker an sie zu drängen. Jetzt verstand sie auch, was das Buch gemeint hatte, als es beschrieb, wie sich das Glied des Mannes aufrichtete. Sie fühlte die zunehmende Steifheit, die sich an ihr rieb. Mit atemlosen Begehren rissen ihre Hände an seinem Hemd und versuchten, es ihm auszuziehen. Er half ihr dabei und warf das Hemd von sich. Ihre Lippen wanderten seinen Hals hinunter bis zu seiner Brust. Dort kitzelten sie Haare. Er umfasste ihren linken Oberschenkel und hob ihr Bein an, so dass die pulsierende Stelle zwischen ihren Beinen auf seine Steifheit traf. Sie unterdrückte ein Stöhnen. Mit den Händen strich sie verlangend seine nackten Seiten entlang bis zu dem Bund seiner Hose, wo sie einen Augenblick verharrten. Sie konnte nichts anderes hören als ihre hektischen Atemzüge. Dann fuhr sie mit den Fingerspitzen unter den Bund. Daniel keuchte auf, ließ ihren Schenkel los und packte ihre Handgelenke. »Nicht«, sagte er leise.

»Warum nicht?«, entgegnete sie heiser.

Er entfernte sich von ihr. Sie hörte, wie er eine Zunderbüchse anstrich, um Licht zu bekommen. Die entflammte Kerze auf dem Nachttisch warf einen warmen Schein auf Daniel, der sich auf die Matratze setzte und den Kopf in den Händen vergrub. Sie betrachtete die verdächtige Ausbeulung an seiner Hose und beschloss, dass es undenkbar war, jetzt mit dem aufzuhören, was sie begonnen hatte. Sie nahm ihren Mut zusammen und zog sich bebend ihr Nachthemd über den Kopf. Vollkommen nackt stand sie vor Daniel, der langsam den Kopf hob und sie ansah. Sie spürte, wie seine Blicke über ihre großen Brüste und ihren Bauch zu der behaarten Stelle zwischen ihren Beinen wanderten, die immer stärker und stärker pulsierte. Sie wollte ihn. Und er wollte sie auch. Entschlossen ging sie auf ihn zu. Seine glänzenden Augen waren starr auf sie gerichtet, als sie sich vorbeugte, seine Hände nahm und sie an ihre Brüste legte. Sanft begann Daniel sie zu streicheln. Frances warf den Kopf in den Nacken und vergrub ihre Hände in seinen Locken. Er presste sein Gesicht an ihren Bauch. Sein warmer Atem strich über ihre Haut und versetzte sie in einen Zustand solcher Erregung, dass sie sich breitbeinig auf seinen Schoß setzte. Sie blickten sich in die Augen, während sich ihre Unterkörper auf und ab bewegten. Ihre Scham wurde durch die Reibung immer feuchter, und doch war sie von seinem Glied noch durch den Stoff seiner Hose getrennt. Frances' Wunsch, endlich zu wissen, wie ein Mann dort unten wirklich aussah, war so stark, dass sie Daniels Oberkörper auf die Matratze drückte, sich von ihm abrollte und mit zitternden Fingern die Bänder seiner Hose öffnete. Er atmete zischend durch den Mund ein, als sie den Stoff langsam herunterstreifte. Mit Staunen betrachtete sie das hervorstehende Glied, dann fiel ihr Blick auf die mit Haut überspannten Säckchen darunter und sie musste kichern. Verwirrt hob Daniel den Kopf. »Was ist? Was hast du?«

»Ich habe geglaubt, ein Mann hätte zwei Kricketbälle zwischen seinen Beinen.«

»Was?« Er sah aufgelöst aus.

»Ich hätte es besser wissen müssen«, sagte sie leise lachend, streckte die Hand aus und umfasste ihn. Unter ihrer Berührung stieß Daniel ein wimmerndes Geräusch aus.

»Hab ich dir wehgetan?« Erschrocken zog sie die Hand zurück. Er schüttelte den Kopf.

»Nein, im Gegenteil«, brachte er keuchend hervor. Entschlossen legte sie sich auf ihn. Als ihre Haut die seine berührte, bewegten sie sich für einen Augenblick beide nicht. Eine ganze Weile lagen sie splitterfasernackt aufeinander. An Daniels Hals pochte eine Ader. »Bist du dir ganz sicher?«, fragte er.

»Ja.« Sie hatte das Gefühl, platzen zu müssen, wenn nicht bald etwas geschah.

»Aber das ist nicht ohne Risiko«, setzte er noch hinzu. »Du könntest schwanger werden.« Daran hatte Frances auch schon gedacht. Und für sich entschlossen, dieses Risiko in Kauf zu nehmen. Sie würde bald heiraten und konnte sich nicht vorstellen, dass Lord Felton öffentlich verkünden lassen würde, nicht der Vater des Kindes zu sein.

»Ich will dich«, erklärte sie entschieden und fing an, sich rhythmisch auf ihm zu bewegen. Die Erregung, die sie packte, war in ihrer Intensität vollkommen überraschend für sie. Daniel legte die Arme um sie, hielt sie ganz fest und drehte sich dann mit ihr um, so dass nun sie auf dem Rücken lag und er auf ihr. Mit der Hand schob er ihre Oberschenkel auseinander und streichelte ihre Scham. Das Gefühl, das Frances durchfuhr, war überwältigend. Sie krallte ihre Hände in das Laken unter ihr, während er ihr Lust verschaffte. Als sie sicher war, es nicht länger aushalten zu können, spürte sie, wie sein Glied in sie eindrang. Es brannte zwar ein wenig, als er sich langsam in ihr bewegte, doch dies war nicht unangenehm. »Geht es dir gut?«, fragte Daniel angespannt.

Sie nickte nur und umfasste seinen Hintern mit den Händen, dabei drückte sie ihr Kreuz durch und schob ihm ihr Becken entgegen. Das, was das berüchtigte Buch als Klitoris bezeichnet hatte, pulsierte immer stärker, bis Frances in Daniels Schulter biss und dort einen kurzen, spitzen Schrei ausstieß. Unmittelbar darauf wurden seine Bewegungen heftiger. Keuchend bäumte er sich auf. Anschließend sank sein Oberkörper auf sie nieder. Ihre Oberschenkel zitterten von der Anstrengung. Sie waren beide nass geschwitzt, als er ihren Namen seufzte und ihren Hals mit Küssen bedeckte.

»Frances …« Sie wurde von Daniels Stimme und einem sachten Rütteln an ihrer Schulter geweckt. Schlaftrunken streckte sie eine Hand nach seinem Körper aus. So müde, wie sie war, regte sich trotzdem wieder Verlangen in ihr. Doch ihre Finger trafen auf Wollstoff anstelle von nackter Haut. Benommen schlug sie die Augen auf. Er stand in seiner neuen Uniform fertig angezogen vor dem Bett.

»Du musst in dein Zimmer zurück, bevor dich jemand sieht«, sagte er.

Erschrocken sprang sie auf, denn durch das Fenster drangen bereits die ersten Anzeichen von Tageslicht. Seine Augen wanderten über ihren Körper, und sie meinte, eine Spur von Erregung darin zu sehen, im nächsten Augenblick reichte er ihr jedoch das Nachthemd. »Ich halte Ausschau, damit du auf dem Flur niemanden triffst.«

Verwirrt streifte sie das Nachthemd über, während er die Tür öffnete und nach draußen spähte. Sie stellte sich neben ihn und sah ihn an.

»Die Luft ist rein.« Als er lächelte, hatte sie das Gefühl, es würde sie zerreißen. Sie konnte sich einfach nicht von ihm trennen. Er streckte eine Hand aus und streichelte ihr über die Wange. »Mach es gut, Frances.«

Sie hielt seine Hand fest und drehte ihren Kopf so, dass ihr Mund seine Handinnenfläche küssen konnte. Er schloss die Augen, dann öffnete er sie mit einem Seufzen wieder und entzog ihr die Hand. »Du musst gehen. Jeden Moment kommt eines der Dienstmädchen die Treppe hoch«, drängte er sie und trat von der Tür und damit von ihr weg. Ihre Unterlippe bebte, als ihr bewusst wurde, dass dies der Abschied war. Sie hoffte, dass er etwas sagen würde, um sie zurückzuhalten, stattdessen band sich Daniel seinen Degen um. Er würde zu seiner Garnison zurückkehren, um mit seinem Regiment in wenigen Wochen in einen Krieg aufzubrechen, der Tausende von Leben kosten würde. Womöglich auch sein eigenes.

»Bitte komm nicht nach unten, wenn meine Eltern sich von mir verabschieden«, sagte er noch, dann lief sie davon und schloss sich in ihrem Zimmer ein. Tränen liefen über ihre Wangen, bis sie das Gefühl hatte, nicht mehr weinen zu können.

Sacht streichelte Frances über die weichen Nüstern des Hengstes, den Daniel im Stall seiner Eltern zurückgelassen hatte. Sie verstand, warum er sich von Thane getrennt hatte, als sie an das Schicksal der Reittiere dachte, die die Soldaten vor ihrer Flucht aus Spanien hatten erschießen mussten. Nun war Thane das Einzige, was ihr von Daniel geblieben war. Als der Hengst schnaubte, strich sein Atem über ihre Haut. Seine Augen waren so groß und schwarz, dass sie sich darin gespiegelt sah.

»Ich wünschte, er würde bei uns bleiben«, flüsterte sie.

»Willst du ausreiten?«, sprach Rose sie an. Aus Angst, die Freundin könnte ihr den Schmerz über die Trennung von

Daniel ansehen, drehte sie sich nicht zu ihr um. Sie konnte es noch immer nicht fassen, dass das Glück in seinen Armen so rasch von dieser Trauer abgelöst worden war.

»Was ist los? Warum hast du dich gar nicht von Daniel verabschiedet?«, wollte Rose wissen. Auf der einen Seite brannte Frances darauf, ihr zu erzählen, was sie erlebt hatte, gleichzeitig wollte sie das Wissen darum für sich behalten, es für immer in sich verschließen, um es nie zu verlieren.

»Ich hatte ihm gestern schon auf Wiedersehen gesagt«, sagte sie. »Und ich war noch müde.«

Sie wurden vom Stallburschen unterbrochen, der den Hengst zu satteln begann.

Rose und Frances ritten Seite an Seite durch den Hydepark. Der Stallbursche folgte ihnen mit Abstand. Auf dem Wasser jagte ein Schwan einen anderen. Die dumpfen, schweren Flügelschläge hallten zu ihnen herüber.

»Alles geht jetzt langsam dem Ende zu«, sagte Rose auf einmal.

»Wie meinst du das?«, fragte Frances.

»Daniel ist weg, du wirst heiraten, als Nächstes wird sich Prudence verloben, und ich werde allein zurückbleiben«, erwiderte die Freundin niedergeschlagen.

»Willst du denn niemals heiraten?«, erkundigte Frances sich.

»Ich? Du weißt doch, dass ich niemals einen Mann lieben könnte. Und ein Leben ganz ohne Liebe? Wie erbärmlich wäre das.« Rose stockte und sah Frances von der Seite an. »Verzeihung. Ich habe nur von mir geredet.«

»Du hast ja recht«, entfuhr es Frances. Nun, wo sie wusste, wie erfüllend sich die Liebe zwischen zwei Menschen anfühlte, war die Vorstellung, für immer darauf verzichten zu müssen, ein Graus. Konnte sie sich wirklich auf ein Leben an der Seite des Lords einlassen, der sie nicht liebte, sondern einen anderen? Wie könnte sie jeden Morgen mit dem Wissen darum aufwachen, dass niemand sie je wieder so berühren würde, wie es Daniel getan hatte? Frances' Augen fingen zu brennen an. Sie nahm die Zügel fest in ihre behandschuhten Hände, schnalzte mit der Zunge, drückte das linke Knie nach oben und klammerte sich mit dem rechten um das Horn des Sattels, als Thane in Galopp verfiel.

»Warte!«, rief Rose ihr nach, aber Frances zügelte das Pferd nicht, während sie die Allee entlangritten. Erst raste ihr Puls vor Angst, da Äste ihr ins Gesicht peitschten und ihr beinahe den Hut vom Kopf gerissen hätten. Je länger sie sich jedoch auf dem Rücken des Hengstes hielt, desto größer wurde das Gefühl von Freiheit in ihr. Der Schmerz wegen der Trennung von Daniel hörte nicht auf, doch sie spürte, dass ihr die Nacht mit ihm etwas gegeben hatte. Noch niemals hatte sie sich derart im Einklang mit ihrem Körper gefühlt, und nie zuvor hatte sie so sicher gewusst, was sie sich für ihr Leben erhoffte.

Rose schloss neben ihr auf und blickte sie erstaunt an. »Seit wann traust du dich zu galoppieren?«

Frances lächelte sie wehmütig und befreit zugleich an.

Lord Felton hatte Frances untergehakt, als sie durch Kensington Gardens flanierten, der vom Hydepark mit einem langen Graben, dem Ha-ha, abgegrenzt war. Mister Ghosh lief vor ihnen her, hinter ihnen gingen Rose und Prudence, am Schluss folgte die Nanny. Wie immer warfen die Debütantinnen und ihre Mütter, die ihnen entgegenkamen, Frances neidvolle Blicke zu. Als sie sicher war, dass die anderen weit genug entfernt waren, um sie nicht hören zu können, nahm sie ihren Mut zusammen. »Mein Lord, ich kann Sie nicht heiraten.«

»Was haben Sie gesagt?« Verwundert blickte er sie an.

»Ich weiß, ich habe Sie dazu gedrängt, sich mit mir zu verloben. Das war falsch, und es tut mir aufrichtig leid«, platzte es aus ihr hervor.

»Ich verstehe Sie nicht«, entgegnete der Lord.

»Ich verstehe mich auch nicht richtig«, gab sie zu. »Nur weiß ich jetzt, dass ich keinen Mann heiraten kann, der mich nicht liebt. Ein Leben ganz ohne Liebe, das wäre ein erbärmliches Leben. Können Sie das verstehen?«

Er sah sie verärgert an. »Natürlich kann ich das verstehen. Ich habe schon oft gedacht, dass eine Frau an meiner Seite mein Leben vereinfachen könnte, weil niemand mich dann verdächtigen würde, Männer zu lieben. Aber was meinen Sie, warum ich nie zuvor geheiratet habe? Weil ich keine Frau unwissentlich zu diesem Schicksal verdammen wollte.« Der Ärger in seinem Blick verschwand, als Mister Ghosh sich zu ihm umdrehte und ihn anlächelte. Das Gesicht des Lords hellte sich auf, und als er sich Frances wieder zuwandte, meinte sie, so etwas wie Mitgefühl darin zu lesen. »Die Ehe hat durchaus gewisse Vorteile für mich. Meine Familie würde mir nicht mehr damit in den Ohren liegen, dass ich für einen Erben zu sorgen habe. Und ich müsste keine Angst mehr haben, dass die Wahrheit über das Verhältnis zwischen Ravi und mir in der Gesellschaft die Runde machen könnte. Meine Ehefrau wäre mein Alibi. Und dann kamen Sie und wussten bereits alles und waren trotzdem bereit, sich darauf einzulassen …«

»Ich habe da nur noch nicht gewusst, was Liebe wirklich ist«, erklärte sie sich.

Sie setzten ihren Weg schweigend fort. »Und was geschieht jetzt?«, fragte Lord Felton.

»Ich kann unsere Verlobung offiziell nicht auflösen, sonst würde mich meine Mutter ins Asylum stecken. Das müssen Sie machen, bitte.«

»Sind sie wirklich sicher?«, hakte er nach. »Das wird einen Skandal geben.«

Sie nickte ernst. »Ich bin mir absolut sicher.« Dann zog sie den Ring ab, den er ihr geschenkt hatte, und gab ihn ihm.

»Das war's also mit uns«, sagte der Lord. Sie atmete durch und nickte. Danach fühlte sie sich viel leichter an, was nicht an dem Gewicht des Schmuckstücks lag.

Kapitel 24

Der Skandal nach der Auflösung der Verlobung war tatsächlich groß. Die Wut von Lady Darlington jedoch noch wesentlich größer. Auch wenn Frances in den Augen der Gesellschaft nicht dafür verantwortlich war – immerhin hatte der als wankelmütig geltende Lord sein Eheversprechen zurückgezogen –, ließ die Lady ihren Unmut trotzdem an Frances aus. Zumal sie aus dem Townhouse ausziehen musste, das Lord Felton für sie angemietet hatte. Lady Oakley hatte sie zwar wieder bei sich aufgenommen, ihr gleichzeitig aber auch nahegelegt, für sich und Frances bald eine neue Unterkunft zu suchen. Außerdem waren die Versuche Lady Darlingtons, Lord Spinner abermals einzufangen, bisher vergeblich gewesen.

Die Angelegenheit wurde dadurch, dass sie schlagartig keine Einladungen mehr erhielten, nicht gerade erträglicher. Ungeachtet der Schuldfrage wollte man sich mit einer Verliererin lieber nicht abgeben.

Frances verließ das Haus nicht mehr oft. Einzig Anthea, Warwick und die Kinder waren ihre Zuflucht. Bei ihnen konnte sie für eine Weile vergessen, was für ein Paria aus ihr geworden war. Sie war gerade erst wieder auf einen Besuch bei ihnen gewesen, als sie zum Townhouse der Oakleys zurückkehrte. Verwundert blickte sie auf einen Rücken in einer roten Uniformjacke und fragte sich schon, ob ihre Phantasie ihr einen Streich spielte, da drehte der Mann sich um. Es war tatsächlich Daniel. Keuchend stieß sie die Luft aus. Er kam einen Schritt vor, griff sie am Arm und zog sie zum Eingang der Dienstboten, wo sie vor den Blicken der Passanten geschützt waren.

»Daniel!« Sie konnte nicht fassen, ihn wiederzusehen. Ihr Herz schlug wild, als sie ihm gegenüberstand. Er war zurückgekommen. Zu ihr. Ihre Hände griffen nach seinen, und sie stellte sich auf die Zehenspitzen, um ihn zu küssen. Er entzog sich ihr, bevor sie ihm für einen Kuss auch nur nahe genug gekommen war, und verschränkte die Hände hinter dem Rücken. Enttäuschung durchfuhr sie.

»Wieso bist du hier?« Sie forschte in seinem Gesicht nach der Zärtlichkeit, mit der er sie in jener Nacht angesehen hatte, doch sie konnte keine Spur davon entdecken.

»Ich habe gehört, dass der Lord eure Verlobung aufgelöst hat. Deshalb habe ich einen Gefallen eingefordert und die Erlaubnis erhalten, nach London zu reisen.«

»Ja?« Sie hoffte, dass sie sich seine abweisende Haltung nur einbildete, und wartete auf eine zärtliche Berührung, eine liebevolle Geste, irgendetwas.

»Ich dachte«, begann er, dann unterbrach er, weil er sich räuspern musste. »Es kann ja sein, dass du ein Kind bekommst. Und damit du nicht entehrt bist, sollten wir heiraten.«

Was immer Frances erwartet hatte, dies war es nicht. Schmerz darüber, dass es ihm nur darum ging, ihre Ehre zu retten, durchfuhr sie. »Nein«, erwiderte sie heftig.

»Wie bitte?« Er blinzelte.

»Keine Angst, du musst dich wegen einer leichtsinnigen Nacht nicht für immer an mich binden. Du bist frei, zu tun, was du möchtest.«

»Ich verstehe nicht.«

»Glaubst du, ich will aus Mitleid geheiratet werden?«, warf sie ihm vor. »Du willst mich bloß heiraten, weil du glaubst, dass du sowieso nicht mehr aus dem Krieg zurückkehrst.«

Bebend vor Wut wandte sie sich ab. Erinnerungsfetzen an die Nacht mit ihm drangen in ihr hoch. Daran, wie seine Lippen sich um ihre Brustwarzen geschlossen hatten und wie sie ihre Finger in seine Locken gegraben hatte.

»Frances!« Er hielt sie zurück. Sie blieb stehen. Wenn er sie jetzt zu sich umdrehen und küssen würde … Erregung fasste sie. Er legte eine Hand auf ihre Schulter.

»Du wärst finanziell versorgt, auch wenn ich auf dem Kontinent bin«, sagte er. »Und deine Mutter könnte dich nicht mehr zwangsverheiraten oder in ein Asylum stecken. Das ist es doch, was du willst.«

Sie fuhr herum, schüttelte seine Hand ab und starrte ihn an. »Was ich will? Du hast keinen blassen Schimmer davon, was ich wirklich will.«

Damit lief sie davon. Zitternd rannte sie die Treppe zum Haupteingang hoch und ins Innere des Hauses. Er folgte ihr nicht. Im Schutz ihres Zimmers setzte sie sich auf den Boden und zog die Knie an sich heran, hielt sich selbst ganz fest und wiegte sich hin und her. Vergeblich versuchte sie, sich zu beruhigen. Jede Frau in ihrer Situation hätte den Antrag angenommen. Jede. Aber Frances wusste ja, was sie von Daniel wollte. Sie wünschte sich Liebe und kein Mitgefühl. Nicht mehr und nicht weniger.

Als jemand gegen ihre Tür schlug, fuhr sie zusammen. Obwohl sie aufgebracht war, hoffte sie darauf, es könnte Daniel sein, der ihr seine Liebe gestehen würde. Stattdessen war es seine Schwester, die völlig aufgelöst ins Zimmer kam. Noch bevor Frances fragen konnte, was geschehen war, platzte Rose damit heraus: »Es ist etwas Schreckliches passiert, Franny. Pru hat sich mit Lord Felton verlobt!«

Prudence sah von Modezeichnungen mit Hochzeitskleidern auf, als Frances und Rose hereinkamen. Mit einem scheuen Lächeln erhob sie sich und nahm Frances' Hände in die ihren. »Ich hoffe, du bist nicht allzu sauer auf mich?«

Frances blickte zu dem Ring, der an dem Finger der Freundin steckte. Es war derselbe, den der Lord ihr geschenkt hatte.

»Ich weiß nicht, was Lord Felton dir erzählt hat«, sagte sie vorsichtig, »aber nein, ich bin nicht sauer.«

Rose stand derweil starr im Raum.

»Oh, ich weiß alles«, versicherte Prudence. »Mein lieber Lord hat mir die ganze Wahrheit erzählt.«

Sie stutzte. »Das hat er?«

»Sei unbesorgt, von mir erfährt es keiner«, versicherte Prudence. »Wir sind ja beste Freundinnen.« Um ihre Worte zu unterstreichen, legte sie die Hand mit dem Ring aufs Herz, was Frances maßlos irritierte. Sie blickte sich zu Rose um, die nichts sagte.

»Ich bin froh, dass du Bescheid weißt«, erklärte Frances

ehrlich. »Ich hatte schon Sorge, du wüsstest nicht, worauf du dich einlässt.«

Nun war es an Prudence, erstaunt zu blicken. »Wieso sollte ich das nicht wissen?« Dann schickte sie das Dienstmädchen los, Schaumwein zu holen. »Wir müssen noch auf die Verlobung anstoßen«, erklärte sie. »Übrigens, Franny, ich verstehe ja, dass dir das unangenehm ist, aber ich finde, du hättest uns gegenüber offen sein können. Wir sind schließlich Freundinnen.«

»Rose wusste Bescheid«, erwiderte Frances mit schlechtem Gewissen. »Es tut mir leid, dass ich es dir nicht gesagt habe.«

»Schon gut«, winkte Prudence ab. »Vergessen wir das.« Als das Dienstmädchen mit drei Gläsern und der Flasche hereinkam, lächelte sie glücklich. »Auf die Zukunft«, sagte Prudence und hob das Glas, das das Dienstmädchen ihr reichte, Frances tat es ihr nach. Zögerlich hielt auch Rose ihr Glas in die Luft. »Wenn ich erst mal Lady Felton bin, müsst ihr mich so oft besuchen, wie es nur geht. Kommst du nach Anderley, sobald ich mich eingelebt habe, Rose?«

Die Angesprochene stürzte statt einer Antwort den Inhalt ihres Glases herunter.

»Cheers«, sagte Frances schnell. »Ich wünsche dir alles Gute, Pru.«

Prudence kicherte. »Das werde ich haben. Und so viel Schmuck und Kleider, wie ich nur will.«

»Wird dir das auf Dauer ausreichen?«, fragte Frances. »Willst du denn nicht mehr von einer Ehe?«

Prudence drehte eine Locke, die ihr aus ihrer hochgesteckten Frisur ins Gesicht fiel, in den Fingern. »Wieso sollte mir das nicht reichen? Außerdem haben der Lord und ich gemeinsame Interessen. Wir lieben beide die Kunst und das Theater. Ich hoffe, dass der Krieg bald vorbei sein wird und wir auf den Kontinent reisen können. Ich würde so gerne einmal die Uffizien in Florenz und das Kolosseum in Rom sehen.«

»Und was ist mit Mister Ghosh?«, platzte es aus Frances heraus. »Stört dich das Verhältnis zwischen ihm und dem Lord gar nicht?«

Prudence sah sie erstaunt an. »Mister Ghosh ist ein Freund. Wenn wir erst mal verheiratet sind, wird er sicher nicht mehr so oft zu Besuch kommen.«

»Mister Ghosh ist so viel mehr als das«, entfuhr es ihr. »Lord Felton wird niemals auf seine Gesellschaft verzichten, glaub es mir.« Sie begriff allmählich, dass der Lord seiner neuen Verlobten gar nicht die Wahrheit gesagt hatte. Ob er womöglich davon ausging, dass Prudence als Frances' Freundin von seiner Liebe zu Mister Ghosh wusste?

»Ich denke, als Ehefrau werde ich ein Wörtchen mitzureden haben, welche Gäste wir auf Anderley empfangen«, gab Prudence etwas hochmütig zurück.

Frances warf Rose einen verzweifelten Blick zu. Diese hatte die Arme vor dem Oberkörper verschränkt und sah aus dem Fenster. Von ihr konnte sie keine Unterstützung erwarten. Sie musste Prudence alles sagen, das war sie ihrer Freundin schuldig.

»Pru, ich weiß nicht, was du für den Grund für die Auflösung meiner Verlobung mit dem Lord hältst«, setzte sie an.

»Deine fehlende Mitgift«, erklärte Prudence geradeheraus. »Deine Mutter hat lauter Schulden gemacht, und mein Lord hat sie vor dem Schuldnergefängnis bewahrt, indem er Tausende von Pfund bezahlt hat.«

»Das stimmt zwar, aber ich habe die Verlobung beendet, weil ich mir ein Leben ohne Liebe einfach nicht vorstellen kann. Und das bedeutet eine Ehe mit dem Lord für jede Frau, glaub mir.«

»Das kann ich mir nicht vorstellen«, erwiderte Prudence. »Der Lord ist attraktiv, gebildet und reich. Er hat alle Attribute, die ich an einem Mann schätze. Ich bin mir sicher, dass wir einander lieben werden.«

»Nein, Pru, wirkliche Liebe ist ganz anders. Erfüllend …«

Die Freundin lachte auf. »Als ob ausgerechnet du etwas davon verstehst!«

Frances schluckte. Sie überlegte, es dabei zu belassen und Lord Feltons Geheimnis für sich zu behalten. Doch Prudence war ihre Freundin, trotz allem, was zwischen ihnen geschehen war. Und es war nicht fair, dass sie keine Ahnung hatte, worauf sie sich mit einer Heirat einließ. »Mister Ghosh und der Lord lieben sich«, verriet Frances.

»Natürlich tun sie das«, erwiderte Prudence unbeeindruckt. »Sie sind beste Freunde.«

»Nein«, widersprach sie. »Sie sind mehr als das.«

»Unfug.«

»Ich habe es gesehen«, insistierte Frances.

»Was hast du gesehen?« Prudence sah sie misstrauisch an.

»Dass der Lord und Mister Ghosh intim miteinander waren. Im Bett.«

»Das hast du dir ausgedacht«, wehrte Prudence ab, dennoch sah man ihr an, dass es in ihr arbeitete.

»Es ist wahr, Pru«, versicherte Frances. Rose ging daraufhin zu der Freundin und nahm ihre Hand.

»Es tut mir leid«, sagte sie. Prudence zog ihre Hand weg.

»Nein, mir tut es leid«, erklärte sie wütend. »Dass ihr hier solche Lügen verbreitet. Du bist ja nur eifersüchtig, dass der Lord die Verlobung zu dir aufgelöst hat und mich heiraten will, Frances!«

»Versteh bitte.« Rose legte die Arme um sie. »Er wird dich nie lieben.«

»Was weißt du denn schon von Liebe?«

»Ich … Wir …«, stammelte Rose.

»Das zwischen uns war nie etwas anderes als eine unbedeutende Laune.« Kaum hatte Prudence dies ausgesprochen, ließ Rose ihre Arme fallen und starrte die Freundin fassungslos an. Frances begriff, dass die beiden eine heimliche Liebesaffäre hatten. Nun stürmte Rose nach draußen. Frances zögerte keinen Augenblick, ließ Prudence stehen und folgte Rose.

In ihrem Zimmer hatte diese sich auf ihr Bett geworfen und schluchzte. Frances legte sich neben sie und zog sie an sich heran. Rose weinte an ihrer Brust, während Frances sie einfach nur festhielt und ihr beruhigend über den Rücken streichelte. Sie verstand, dass die Freundin an Liebeskummer litt, und dachte darüber nach, wie oft Prudence bei Rose übernachtet hatte. Und wie ungehalten Rose gewesen war, wenn Frances ebenfalls bei ihnen schlafen wollte. Ihr fiel ein, wie zärtlich Rose der Freundin die Haare gemacht oder eng umschlungen mit ihr getanzt hatte. Mitfühlend strich Frances ihr die nass geweinten Strähnen aus dem Gesicht. Rose schnäuzte sich in ein Taschentuch, nachdem sie sich ein wenig beruhigt hatte. Ihre Augen waren ganz geschwollen und gerötet.

»Es tut mir leid, dass ich das zwischen Pru und dir nie mitbekommen habe«, sagte Frances. »Ich muss mich wie ein Trampel zwischen euch gedrängt haben. Wann ist das überhaupt passiert?«

»Dass ich Pru liebe, habe ich schon vor über einem Jahr gespürt. Wir sind uns aber erst kürzlich nähergekommen. Zum ersten Mal auf der Reise in der Kabine des Kapitäns«, erzählte Rose. »Da haben wir uns geküsst. Und später in London, wenn wir allein waren, da haben wir uns auch gestreichelt. Aber du hast Pru ja gehört. Es war nichts weiter als eine ›unbedeutende Laune‹.«

Sie schluchzte erneut auf, und Frances schloss sie wieder in die Arme, während Rose weitere Tränen vergoss.

»Wir können uns nicht für immer hier verkriechen«, erklärte Frances der leidenden Rose, die ein Nachthemd von Prudence trug, das diese bei ihr vergessen hatte, und morgens gar nicht mehr aus dem Bett aufstehen wollte. Vor Lady Oakley hatte Frances behauptet, Rose sei krank geworden, und es stimmte ja auch, denn sie litt unter einem gebrochenen Herzen. Während Frances die Tage bei ihrer Freundin verbrachte, hatte sie in sich hineingespürt. Ihr eigenes Herz war schwer, wenn sie an Daniel dachte, dennoch bedauerte sie die Absage nicht. Sie wollte aus Liebe heiraten, daran hatte sich nichts geändert.

Allmählich war es an der Zeit, sich wieder dem Leben draußen zuzuwenden. Rose müffelte schon, deshalb drängte Frances sie dazu, sich zu waschen und ein sauberes Kleid anzuziehen. Widerstrebend ließ Rose sich dazu überreden, eine Suppe zu essen und danach das Haus zu verlassen. Sie suchten Kensington Gardens auf, um eine Runde zu drehen. Die Sonne trat durch die Wolken, obwohl ihre Füße auf Hagelkörner traten, die es kurz zuvor vom Himmel geregnet hatte. Leider lockte die Sonne reichlich Spaziergänger hervor, so dass Frances sich einigen hämischen und mitleidigen Blicken ausgesetzt fühlte. Sie ertrug diese stoisch und hielt Rose untergehakt. Als eine Stockentenmutter mit einer Schar Küken ihren Weg kreuzte und aufgeregt zu schnattern begann, schenkte Rose ihr ein erstes scheues Lächeln.

Ihre Stimmung schlug jedoch abrupt um, als ihnen Lord Felton und Prudence Arm in Arm entgegenkamen, gefolgt von Mrs Griffin und Mister Ghosh. Rose versteifte sich.

»Lass uns umkehren«, bot Frances an.

»Nein, da muss ich jetzt durch«, sagte Rose. »Danach wird es hoffentlich besser.« Also gingen sie weiter auf die Gruppe zu. Als sie sie erreicht hatten, begrüßten sie sich befangen. Frances fiel auf, wie viel Anspannung zwischen allen herrschte. Der Einzige, der sich unbekümmert gab, war der Lord. Er lachte über die Aufmerksamkeit, die ihr Zusammentreffen hervorrief. Tatsächlich drehten sich sämtliche Gentlemen und Ladys nach ihnen um. »Warum geben wir Ihnen nicht etwas, über das sie sich das Maul zerreißen können«, schlug er vor. »Wenn Sie sich uns anschließen wollen?«

»Ja, bitte, Miss Oakley, ich habe Sie so lange nicht mehr gesehen«, sagte Mrs Griffin und offerierte Rose den Arm. Frances wechselte einen schnellen Blick mit der Freundin, die unmerklich nickte.

»Na schön«, willigte Frances ein, und sie gesellte sich zu Mister Ghosh. Der Lord und Prudence führten die Gruppe wieder an. Sie mussten ein merkwürdiges Bild abgeben, dachte Frances. Der Lord mit seiner neuen Verlobten, während seine alte Verlobte mit seinem besten Freund hinterherlief. Sie blickte Mister Ghosh an, dessen Stirn in Falten gelegt war.

»Es tut mir leid, dass ich oft so abweisend zu Ihnen war«, sagte er.

»Danke, aber ich verstehe, warum Sie das waren. Es ist sicher alles nicht leicht für Sie«, entfuhr es ihr.

»Der Lord versucht nur, Gerüchte zu verhindern«, entgegnete er.

»Ich würde ihn garantiert nicht verraten«, versicherte Frances.

»Es hätte trotzdem Gerede gegeben, sobald die Verlobung mit Ihnen aufgelöst war. Es ist ja nicht so, als ob noch nie jemand Verdacht geschöpft hätte. Ezra, ich meine, Lord Felton ist dem Skandal zuvorgekommen, um uns zu schützen.«

»Es kann trotzdem nicht schön für Sie sein, ihn mit seiner Frau teilen zu müssen«, stellte Frances fest. Mister Ghosh senkte den Kopf.

»Es ist fürchterlich, mit so einer Lüge leben zu müssen.« Er blickte niedergeschlagen in Prudence' Richtung, die stolz am Arm des Lords den Weg entlangschritt. »Sie denkt, der Lord würde sie lieben. Wie lange wird sie versuchen, um etwas zu kämpfen, das sie nie haben kann? Und wenn sie irgendwann aufgibt, sein Herz zu gewinnen, wie verbittert wird sie dann sein?«

»Falls es Sie beruhigt, Miss Griffin weiß über Lord Feltons wahre Gefühle Bescheid. Es scheint, als habe sie sich damit arrangiert.«

Mister Ghosh sah nicht überzeugt aus. »Ohne Liebe kann es im Leben sehr einsam sein.«

»Aber mit Liebe sind wir auch oft einsam«, platzte es aus ihr heraus. Mister Ghosh lächelte sie wehmütig an.

Der Tag der Hochzeit zwischen Lord Felton und Prudence begann mit einer großen Erleichterung für Frances, da ihre Menstruation eingesetzt hatte. Sie konnte nun sicher sein, dass die Nacht mit Daniel keine unerwünschten Folgen für sie hatte. Befreit setzte sie sich zu Rose an den Frühstückstisch, die ihr gekochtes Ei mit so viel Kraft köpfte, dass das Käppchen über den Tisch flog.

»Wen hast du dir denn dabei vorgestellt?«, fragte Frances lachend.

Da platze Prudence fahrig und aufgelöst herein und vergewisserte sich, dass außer Frances und Rose niemand im Speisezimmer war. »Ich muss unbedingt mit dir sprechen, Rose.«

»Was willst du?«, entgegnete diese distanziert.

»Können wir in dein Zimmer gehen?«, bat Prudence.

»Franny kann alles hören, was du zu sagen hast.«

Unsicher blickte Prudence zu Frances, dann seufzte sie auf. »Na, schön. Pass auf, Rose, ich habe mir was überlegt. Wie wäre es, wenn du nach der Heirat mit mir und dem Lord nach Anderley ziehst? Du könntest Mister Ghosh heiraten, und wir wären für immer zusammen.«

Erschrocken blickte Frances auf. Ihr wurde klar, dass sie drauf und dran war, beide Freundinnen zu verlieren.

»Das geht nicht«, sagte Rose abweisend.

»Warum denn nicht? Ich dachte, du liebst mich.« Prudence blickte sie flehentlich an. Rose rieb sich mit den Händen über das Gesicht, bevor sie antwortete.

»Ja, das tue ich. Aber meine Liebe reicht nicht für uns beide aus. Ich will genauso stark zurückgeliebt werden, wie ich liebe. Ich werde mich nicht mit den halb garen Gefühlen zufriedengeben, die du mir gegenüber aufbringst.« Damit stand sie auf und ging aus dem Raum. Prudence sah ihr gekränkt nach, dann traten Tränen in ihre Augen.

»Was ist los, Pru?«, sprach Frances sie mitfühlend an. Bevor sie sich versah, war die Freundin ihr um den Hals gefallen. Sie schluchzte an ihrer Schulter. Vorsichtig klopfte Frances ihr auf den Rücken.

»Ich habe solche Angst davor, allein zu sein«, wisperte Prudence.

»Du musst das nicht tun. Du musst ihn nicht heiraten.«

»Aber das ist alles, was ich immer gewollt habe. Einen reichen Lord zu heiraten und als Ehefrau an seiner Seite zu glänzen«, erwiderte die Freundin verzweifelt.

»Du bist doch so viel mehr als das«, versicherte sie ihr. »Als Lady Felton wirst du auf Dauer nicht glücklich. Warum konzentrierst du dich nicht auf die Malerei? Du hast so ein großes Talent, du könntest etwas daraus machen. Denk daran, was Lord Felton und der Kunstsammler in der Ausstellung der Royal Academy über dein Bild gesagt haben. Du könntest deine Kunst verkaufen!«

»Das wäre schön«, gab Prudence zu und löste sich aus der Umarmung.

»Dann tu es einfach!«, forderte Frances sie auf.

»Ich traue mich nicht.«

»Das ist solch eine Verschwendung. Ich würde alles dafür tun, so ein Talent zu haben wie du!«

»Aber das hast du«, erwiderte die Freundin.

»Nein«, sagte Frances und lachte ein wenig bitter auf. »Ich habe nichts. Kein Talent, kein Ziel, gar nichts …«

»Das stimmt überhaupt nicht«, widersprach Prudence ihr entschieden. »Du hast so viel Leidenschaft, so viel Mut. Wer außer dir hätte eine Verlobung mit Lord Felton aufgelöst? Du kannst diesen ganzen Mut nehmen und dich für etwas einsetzen, was dir wirklich am Herzen liegt.«

»Und was soll das sein?«, fragte Frances verwundert.

»Hast du denn ganz vergessen, wovon du so oft geträumt hast? Von dem Zufluchtsort für junge Frauen, damit sie nicht zur Heirat gezwungen sind?«

Erstaunt sah Frances die Freundin an.

Kapitel 25

»Mit diesem Ring nehme ich dich zur Frau, mit diesem Körper verehre ich dich, und mit all meinen weltlichen Gütern werde ich dich versorgen. Im Namen des Vaters, des Sohnes und des Heiligen Geistes. Amen«, deklarierte Lord Felton vor dem Altar, während er Prudence einen Ring auf den Finger schob. Sie lächelte den Lord an. Was ihren Augen an Strahlkraft fehlte, machte das applizierte Gold an ihrem Hochzeitskleid wett, das im Licht der Kerzen nur so funkelte. Prudence war eine wunderschöne Braut, und es versetzte Frances einen Stich, dass dieser Tag nicht der glücklichste in ihrem Leben sein würde, so wie sie sich das immer erhofft hatte. Als sie den suchenden Blick der Freundin bemerkte, lächelte sie sie aufmunternd an, um die Tatsache, dass Rose nicht zur Trauung gekommen war, etwas abzumildern.

Nachdem der Pfarrer Lord Felton und die frischgebackene Lady Felton zu Mann und Frau erklärt hatte, liefen die beiden unter ohrenbetäubendem Glockengeläut Arm in Arm aus St. George am Hanover Square hinaus. Mrs Griffin und die anderen Gäste, die der Trauung beigewohnt hatten, schlossen sich ihnen an. Frances folgte langsam, dabei merkte sie, dass sie neben Mister Ghosh ging. Sie nickte ihm zu. Er lächelte traurig.

»Reisen Sie mit dem Hochzeitspaar nach Somerset ab?«, erkundigte sie sich, wobei sie ihre Stimme heben musste, um gegen den Glockenklang anzukommen.

»Ja«, erwiderte er. »Ich ertrage es nicht, von Lord Felton getrennt zu sein. Und er nicht von mir.«

»Ich möchte Sie noch um etwas bitten«, rückte sie mit der Sprache heraus. Erstaunt sah er sie an. »Ich weiß, es steht mir eigentlich nicht zu, nur ist es wirklich wichtig. Wenn ich jemand anderen darum bitten könnte, würde ich es tun. Aber der Lord ist der Einzige mit Einfluss, von dem ich glaube, dass er mir bei dieser Sache helfen kann. Und Sie wiederum haben Einfluss auf ihn«, erklärte sie etwas umständlich. Ihre Hand fasste auf den Taschenbeutel an ihrem Arm, in dem sie eine stattliche Summe Geld verwahrte, die sie brauchte, um ihre Idee in die Tat umzusetzen. Sie hatte den Kunstsammler kontaktiert, den sie an der Seite von Lord Felton in der Ausstellung gesehen hatte, und ihm Prudence' Bild angeboten. Er war von dem geheimnisvollen Maler so fasziniert, dass er ihr einiges dafür gezahlt hatte und durchblicken ließ, noch weitere Bilder des Künstlers erwerben zu wollen.

»Sie brauchen einen Gefallen von Lord Felton?«, hakte Mister Ghosh nach.

Sie nickte. »Und zwar bevor er nach Somerset abreist.«

Als Lord Felton und Mister Ghosh aus dem Bethlem Royal Hospital traten, fasste Frances Roses Hand und drückte sie vor lauter Aufregung so fest, dass diese einen spitzen Schrei ausstieß.

»Hoffentlich hat es geklappt«, flüsterte sie angespannt. Sie warteten in der Parkanlage vor dem Asylum. Aus der Entfernung beobachtete sie, wie ein Wächter hinter den Gentlemen folgte und sich anschließend beständig vor ihnen verbeugte. Dann machte er jemandem im Eingang ein Zeichen, woraufhin eine Person heraustrat. Diese kniff im Tageslicht die Augen zu und fuhr sich mit der Hand mehrfach über den kahl geschorenen Schädel. Lord Felton wandte sich ihr zu und deutete in Richtung Frances und Rose. Die Person versuchte daraufhin, zwei Schritte auf sie zuzumachen, taumelte jedoch und musste von Mister Ghosh aufgefangen werden. Der Lord zog seinen Mantel aus, legte ihn der geschwächten Person um die Schultern und half seinem Freund dabei, sie zu stützen, während sie auf Frances und Rose zukamen. Nervös blickte Frances ihnen entgegen. Sie würden die Person, das hieß, den Mann, korrigierte sie sich selbst, bei sich aufnehmen. Was Rose und sie vorhatten, war ein riskantes Abenteuer, das war ihr durchaus bewusst. Aber wenn sie auch nur einem Menschen dabei helfen konnte, die Erinnerungen an die grausame Zeit im Asylum und die unwürdige Behandlung dort hinter sich zu lassen, war es den Versuch wert. Sie streckte die Hand zur Begrüßung aus, als die drei bei ihnen angelangt waren. »Ich bin Frances«, erklärte sie dem Mann.

»James«, erwiderte dieser zögerlich.

»Ich freue mich, dich zu sehen, James.« Frances lächelte ihr Gegenüber an.

Bienen und Schmetterlinge flatterten um die Blüten der Lavendelbüsche, während Grashüpfer darunter zirpten. Es lag eine geschäftige Lautstärke in der Sommerluft. Zufrieden schloss Frances die Haustür des kleinen Cottage, das Rose und sie von dem Geld für den Verkauf von Prudence' Bildern erworben hatten. Bisher hatten sie ein Dienstmädchen aus London bei ihnen aufgenommen, das von Sir Griffin geschwängert worden war. Zudem lebte eine gelehrte Frau bei ihnen, bei der sie Unterricht in Themen nahmen, die ihnen bisher vorenthalten wurden. James wohnte in einem angrenzenden Häuschen, vor dem er Holz hackte, als Frances vorbeikam. Sie grüßte ihn, und er ließ die Axt sinken, um sich Schweiß von der Stirn zu wischen. Die Augenringe waren verschwunden, und das ehemals so bleiche Gesicht war von der Sonne rötlich gefärbt. Auf seinem Kopf sprießten die Haare. Frances' Blick wanderte hinüber zu der mit Wein überwachsenen kleinen Gartenlaube, in der Rose zusammen mit der Lehrerin, Miss Allen, über Büchern saß. Die beiden hatten die Köpfe eng zusammengesteckt und bemerkten Frances gar nicht, so vertieft waren sie in ihr Gespräch. Sie lächelte in sich hinein. Auch wenn Rose es nicht zugab, war Frances sicher, dass ihr Miss Allen gefiel und auch diese mehr als nur Sympathie für Rose hegte. Sie alle wuchsen jeden Tag ein wenig mehr zu einer Gemeinschaft zusammen. Frances winkte dem Boten zu, der einen Stapel eingeschlagener Bilder und einen Weidenkorb mit Deckel von der Postkutsche hob. »Rose, kannst du mir tragen helfen«, rief sie der Freundin zu.

Unmittelbar darauf kam diese hinter ihr her. Ihr Gesicht überzog ein Strahlen. Gemeinsam liefen sie an der Wiese mit den Apfelbäumen vorbei zur Straße und nahmen die Sachen an sich, die ihnen Lady Felton zusammen mit einer

Nachricht geschickt hatte. Rose stellte den Korb ab, um den Brief zu öffnen. Aus dem Weidengeflecht ertönte ein helles Bellen. Erstaunt sahen Frances und sie sich an. Vorsichtig hob Rose den Deckel. Eine kleine flache Schnauze kam ihr entgegen. »Ein Welpe!«, rief die Freundin aus und öffnete den Korb ganz. Frances nahm ihn auf den Arm. Das Tier war klein, hatte sandfarbenes Fell, ein gerolltes Schwänzchen, unnatürlich lange Beine und struppige Haare auf dem Hinterkopf und Rücken. Es sah äußerst merkwürdig aus und leckte ihr beständig über die Hände.

»Wie kommt Pru darauf, uns einen Hund zu schicken?«, wunderte sie sich. Rose las daraufhin vor, was die Freundin geschrieben hatte:

Anderley, Somerset, 13. Juli 1809

Liebste Freundinnen,
anbei sende ich euch wieder ein paar neue Bilder, die ich gemalt habe & die ihr hoffentlich für viel Geld verkaufen könnt, um noch mehr Menschen bei euch leben lassen zu können. Ich bin schon dabei, weitere zu malen, um mir die Zeit zu vertreiben, wenn mein lieber Lord und Mister Ghosh mal wieder auf der Jagd sind. Im Haus habe ich bereits etliche Räume umdekoriert, ihr müsst unbedingt bald zu Besuch kommen, um euch alles anzusehen. Ach, könnt ihr nicht bald kommen? Ich vermisse euch sehr!

Rose und Frances wechselten einen mitfühlenden Blick. Dann las Rose weiter:

Anderley ist so groß, dass ich mich auf manchen Fluren immer noch verlaufe, leider ist es nicht groß genug, um Lady Darlington aus dem Weg zu gehen.

Verblüfft sahen sich die Freundinnen an. »Deine Mutter wohnt bei Pru?«, wunderte sich Rose.

»Ich habe keinen blassen Schimmer, wie das passieren konnte«, erwiderte Frances.

Lady D. hat meinen geliebten und treuherzigen Mann dazu überredet, sie aufzunehmen, nachdem Lady Oakley sie aus dem Haus verwiesen hat.

»Das heißt, meine Mutter muss ihn irgendwie unter Druck gesetzt haben«, vermutete Frances.

»Du glaubst, sie könnte ihn erpressen?«

»Schon möglich. Vielleicht hat sie sich sein Verhältnis mit Mister Ghosh allmählich zusammengereimt. Lies weiter!«

Ich will ja keine Gerüchte streuen, aber es wird gesagt, dass Lady D. das Familiensilber der Oakleys eingesteckt hat. Ich habe meinem lieben Lord davon erzählt, und er hat nur gelacht. Deshalb zähle ich jetzt jeden Abend, ob noch alle Löffel, Gabeln und Messer da sind.
Ihr wundert euch sicher, was es mit dem Welpen auf sich hat. Nun, der Mops von Lady D. hat sie geworfen. Sie kann es sich nicht erklären, wie und wann das überhaupt passieren konnte, aber Muzzle hat sich einen recht unpassenden Geliebten ausgesucht, wie deutlich wird, wenn man sich die Welpen genauer

ansieht. Ich dachte, ihr wollt vielleicht auch einen haben. Macht damit, was ihr wollt.

»Das muss bei der Entführung geschehen sein«, vermutete Frances und sah sich den kleinen Hund an. »Willst du ihn behalten?«

»Warum nicht? So werden wir immer an Pru denken«, erwiderte Rose.

»Und das macht dir nichts aus?«

»Prudence war meine erste Liebe, aber sie ist nicht meine größte Liebe«, versicherte die Freundin. »Ich finde, wir sollten ihn Hope nennen.«

Frances lächelte. »Lillias und Baby-Franny werden Hope lieben, wenn sie uns besuchen kommen.« Sie merkte, wie ihr Kleid vorne feucht wurde. Der Welpe hatte sich auf ihrem Arm erleichtert. »O nein, komm, ich werde dir beibringen, wo du pinkeln darfst.« Sie setzte das Tier ab und lockte es zu der Straße. Es lief hinter ihr her und sprang schwanzwedelnd an ihr hoch.

»Komm, Hope, komm …« Als sie aufblickte, sah Frances einen Reiter, der sich ihr näherte. Sie nahm Hope auf den Arm, damit der Welpe nicht unter die Hufe geriet, und legte die Hand über die Augen, um gegen die Sonne besser sehen zu können. Erst, als das Pferd nahe an sie herankam, erkannte sie, wer es war.

»Daniel!«, rief sie aus. Er trug nicht das rote Militärjackett, das ihr so vertraut war, sondern zivile Kleidung. So hatte sie ihn noch nie gesehen.

»Frances.« Er zügelte seinen Hengst und sprang ab. Nachdem sie gedacht hatte, ihn nie wieder zu sehen, standen sie in diesem Augenblick nur einen halben Meter voneinander entfernt. Fassungslos sah sie ihn an.

»Warum bist du nicht auf dem Kontinent?«, fragte sie mit belegter Stimme und hielt den Welpen fest in ihrem Arm.

»Ich habe erkannt, dass ich nicht wieder in den Krieg ziehen möchte. Ich habe einfach viel zu viele Tote gesehen, viel zu viel Leid erfahren. Ich kann nicht mehr. Ich möchte endlich ein Leben führen, in dem ich herausfinden kann, wer ich wirklich bin. Also bin ich aus der Armee ausgeschieden.«

»Und was willst du hier?« Aufgewühlt sah sie ihn an.

»Dich«, antwortete er heiser. »Wenn du mich noch willst.«

Frances dachte daran, wie er ihr auf dem Schiff die Haare aus dem Gesicht gehalten hatte. An seinen Tanz mit dem Mops. An ihren Kuss auf Anderley. An den Geschmack seiner Haut.

»Ich meine«, setzte Daniel unsicher an, »ich verstehe, dass das jetzt sicher sehr überstürzt für dich ist. Aber ich liebe dich. Ich weiß nicht, ob du mich liebst. Und wenn nicht, würde ich trotzdem gerne dein Freund sein und …«

Weiter kam er nicht. Mit einem Schritt war sie bei ihm. Er schloss sie in die Arme und wollte sie küssen, da jaulte es auf. Rasch trat sie einen Schritt zurück und setzte den Welpen auf dem Boden ab, wo er an einem Stein zu schnuppern begann. Dann lächelte sie Daniel an, und er lächelte zurück. Seine grün gesprenkelten Augen strahlten so viel Gefühl aus. In ihr breitete sich eine Wärme aus, wie sie sie noch nie zuvor empfunden hatte. Als sich ihre Lippen endlich berührten, war ihr, als müsse die ganze Welt um sie herum stehen bleiben.

Zu guter Letzt

Das unanständige Buch, das Frances und die Freundinnen lesen, gab es damals wirklich. Und das Wort »Klitoris« kommt tatsächlich darin vor. Ebenso die Überzeugung, dass auch Frauen beim Sex Lust empfinden können und sollen, etwas, das nahezu fortschrittlich war. Immerhin galt die Frau und alles, was sie besaß, in der Regency-Zeit als Eigentum des Mannes, mit dem er anstellen konnte, was er wollte – außer sie zu ermorden. Zwar bestand für Frauen die Möglichkeit, eine Ehe zu verweigern, aber es war durchaus nicht ungewöhnlich, dass diejenige, die sich dem Willen ihrer Eltern widersetzte, für »verrückt« erklärt wurde.

Mit der Betonung der Lust von Frauen am Sex und ihrem Recht darauf war das Buch, das Frances so fesselt, also etwas Besonderes. Hauptsächlich richteten sich pornographische Schriften wie diese wohl an Männer, aber sicher haben auch Frauen sie gelesen. Und für Debütantinnen wie Frances, Rose und Prudence war es vermutlich die einzige Möglichkeit mehr über Sex (und über das eigene sexuelle Empfinden und den weiblichen Körper) zu erfahren.

Bis zur Heirat wurden Frauen der Mittel- und Oberschicht nämlich bewusst im Unklaren darüber gelassen. Bei Männern hingegen war es gang und gäbe, dass sie ihre Lust bei den zahlreichen Sexarbeiterinnen auslebten.

Dennoch waren auch Männer in ihrer Sexualität nicht völlig frei. Homosexualität wurde verfolgt und unter Umständen mit der Todesstrafe geahndet, obgleich die meisten Verhandlungen diesbezüglich »nur« eine Verbannung in die Kolonien zur Folge hatten.

Ein Roman ist wie ein besonders schmackhaftes Gericht. Zwar ist es noch genießbar, wenn ein Gewürz fehlt, doch der ganze Geschmack entfaltet sich erst mit der speziellen Mischung diverser Zugaben. So wäre die Geschichte um Frances und ihre Freundinnen nicht dieselbe, wenn nicht die vielen Ideen, kritischen Anmerkungen und hilfreichen Informationen von großartigen Menschen darin eingeflossen wären, die den Roman in den unterschiedlichsten Stadien gelesen und um ihre Sicht bereichert haben.

Ich danke:

Meiner Lektorin Constanze Bichlmaier – auch stellvertretend für die vielen Menschen im Aufbau Verlag, die dafür sorgen, dass die Leser*innen die Ladys am Ende in dieser Form in den Händen halten können.

Meiner Agentin Andrea Wildgruber.

Julia Neumann, die bisher jede Version der Ladys gelesen hat und mich immer wieder mit ihren spitzfindigen Anmerkungen anfeuert.

Lucca Müller für ihren Enthusiasmus und die Bereitschaft, den veränderten Text etliche Male kritisch gegenzulesen.

Pamela Heyden für ihren Zuspruch und die nötige Ermunterung, um die Geschichte noch runder werden zu lassen.

Julie Hecq für unsere England-Abenteuer, von denen einiges in die Geschichte eingeflossen ist, und für die hilfreiche Kritik.

Sargon Youkhana für seine Anmerkungen und die aufbauenden Gespräche über Freud und Leid von Autor*innen.

Sabine Leipert für ihre Einfälle.

Katharina Katzenberger für das kritische Gegenlesen und die geteilte Liebe zu gut erzählten Geschichten.

Beate Sauer für ihre schlauen Kommentare und unsere wertvollen Diskussionen über das Schreiben im Allgemeinen und im Besonderen.

Xenia Wucherer für ihr einfühlsames Sensitivity Reading, mit dessen Hilfe ich mir noch mal bewusster werden konnte, wie ich beim Schreiben Diskriminierungen vermeide (etwaige verbliebene Fehler gehen allein auf meine Kappe). Das Sensitivity Reading kenne ich übrigens nur durch Social Media, und so viele unsoziale Seiten es im Netz gibt, es existiert dort aber auch ein sozialer Zusammenhang, der mich sehr bereichert.

Eine dieser wertvollen Bekanntschaften auf Instagram ist Dorit Günther (@wortkosterin), der ich die geniale Idee verdanke, Frances und die Freundinnen ein unanständiges Buch lesen zu lassen.

Zudem Susanne Degenhardt, eine seelenverwandte Jane-

Austen-Enthusiastin, die mir virtuell immer wieder das Händchen hält, wenn ich zu verzweifeln drohe.

Sowie die elegante Florentina Maurer, die mir mit ihren Erfahrungen als Kunstreiterin geholfen hat zu verstehen, was es mit dem Ritt im Damensattel auf sich hat. (Da ich eine ziemliche Angst vor den großen Tieren habe, konnte ich diesen Part leider nicht in Aktion recherchieren.)

Claudia Kohl war so großzügig, mir ihre Zeit zu schenken, und hat mir mit ihren unzähligen Anmerkungen sehr weitergeholfen.

Außerdem verdanke ich den Dozent*innen der »The Beau Monde – Regency Fiction Writers« viele Informationen über die unterschiedlichsten Aspekte der Regency-Zeit.

(Fun-Fact: Es gab damals sogar ein Drive-in in London. Bei *Gunter's* – Nähe Berkeley Square – fuhren die Kutschen außen vor, man orderte das berühmte Speiseeis bei der Bedienung, die es dann zum Verzehr zu den Kutschen brachte.) Sollte ich von historischen Fakten leicht abgewichen sein, so doch immer im vertretbaren Rahmen. Beispielsweise öffneten die Vauxhall Pleasure Gardens eigentlich erst ab dem 1. Juni und nur an wenigen Tagen in der Woche. Ich habe die Öffnungszeiten aber etwas variabler gestaltet, um im Zeitrahmen meiner Geschichte bleiben zu können.

Kurzum. Ich bin unendlich dankbar dafür, all diese wunderbaren Menschen in meinem Leben zu wissen.

Deshalb noch mal etwas lauter:

DANKE!